KB195435

СОЛОНГО
# 무지개

# 말 안장 가방에 가득 담은 몽골문화

여기 몽골인을 이야기한 소설책이 여러분 손에 있다. 몽골 옛 역사와 문화, 종교와 신앙, 몽골 13세기부터 과거와 현재를 망라하여 이렇게 많은 몽골의 색상과 리듬을 가지고 함축하여 형상화한 이 작품은, 몽골에 대한 작가의 집요한 도전정신과 창작 의욕에서 비롯된다.

수년 동안 몽골 레지던스를 통하여 몽골에 대한 연구를 꾸준히 해오며, 온 마음을 몽골에 던진 작가의 정열에 먼저 경의를 표한다. 세계적으로 문학 다큐멘터리 시대가 왔다. 작가의 『무지개』는 그것을 여실히 보여주고 있다. 작가는 오랜 기간 몽골 역사와 몽골 암각화를 연구하며 그것을 녹여 리얼하게 표현한 것은 소설의 맛을 살리는데 추호의 결함이 없다. 한국의 소설가이자, 몽골 연구에 심혈을 쏟아온 유일하게 존경하는 김한창 작가의 다음 작품을 기다린다. 많은 문인들이 몽골을 찾지만 이처럼 강한 작가정신을 가지고 몽골인의 삶에 대하여 깊게 파고들어 글을 쓴 사람은 없다. 작가의 지성적인 탐구 길에 문학작품의 말 안장 가방이 언제나 가득 차기를 바란다.

2024. 11

몽골 작가, 강벌드 서닝바야르
Ганболдын сонинбаяр

인류 미술의 발상지 몽골, 전설의 동굴 암각화 추적소설

# СОЛОНГО
# 무지개

### 前, 무지개 上·下 合本號

김한창 장편소설

인류 미술의 발상지 몽골, 전설의 동굴 암각화를 추적하는 과정을 그린, 넓은 의미의 상호 텍스트성을 수행한 작가의 대역작. 그리고 아름다운 흑화(黑花)의 땅, 지평선에 핀 한송이 야생화, 유목민 딸과의 짙은 사랑…….

도서출판
## 바밀리온

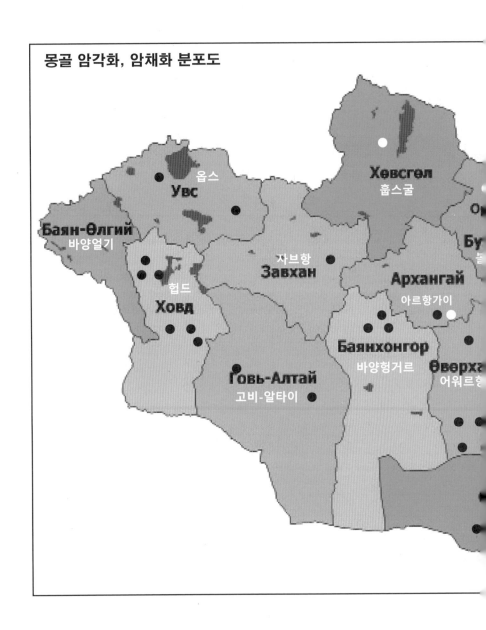

몽골 암각화, 암채화 분포도

옵스
Увс

Хөвсгөл
훕스굴

Баян-Өлгий
바양얼기

Бу

Завхан
자브항

Архангай
아르항가이

Ор

Ховд
헙드

Баянхонгор
바양헝거르

Өверхг

Говь-Алтай
고비-알타이

Өверхх
어워르헝

러시아

Сэлэнгэ
셀렝게

Дархан-Уул

Улаанбаатар
울란바타르

Хэнтий
헹티

Дорнод
더르너드

Төв
투브

Сүхбаатар
수흐바타르

Дундговь
돈드고비

Говьсүмбэр
고비-수이바아르

Дорноговь
더르너고비

중국

говь
고비

● 암각화 분포지   ○ 암채화 분포지

  창작에만 몰두할 수 있는 식생활이 보장된 몽골 생활은 작가로서 가장 즐거웠던 일로 기억 된다. 한국문화예술위원회가 몽골 울란바타르 대학으로 파견하면서 과제로 준 월 1회의 문학 특강과, 맡게 된 학과 강의, 그리고 집필 활동에만 몰입할 수 있는 지원 여건은 더없는 즐거움이 아닐 수 없었다.

  강의 일정을 조정해 가며, 필자는 처성자옥(妻城子獄)을 벗어나 대 자유를 만끽하며 창작에만 몰입할 수 있었기 때문에, 집필 중 서사 관련 지역이 대두되면 어김없이 그곳을 찾아 고대의 현장을 몸으로 체감하며 글을 쓸 수 있었다.

  처음, 고산지대 항가이산맥 유목민 게르에서 생활하면서 주변 2000년 전 서사 관련 지역 돌무덤과 암각화 탐사를 필두로 집필 중 또 다른 관련 지역이 대두되면 어김없이 배낭을 메고 그곳으로 향했다. 이러한 과정에 영하 38도부터 영하 40도를 오르내리는 추위도 견뎠다. 그렇게 몽골 문학을 연구해온 지 오래되었다.

  그러니까, 2010년 한국문화예술위원회 〈제1차 국제문학 아시아 거점 몽골 문학 레지던스〉 소설작가로 선정된 후, 울란바타르대학 연구교수로 파견되어 재임하는 동안 집필한 첫 장편소설 「솔롱고」 1편을 출판 발표하고 이후. 2편을 집필하여 명제를 한국어 솔롱고와 같은 뜻의 「무지개」로 바꿔 上·下 권으로 출판한 후 이를 단권화하여 **합본호(合本號)**로 다시 내놓는다. 이는 독자들의 권유도 있거니와 대표 작품으로의 면모를 꾀한 것이다. 그 중간에 몽골 13세기부터 21세기까지 몽골 문화 역사를 바탕으로 쓴 중단편 소설집 「사슴 돌」과 몽골 민족의 애환이 담긴 한국어–몽골어 번역판 「몽골, 유목민의 딸」 중단편집으로 징검다리를 놓았다. 그 긴 세월 동안 몽골 문학에 천착해온 셈이다. 문화 예술은 자신의 분야에 미쳐야만 결과를 얻는다. 그리고 창작 예술을 끊임없이 이어가는 데는 개척과 도전 정신이다. 즉, 창작의 근본은 개척과 도전에 있다는 지론이다. 필자는 과거 전업 화가로서 실험적 창작을 통해 엥포르멜 이후 새롭게 전개되는 현대미술의 씨리즈 작품으로 프랑스 파리 그랑빌러 화랑초대로 그곳에서 첫 개인전을 가졌고, 화랑 전속작가 자격으로 파리에서 미술 활동을 한 프로 화가이기도 하다. 그렇게 연마해온 실험 정신은 오롯이 문학에 암세포처럼 전이 되고, 나는 미친놈처럼 거친 몽골 대지를 누비며 인류 미술의 발상지로 여기는 몽골 고대 암각화 군락지를 탐사하며 글 뒤지를 채웠다.

그곳에서 문학적 기반과 지평을 넓혔다. 그 결과, 외국인 최초 〈몽골 문학상〉과 몽골 문학연맹 회원이 되었고 몽골 문학연맹 노동조합 추천으로 몽골 문학연맹 창립 90주년(2019.1.26.)에 〈**문학 공로 훈장**〉을 받았다. 그동안 많은 유목민들을 만났고 그들과 생활을 같이했다. 아직 가지 못한 다른 아이막에는 어떤 서사가 숨어서 내 눈치를 슬슬 보고 있을까, 그동안 집필에 힘을 준 몽골 문학 연맹 친구들과 신세 졌던 오지 초원 유목민들에게 고마움을 전한다.

2024.. 저자 김한창

　고대 몽골 부족은 15개 부족으로 나누어져 있었다. 이중 할하 부족이 약 90%를 차지하고 있으며 몽골 민족의 근본적인 특징을 지니고 있다. 선사시대부터 반사막 대지 구르반사이항에서 대가족을 이루고 살아온 할하 부족은 차하르 부족과 300년 동안 전쟁을 치루며 공존해 왔다.

　본 이야기는 대를 이어 할하의 부족장을 지낸 한 가문의 기록적인 전설의 동굴 암각화를 추적하는 과정을 주제로 하고 있다. 또 필자가 몽골 울란바타르 대학 연구교수로 가게 되는 과정과 몽골의 암각화를 연구하는 과정 등, 허구가 아닌 실제 논픽션과 허구로 꾸며낸 픽션으로 되어 있고, 이 글은 소설로만 읽어 주기 바란다.　　＊

　1. 본 글의 **제 1장〈前 무지개 上권〉**에서, 몽골 고대 바위 그림(암각화)에 관심 깊은 강준호는 몽골 울란바타르대학 연구교수로 공식 부임한다.

　그는 암각화 연구와 거기에 얽힌 이야기를 찾고자 자신의 프로그램에 필요한 코디네이터로, 다섯 명의 응모자 중 조상들이 대를 이어 할하 부족 족장을 지낸 가문의 후손으로, 고대 할하 부족의 영토, 구르반사이항 아르갈리 산양들의 서식처 절벽 동굴에, 그 조상들이 그림을 새겨 놓았다는 조상의 전설을 지닌 대학원 졸업생  엥흐자르갈이라는 이름을 가진 여성을 택한다.

　2. 유목민 가정의 딸로 부친을 모르고 자란 그녀는 어머니와 조부에게 들어온 조상들의 역사를 학술적으로 조명하고자 몽골 역사학을 전공했다.

　그녀는 준호가 연구하는 고대 바위 그림 군락지 안내와 가문의 전설로 전해온 구르반사이항 전설의 동굴 바위 그림을 찾는 데 조력하게 된다.

3. 그 과정에서 준호에게 향심(向心)이 일어난 그녀는 사랑을 고백한다. 그녀의 조부는 그녀가 남자를 맞이하여 목축 재산을 상속받아 가문을 이어갈 아들 하나를 둘 생각은 하지 않고, 도시로 나가 공부만 하는 것을 못마땅하게 여기지만, 강준호와의 깊은 사랑 끝에 그로부터 씨앗을 받아 종족을 보존한다.

4. 그녀 가문의 동굴 바위 그림을 끝내 찾지 못하고 연구교수 임기를 마친 강준호는 한국으로 돌아오고, 이듬해 그녀는 그의 아들을 낳아 솔롱고(무지개)라 이름 짓고 강준호에게 알린다.

5. **제 2장〈前 무지개 下권〉**에서 엥흐자르갈과 강준호는 다시 만나 가정을 꾸리게 되고 본래의 목적이었던 그녀의 조상이 남겨 놓은 전설의 암각화 동굴을 끝내 찾게 되지만 강준호는 절벽에서 떨어져 애석하게 운명을 달리 한다.

6. 강준호의 사후 1년이 되는 해, 몽골의 첫 차강사르(설날)에 둘 사이에서 태어난 아들 솔롱고와 준호의 묘소를 찾은 그녀는 그의 묘소를 떠나지 못하고 몽골의 살인적인 강추위 쪼드에 순간 얼음조각상(彫刻像)이 되어 자신의 생을 마감하고 그녀의 영혼은 강준호에게 안긴다.

7. 결과적으로 둘 사이에서 태어나 성장한 아들 솔롱고가 아버지 강준호와 함께 찾은 절벽 동굴의 암각화를 세상에 알리고 꽃을 피운다.

\* **본 글을 통하여 칭기즈 칸의 전쟁사와 전반적인 몽골의 전통 생활 문화가 소개된다.**

2024. 저자 김한창

## ‖ 목 차 1 ‖

## ‖ 목 차 2 ‖

**제2부**
**암낙타의 모성**

# 제 1 부

## 모래가 노래하는 소리

# 1

# 약탈 전쟁

 해발 1,750m, 영하 42도 산맥 골짜기로 흐르는 강물도 얼어붙은 눈 덮인 몽골 구르반사이항 고비의 밤. 적막한 설원에 무수한 별빛이 쏟아져 내리고, 자작나무 우리의 양 떼와 몽골 전통가옥 게르[1]주변 말 떼들도 깊은 잠 속에 빠져 있다. '부르르-'때로는 낙타와 말들의 투레질 소리가 들린다.

 천창(天窓) 환풍구로 솟구친 연통으로 한 줄기 연기가 검은 하늘로 피어 오르고, 핏물 머금은 양고기 가닥이 게르 중심 기둥 사이 철삿줄에 걸려 있는 것은 난로의 열기와 연기로 양고기를 말리는 것이다. 갓난아기가 엄마의 젖꼭지를 입에 물기도 전에 흘러나온 젖 빛깔처럼 하얀, 토륵[2]에 올려진 솥에서 끓는 수태채[3]에 그녀 엥흐자르갈이 찻잎을 한 주먹 뿌려 넣고 주걱으로 젓는다. 족히 오 일 정도는 온 가족이 마실 수 있는 양이다.

---
1) 게르(гэр) : 둥근 천막형의 전통가옥.
2) 토륵(Тулга) : 무쇠 난로.
3) 수태채(сүүтэйчай) : 유유에 찻잎을 함께 우린 우유 차.

토륵의 불길을 물끄러미 바라보던 주름 깊은 구리빛 얼굴, 평생 유목에 종사한 엥흐자르갈의 조부가 마디가 짧은 곰방대에 가축 몰이에 거칠어진 손으로 담뱃가루를 넣고 엄지로 꾹꾹 눌러 불을 붙이고 길게 들이마시며 연기를 내뿜는다. 90을 바라보는 나이지만 자그만 키에 매서운 눈빛과 꼿꼿한 자세는 몽골 귀족 후손다운 풍모다.

울란바타르 도시 생활에 익숙한 매혹적인 까만 머루 눈동자 엥흐자르갈 그녀는, 몽골 미인의 전형이다. 역시 조부와 버금가는 의연한 자세와 풍모를 지녔다. 조부와 준호를 번갈아 바라보며 뜨겁게 끓는 수태채를 주걱으로 저으며 수태채 속에 떠 있는 찻잎을 걸러 내고, 판자 뚜껑을 덮은 솥단지를 찬장 옆에 내려놓은 그녀는 조부의 입이 떨어지기를 기다린다.

그렇다. 엥흐자르갈은 오늘이 있기를 기다려 왔다. 그러나 조부는 그녀가 원하는 조상 이야기를 어머니에게 드문드문 들어왔지만 조부는 단 한마디도 해주지 않았다. 자라면서 묻고 또 물어도 긴 세월 동안 묵묵부답으로 일관해 온 것은, 집안의 목축을 상속받을 수 없는 여자라는 단 하나의 이유로, 여자는 알 필요가 없다며 그녀를 터부시해왔다. 그녀는 집안의 전설을 모친에게 들어온 것만으로는 만족하지 못했다. 뒤늦게 학업에 뛰어들어 다층적인 몽골 민속 문화와 역사학을 전공한 것은 불 확실한 가계의 전설을 학문을 바탕으로 정립시키고 싶었기 때문이다. 몽골의 파란 많은 역사의 소용돌이를 거쳐온 그녀의 조부는 자신의 손녀 엥흐자르갈과 준호가 요구하는 잊고 지내 온 가계의 전설을 생각하면서 회상에 빠져들었다. 엥흐자르갈의 찬란했던 할하 부족 선조들의 역사는 조부의 가슴속에만 존재해온 전설이다. 푸른 녹이 슨 놋쇠 호롱의 희미한 불빛에 세 사람의 그림자가 어른거린다.

딱, 딱, 딱.'

그녀의 조부가 곰방대 재를 터느라 푸른 놋쇠 재떨이를 때리는 소리
가 적막을 깬다. 엥흐자르갈이 지녀온 돌 그림이 탁본 된 양피지를 조
부 앞 탁자에 펼치며 자리에 앉았다. 뜨거웠던 난로의 불길이 사그라들
자 고비의 냉기가 스며든다. 한기를 느낀 엥흐자르갈이 마른 말똥 덩어
리를 난로에 가득 채웠다. 다시 온도가 다시 오르기 시작했다.

자신의 조상 전설을 듣고자 멀리 한국에서 찾아 온 준호에게 눈길을 던지
며 조부가 비로소 말문을 열었다.

"아르갈리 산양들의 서식처 절벽 동굴에 그림을 새겼다는 척트 타이
츠 우리 집안 조상의 전설을 말하자면, 우리 할하 부족과 차하르 부족
300년 전쟁 이야기부터 들어야 하네."

이렇게 운을 뗀 조부는 엥흐자르갈과 준호를 다시 번갈아 바라본 뒤
아득한 옛날의 전설을 더듬기라도 하는 것처럼 지그시 눈을 감고 엥흐
자르갈과 준호가 그처럼 듣고자 하는 소중한 조상 이야기를 들려주기 시
작했다.

*

황량한 고비에 초록이 물드는 축복의 계절, 뜨거웠던 태양이 자취를
감추면 순식간에 어둠이 닥치고 기온은 영하로 내려간다. 밤하늘은 무
수한 별빛이 쏟아져 내리고 눈처럼 하얀 게르는 찬란한 별 사이에 떠
있는 것 같은 착시를 일으킨다.

세찬 바람으로 허공으로 몰려가는 모래알에 맑은 별빛이 반사되면 때
로는 오로라처럼 아름다운 환상의 하늘이 되고, 신비하게 들려오는 모
래알 부딪치는 소리는 반사막 고비가 아니면 들을 수 없다.

모래가 노래하는 소리다. 초원 바다의 섬 같은 바위 능선 자락에 차하르 부족 병사들이 매복을 했다. 바람과 모래와 극심한 어둠 속에 그들이 매복을 하고 있는 것은, 봄철 목축지 이동을 앞둔 할하 부족 유목민들을 약탈하기 위해서다. 차하르 부족의 빈번한 약탈은 300년 동안 할하 부족과의 전쟁 빌미가 되었다. 두 부족은 평화롭게 공존하기도 했지만 종족 보존이 어렵게 되면 여자를 약탈하는 일이 빈번했다.

심지어 한 여자를 두고 집단으로 인척 관계를 맺으면 아버지가 누군지 모를 얽히고설킨 가계가 만들어졌다. 그들의 평화는 언제라도 깨질 수 있는 소지를 늘 안고 있었다. 종족 보존이 어려운 환경에서 여자 약탈은 초원의 불문법이기도 했다.

장구한 세월이 흐른 지금, 역사의 아이러니인지 차하르 부족은 자신들의 영토에서 할하 부족과 공존하지 못했다. 중국령 내몽골에서 삶을 유지하고 있다. 그러나 그들은 영웅 칭기즈 칸의 후예라는 긍지만큼은 가슴속에 이글거렸다. 또 그들은 전통적으로 이어온 7월에 열리는 범몽골의 국가적 축제, 나담[4])을 중국령 내몽골 땅에서 '싸이마제'라는 이름으로 지금도 지켜오고 있다.

중국령 내몽골에 자치정부가 있는 튱라오의 대초원에서 7월이면 그들은 전통의상을 입고 남성 3종 경기인 활쏘기와 말달리기, 그리고 전통 씨름을 하며 칭기즈 칸을 회상하며 향수를 달랜다. 그러나 정작, 행사장 중심부 높다란 깃봉에는 몽골의 자유와 독립을 상징하는 황금색 소욤보 국기가 아닌 중화인민공화국 인민기가 펄럭인다. 그것은 그들의 아픔을 대변하는 상징물이 되고 있다.

---

4) 나담(наадам) : 부족국가 시대부터 이어오는 몽골 전통축제.

고비의 긴 겨울이 지나 돌산에 풀이 솟는 봄이 오면, 유목민들은 흑무당을 동원하여 한해 풍요를 기원하는 어워[5])에 제의를 올리고, 초록으로 물드는 대지의 영지(營地)를 찾아 유목길을 떠난다.

모래알이 뺨을 후리고 모래 먼지가 험악하게 시야를 가리는 가장 어려운 봄철, 고비의 밤은 약탈을 감행할 수 있는 절호의 찬스가 된다. 윙윙거리는 모래알이 맞부딪치는 소리가 검은 대지를 울린다. 칠흑 같은 어둠 속에 차하르 부족 군사들이 소리 없이 움직인다.

좌·우로 머리를 흔들며 눈과 코로 들어오는 모랫 바람을 견디다 못한 말 한 마리가, 부르르-' 두레질을 하면 일시에 덩달아 다른 말들까지 반사적으로 내지르는 투레질 소리에 적에게 발각될까 봐, 놀란 차하르 부족 군사들은 얼른 말 주둥이에 홀다스를 채워 투레질 소리가 멀리 가는 것을 막는다. 할하 부족 군영은 다행히 멀리 있다.

때가 되자, 그들은 할하 부족 게르 촌으로 잠입했다. 할하 부족 유목민들이 몰려 있는 게르를 중심으로 바람막이로 소똥을 이겨 바른 나무벽과, 자작나무 우리에 낙타와 양 떼들이 몰려 있다. 그들의 목표는 낙타와 처녀 약탈이다. 낙타는 많은 젖을 짤 수 있고, 60일 동안 먹지 않고도 살 수 있는 추위를 잘 견디는 동물로, 낙타 젖은 돌림병 약으로 긴요하게 쓰인다. 낙타 우리 문이 열렸다. 낙타 떼를 경계 어워 능선 아래로 이동시킬 때까지 할하 부족들은 눈치채지 못했다.

깊은 잠 속에 빠져있기 때문이다. 더구나 게르는 두터운 양털 에스기를 여러겹 둘렀기 때문에 소리를 차단했다. 끊임없이 모래알이 게르 외벽을 때리는 둔탁한 소리는 사람의 목숨 하나가 떨어져 나가도 눈치챌 수가 없다.

---

5) 어워(OBOO) : 우리의 성황당 원류

한 무리가 낙타 떼를 몰고 안전 지역으로 이동하자 중간 지점에서 또 한 무리가 서너 차례 불화살을 쏘아 올린다. 허공 높이 모래바람에 휩쓸려 나르는 불화살을 본 또 다른 차하르 부족 군사들이 게르 촌을 번개처럼 습격했다. 비명을 지르는 어린 처녀들을 그들은 말 잔 등에 올려 태우고 쏜살같이 모래바람 속으로 도주했다.

바람에 날려온 숨 가쁜 비명 소리에 군영의 장군과 장졸들은 불시의 사태를 인지하고 화들짝 일어나 활을 차고 말을 몰아, 경계 어워를 넘어 초원을 질주하는 차하르 부족 군사들을 추격했지만 먹처럼 어두운 대지에 도주 방향을 알 수 없다. 더구나 잠결에 제대로 군장도 갖추지 못한 할하 부족들의 추격은 애초부터 불가능했다.

비를 뿌릴 듯 구름이 흐르지만 정작 비는 오지 않는 땅, 새순이라고는 솟아날 기미조차 보이지 않는 메마르고 척박한 땅 구르반사이항은 할하 부족의 땅이다. 바람이 만들어낸 황량한 바위산이 솟아있는 그곳은, 끊임없이 불어오는 거친 모래바람은 대지의 모든 생명을 말려버렸다. 그들은 바람과 모래 속에서 살았다. 그것은 유목민의 삶이었다.

그러나 혹독한 환경과 시련은 고비 유목민들을 강인하게 만들었다. 척박한 돌산에 풀이 솟는 곳, 한정된 곳에만 초지가 자라나는 곳, 흙과 모래가 섞인 반사막 고비에서 그래도 대지에 초록이 물든 물터를 중심으로 그들은 게르를 세우고 낙타를 기르며 양을 쳤다.

돌산 너머로 솟아오른 붉은 태양이 대지를 비출 무렵, 바트쳉겔 장군이 수하들과 화급히 본대로 달려와 족장에게 고했다.

"차하르 부족 군사들이 낙타와 처녀들을 약탈해갔습니다."

"뭐라고? 낙타와 처녀들을? 당장 전쟁을 알리는 깃발을 올려라. 내 이번에는 적장의 목을 베고 말리라."

군영의 평화를 알리는 검고 하얀 수호기 톡그[6])가 내려지고, 전쟁을 알리는 검은 깃발이 거친 모래바람에 펄럭인다. 일순 고비에 전운이 감돈다.

"고비의 유목민 병사들은 들어라. 당장 차하르 부족을 뒤쫓아 낙타와 처녀들을 구해 올 것이다."

분노한 척트 족장이 명령했다. 그의 아들 뭉흐토야 장군이 군을 지휘했다. 그는 군장 게르에서 활과 부친 척트가 아끼는 무쇠 창과 반달 강철 검을 챙기고 자신도 무장했다. 말안장을 꺼내어 말 등에 올렸고 말등자도 점검했다. 전령을 받은 유목민 병사들이 고비 전역에서 모두 모여든 것은 정오가 되어서다. 스산하게 전운이 감도는 고비의 거친 바람 속에 맞부딪치는 모래알이 바람결에 날린다.

몽골 유목민의 활 솜씨는 이러한 환경과 생활 속에 젖어있다. 전장에서 불화살은 적을 향해 쏠 때는 공격 신호며 반대 방향으로 쏠 때는 후퇴 신호다. 몽골 아이들은 걷기 시작하자마자 활을 만들어 화살을 쏘며 자랐다. 또 염소에 올라타고 활을 쏘아 쥐를 잡기도 했다. 이런 놀이를 통해 움직이는 적을 활로 쏠 수 있는 기술을 익히며 자랐다. 사냥은 즐기기 위해서도 하지만 전투 훈련의 목적 또한 가지고 있다.

그들은 늑대를 신성시하기도 하지만 자신들의 가축을 습격하는 적으로 간주 될 때 여지없이 활만으로도 늑대 무리를 토벌했다.


반사막 고비를 지키는 할하 부족 족장 척트는, 남다른 거구와 장대한 기골에 강한 의협심을 가진 용맹한 전사다. 크고 작은 모든 일에 유목민들은 그의 결정에 따라 움직였다. 할하 부족과 차하르 부족은 늘 적

6) 톡그(Tyr) : 종마의 갈기나 꼬리털로 만든 기(旗)

대적이었다. 가축과 처녀 약탈, 그들은 서로의 경계 어워를 무너뜨리고 빈번한 침략 행위를 지속해왔다. 두 부족은 그렇게 살아왔고. 이번에는 차하르 부족들이 할하 부족 유목민들이 봄철 이동을 앞둔 어수선한 틈을 기회로 약탈을 감행했다. 척트 족장은 명령을 내린다. 차하르 부족들이 튱라오 군영까지 도망을 치기에는 멀고 먼 장도(長道)다.

"출정한다. 밤이 되면 차하르 부족 영토 깊숙이 이를 것이다. 적장은 다른 목초지를 돌아 튱라오 군영으로 갈 것이다. 며칠이 걸려도 낙타와 처녀들을 구하고 적장의 목을 베어 300년 동안의 전쟁을 끝내리라."

"와-아."

군장을 갖춘 유목민 병사들이 분노의 함성을 질렀다. 모래바람 소리와 장졸들의 말등자 스치는 소리가 불협화음으로 뒤섞여 바람에 날린다.

"불화살을 준비하고 충분한 말 지뢰를 가져가라."

삼각형의 말 지뢰는 어떻게 던져도 뾰쪽하고 날카로운 곳이 솟아올라 말발굽에 밟히면 여지없이 말이 고꾸라지는 단단한 동물 뼈를 깎아 만든 일종의 무기다. 칭기즈 칸은 말 지뢰를 철기로 만들어 전장에서 유용한 무기로 사용했다. 대지의 모래바람 속에 모래알 부딪치는 소리와 말달리는 소리와, 장, 졸들의 함성이 건조한 대지를 울린다.

척트 족장의 아내 촐로앙이 그들이 달려간 방향으로 수테채를 뿌리며 무사 귀환을 기원했다. 척트 족장과 장손 뭉흐토야가 먼 길을 떠나거나 유목민 병사를 이끌고 전장 터를 나가면, 촐로앙은 언제나 양의 젖을 짰다. 새로운 젖을 응고시켜 정성스럽게 깨끗한 샤르터스(버터)를 만들었다. 그리고 가업을 이어받고 있는 막내아들 엥흐아랄과 유목민 병사들의 아내를 불러 모아 어워에 샤르터스를 공물로 올리고, 텡게르(하늘) 신과 산신에게 용사들이 무사히 돌아오기를 기원했다.

첨병을 이끌고 앞서 달려간 뭉흐토야가 먼지를 일으키며 달려와 척트 족장에게 고했다.

"아직 마르지 않은 낙타 똥이 발견되었습니다. 퉁랴오 동남쪽에서 남쪽 방향으로 낙타 똥이 떨어져 있습니다."

말에서 내린 뭉흐토야 장군이 말채찍 막대로 모래 섞인 바닥에 도주 방향을 그어가며 말했다. 그러자 척트 족장이 먼 시야를 응시하며 말했다.

"낙타 똥 빛깔이 어떻더냐?"

"새까맣습니다."

"그러면 말머리를 반대 방향으로 돌려라. 낙타에게 뭇매를 가해 생 똥을 싸게 만들어 도주 방향을 반대쪽으로 속인 거야. 병력을 서쪽으로 돌려 퉁랴오로 추격하라."

낙타 떼가 남긴 똥은 차하르 부족의 도주 경로를 말해준다. 차하르 부족의 약탈자, 적장 밤바수흐를 잡는 데는 추적을 시작한 지 이틀 밤이 지난 자정 무렵이었다. 척트 족장이 예상한 방향의 지역에 차하르 부족 군사들이 숙영지를 세우고 호흡을 가다듬고 있었다.

내몽골 깊숙한 곳, 자신의 군영을 코앞에 둔 초원이었으므로 밤바수흐는 비로소 안심하고 있었다. 초병의 경계도 느슨해져 있었다.

척박한 고비 구르반사이항과는 다른 천혜의 자연환경인 초원의 밤은 고요하다. 검은 능선에 척트의 병사들이 소리 없이 동서로 갈라져 차하르 부족 숙영지를 내려다보고 있다.

호흡이 멈출 정도로 긴장된 작전이 개시된다. 적진 군영 중앙에 가장 큰 깃발이 펄럭였다. 줄줄이 연결된 낙타 떼들이 군영 남쪽에 메어 있고 처녀들이 감금된 게르가 군영 중심에 있었다. 나머지 장졸들의 군영이 적장 게르를 에워싸고 있었다. 척트는 바람이 세차게 불어오는 새벽을 기다렸다. 밤이 깊어가고 자정이 넘어가면서 바람 속도가 빨라지기 시작했다.

"첨병들은 소리 없이 적군 진영으로 침투하여 초병들의 목을 따고 불화살을 쏘아 올려라. 그리고 처녀들을 먼저 구하고 묶여 있는 낙타들을 내보낸 뒤 두 번째 불화살을 신호로 장졸들의 게르를 일시에 공격하라. 나는 적장을 찾아 목을 딸 것이다."

명령을 받은 뭉흐토야 장군이 첨병들을 이끌고 검은 그림자로 적진 군영으로 침투했다. 칼날이 별빛에 반짝이며 초병들의 목을 날린다. 우군 장군 테르몽과 자신의 심복 바드쳉겔 장군에게 척트 족장이 명령을 내렸다.

"신호를 받으면 테르몽 장군의 부하들은 일시에 불화살을 쏘아 군영을 불태우고 떼 화살을 퍼부어라. 그리고 병력을 2개 조로 나누어 양편에서 공격하고 낙타와 처녀들을 호위하라. 함성을 질러서는 안 된다."

"알겠습니다."

장군들이 빠르게 움직인다. 초병들의 목숨 잘리는 긴장의 시간이 흐르고 한참 만에 불화살이 검은 하늘로 치솟아 올랐다. 그러자 장졸들이 쏘아 올린 무수한 떼 화살이 군영으로 날아들면서 삽시에 군영들이 불타오른다. 순식간의 역습에 튀어나온 적군들의 가슴에 떼 화살이 여지없이 박혔다. 그러자 명령을 받은 군사들이 양편에서 일시에 공격했다. 이어 처녀들이 감금된 게르 문이 열리고, 첨병에게 이끌려 차하르 부족 숙영지를 모두 빠져나갔다.

척트 족장의 아들 뭉흐토야 장군이 적장 게르의 문을 박차고 들어갔다. 자신의 군영을 코앞에 두고 마음 놓고 잔뜩 마신 술기운에 잠들었던 적장 밤바수흐가 함성도 없이 심상치 않은 야습에 눈을 번쩍 떴다.

그러나 이미 뭉흐토야 장군의 반달칼 끝이 자신의 목을 겨누고 있었다.

"군장을 갖추고 검을 들어라. 군장을 갖추지 않은 자의 목을 베는 것은 우리 할하 부족에게 용납되지 않는다."

척트 족장의 피를 이어받은 뭉흐토야 역시 용맹한 장군이다.

그는 적장의 목을 베어 자신의 용맹을 아버지와 고비 군사들에게 보여주고 싶은 욕망이 가득 차 있었다. 그가 반달 검을 내리며 한발 물러서 주는 찰나다. 재빠른 동작의 적장이 침상 아래 숨겨둔 호신용 칼끝을 잡고 뭉흐토야 장군을 향해 던지려는 극히 짧은 순간에, 열린 게르 문밖에서 바람을 가르며 날아든 무쇠 창이 적장의 가슴을 관통하고 게르 벽을 뚫었다.

"욱."

선혈을 토하는 밤바수흐는 독기 서린 눈빛을 던지며 퉁랴오의 수령답지 않게 군장도 갖추지 못한 몸으로 창대를 휘어잡고 고꾸라졌다. 척트가 아들에게 일성으로 나무랐다.

"한순간도 방심하면 목숨이 위태롭다. 적장의 칼끝이 네 가슴을 꿰뚫을 뻔하지 않았느냐."

"……."

"저놈의 목을 베어라. 그리고 창끝에 꽂아라. 적장의 목을 앞세우고 퉁랴오 군영을 이참에 아주 무너트리고 말리라."

뭉흐토야 장군이 목을 내리치려는 순간 선혈이 낭자한 밤바수흐가 힘겨운 목소리로 겨우 입을 열었다.

"척트, 내가 약탈해온 자네의 여동생 투고스빌렉은 나의 아내였네.

갓 태어난 핏덩이를 안고 도망치려다가 내 손에 죽었지만…… 퉁랴오 군영 젊은 벌버 장군은 그 아들일세, 벌버의 목숨만은……."

숨통이 끊어진 그는 더는 말을 이어가지 못하고 목으로 치솟는 피를 토하며 고개를 푹 떨구었다. 하지만 척트 족장은 뭉흐토야의 검을 빼앗아 적장의 목을 참수하려다가, 벌버 장군이 약탈당했던 여동생의 아들이라는 것을 의식하며 잠시 멈추었지만 이내 휘둘러버렸다.

잘린 목이 바닥에 구르고 흩뿌려진 붉은 피가 게르 벽을 타고 주르륵 흘러내렸다.

검은 깃발 창끝에 일그러진 밤바수흐의 목을 꽂아 앞세우고 할하 부족 군사들은 퉁랴오 군영으로 노도와 같은 기세로 공격했다. 차하르 부족 군영은 척트의 여동생 투고스빌렉의 아들 젊은 벌버 장군이 반달검을 휘두르며 자신의 병사들을 지휘하고 있었다. 용맹한 그의 기세는 가히 대대로 이어오는 척트 가문의 기상과도 같았다. 먼빛으로 그를 바라보던 척트 족장이 피 칠갑이 된 적장의 목이 꽂인 무쇠 창을 벌버를 향해 던지며 소리쳤다.

"당장 무릎을 꿇어라. 네 아비는 이렇게 참수되었다."

그러나 일순 놀라는 표정을 보였지만 벌버는 공격 자세를 풀지않았다. 척트 족장은 아들에게 명령했다.

"벌버를 죽이지 말고 생포하라. 벌버는 네 동생이다."

명령을 받은 뭉흐토야가 창을 들고 닥쳐오는 장졸들의 목을 쳐가며 벌버를 향해 세차게 군마를 몰았다. 폭풍 속 과일 떨어져 나가듯이 차하르 부족 장졸들의 잘린 목이 피를 튕기며 사방으로 뒹굴었다.


뭉흐토야 장군과 벌버 장군이 맞섰다. 뭉흐토야 장군의 무쇠 창과 벌버의 반달칼이 맞선 것이다. 그들은 이종형제다. 그러나 벌버는 자신의 모친이 할하 부족이었다는 것을 모르고 있다. 그가 태어난 후 핏덩이를 안고 도망을 치다가 범버수흐에게 잡혀 참수되었기 때문이다.

운명적으로 그들이 휘두르는 무쇠 창과 반달 칼날이 떠오르는 아침 햇살에 번뜩였다

뭉흐토야의 목을 베야 하는 벌버와, 그를 생포하려는 뭉흐토야와의 사투에서 당장 생존의 위협을 받는 벌버의 칼날은 더욱 거세다. 그렇게 휘두르는 칼날의 척도가 다르지만, 검은 깃발 끝에 꽂힌 아버지 범버수흐의 목을 본 벌버의 이면에 인간적 공포가 자신도 모르는 위축으로 다가올 수밖에 없었다.

앗뿔사, 그러나 무쇠 창과 칼날이 맞부딪치며 서로 몸을 돌렸을 때, 뭉흐토야 투구의 잘려 나간 가죽 끈이 벌버의 칼끝에 매달렸다. 간발의 차이로 벌버의 칼날이 뭉흐토야의 목을 스쳐 간 것이다.

군영은 차하르 부족 장졸들의 시체들이 널브러져 있었다. 할하 부족 장졸들이 정리하는 전장 터에 적진 군영의 깃발이 내려지고 할하 부족 깃발이 바람에 펄럭였다.

끝까지 자신의 목숨을 지키려고 발버둥 치는 벌버 장군의 반달칼과 그를 생포하려는 뭉흐토야 장군의 무쇠 창이 맞부딪치는 소리만 허공을 날카롭게 가른다. 벌버 장군의 칼끝에 매달린 뭉흐토야 장군의 투구 끈을 본 우군 장군 테르몽이 족장에게 말했다.

"좌군 장군의 투구 끈이 잘려 나갔습니다."

"걱정할 것 없다. 벌버가 휘두르는 칼 선은 처음부터 일정하지 않다. 공포에 질려있는 거야. 걱정하지 말고 전리품을 거두도록 명령을 내려라."

척트 족장은 벌버가 자신의 목이 달아날지언정, 끝내 항복을 하지 않

을 것이라는 걸 알고 있었다. 왜냐면, 벌버는 할하 부족적인 강한 근기를 가진 여동생의 아들이기 때문이다.

한편에서 전리품들이 낙타에 실리는데 칼날에 바람 잘리는 소리가 세차게 휘돌아 들리면서 뭉흐토야 장군의 무쇠 창끝이 넘어진 벌버 장군의 목을 바짝 겨눈다. 벌버는 자신의 손끝에서 튀어 나간 검을 잡으려고 팔을 위로 뻗었다. 그러자 뭉흐토야가 바짝 다가서며 벌버의 목에 창끝을 바짝 겨누자.

"생포하라."

척트 족장이 소리쳤다. 적장의 아들이지만 하나밖에 없는 여동생의 아들을 결코 죽일 수는 없었다. 그를 생포하여 고비로 데려가 진정한 할하 부족으로 만들고 싶었다.

약탈은 그렇게 얽히고설킨 가계를 구성했다. 그러나 뭉흐토야 장군이 벌버 장군의 목에서 창대를 거두며 돌아서는 순간, 바람을 가르며 순식간에 날아든 화살이 상체를 일으키는 벌버의 어깨에 박혔다. 손을 뻗어 반달칼을 잡은 벌버가 재빠르게 창대를 들고 돌아선 뭉흐토야의 등 뒤에 던지려는 그 짧은 순간이다, 상황을 응시하고 있던 척트 족장이 재빠르게 활을 쏜 것이다.

"욱-."

벌버의 비명 소리를 듣고 몸을 돌린 뭉흐토야가 창대를 내려 쥐고 멍한 시선으로 화살이 박힌 벌버를 바라보자 아버지 척트 족장이 뭉흐토야를 향해 내지른 일성이 피비린내가 진동하는 군영을 울린다.

"한순간도 방심하면 목숨이 위태롭다고 하지 않았더냐. 다 이긴 전쟁에 네 목이 벌버에게 달아날 뻔 하지 않았느냐. 저 녀석 어깨에 박힌 화살을 빼주고 포박하라. 고비로 데려갈 것이다."

두 부족의 약탈 전쟁은 이렇게 막을 내린다.

이때가 13세기 말이다.

척박하고 메마른 반사막 대지로 돌이 많은 섬 고비 구르반사이항, 석기시대부터 사냥과 목축으로 유목민들이 드문드문 살기 시작한 곳으로 고비 군영이 필요할 정도로 많은 유목민이 모여 산 곳으로 목축이 가능했다. 300년 동안 조상 대대로 이어진 두 부족의 크고 작은 전쟁은 그렇게 끝을 맺는다. 할하 부족 군영에 평화를 상징하는 수호기 톡그가 다시 펄럭이고 고비 유목민들은 평화로운 삶을 이어갔다.

*

이렇게 이야기를 끝낸 조부 앞에 놓인 대접에 엥흐자르갈이 뜨거운 수테채를 따르자 그는 음미하듯 여러 번 나누어 마셨다.

그리고 허어륵[7])을 꺼내어 뚜껑을 연 다음 진갈색 담배 분말을 손등에 조금 묻힌 뒤 코로 훅- 들이마신다. 조부가 준호에게 코담배 병을 건네주자 그것을 받아든 준호는 담배 분말을 손등에 묻힌 뒤 코로 훅, 들이마셨다. 눈물이 솟을 정도로 강한 담배 향이 코끝을 자극했다.

---

7) 허어륵(Xθθрθr) : 유목민의 인사법으로 미세한 담뱃가루가 들어 있는 주먹 안에 들어오는 작은 병으로 손님과 서로 주고받는 데 쓰인다.

# 2

# 몽골리아


　인류 미술의 발상지, 고대 몽골 암각화에 대한 회화적(繪畵的) 연구와 거기에 따른 글을 쓰고자, 석기시대부터 14세기까지 몽골 민족의 기원 신화와 세계 정복사, 그리고 파란 많은 몽골 문자의 역사까지 준호는 깊이 섭렵하고 있었다. 옛 파스파 문자부터 페니키아, 위구르, 거란 문자를 응용하여 13세기에 코빌라카안이 팍와 승려에게 몽골 문자를 만들게 하였지만 성공하지 못한 것, 다시 언드르게겡 잔바자르 승려에게 산스크리트 글자를 본따, 소욤보라는 문자를 만들게 하였지만 어렵고 복잡하여 널리 사용되지 못한 것, 또 1930년대에 잠시 영어 알파벳을 차용 하지만 1940년 러시아 키릴알파벳 사용을 법으로 정하면서 1950년 공식 통일 문자로 사회 전체에 통용되기까지, 장구한 몽골 문자 변천사의 학문을 바탕으로 하는 폭넓은 식견 또한 준호는 갖추고 있었다.
　그러나 하나의 틀 속에 쓸어 담을 수 없는 무구한 역사의 부침, 그들만의 독특한 예절과 의식(儀式), 현대에 엄존하는 유목민의 전통 등은 준호가 쓰고자 하는 몽골 암각화에 얽힌 이야기를 어디에서부터 실마리를 풀어나가야 할지, 어느 세기 과거로부터 원하는 영감을 얻어내야할지, 막연한 생각과 여러 고민을 안고 그는 몽골에 첫발을 디딘다.

몽골에 대한 연구를 바탕으로 몽골 가계사에서 전통은 문자 형태로 연결되고 그것은 곧 암각화의 부호로도 연결되는 것은 물론, 어느 민족이나 마찬가지로 조상 때부터 전승되어 내려오는 오랜 구비 적 전통은, 무엇보다 준호 자신이 쓰고자 하는 글에 중요한 실마리를 제공할 것이라고 생각하고 있었다.


이러한 목적을 가지고 몽골 UB 대학 연구교수로 부임하게 된 준호가 몽골을 찾은 것은 그해 겨울 영하 40도를 오르내리는 가장 추웠던 때로, 그간 탄 기체는 하얀 분말이 흩뿌려진 눈 덮인 대지의 하늘을 선회했다. 버려진 땅 같은 대지, 바람에 쓸린 눈의 흔적, 펼쳐진 한 장의 하얀 도화지에 흰 바둑알들이 놓여 있는 것처럼 황량한 게르들의 풍경이 기체의 나선형 창밖으로 내려다보였다.

기체가 기울며 방향을 돌려 하강하자 점차 뚜렷하게 보이는 눈밭 속 가옥들과 도시 변방 게르 촌의 굴뚝에서 피어오르는 연기에 덮인 울란바타르 도심, 그리고 끝없는 대지는 전형적인 시베리아 겨울을 연상시켰다. 끝없는 설원 복판으로 기우는 태양 빛에 반사된 동맥혈관처럼 피 빛으로 붉게 흐르는 강줄기는 도시의 식수 원천 톨 강이다.

버그드 산맥 아래로 흐르는 물길이 다른 곳으로 돌려질까 봐, 겨드랑이에 바짝 끼고 형성된 도시는 몽골의 수도 울란바타르다. 울란은 붉은색을 말하고 바타르는 영웅을 말한다. '붉은 영웅' 에서 강한 기상을 느낀다. 인민혁명이 달성된 후 혁명 영웅 수흐바타르를 기념하여 개칭된 수도명이다. 바람에 쓸린 눈발이 주름 무늬를 만든 땅에 보조 날개를 접으며 기체는 살포시 내려앉는다. 칭기즈 칸 국제공항이다.

검색을 마친 준호는 카터를 밀며 출구로 나왔다. 작은 푯말을 든 UB 대학 학과장 엥흐촐롱이 조교 여학생과 빨간 호르강말가이[1])를 머리에 쓴 한 여성의 팔짱을 끼고 출구로 나오는 여행객들을 응시하며 준호가 나오기를 기다리며 서 있었다.

킬릴자모 대문자로 푯말에 써진 자신의 이름을 본 준호는, 먼저 손을 들어 알리고 그들 앞으로 다가가 물었다.

"셈베이노? 엥흐촐롱 박쉬?"

(안녕하세요. 엥흐촐롱 교수입니까?)

"자-, 팀슈, 샘베이노."

(네-, 그래요 안녕하세요)

그들은 서로 반가워했다.

밖으로 나오자 그녀는 자신의 승용차에 준호의 트렁크를 받아 싣고 공항을 빠져나왔다. 꽤 넓은 도로를 달려 시가로 접어들면서 그녀가 일행을 가볍게 소개했다.

"앞으로 작가님을 도울 조교 학생과 제 친구예요."

"반갑습니다."

멋스러운 빨간 호르강말가이의 그녀가 말하는 친구라는 여인은 투명한 까만 머루 눈동자가 퍽 인상적이었다. 준호는 그녀가 개성적인 몽골 전통 미인의 모습이라는 생각 정도를 가진다.


해 저무는 울란바타르 도심은 번잡했다. 준호가 연구교수로 부임하게 된 지금까지, 학과장 엥흐촐롱과 이메일을 주고받으면서 그녀의 유창한 한국어 실력을 준호는 이미 알고 있었다. 그녀가 핸들을 돌려 도시 중앙으로 진입하며 한국어로 말했다.

---

1)호르강말가이(ХүрээганМалгай) : 새끼 양털로 만든 여성들의 전통모자

"코디네이터를 뽑아야 할 텐데, 직접 뽑겠다고 해서 일단 미뤄뒀어요. 코디네이터를 먼저 뽑는 것이 좋을 거예요. 연구하시는 일에 도움이 되고 여러 행정 수반을 하려면……."

"그렇게 하지요. 이번 연구 프로그램에 가능한 유목민 가정 출신으로 대학원을 졸업한 분이라면 좋겠습니다."

"코디네이터 문제는 따로 또 말씀드리지요. 오늘은 숙소에서 쉬시고, 연구실과 출근 안내는 내일 아침 조교 학생이 해줄 겁니다."

물론 준호는 코디네이터가 당장 필요했다. 그가 극구 코디네이터를 직접 선택하려고 한 것은, 가능하면 코디 업무에만 집중할 수 있는 유목민 가정 출신으로, 연구 프로그램에 도움을 받을 수 있는 전공을 가진 사람이 필요했기 때문이다.

다음 날 아침, 조교 여학생이 숙소로 온 것은 08시 30분경으로 쌀을 미처 준비하지 못한 준호는 가져온 패키지 누룽지로 대충 때우고 출근 준비를 마친 상태로 기다리고 있었다. 혹한에 벌겋게 상기된 얼굴로 나타난 조교 학생이 말했다.

"오늘 아침 온도가 영하 40도로 내려갔어요. 옷을 잘 입으셔야 해요."

그러면서 준호의 복장을 꼼꼼히 살폈다.

"되었어요. 신발은 어느 것을 신을 거예요?"

"총장님 인사도 드려야 하고, 오리엔테이션이 있을지 몰라 정장을 했는데, 이 신발을 신어야 하겠지요?"

하고 신발장 도어를 열고 밤색 단화를 꺼내자 조교 학생은 안 된다며 펄펄 뛰었다. 준호는 다시 커피색 가죽 운동화를 들어 보였다.

"그것도 안 돼요. 발목이 보이게 생겼어요. 어제 신고 오신 두터운 신발은 어디 있어요? 그걸 신어야 하겠어요."

"그래요? 그건 이쪽에 있는데……."

하고 옷장 바닥에 들여놓은 등산화를 보여주자,

"우선 되었지만 양털 내피가 누벼진 고탈[2]부터 장만을 하셔야 하겠어요. 몽골에서는 겨울에 몸 관리를 잘해야 해요. 털모자와 장갑도 준비해 오셨겠지요? 마스크도 있어야 해요"

"장갑은 여기에……."

장갑은 두 종류로 출구 선반에 모두 놓여 있었다. 조교 여학생은 그중 가장 두터운 섬은 가죽 상갑을 십어 들고 그걸 끼도록 권했다. 단순히 옷을 입는 게 아니라 전장 터로 출정하는 일종의 중무장이었다.


먼저 연구실로 향했다. 노트북 가방을 들고 숙소 건물 계단을 내려와 밤색 도어를 열고 나섰다. 갑자기 냉동실로 들어선 것 같은 살인적인 냉기가 얼굴 피부 틈새로 송곳처럼 파고 들었다. 마스크를 하였지만 콧 날은 칼날에 찢기는 듯 아렸다. 안경은 단번에 낀 성에로 시야를 방해했다. 기모 내복에 여러 겹 옷을 껴 입고 목을 감싸주는 폴러 셔츠와 가디건과, 모직 신사복에 종아리까지 감싸주는 롱코트를 입었지만 살인적인 기온이 피부를 찌를 지경이었다. 하지만 건조한 대기로 영하 38도의 감각은 점차 느끼지 못했다.

하지만 동작은 둔할 수밖에 없었다. 미세한 가루 눈발이 쌓인 길을 건너 대학 정문을 지나 조교 학생에게 안내된 곳은 본관 건물 맞은편 교수연구동 3층에 마련된 연구실로 준호의 명패가 붙어 있었다.

조용하고 아담한 방에 깨끗한 밤색 응접탁자와 조교의 책상, 그리고 앞으로 준호를 보필하게 될 코디네이터의 업무 책상이 놓여 있었다.

---

2) 고탈(гутал) : 양털 내피의 목이 긴 신발

그리고 총장 면담에 이어 국제 교류처 담당 직원들과 상면(相面)후, 장기 체류에 필요한 거주지 신고 등, 신상 문제를 처리하고 1월 초부터 시작되는 학과 강의 시간도 배정받았다.

학과장 엥흐촐롱의 요구에 준호는 맡게 된 학과의 교수 계획서와 월 2회의 특강 계획서를 이메일로 보냈다. 그녀는 학사 관리에 필요한 학과의 출석부. 그리고 준호가 몽골을 오기 전, 이메일로 미리 부탁한 코디네이터 신청자들의 파일을 연구실로 가져와 내밀며 말했다.

"뜻에 맞는 코디네이터 지원자가 있어요. 이 원서를 먼저 보세요. 제가 추천하고 싶은 사람인데 서류를 보시면 마음에 드실 거예요."

그러면서 특정인의 지원서 파일을 맨 먼저 책상에 내밀었다. 학과장이 내민 지원 신청자의 이름은 '척트 타이츠 벌드호약 엥흐자르갈'이라는 아주 긴 이름이었다. 한참 동안 이름을 본 준호가 말했다.

"성(性)으로 쓰는 벌드호약은 아버지의 이름일 테고, 척트 타이츠라는 원 조상 이름까지 성으로 붙여 쓰는 아주 보기 드문 이름이군요. 아마 척드(Цогт)라는 조상이 영웅(тайш/타이츠) 칭호를 받은 것을 후손들이 자랑으로 삼는 모양이지요? 타이츠라는 말은 지금은 쓰지 않는 영웅이라는 옛 종서 문자 뜻이잖아요? 필시 조상의 어떤 내력이 숨어 있을 것 같군요."

"네, 바로 보셨어요. 자기소개서를 보세요."

학과장의 관심은 누구보다 긴 이름을 가진 지원자에게 있었다. 경이로운 내용의 자기소개서를 본 준호는 내심 놀라며 한마디로 말했다.

"이분을 제 연구 프로그램 코디네이터로 쓰겠어요. 바로 채용처리해주세요."

자기소개서에는 13세기 할하 부족인 자신의 조상들이 대를 이어 부족장을 지낸 가문에, 척트라는 조상이 칭기즈 칸 통일 전쟁에서 영웅 칭호를 받았고, 다음 조상인 그의 아들 뭉흐토야가 칭기즈 칸 비서군 단을 지휘한데다가, 그 이전과 후대 조상들이 구르반사이항 아르갈리 산양 서식처인 절벽 동굴에 대대로 그림과 부호를 새겨 놓았다는 가문의 전설이 존재한다는 놀랄만한 내용이 기술되어 있었다.

하지만 만족해하는 준호의 표정을 본 학과장은 돌연 겸연쩍은 표정으로 눈치를 살피며 조심스럽게 다시 말했다.

"이런, 어쩌지요? 이미 알고 계시는 사람이예요."

그러면서 벗었던 암갈색 털모자에 장식된 구슬을 겸연쩍은 듯 만지작거리던 손을 멈추고 작은 미소를 보였다.

"네? 제가 알고 있을 리가 있나요? 이제 막 몽골에 왔는데."

"실은 공항에 같이 마중 나갔던 제 친구거든요."

"네? 그래요? 빨간 호르강말가이를 머리에 썼던?"

"네. 그래요. 미리 말씀드리지 못한 것은 미안해요. 그날 제 차 안에서 친구라고만 말씀드렸잖아요! 몽골 바위 그림에 대한 연구와 거기에 따른 글을 쓰려고 작가 한 분이 한국에서 연구교수로 오신다고 했더니, 집안 선조의 바위 그림 이야기와 맞아떨어진다며 공항에 따라 나온 거예요. 먼저 선을 보게 된 거지요. 도움을 많이 줄 거예요. 또 그런 가문의 내력을 역사적으로 조명해 보려고 대학원에서 몽골 역사학을 전공하고 교육부에 근무하고 있었어요. 외국 연구교수 승인신청서류를 가지고 교육부를 갔을 때 만났는데, 교수님 말씀을 듣고 대단한 관심을 보였어요. 자신의 가계사에 암각화에 얽힌 전설의 실마리를 풀고 싶은 뜻을 가지고 있고, 꼭 만나보고 싶다고 해서 일차 공항에 데려갔어요. 교육부 승인 문제를 그녀가 모두 처리해 줬어요. 그날 오면서 코디네이터 이야기를 듣고 스스로 나선 거예요. 본래 대 목축가인 시골 조부의 목축지로 들어갈 계획을 가지고 지금은 교육부를 그만뒀어요. 코디네이터로 선정해주시면 그 일을 마치고 시골 조부의 목축지로 아주 갈 거래요. 선택은 작가님 자유니까 마음대로 하세요. 부담은 조금도 갖지 마시구요."

"아닙니다. 전혀 부담스럽지 않습니다. 저에겐 아주 잘된 일이지요."

"그래요? 다행이군요. 그럼 바로 채용시킬게요."


준호는 다른 지원자의 서류를 더는 볼 필요가 없어졌다. 그리고 이미 공항에서 보았기 때문에 면접은 따로 볼 필요가 없다고 말했다. 그녀가 안목도 넓을 거라는 이유도 있지만 그녀의 이름 앞에 붙어 있는 성(姓)에는 '척트 타이츠'라는 그녀 조상의 이름과 몽골 역사학 전공자라는 점이 구미를 크게 당겼다. 그 이유는 엥흐자르 이름 앞에 성으로 쓰는 또 다른 조상의 이름 '척트 타이츠'에서 타이츠의 뜻이 지금은 사용하지 않는 고어(古語)로, 과거 대단한 귀족에게 주는 영웅을 의미하는 것으로 타이츠는 몽골 문자 역사에서 위구르 사람들에 의해 사용했던 몽골 비칙그로 추정되는 내려쓰는 종서 문자이다. 지금 통용되고 있는 키릴문자로 영웅이라는 뜻은 '바타르'인데 왜 지금 사용하지 않는 고어를 굳이 이름 앞에 성으로 쓰는지도 의구심이 들었다.

더불어 그녀의 자기소개서에는 조상들이 대를 이어 할하 부족 족장을 지냈고 구르반사이항 절벽 동굴 바위벽에 암각화를 새겼다는 전설이 대대로 전해왔다는 놀랄만한 내용이 대두된 만큼 굳이 면접을 볼 필요는 없었다.


정말 그게 사실이라면 대단한 영웅의 행적이 후손에 의해 비문 형식으로 기록되어 있거나, 암각화의 부호로 초원 어딘가의 바위에 새겨 있을지도 모르며, 또 거기에 따른 흥미롭고 독특한 그녀의 가계사가 필시 존재할 것이라는 추론을 배제할 수 없었다.

그 추측은 근사치보다 더 가깝게 적중했다. 왜냐면 후일 그녀의 이력서에 기록된 대로 그녀는 그 긴 이름의 내력을 설명해 주었다.

자기소개서 내용대로라면 그녀의 고향은 고비 구르반사이항으로 그곳은 그녀가 나중에 말해준 것처럼 영하 45도를 오르내리는 추운 겨울, 자랑스러운 가계사를 고비의 위대한 바위산 절벽 동굴 암벽에 부호를 새기던 척트 조상의 후손 뭉흐토야가 동굴 밖 초원 눈밭에서 의문의 동사(冬死)를 하였다는 지역이기도 했다.

또 후에 알았지만 그녀 엥흐자르갈은 조상의 전설에 강한 집념을 가지고 선조인 척트 타이츠의 영웅적 내력과 다음 조상 뭉흐토야가 단순한 자연 신앙적 배경을 가지고 동굴 암벽에 그림을 새겼던 것인지, 자랑스러운 가계사를 남기려고 새긴 것인지, 자신이 나서서라도 정리하고 직접 확인하려는 강한 의지를 가지고 있었다.

그러니까 그녀 가계의 돌 그림에 대한 전설은 준호에게 타이츠라는 고어의 영웅이라는 뜻으로부터 영감을 던졌다. 대단한 관심을 불러일으켰다. 어차피 준호가 몽골에 발을 붙이게 된 연구목적 또한, 몽골 암각화에 얽힌 이야기 하나를 들춰내어 풀어볼 심사였기 때문에, 그녀가 코디네이터 모집에 응하고 준호가 그녀를 선택한 것은 서로에게 행운이었다. 하므로 그녀의 등장은 척트 타이츠 시대의 전설의 돌 그림을 추적할 수 있는 더 없는 기회로 성큼 다가선 것이다.


"엥흐자르갈? 샘 베이노?"

(엥흐자르갈 안녕)

며칠 후 학과장으로부터 통보를 받은 그녀가 노크를 하고 연구실로 들어오자, 출구에서 머뭇거리는 그녀를 몽골어로 반겼다.

그러자 그녀는 한국어 능력 시험에 수석을 할 정도로 탁월한 실력을 갖추고서도 의아스러운 표정을 눈으로 잠깐 짓고서 재치 있게 몽골어로 인사를 받았다.

"오올즈상다 바야르테이 바인."

(뵈어서 반갑습니다.)

그러면서 자신을 선택해 준 것을 고마워했다.

*

이제 그녀는 앞으로 여러 번역을 돕고 연구실과 준호의 일정 관리, 특히 암각화 박물관 안내와 유목민 레지던스 지역에 흩어져 있는 암각화와 관련된 일들을 도와줄, 그녀 스스로 선택한 임무를 맡게 되었다.

동시에 그녀가 마음먹고 있는 조상의 동굴 암각화를 찾으려는 욕망과 준호가 계획하고 있는 암각화에 얽힌 이야기를 찾는 일과 겹쳐지므로 둘은 자연스럽게 공통의 대상물을 찾는 동반자 입장이 된다.

만약 준호가 선택한 코디네이터가 적당한 곳을 데리고 다니며 그저 안내만 하는 일반적인 사람이었다면 암각화에 얽힌 대상을 찾으려고 헤매다 말거나, 조급하게 초원에 노출된 암각화들만 관광객처럼 끼웃거리다가 소득 없이 되돌아올 공산이 뻔했을 것이다. 하므로 그녀의 등장은 준호에게 대단한 행운이었다.

# 3

# 엥흐자르갈

몽골 대통령배 국립 도서관과 역사박물관에 자료 수집을 갔던 날, 준호는 엥흐자르갈과 기초적인 몽골 암각화를 포함하여 많은 이야기를 나눴다.

이미 어느 정도 눈치를 채고 있었지만, 그 무렵 준호는 그녀가 일상적인 호의 이상으로 이성적인 감정을 크게 가지고 있다는 것을 느끼게 된다.

왜냐면, 그녀는 코디네이터 업무 범주를 벗어나 준호에 대한 관심 폭이 의외로 넓어졌다는 점이다. 그것을 알게 된 것은 구체적으로 강의 분위기가 잡혀가고 학생들과 커뮤니케이션이 순조롭게 이루어지기 시작할 무렵, 그녀는 강의에 필요한 몽골어 번역물을 이메일로 보내주면서 공적 관계를 벗어난 사적인 자신의 감정의 글을 따로 보낸 것이다.

마치 그녀는 시인처럼 시(詩)구절 문장으로 자신의 속마음을 한국어로 쓴 뒤, 다시 하단에 같은 내용을 몽골어로 표기한 내용이었다.

하지만 준호는 공적인 일이 아니어서 사적인 부분의 내용에는 관심을 두지 않았다. 자신에게는 그런 일이 일어날 수도 없거니와 엄두도 내지 못할 일로 간주하고 있었다.

그런데 얼마 뒤부터 그녀의 태도는 더 확연하게 달라졌다. 연구실 책상에 몽골에서는 재배되지 않는 여러 수입 꽃을 갑자기 구해다 화병에 꽂아 놓는다든가, 준호의 책상 옆 창가를 화분으로 장식한다든가, 식사를 더 관심 있게 걱정해 주며, 거기에 더하여 준호가 모르는 사이 자신이 조리한 먹을거리를 사감에게 키를 받아 숙소에 가져다 놓거나, 나중에는 미처 남겨놓은 설거지는 물론, 방 안 청소까지 말끔하게 해놓는 것을 보면 그녀는 공적인 범위를 한참 벗어나 있다는 것이다.


그녀와 함께 찾은 국립 도서관에는 특별한 암각화와 몽골 역사를 알수 있는 자료들이 풍부하게 보존되어 있었다. 단 하루에 몽골 역사를 자세히 알 수는 없었다. 그녀는 각 구역마다 몽골 역사학 전공자답게 필요한 설명을 열심히 해주었다.

해 질 녘이 되어 도서관 문을 닫게 되어서야 둘은 그곳을 나왔다. 출구 도어를 열면서 준호가 말했다.

"엥흐자르갈, 너무 추워요. 배도 고프고  우리 어디 가서 저녁 겸 뭐좀 먹어요."

그러자 그녀는 머루 눈빛을 반짝이며,

"그래요. 곧 해가 져요. 여긴 빨리 밤이 와요. 좋은 장소로 안내할게요."

하고 말했다.

그녀의 안내로 간 곳은 수흐바타르 광장 근처 빌딩 조용한 3층 카페였다. 도어를 열고 들어가자 웨이터가 그들이 걸친 외투를 받아 들고 입구 옷방 옷걸이에 걸고 번호표를 주었다. 몽골은 두터운 외투를 입어야만 추위를 견디기 때문에 대중 업소에서는 입구 옷 방에 외투를 벗어두고 실내로 들어가게 되어 있다. 울란바타르 대학에서도 세 개의 교실을 옷 방으로 사용하고 관리인이 학생들의 옷을 맡기면 번호표를 주고 관리한다. 창문 밖으로는 영웅 수흐바타르 동상이 보였다. 칭기즈 칸 동상이 건물 중앙에 보이고 의회 건물 옥상에서 몽골 국기 소욤보가 해지는 검은 그늘에 내려지고 있었다.

실내 분위기는 조용하고 아담했다. 잔잔한 몽골 음악이 흘러 나왔다. 몇몇 연인들이 식사를 하거나 커피를 마시고 있었다. 웨이터가 메뉴판을 가져와 내밀었다. 그녀는 메뉴판 음식을 골랐다. 그리고 메뉴판을 돌려 손가락으로 음식의 이미지를 가리키며 권했다.

"이걸 권할게요. 몽골 음식이 서구식으로 차려 나온 거예요. 이건 양고기로 조리된 초이방[1])과 보쯔[2])구요. 따로 야채류가 섞여 있어요."

준호는 그녀가 권하는 음식을 택했다. 그녀는 가벼운 것으로 주문했다. 식사가 끝나고 커피로 입을 적시며 비로소 암각화 이야기가 자연스럽게 흘러나왔다. 그녀는 몽골 암각화 연구와 그것을 주제로 글을 쓰려고 한국에서 연구교수 한 분이 오신다는 것을 친구인 엥흐촐롱을 통해 알고 있었다는 것을 먼저 내비친 뒤, 자신의 가계에 대한 일들과 연결하여 자신의 조상들이 새겨 놓은 동굴 암각화를 자신이 나서서라도 찾는 것은 물론, 언젠가는 그 내력을 꼭 확인하겠다는 의지를 가지고 있었다면서 말을 계속 이어 갔다.

"전, 작가님께서 강의를 하시면서 몽골 암각화를 주제로 글을 쓰시려고 오신다는 말을 처음 들었을 때부터 관심을 가졌어요. 학기에 맞춰 이번에 오시는 걸 알고 엥흐촐롱에게 만나보고 싶다고 부탁했어요. 공

---

1) 초이방(чуйбан) : 다진 양고기와 칼국수를 기름에 볶은 음식
2) 보쯔(Бууз) : 우리의 만두와 같은 음식

항에서 처음 뵌 날 이상하게 가슴이 뛰었고, 두 분이 코디네이터를 정하는 말씀을 나누시길래 엥흐촐롱에게 뜻을 밝혔더니 연락이 왔지 뭐예요. 작가님의 코디네이터를 정말 해 볼 거냐는 말에 얼마나 반가웠는지 몰라요. 단박에 지원을 했죠. 기대는 하지 않았지만 여러 신청자 중 제가 선택되었다고 하길래 무척 기뻤어요. 제가 원했던 작가님을 모시게 되었거든요. 제가 생각하는 것과 작가님의 목적이 너무 같잖아요! 그래서 저는 신이 났어요. 지난번 숙소를 청소하는데 얼마나 즐거웠는지……."

그러면서 그녀는 말끝을 흐렸다.

"엥흐자르갈, 여러 가지 도와주는 것 고마워요. 나는 엥흐자르갈의 가계사가 매우 궁금해요. 또 엥흐자르갈이 그런 가문의 후손이라는 점을 퍽 다행으로 생각해요. 타이츠는 고대에 영웅이라는 뜻으로, 지금 사용하지 않는 몽골 비칙그 문자인 고어를 사용하는 것은 필시 척트라는 조상에 대한 전설이 존재한다는 것과 그 조상들이 동굴 암벽에 그림을 새겼다는 전설이 사실이라면 저의 연구 프로그램을 도와줘요."

"네, 그래요. 어차피 제가 할 일인 걸요. 그러나 저보다는 목축을 하시는 조부께서 가문의 역사를 더 자세히 잘 알고 있어요. 울란바타르 도시 생활도 시골 조부와 어머니의 도움이 없으면 전 할 수 없어요. 더구나 제가 태어나기 전에는 몽골이 사회주의였는데, 그 이전의 가계 역사를 제가 소상히 알 리가 없죠. 그러나 전 자라면서 척트 타이츠라는 선조 이름을 저의 이름 앞에 성(性)으로 붙여 사용하는 것을 의문을 가지고 자랐고, 저의 화두가 되어왔어요."

"네."

"다만 제가 아는 것은 전해오는 말로 타이츠(영웅) 칭호를 받은 척트라는 조상이 계셨다는 것, 그다음 뭉흐토야라는 이름을 가진 조상이 대를 이어 아르갈리 산양 절벽 동굴에 부호와 그림을 새겼다는 것, 이런 가계의 전설이 여러 조상을 거쳐 오며 전승되어 온 거지요"

그녀 가계의 전설은 처음부터 준호에게 커다란 영감을 던졌다. 표면상의 이야기만으로도 가슴이 설렐 정도였다. 그녀는 몽골의 추위에 양 볼에 홍조가 띄워져 있는 넓은 얼굴의 전형적인 몽골 여인의 모습은 아니었다. 호르강 털모자가 잘 어울리는 도시형 얼굴로 까만 머루 눈동자는 매력마저 넘치고 있었다.

그런 그녀에게 의문이 있다면 미혼이라는 것을 말하지는 않았지만, 기혼이라면 남편 이야기나 자녀 이야기를 할 만도 하지만 그녀는 전혀 언급하지 않았다.

밤이 깊어갔다. 마침내 그녀가 기회를 엿본 듯 조심스럽고 나직한 음성으로 말했다.

"작가님?"

"네, 엥흐자르갈, 말해 봐요."

"저기…… 번역 원고는 어땠어요?"

"강의가 편할 만큼 번역을 아주 잘해주었어요."

준호는 그녀가 덧붙여 보낸 메일 내용에 대해서는 언급하지 않고 공적인 부분만을 말했다.

"……"

그녀의 침묵에 준호는 갑자기 그녀가 무엇을 내비치고 있는지 알아챘다.

"제, 메일 내용에 대해서……"

"……"

그녀는 머뭇거리며 말끝을 흐렸다. 준호를 바로 바라보지 못하고 입술을 지그시 깨물며 몸 둘 바를 모르는 표정을 보였다.

시간이 흐를수록 준호가 함구하자 홍조를 띄운 그녀는 당황했다. 하지만 준호는 밑도 끝도 없이 그녀가 원하는 대답을 해줄 수 없었다. 그렇지만 이처럼 조바심을 보이는 그녀를 어떤 말을 통해서라도 부끄럽지 않고 지금의 순간 모면을 할 수 있도록 만들어 줘야 했다.

"엥흐자르갈?"

"네, 작가님."

그녀는 작고 빠르게 대답했다.

"왜, 그런 마음을 가지게 된 거죠?"

하고 군색한 표정의 그녀에게 해명할 수 있는 상황의 틈새를 살짝 열어 주었다. 그녀는 그 틈새를 얼른 빠져나온다.

"공항에서 처음 보면서 이상하게 가슴이 뛰었는데, 친구인 학과장에게 코디네이터 합격 통보를 받고 기쁜 마음으로 작가님 연구실에 처음 갔을 때……."

그녀는 또 말끝을 흐렸다.

"갔을 때?"

"네, 그때. 제 기분이 이상했어요."

"어떻게요?"

"분명 업무적으로 갔는데 작가님이 아니라 남편의 부름을 받고 가는 것 같은 이상한 설렘……?"

"네?"

엉뚱한 그녀의 말에 준호는 잠시 놀랐다. 준호는 다시 관심있게 물었다.

"그리구요?"

"제가 들어가자 '엥흐자르갈, 샘배이노?' 하시며 늘 보아온 것처럼 다정스럽게 몽골어로 인사를 하시는데, 저도 모르게 가슴이 철렁 내려앉았어요. 그리고……."

"그리고, 또, 뭐죠?"

"점심시간에 교수 식당에서 손수 식사를 챙겨 드린다든가, 거기에다가……."

"네, 그만 해요. 엥흐자르갈 알았어요."


준호는 그녀의 말문을 가볍게 막았다. 그녀는 그저 어린 초등학교 학생이 좋아하는 선생님 앞에서 부끄러워하는 순수한 표정을 보였다.

준호는 그 정도 선에서 생각하기로 했다. 그러나 그녀는 꼭 코디네이터가 아니라 할지라도 당장 준호에게 꼭 필요한 존재다. 그녀의 도움 없이 무엇 하나 이곳에서 제대로 할 수 없을 정도로 준호는 그녀에게 의지해야만 하는 상황에 놓여 있었다.

그녀 조상의 가계사는 준호가 연구하는 거의 모든 것을, 어디에서도 찾기 힘든 거의 전부를, 통째로 몽땅 가지고 있었다. 그러므로 그녀의 감정이 손상되지 않도록 모든 일을 원만하게 진행해야 하는 상황이었다.

준호는 그녀의 고백을 덥석 받아들일 수도 없었다. 그녀가 부끄러워하지 않는 환경을 유지하며 지내기로 마음먹었다. 그래서 준호는 이렇게 말한다.

"마음에 담아 두겠어요. 결코 나쁘게 생각하지는 않아요. 나쁘지도 않아요."

그녀가 꼭 싫은 것은 아니지만, 연구목적과 과제를 두고 당장 그녀에게 기울어지지도, 기울어져서도 안 되는 일 이었다.

# 4

# 울란바타르의 밤

2월에 접어들자마자 울란바타르 도시는 차량과 인파로 붐볐다. 몽골의 대명절 차강사르[1]가 코앞에 닥쳤기 때문이다. 차강사르는 봄이 시작되는 음력 1월 1일, 즉 새해의 첫날을 기념하는 명절이다. 차강은 흰색을, 사르는 달을 의미하는 것으로 우리의 설날과 같다.

이렇게 인파가 붐비는 것은 명절에 고향을 찾는 사람이 많을뿐더러 가는데 며칠씩 걸리는 먼 거리의 고향을 찾아나서기 때문에 일찍부터 인파가 붐빌 수밖에 없다.

준호에게 향심의 뜻을 밝힌 엥흐자르갈은 더욱 발전된 태도로 성의를 보였다. 여느 때처럼 연구실 책상 화병에 시든 꽃을 갈아주고 커피잔을 책상에 내려놓으며 말했다.

"설날과 여성의 날이 겹쳐져서 월요일부터 보름 동안이나 학교가 쉬어요. 할아버지와 어머니가 계시는 고향 시골을 가야 하는데…… 매년 명절을 쇠고 오거든요. 궁금해하시는 조상에 대한 조부님 말씀도 들어

[1) 차강사르(Цагаан сар) : 음력 1월 1일, 우리의 설날과 같은 몽골의 설날.

야 하고 함께 가셨으면 해서요."

그러면서 준호의 눈치를 살폈다.

준호는 다가오는 연휴를 의식하고 있었다. 추위가 풀린 뒤 가려던 계획을 차제에 당기는 것도 좋을 것 같았다. 더구나 봄철 유목지를 이동하게 되면 고귀한 조부의 조상 이야기를 듣기에 어려움이 따를 테고, 대명절인 차강사르와 게르 생활을 체험할 수 있는 더없이 좋은 기회로 몽골에 발을 딛고 첫 여행이기도 했다.

"그래요. 조부에게 가계의 전설과 조상의 동굴 암각화 이야기를 들을 수 있는 기회가 앞당겨지니까…… 하지만 명절에 가족들에게 방해가 되지는 않을지……."

하는 말에 그녀는 일순 기쁜 표정을 내비쳤다. 그리고 다른 주문을 했다.

"방해라니요. 그렇지 않아요. 저, 그런데……."

"그런데? 무슨 이유가 또 있나요?"

"아뇨, 전, 괜찮지만……."

그녀는 또 망설였다.

"어서, 말하지 않고……."

그러자 그녀가 조심스럽게 다시 말했다.

"전날, 저의 집에서 함께 주무시고 다음 날 새벽 버스를 타야 하니까요."

"네?"

아무렇지 않게 말하는 그녀의 요구에 놀라자 그녀가 빠르게 말을 이었다.

"저의 집 쪽에 버스 정류소가 있거든요. 시간도 그렇고."

그러면서 눈치를 다시 살폈다.

"편한 대로 하기로 해요."

하고 그녀의 뜻을 선뜻 받아들였다. 그러자 그녀는 의미 있는 미소로
다시 말했다.

"하시는 일에 정말 보셔야 할 것도 있거든요."

하며 준호의 목적에 도움이 될 거라는 귀띔으로 확실한 동의를 얻어
냈다.


연휴 전날, 그녀가 숙소로 온 것은 해지는 저녁으로 준호가 여행준비
를 모두 끝냈을 때였다. 택시를 타고 울란바타르 시내를 한참 동안이나
질주한 뒤 외곽지역 한 도로에 내린 곳은 수흐바타르구 5허러 5구역으
로, 진녹색 지붕의 간등사 대웅전 라마 불교 사원 건물이 장엄한 모습
으로 멀리 서 있고, 사원 오름길 양편에 흑 무당들의 게르에 세워진 장
대의 깃발들이 펄럭이는 광경은 고대 부족사회 군영 깃발처럼 보였다.

주변 건물과 그녀의 아파트는 1924년 몽골 사회주의 이후 구소련지원
으로 세워지고 노동자들에게 배급한 러시아풍 조립식 아파트 건물이었
다. 건물 3층으로 오르는 통로는 아주 비좁았다. 실내 또한 작은 방 두
개와 협소한 주방과 화장실이 전부였다. 조금 큰 방을 그녀는 거실 겸
침소로 쓰고 있었다. 그러니까 게르 살림 정도의 단조로운 가구와 비좁
은 실내는 몽골 사회주의 형식을 띠고 있었다. 2000년 전 부터 유목 문
화로 살아온 자유 몽골이 사회주의 체제로 변하면서 대 격동이 시작되
었다.

사회주의 네그델(집단화) 정책으로 유목민의 가축은 몰수했고 가축을
몰수당한 유목민들은 살길이 없어 울란바타르로 몰려들었다. 그때부터
몽골은 정착 문화가 뿌리를 내리기 시작했고, 유목민들은 도시건설 노
동에 동원되고 배급제가 시작되었다.

서너 식구 정도가 주거할 수 있는 공간이지만 충분한 기능은 있어 보

였다. 바닥은 몽골 전통 문양이 새겨진 적갈색 양탄자가 깔려 있었다.

대체 적으로 유목 생활의 이동에 편리한 간편한 가구만을 소유했듯 그녀의 살림은 필요한 것만을 갖추고 있었다. 이렇게 단조로운 방안 구조 속에 거실 벽에 실로 짠 칭기즈 칸의 초상이 나붙어있고, 중앙난방으로 실내는 온화했다. 시선을 잡아끈 것은 또 다른 벽면 전체를 채운 커다란 양피지 표면에 암각화가 탁본 된 아주 오래된 그림이었다.

양 피지 암각화 탁본에서 준호는 눈을 떼지 못했다. 그녀가 정말 봐야 할 것이 있다던 것이 바로 이 양 피지 탁본일 것이라는 짐작이 갔다.

그것 말고도 그림이 걸린 벽 아래에 오래된 손때 묻은 머링호오르가 놓여 있었다. 그것들은 모두 골동품 냄새를 풍기는 것들로 양 피지 암각화 탁본에 관심을 보이는 준호의 표정을 읽었는지, 주방에서 수테채를 담은 구리 주전자와 대접을 가져와 탁자에 놓으며 그녀가 말했다.

"꼭 보셔야 할 게 있다고 말씀드린 건 양피지에 탁본 된 돌 그림이에요. 제가 아끼는 저것을 너무 커서 가지고 나갈 수가 없기 때문에 오시도록 한 거예요. 머링호오르와 두 가지는 저에게는 둘도 없는 가보예요. 돌아가신 고조부로부터 증조부와 조부를 거쳐 내려온 것을 아버지가 보관하셨고, 이제 제가 보관하게 되었어요. 군인이었던 아버지는 제가 태어나는 해에 군대에서 돌아가셨어요. 그래서 아버지 얼굴은 전혀 알 수 없어요. 빛바랜 흑백사진뿐이에요. 그 후 어머니와 전 할아버지와 함께 유목 생활을 할 수밖에 없었어요. 유목민이었던 고조부께서도 조상의 돌 그림에 관심이 컸나 봐요. 동굴 암벽에 양 피를 종이처럼 얇게 가공해 탁본을 떠 가계의 내력으로 대물림하셨으니까요. 그리고 양 피지 탁본 돌 그림과 조상 척트 타이츠 시대의 돌 그림이 분명 어떤 연관이 있으리라 저는 생각해 왔어요. 그래서 양피지 탁본에서 가계의 실체를 꼭 찾으려는 욕심을 부리는 거예요. 아니 꼭 찾고 싶어요. 제가 남자거나 아니면 남동생이나 오빠라도 있었으면 진즉 찾아냈을 거예요. 그런데 목적이 너무나도 똑같은 작가님과 이 일을 함께하게 된 것이 전무척 기뻐요."

"……"

양 피지 탁본과 그녀가 말하는 내력만으로도 준호를 흥분시키기에 충분했다. 양 피지 탁본에는 '척트타이츠 바트빌렉'이라는 키릴문자가 아닌 종서로 내려쓴 문자는 13세기경 위구르문자에서 따온 옛 몽골문자인 비칙그로 시대성을 여실하게 증명하고 있었다.

더욱이 몽골은 옛 문자 몽골 비칙그를 부활하는 운동을 전개하고 있었다. 그러므로 바트빌렉이라는 조상 또한 척트 타이츠라는 조상의 이름을 자신의 이름 앞에 사용한 것을 보면, 그가 위대한 가계의 전설을 양피지에 탁본을 떠 계승하고자 했다는 것으로 볼 수 있었다. 그의 피를 이어받은 그녀 또한 조상의 피를 계승하여 그 뜻을 이루려는 것으로 보아도 틀린 이야기는 아니다.

양 피지 탁본의 비칙그 문자를 본 준호가 물었다.

"양 피지 탁본 하단 문자는 비칙그 문자 아닌가요?"

"네, 맞아요. 몽골 비칙그는 중앙아시아의 정신 문화사에 매우 중요한 지위를 차지하고 있어요. 수백 년 동안 몽골인의 전통적인 생활과 정서적 특수성을 간직해온 문자인데, 이 문자는 8~9세기경 위구르 사람들이 서그드에서 받아들여 사용하다가 13세기경 몽골 사람들에게 전해져 왔다고 학계는 보고 있어요. 그러나 최근 학자들은 위구르를 통해서가 아니라 몽골인들이 서그드로부터 직접 문자를 받아들인 것이라는 견해를 제기하고 있어요. 구 몽골 문자는 호칭(구)몽골 비칙그, 호칭 비칙그, 위구르찡 몽골 비칙그, 서부 몽골과 할리막에서는 호담 몽골비칙그, 등으로 불리기도 했지만, 그대로 몽골 비칙그, 즉, 몽골의 옛 문자라고 부르는 것으로 족해요. 몽골 비칙은 위에서 아래로 내려쓰는 종서 원칙을 가지고 있어요. 왼쪽에서 오른쪽으로 써나가게 되어 있고, 기본적으로 7개의 모음과 26개의 자음으로 이루어져 있고, 이 문자의 정서법과 오늘날 따르고 있는 형태의 기본 문자는 19세기에 형성되었을 것으로 보고 있어요. 몽골 비칙은 자모의 음운이 적고, 몇 개의 기본 그림으로 이루어지기 때문에 배우고 가르치기가 쉽다고 하지만, 실제로 외국인이 배우기에는 그리 쉽지는 않아요. 몽골 비칙은 천 년 이상의 세월을 거쳐오며 몽골 민족에 의해 사용되어온 유일한 문자인데 옛날에 달리는 말 위에서 썼던 글자라는 말처럼 매우 빠르게 써 내려갈 수 있는 특징을 지니고 있어요. 몽골 비칙은 1940년대까지 모든 공적인 일과 출판에 사용되었지만 1930년대부터 몽골 비칙을 새로운 문자로 바꾸려는 시도를 하기 시작했어요. 왜냐면 1930년 4월에 있었던 몽골 인민혁명당 제8차 대회에서는 기존 몽골 비칙이 언문일치가 되지 않는다는 문제점이 제기된 거예요. 따라서 새로운 문화 발전을 위해서는 새로운 문자를 사용하여야 한다는 주장이 제기되어, 이에 따라 라틴어를 사용하는 일을 추진하도록 결정했지만, 라틴어는 몽골어 발음을 모두 충족시키는 데는 그 기호가 부족해서 출판 등 기술적인 면에서 어려움이 따랐어요. 12년 동안 몽골 비칙을 바꾸려던 언어 정책은 많은 재정적 손실만을 끼치고 실패하고 만 거죠. 그래서 다시 몽골 비칙을 러시아 문자인 킬릴을 기초로 하여 사용하자는 주장이 제기되어 1941년 러시아-몽골 공동 회의에서 이에 대한 일을 추진하기로 하였고, 1945년 5월 회의에서 1946년 1월 1일부터 새로운 문자인 킬릴을 사용할 것을 공포했어요. 러시아 자모 33자에 Θ(어)와 Y(우)를 합해 지금 사용하는 몽골 문자의 자모가 구성된 거예요."

몽골 역사학 전공자다운 자세한 설명이다.

이제 준호는 암각화에 얽힌 이야기와 대상을 찾아 헤맬 필요가 없었다. 엥흐자르갈이라는 존재는 확실한 양 피지 탁본을 매개체로 준호와 그녀의 조상 사이에 징검다리 역할을 해줄 인물이었다.

많은 암각화가 몽골에 존재하지만, 그녀의 가계 속에 호흡하는 이 암각화 표본은 준호가 연구 하고자 하는 일에 최상의 증표로 코앞에 바짝 다가와 있었다.

건넌 방에서 전통의상인 델[2])로 갈아입고 한참 동안이나 주방에서 궁싯거리던 그녀가 음식을 내왔다. 그녀가 갈아입은 과거 할하 부족들이 즐겨 입는 푸른 비단의 의상은 그녀의 몽골적인 아름다움이 더욱 돋보이게 했다.

민족의상을 입은 그녀는 또 다른 매력을 드러냈다. 그러나 그녀가 입은 델의 단추가 뒤로 붙어 있는 것이 눈에 띄었다.

"엥흐자르갈의 델은 참으로 아름다운데, 왜 단추가 뒤에 붙은 거지요? 뒤로 잘못 입은 것처럼……."

그러자 놀란 눈을 크게 뜨며 그녀는,

"오- 어쩜, 보시는 눈이 예민하시네요. 그런 관찰력을 가지셨으니 왜 델을 뒤로 가게 입었는지 짐작은 하시겠군요. 그래요. 이것도 집안의 전통에 따른 것이에요. 저희 가문은 손이 귀했어요. 지금 가문을 보아도 여러 오빠가 있었지만 모두 일찍 죽었어요. 아버님도 그렇고. 저까지 그럴까 봐, 제가 태어나자 처음 옷을 해줄 때부터 어머니는 옷깃의 방향을 반대로 만들어 입혀 주었어요. 그러면 귀신이 사람이 아닌 줄 알고 그냥 지나갈 것으로 믿은 거예요. 그래서 전 지금껏 살아있는지도 몰라요. 뵙게 될 시골 조부 이름은 훙비쉬(хүн биш사람이 아니다.)예요. 그러니까 척트타이즈 훙비쉬라 부르는 거지요. 아예 증조부께서 '사람이 아니

---

2) 델(Дэл) : 우리의 한복 위에 입는 마고자와 같은 몽골 전통의상

다.'라고 이름을 지어줬으니까 귀신이 데려가지 못해 지금껏 살아계신 것인지 몰라요. 사람이 아니라는데 어떻게 귀신이 데려가겠어요?"

웃음이 터질 일이지만 그녀의 말하는 태도는 진지하다. 몽골은 현대 문명과 유목민적인 자연 신앙의 개념이 함께 공존하고 있었다.

그녀가 차려온 양고기가 주종을 이룬 저녁을 끝내고 침대에 걸터앉아 수테채를 마시며 드넓고 척박한 고원지대의 고독감을 연상하게 하는 구음으로만 이어지는 몽골 전통음악을 Mp3로 감상했다.

망망대해 같은 초원에서 전통의상 델을 입고 붉은 부스[3]를 허리에 두르고 무늬가 화려한 고딜에 호르강모자를 쓴 목자가 초원 하늘 끝을 바라보며 양 떼를 향해 내는 소리는 몽골의 장가(長歌) 토올이다. 그녀는 수테채가 떨어지지 않도록 잔을 채웠다.

분위기를 바꾸고 싶었는지 그녀는 마유주를 내왔다.

"이건, 어머니가 직접 만드신 거예요."

작은 대접에 마유주를 따라주며 그녀가 말했다.

그리고 자신도 마셨다. 마유주에 알콜 기가 있었다. 그녀는 서너 잔 마유주를 들이켰다.

"엥흐자르갈, 알콜 기가 있는데 취하지 않을까요?"

"제가 즐겨 마시는 거예요. 많이 마시면 취기가 오르지만 건강에는 좋은 술이에요."

손을 뻗자 벽에 기대어 놓은 머링호오르가 손에 닿았다. 진갈색 마두금의 얄팍한 표면이 손때에 반들거렸다.

"머링호오르 소리 들어보셨어요?"

"수년 전 내몽골에 있을 때 들어본 적이 있는데 소리가 좋아 CD를 구입했어요."

---

3) 부스(Бүс) : 델을 입고 허리에 두르는 천

"그래요? 부족하지만 제 연주 솜씨를 보실래요?"

그러면서 그녀는 기원 신화에 등장하는 사랑의 전설을 가진 말(馬)과 연관이 깊은 머링호오르의 몸체를 어루만졌다.

"이건 동굴에 들어가 조상의 돌 그림을 양 피지에 탁본을 뜨셨던 고조부께서 말가죽을 대어 직접 만들고 연주하셨다는 것인데, 양 피지 탁본과 똑같이 제가 가보로 여기는 거예요. 그걸 보면 고조부께서는 음악 소질도 대단하셨던 것 같아요. 지금 할아버지도 잘 켜시는데 제가 어릴 적에는 그 소리를 들으며 자랐어요."

엥흐자르갈의 머링호오르 연주는 초원의 외로운 말 한 마리가 먼 하늘을 바라보며 머리를 들어 올리고 자신의 슬픔을 호소하는 것처럼 느껴졌다. 머링호오르의 애잔한 음률에 그는 황량하고 적막한 고원 풍경 속으로 끌려 들어가는 것 같았다. 수준 높은 솜씨다. 이전과 다른 새롭게 느껴지는 몽골 인의 본질이 그녀로부터 가슴에 와 닿는다. 악기를 내려놓은 그녀가 조용히 말했다.

"이상하지요?"

"……."

"작가님 연구실에 처음 갔던 날 남편의 부름을 받고 가는 것처럼 설레었던 마음, 그리고 또……."

그러면서 그녀는 자신이 미혼이라는 암시를 은연중 내비쳤다.

"……."

\*

그녀의 내면을 느끼는 울란바타르의 밤이었다.

# 5

## 은빛 설원과 머링호오르

"삼일 동안 버스로 가야 하는데 돈드고비를 거쳐 구르반사이항에서 내리면 조부께서 말을 가지고 나오실 거예요. 참, 말 타실 수 있어요? 구르반사이항에서 게르까지는 말을 타고 가야 하는데, 추우니까 이걸 입으세요. 지금 입으신 걸로는 어림도 없어요. 신발도 이걸로 갈아 신으시고."

어둑 발이 남아있는 이른 새벽에 꾸려 놓은 배낭끈을 조이며 그녀가 말했다. 그리고 다시 설작을 열고 두툼고 오래된 고탈 한 켤레와 고청색 (古靑色) 델과 허리에 두르는 노란 부스를 내놓았다. 고탈 표면은 밤색 말가죽이었고 양 털로 내부가 누벼진 것이었다. 그녀는 다시,

"모두 아버지께서 쓰시던 거라는데 맞을 거예요."

그러면서 델을 걸쳐 주고 허리에 감는 황색 부스를 살펴주었다.

"어쩜, 이렇게 꼭 맞지요? 아주 잘 어울려요. 호르강 모자까지 쓰니까 완전한 몽골 사람이 되었어요. 모두 돌아가신 아버님 것으로 갖추니까

아버님이 돌아오신 느낌이 들어요. 말 타실 수 있겠죠? 아! 내몽골에서 머문 적이 있다고 하셨죠? 거기에서 말을 타셨겠군요. 그렇다면 안심이에요."

하며 까만 머루눈을 반짝였다.


그녀가 입혀준 복장은 준호를 틀림없는 몽골 사람으로 만들었다. 둘은 가까운 버스정류장에서 버스에 올랐다. 돈드고비로 향하는 버스는 울란바타르를 벗어나 밀가루처럼 건조한 눈발이 날리는 도로를 달렸다.

삼일 밤 나흘을 버스에 의존해야 하는 거리다. 버스가 스쳐 가는 도시 근교 마을, 판자 울타리에 게르들의 굴뚝에서 하얀 연기가 솟아오른다. 몽골 사회주의가 소련의 붕괴로 민주화가 되면서 소유와 정착 개념이 표면상으로도 나타나는 몽골이다.

떠오르는 태양에 긴 그림자를 끌고 가는 낙타들을 본다. 거리를 측정할 수 없는 광활한 평원 능선에 뱀 허물처럼 늘어진 도로를 버스는 달리고 있다. 끝을 알 수 없는 붉게 물든 설원 바다, 풍선처럼 태양이 중천으로 떠오르면 은빛으로 빛나는 대지가 끝없이 펼쳐진다.

건조한 눈발이 날리고, 그녀는 늘 그래온 것처럼 준호에게 몸을 기댄다. 그것을 준호는 함묵으로 일관한다. 그것마저 극구 용인하지 않는다면 내숭을 떠는 것 같다. 준호와의 여행이 그녀는 시종 즐겁다.


외국인 선호도에서 단연 1위, 한국을 '무지개의 나라'로 부르는 그들은 몽골 반점을 이야기하며 한국과 몽골이 합쳐야 한다고 말할 정도다. 그 1위의 무지개 나라에서 준호가 왔다. 물론, 그녀 자신이 그만한 실력을 가졌기 때문이지만 준호를 보필하는 것만으로도 엥흐자르갈은 타인들의 부러움을 산다. 그녀는 그것이 자랑거리다.

어느 지점에서 버스가 멈췄고 다른 승객들과 식당으로 들어가 식사를 하고 버스는 또 달렸다.

나흘 째 정오가 되어서야 버스는 돈드고비 아이막 만달고비를 거쳐 구르반사이항 솜에서 멈췄다. 그리고 영업용 게르에서 주문한 수테채를 마시며 조부를 기다렸다. 밖으로 나간 그녀가 한참 만에 게르 문을 열고 얼굴을 내밀며 말했다.

"조부님이 오고 계셔요."

멀리 설원 속에서 귀덮개가 달린 양털 모자를 눌러쓴 그녀의 조부가 두 필의 말을 몰고 눈발 속을 달려온다. 다가온 그는 자신의 말머리를 돌려 엥흐자르갈에게 두 필의 말 고삐를 건넸다. 말 고삐를 건네받은 그녀가 말했다.

"조부님이세요. 말을 가지고 오셨어요."

"샘 베이노."

준호의 인사를 받고 하마(下馬)를 한 조부는 준호를 안고 몽골식 인사로 반겼다. 잠시 그녀와 대화를 나눈 조부는 말머리를 돌려 왔던 눈길 속으로 달려갔다. 모두 밤색 말이다. 엥흐자르갈이 가슴에 흰점이 박힌 말고삐를 준호에게 건네주며 말했다.

"본래 제가 타는 말이에요. 이걸 타세요. 안장 꾸미개가 앞뒤로 가깝게 있어서 편하실 거예요. 조부께서 특별하게 만들어 주신 거예요. 말목을 이렇게 여러 번 쓰다듬어 주세요. 주인이 갑자기 바뀌면 녀석이 싫어하거든요. 쓰다듬어 주고서 몇 번 더 턱을 쓸어주면 아주 좋아하고 바로 녀석과 친해져요."

그러면서 그녀는 말안장 양편에 매달린 등자쇠의 끈을 당겨보며 안전한가를 손봤다. 그리고 준호의 밤색 배낭을 안장 고정대에 걸었다.

안장도 튼튼했다. 엥흐자르갈은 준호가 등자쇠에 발을 얹고 먼저 말에 오르게 한 뒤 노련하고 순발력 있는 솜씨로 단번에 말에 올랐다.

그녀의 모습은 또 다른 모습이다. 도시의 그녀 모습과는 판이하게 다르다. 몽골의 과거에서 갑자기 나타난 유목민 여인다운 그녀의 새로운 모습이다. 눈먼지를 일으키며 세차게 앞서 달려가는 조부 모습 또한 장군 같은 기상이었다.

"어때요? 아버님의 델을 걸치니까 춥지 않으시죠? 바로 가도 되지만 기왕 여기까지 오셨으니까 멋진 곳을 안내할게요. 보시면 감탄하실 거예요. 안장은 불편하지 않으세요?"

"안장 꾸미개가 딱 맞아요."

"이렇게 함께 말을 타고 이 멋진 설원을 같이 가게 될 줄 상상도 못했어요."


엥흐자르갈은 기쁜 표정으로 말머리 방향을 돌렸다. 시야의 거리를 측정할 수 없는 태양 빛에 물비늘처럼 빛나는 광활한 설원이 펼쳐있었다. 밤색 말에 오른 목자가 양 떼를 몰고 겨울 목초지로 가는 모습이 멀리 보였다. 둘은 안장 고정대를 잡고 이야기를 주고받을 만한 가벼운 속도로 천천히 말을 몰았다. 그녀는 준호가 걱정되는지 앞서가지 않고 자신의 말을 준호의 곁으로 붙이며 속도를 줄였다.

하지만 말과 호흡이 하나가 되고 말을 타면 일어나는 질주 본능에 준호는 등자로 말의 복부를 힘껏 내리치며 갑작스럽고 빠르게 말을 몰았다. 설원 속을 즐기는 질주다. 그녀가 뒤따라 달려오며 소리쳤다.

"와-우-- 멋져요."

그러나 준호는 그녀의 승마 솜씨를 따를 수 없었다.

어느덧 그녀는 준호를 앞질러 마른 풀이 듬성듬성 눈 밖으로 솟아있는 선이 부드러운 구릉을 올라 말머리를 돌려세우고 내려다보며 준호를 기다렸다.

"자, 사방을 둘러보세요. 어디를 보아도 아름다운 곳이에요. 여긴 해 발 1,800m예요. 숨이 차오를 거예요."

구르반사이항, 대평원 하늘과 경계가 무시된 드넓은 정경은 안구 조리개 하나로 도저히 쓸어 담을 수 없는 신(神)만이 창조할 수 있고, 초현실주의 거장, 살바도르 달리의 화폭에서나 볼 수 있는 초자연적 풍경이다. '또 다른 손질이 필요 없는 신의 작품'이라고 경틴하자, 예술가만이 토해낼 수 있는 경탄이라며 엥흐자르갈은 칭찬했다.

은빛 설원 대지 멀리 우뚝 솟아오른 바위산을 지나, 선과 면이 부드러운 능선 양지에 엥흐자르갈 조부의 게르들과 가축우리들이 자리 잡고 있었다. 이웃이라 할 수 있는 서너 세대의 하얀 게르들이 더 멀리 평화롭게 조화를 이루고 있었다. 조부의 가축우리에는 말 들과 소와 야크, 그리고 양이며 낙타까지, 한자리에 모인 가축 도매시장을 방불케 했다.

여러 목동들이 주변을 청소하고 자작나무 우리 야크들이 큰 눈망울을 굴리며 새 손님을 반긴다. 나중에 들은 얘기지만 이 정도의 가축이면 대 목축가로 평가받을 수 있는 가축들이라고 했다.

그녀가 고삐를 양 우리에 잡아매며 말했다.

"말은 우리에 메는 거예요. 게르에 묶어서는 안 돼요. 말이 튀기라도 하면 게르가 무너지거든요."

말안장을 안으로 들여간 그녀는, 조부와 모친이 계시는 곳으로 준호를 데리고 들어갔다. 전통의상 차림으로 그녀의 조부와 모친이 반갑게 준호를 맞았다. 그들은 차강사르 전날인 비퉁날[1])에 가족과 손님들이

---

1) 비퉁(битүүн) : 우리의 섣달 그믐

먹을 비투릭[2])의 하나인 많은 분량의 보쯔(만두)를 빗고, 뜨겁게 타오르는 무쇠 난로 솥에서 양고기가 삶아지고 있었다.

비퉁은 차강사르 전날로 우리의 섣달그믐 날과 같고, 묵은해를 마감하고 새해맞이를 준비하는 날로 몽골 사람들은 비퉁이 되기 전에 기본적으로 주변 환경을 정리하고 마음도 정리한다. 더러운 것이나 부정적인 것들을 말끔히 정리하고 새롭게 새해를 맞이하는 풍습이다. 비퉁 날 준비하는 음식을 비투릭이라고 부른다. 양을 삶아 목과 가슴살 그 밖의 고기들을 놓고 하얀 유제품인 차강이데[3])와 버브[4])를 제사상처럼 풍성하게 단위에 차려 놓는다.

그녀는 조부와 모친에게 준호를 소개했다. 아울러 조부는 물론 모친과도 몽골식 인사를 나누고 준호는 손님이 앉는 자리에 앉았다. 조부와 정식으로 나누는 인사 방법은 자신들이 지닌 코담배를 서로 주고받는 것으로 믿음과 애정을 준다는 뜻이 있다. 그녀는 행여나 준호가 어려워할까 봐 신경을 많이 썼다.

고비의 태양은 일찍, 그리고 갑자기 기운다. 준호는 있는 동안 조부와 함께 자면서 조상 이야기를 듣게 될 것으로 생각하고 있었지만, 그 생각은 큰 격차를 가져 왔다. 준호 자신이 기본적으로 생각하는 것과는 달리 이해가 되지 않는 잠자리 문제가 대두된 것이다.

엥흐자르갈의 조부는 고용한 목동들에게 새로운 게르를 먼 곳에 세우게 했고, 그 게르는 엥흐자르갈과 준호가 있는 동안 생활하는 게르였던 것이다. 말 잔 등에 준호와 자신의 베낭을 걸친 엥흐자르갈은 말을

2) 비투릭 (битүүлэг) : 설 전날 먹는 음식

3) 차강이데(цаган идээ) : 하얀 음식

4) 버브(боов) : 사탕 등 과자류

끌고 그곳으로 가면서 말했다.

"저를 따라오세요. 계시는 동안 저랑 생활하는 게르예요. 여기서 함께 지내는 거예요."

그녀는 아무렇지도 않게 태연하게 말했다.

"엥흐자르갈! 방금 뭐라고 했어요?"

준호가 의구심을 드러내자 엥흐자르갈은 또 말했다.

"몽골에 오셨으니까 몽골의 전통을 받아드려야 해요."

라고 태연하게 말하는 태도에서 예로부터 들어왔던 대로 그들의 풍습이라는 문화의 충돌을 도리없이 수용했다. 이것이 그들에게는 전혀 이상한 일이 아니다. 이를테면 밖에서 남자나 여자친구를 데리고 오면 한 게르에서 잠을 재우는 것이 전통이 되고 전혀 흠으로 여기지 않는 자연스러운 양상이었다. 설사, 그녀와 준호가 어떤 일을 의도적으로 저지른다고 할지라도 문제가 되지 않는 유목민의 문화를 어떻게 수용해야 할지, 막상 닥치자 준호에게는 혼란스러운 일이 아닐 수 없었다.

더구나 출입구 문 양편 기둥에는 머리가 달린 늑대 털과 까만 독수리 털을 매달아 놓은 것을 보고 그 의미를 알고서는 그들이 무엇을 원하는지 뒤늦게 알게 되었다. 즉, 종족 보존을 위해 남자의 씨를 받는 신성한 장소이므로 잡귀의 근접을 막고 가까이 가지 말라는 표식이었다.

때문에 엥흐자르갈의 아파트에서 잤던 날 밤, 경계하고 조심스러워했던 것을 그녀는 어떻게 생각했을까, 하는 생각마저 들었다.

이 문제는 매우 중요하다. 좀 더 지나서 분명하게 다시 논해보겠지만, 이것을 세속적 욕망을 추구하는 형이하학(形而下學)으로 치부할 것인지, 관념적이고 정신적인 형이상학(形而上學)으로 받아드릴 것인지, 하는 중요한 문제다. 그래야만 원 유목민의 성(性) 윤리의 범주를 잣대로 재든지 말든지 할 것이다. 엥흐자르갈 또한 이점을 가지고 어색한 기색이나 조금도 부자유스럽게 생각하지 않고 평소처럼 자연스러운 태도가 준호는 놀라울 뿐이다.

어떻든 준호는 마른 소똥을 오래된 토륵에 지피며 그녀와 밤늦도록 눈 덮인 겨울 목초지의 낭만을 즐겼다. 덤붜[5])에 담긴 뜨거운 수테채를 따르며 엥흐자르갈이 말했다.

"조부에게 말씀드렸어요. 조상의 전설을 차강사르가 지나면 모두 해 주실 거예요. 좀 더 확실한 말씀을 하시도록 다른 선조께서 떠 왔다는 동굴 속 암각화 양 피지 탁본도 가져왔어요. 조부께서 말씀하실 때 보여드릴 거예요."

엥흐자르갈은 준호가 바라는 것을 예비하고 있었다. 그러면서 다시 말했다.

"참, 그리고 차강사르가 지나면 절 좀 도와주세요. 힘든 일이에요."

"……."

"우물도 얼었고 조부께서 목동들을 시켜 강가에 두꺼운 얼음을 톱으로 잘라 놓았는데 우리가 쓸 게르에 옮겨 놓고 있는 동안 하나씩 녹여 식수로 써야해요. 쌍봉낙타 양쪽에 매달린 광주리에 담아 말을 타고 끌고 오면 되거든요. 목동들이 게르를 세워 놓고 게르 뒤에 가져다 놓은 것이 있지만 그것으로는 부족해요."

"낙타를 끌고 가는 데 무슨 힘이 들겠어요? 게다가 말을 타고 가면 어려울 게 없는데."

"고마워요. 꽤 가야 하거든요."


눈 덮인 겨울 목초지의 적막한 게르의 밤은 우주의 에너지가 한곳으로 집약되는 느낌이다. 밤하늘 별을 보려고 게르 문을 나서자 준호는

---
5) 덤버(домбо) : 구리 주전자

일순 깜짝 놀랐다. 대지와 하늘의 경계가 사라져버린 끝 모를 어둠 속 허공에 게르가 떠 있었다. 문밖으로 발을 내디디면 별이 떠 있는 밤바다로 허방을 짚은 것처럼 한없이 빠져 별 무리 속에 묻힐 것 같은 착시를 일으켰다. 드넓은 고비의 평원은 하늘과 하나가 되어 별바다가 되어 있었다. 그렇게 하늘과 맞닿은 대지의 어둠은 하늘과의 경계를 여지없이 무너뜨렸다. 수정체 속 유기물처럼 대우주 밤바다에 떠흐르는 별 무리 들은 맑게 초롱거렸다.

손 끝에 별이 잡힐 것 같은 내지의 밤은 맑고 투명한 검은색이다. 그렇게 투명하고 맑은 머링호오르 소리가 애잔하게 들려와 가슴을 파고 든다. 단 두 줄의 단조로운 현에 손끝이 마찰되는 소리까지 들려오고, 바늘이 땅에 떨어지는 소리까지 들려올 정도로 대지의 밤은 고요하다.

엥흐자르갈이 토록에 피어오르는 불길 속에 아르갈(소똥) 덩어리를 몰아넣고 불을 지피며 나지막한 목소리로 말했다.

"조부께서 머링호오르를 연주하고 계세요. 제가 태어난 이곳 구르반 사이항 고비에서 아주 어릴 적에 저 소리를 들으며 잠이 들곤 했어요. 저의 자장가였죠. 저렇게 단순한 음율이지만 초원을 질주하는 영웅들의 전설이 담겨 있고, 조부님은 머링호오르 소리를 통해 마음으로 그 옛날 주인공들과 만나며 감정을 나누는 거예요. 또 전설 속 조상들과도 만나 감정을 나누는 거라고 했어요. 조부께서 말씀하셨어요. 비통과 차강사르에 특별하게 오신 손님으로 우리 집에 머물게 된 작가님을 위해 오늘 밤 머링호오르를 연주하실 거라고, 가족들은 작가님을 아주 특별한 손님으로 여기고 있어요. 그리고 차강사르에 손님이 집안에 온 것은 유목민들에게는 보통일이 아니어서 어머님과 조부님은 우리 집안에 좋은 일이 생길 징조라고 생각하고 있어요."

그러면서 준호의 침대로 건너온 그녀는 자연스럽게 준호의 손을 가볍게 어루만지지만 준호는 갑작스럽게 닥친 이런 환경에 내심 당황스럽다.


울란바타르에서 돈드고비를 거쳐 삼일 동안이나 걸리는 먼 길을 버스로 오면서 몸을 기대는 것을 준호는 함묵으로 일관해왔다.

이처럼 그녀와 지속되는 환경 속에서 그녀의 접근을 굳이 신경 써가며 피해갈 이유는 대체 없었다. 아니, 분위기와 환경이 그녀를 거부할 수 없게 만들었기 때문에 일을 저질러 놓고 어쩔 수 없었다고 핑계를 대버리면 그만 아닌가, 하는 군색한 생각도 들었다.

지금 준호는 변화된 도시 문명에 젖어 들지 않은 고대부터 이어온 유목민 게르에 와있다. 그들은 딸자식이며 손녀인 엥흐자르갈이 준호와 함께 밤을 보내는 일에 주저하는 기색이 전혀 없다. 의아스러울 정도다.

그들에게는 아주 자연스러울 뿐으로 우리 사회에서는 결코 통용될 수 없는 일이다. 개화되지 않은 울란바타르 유목민 출신 가정에서는 아직 그런 관습이 남아있다는 것도 준호는 이해할 수 없었다.

준호의 일정은 단 하룻밤이 아닌 며칠이 될지 모른다. 차강사르 연휴가 보름이나 될 뿐 아니라, 목적하는 자료가 획기 적으로 생길 경우 보충 강의로 결강을 때울지라도 더 많은 일정을 여기에서 보낼 가능성도 배제 할 수 없었다. 그러자면 긴 일정을 같이 보내는 동안 그녀와 무슨 일이 벌어질지 모른다. 이들 원 유목민의 전통은 매우 특이하다.

그들이 무지해서도 아니다. 유목민의 역사는 길다. 암각화의 역사를 보면 석기시대 바위 그림부터 14세기 몽골 시대까지 나타난다.

고대부터 현대까지 유목은 지속되고 있다. 또 몽골은 유목을 빼놓고 어떤 다른 산업을 언급하기 힘들다. 그것은 몽골인들의 보편적인 삶의 형태이자 정치, 경제, 문화, 풍습의 전반을 지배하는 생활방식이 유목문화에 근간을 두고 있기 때문이다. 드넓은 초원 게르와 게르 사이는 아주 멀다. 바로 옆에 있는 게르일지라도 말을 타지 않고서는 갈 수 없다.

초원 멀리 게르가 흰 바둑알 두어 개 가깝게 있는 것처럼 보이지만, 가자면 아주 먼 거리다. 때문에 한곳에 모여 살지 않는 유목민의 생활에서는 특별한 문화가 형성되고 이것은 전통으로 이어졌다. 이들의 이러한 관습은 자연스러운 사고로, 매우 이상적인 것이며 우리가 달리 본다면 바로 형이하학직인 미천한 생각일 것이다. 이렇게 한 공간에 같이 잘 수 있는 침대가 마련되어 있어도 그들에게는 별문제가 없다. 우리 같은 문명사회의 표피적 인간들은 다른 침대를 쉽게 넘보고 얼른 건너가 당장 우를 범하는 것은 아닌가, 따라서 '우리의 사고에서' 라는 토를 달고 보면, 그 우리의 사고는 열려있는 게 아니라 오히려 닫혀있는 것인지 모른다. 다만 더 깊게 들여다보면 이러한 관습은 고대부터 신성한 종족 보존의 일환으로 공식화되었다.

엥흐자르갈 문제로 생각을 돌려본다. 지금 몽골은 과거 유목과 현대 문명이 공존하는 나라다. 전반적인 유목 생활에서 도시 정착이 시작된 것은 사회주의로 공포된 후 네그델정책(집단정책)으로 유목민들의 가축을 모두 몰수하면서부터다. 울란바타르 아파트에서 고비의 유목민 게르에 몸이 옮겨진 것은 현대에서 과거로의 회귀와 같다.

바꾸어 말하면 유목과 정착이 분리되어 가고 있는 나라에서 엥흐자르갈의 경우, 유목민 가정의 딸로서 특이하게 공부를 위해 도시에 진출했고 더구나 교육부에서 근무까지 한 도회 생활을 영위한 특이한 경우다. 그녀는 현대화된 도시 생활 속에서 많은 것들을 직접 보고 느꼈을 것이다. 그리고 세속적 욕망도, 개방적인 생활도, 잘 이해하는 사람이다. 그런 인간적인 감정과 욕망을 그녀가 준호에게 본격적으로 드러낸다 할지라도, 그것이 잘못된 것으로만 치부할 수는 없다. 그래서 준호는 그녀가 진보된 이성적 작위를 본격적으로 드러낸다 할지라도, 설원 속에 솟아 오른 한 송이 꽃이 부끄러워하지 않도록 최대한의 자제로 그녀의 욕구를 비켜가기로 한다. 좋아하는 담임 선생님 앞에서 부끄러워하는 어린 학생으로 취급하기로 한다.

조부의 머링호오르 연주 소리는 계속되었다. 양우리에 매어 놓은 말 한 마리가 머링호오르 소리에 자신들의 조상 저능하르의 전설을 기억한 듯 길게 부르짖었다.
속삭이듯 그녀가 말했다.
"지금 조부님께서 연주하시는 노래의 가사를 알려 드릴게요."
그러면서 그녀는 머링호오르의 서사시를 낮은 목소리로 낭송했다.


저 산 위에는 텡게르 신을 모시고
파란 강물은 평범하게 흐르네.
머링호오르로 몽골 준마를 연주하며
몽골어로 영웅의 노래를 부르네.
수백 년 동안 갈라지지 않고 친구였던
넓은 얼굴 갈색 피부의 몽골인
아침이슬의 흔적을 지워버린
잠깐 온 양치기가 노래 부르네.


엥흐자르갈은 다시 낮은 목소리로 이야기를 이어갔다.

"오랜 옛날, 몽골 동쪽 지경에 남질이라는 남자가 살고 있었어요."

"……."

"누구도 따를 수 없을 정도로 노래를 잘 부르기 때문에 그는 유명해 졌어요. 그런 그는 군 복무 때문에 몽골 서쪽 지경으로 가게 되었대요. 그가 노래를 잘 부르는 것을 알게 된 장교는, 훈련을 시키지 않고 그 대신 3년 동안 노래만 부르게 했지요. 그는 그때 아름다운 공주를 사귀게 되었어요. 그리고 그가 제대를 하게 되고 고향으로 돌아오게 되자, 사랑하는 공주는 그에게 '저능하르'라는 말 한 필을 선물로 주었지요. 그 말은 덤불을 뿌리째 뽑고, 차돌을 사방으로 흩뿌리며, 바위도 산산이 부셔버리고, 바위 위를 달려도 미끄러지지 않으며, 덤불에 걸려도 넘어지지 않고, 날으는 새보다도 능력이 탁월하고, 보통 말과 비교할 수 없으며, 어떤 말보다 단연 뛰어 나는 데다가, 잘 달리는 특징을 모두 지녔으며, 위험할 때는 하늘을 날 듯이 뛰어오르고, 편안할 때에는 천천히 부드럽게 걸으며, 자신을 보호해 주는 주인을 태울 때는 그를 위해 충성을 다하는 남자의 반려가 되는 아주 좋은 말이었지요."

"그래서요?"

"허허어 남질이 그 말을 타고 고향에 돌아오자 사람들은 매우 놀랐대요. 그 말이 아니고서는 어떤 말도 타지 않는 것을 보고 모두 놀라곤 했대요. 그때 허허어 남질은 저능하르 말을 타고 몽골 서쪽 지경으로 날아가 공주을 만나 사랑을 나누고, 아침이면 동쪽 고향으로 돌아오곤 했어요. 이렇게 지낸지 3년이 되었지만 그와 같은 사연을 아무도 알지 못했어요. 허허어 남질의 집 가까운 곳에 부자 이웃 하나가 살고 있었는데 그 부잣집 소녀는 못된 성격을 가진 소녀였어요."

"……."

"중상 모략을 잘하는 그 소녀는 저능하르 말이 보통 말이 아닌 것을 처음부터 알고 있었기 때문에, 허허어 남질에게 해코지를 하려는 마음을 품었지요. 허허어 남질이 사랑하는 공주와 만나고 돌아온 어느 날, 그는 말의 땀이 식으면 새벽에 말을 풀어놓으려고 집으로 들어가 쉬었어요. 그때 말발굽 소리를 들은 부잣집 소녀는 허허어 남질의 말이 온 것을 알고 깊은 밤 몰래 말을 묶어 놓은 곳으로 갔어요. 아름다운 저능하르 말은 소녀의 못된 생각을 모르고 주인인 줄 알고 좋아했지요. 그런데 그 소녀는 앞가슴을 이리저리 흔들며 좋아하는 말 겨드랑이에 감춰진 마법적인 힘을 가진 날개를 보고 말았어요. 소녀는 소매 속에 가위를 숨기고 가져와 저능하르 말의 날개를 잘라버리고 말았어요."

"으흥? 그리구요?"

그녀가 열심히 속삭이는 이야기에 준호가 진지하게 듣는 듯이 맞장구를 쳤다. 흥이 났는지 그녀는 머루 눈동자를 깜박이며 이야기를 이어갔다.

"아름다운 저능하르 말은 신비한 힘을 가진 날개가 잘려버리는 바람에 곧 죽어버리고 말았어요. 새벽에 일어난 허허어 남질이 마굿간으로 갔더니, 그 훌륭한 말이 줄에 묶인 채 죽어 있었어요. 그 바람에 허어르 남질은 마음에 깊은 상처를 입고 비탄과 회한에 빠져들고 말았어요. 허허르 남질은 어느 날, 멋진 저능하르 말 머리 모양대로 나무에 새기고 정교하게 만든 머리 부분에 긴 대를 연결하고 끝부분에 몸체를 만들어 저능하르 말가죽으로 몸통 부분을 감싸고 말총으로 정성껏 손질했어요. 그리고 두 개의 줄을 팽팽하게 묶고 나무 기름으로 문질러 줄을 튕기면 소리가 나게 했어요. 저능하르 말이 우는 소리, 걷고 달리는 소리를 그 악기에 들어가도록 했어요. 그래서 말머리를 가진 호오르(현악기)가 처음 생기게 되었어요."

"참 재미있는 전설이군요."

"그래요. 몽골 민족은 기원 신화가 아주 많아요. 세계 기원 신화로는 지구가 생겨난 이야기랄지, 세상과 인간의 기원, 천둥이 치게 된 이유, 지구가 흔들리는 이유, 산과 물이 생기게 된 이유, 천체 기원 신화와 특히 씨족 및 부족 기원 신화도 있어요. 거기에 신앙 관련 신화, 문명 문화에 대한 신화, 인간 기원과 의인화된 동물 신화, 식물에 이르기까지 수많은 신화가 존재하는 나라랍니다."

"몽골 신화는 신비감을 주는군요."

"네, 그래요. 기회가 되면 더 많은 신화와 전설을 얘기해 드릴게요."


*


고비의 밤은 이렇게 깊어진다.

# 6

## 비롱과 차강사르

"오늘은 비롱날이에요. 이날은 많이 먹어야 일 년 동안 굶지 않고 잘 살 수 있다는 유목민의 풍습이 전해요. 많이 드세요."

우리의 섣달그믐과 같은 비롱날과 차강사르(설날)에 손님이 찾아오면 그것을 무척 반기는 유목민들은 엥흐자르갈을 따라온 그를 무척 반겼다. 설이나 추석 명절에 상을 차리듯 그녀의 모친은 중앙 단위에 버어브를 쌓았다. 버어브는 일반 가정에서 홀수로 보통 3, 5단을 쌓지만 가계의 조상 중에 자랑할만한 신분이 높은 선조가 있으면 9단 높이로 쌓는다. 그녀의 모친이 9단으로 높게 쌓은 걸 보면 영웅 칭호를 받은 척트 타이츠 조상이 있기 때문이라는 것을 준호는 미루어 짐작했다. 그들의 풍습이 그렇기 때문이다.

비롱은 몽골의 가장 큰 명절인 차강사르 전날로 우리의 섣달그믐에 해당하며 묵은해를 마감하고 새해맞이를 준비하는 날이다. 그믐날은 달이 없는 어두움이 극하고 새로운 빛의 전환을 준비하는 마디가 되는 날이라고 할 수 있다. 또 비퉁이란 빛이 없이 깜깜한, '막힌' 이라는 의미에서 생겨난 말이다. 비퉁 맞이 음식을 준비할 때는 친척들이 서로 모여 도와주기도 하며, 비퉁을 위한 음식은 비투릭이라고 한다. 음식의 중심은 고기에 있다. 양을 삶아 목과 가슴살, 그 밖의 고기들을 놓고, 살과 기름이 많은 엉덩이 부분인 오오츠를 접시에 보기 좋게 담아놓고 여러 가지 차강이데와 버브를 차려 놓는다.

여기에 수테채와 마유주나 낙타젖 술, 우리의 만두와 같은 보쯔, 만둣국과 유사한 반취를 준비한다. 비퉁 행사는 해가 진 뒤부터 시작되고, 친척이나 손님들이 서로 방문하여 인사를 나누고 음식을 함께 먹는다. 차강사르는 몽골의 가장 큰 명절로 봄이 시작되는 음력 1월 1일, 즉 새해의 첫날을 기념하는 행사로 차강은 몽골어로 흰색을, 사르는 달을 의미한다.

몽골 사람들은 고대부터 흰색은 순결, 아름다움, 고결함, 행복의 상징으로 여기는 동시, 사악함과 숨김없는 진실의 상징으로 여겨왔기 때문에 흰색을 매우 존귀하게 여긴다. 본래 차강사르는 몽골의 새해를 9월에 시작하는 가을에 하였지만. 가축의 젖 색깔이 하얗기 때문에 젖이 풍부한 달이라는 의미로 차강사르라 이름하였다. 13세기에 이르러 지금처럼 봄이 시작되는 첫날을 정해 기념하게 되었다.

이는 1206년 초봄의 첫날 테무친을 황제로 추대한 것을 기념하기 위해 바꾸어 지내게 된다.

버어브는 길쭉하고 둥근 모양의 과자 같은 것으로 차강사르에는 상위에 소담하게 올려놓는 것으로 우물 정자모양으로 3단, 5단, 7단, 9단을 홀수로 쌓아놓고 층층 마다 여러 가지 차강이데를 올려놓는다. 상단 중앙 샤르터스(버터)는 우유제품 중 가장 좋은 것으로 신이나 조상께 올린다는 의미가 있다. 할하 부족의 푸른 델과 붉은 부스를 허리에 두른 조부의 모습은 위엄이 있어 보였다.

발효 된 마유주를 조부는 권했다. 그녀의 모친은 우리의 만두와 같은 보쯔와 양고기를 접시에 가뿍 담아주었다. 그녀는 조부와 무언가 한참 얘기를 나누던 그녀가 말했다.

"저랑 이웃집에 다녀와야 할까 봐요. 조부님이 말씀하셨어요."

그러자 조부는 알았냐는 듯이 그를 바라보며 고개를 끄덕였다.

두 마리의 낙타와 삼십 여 마리의 양, 그리고 세 마리 정도의 야크를 치는, 외로운 노인이 지난가을 이웃으로 이동해 왔지만 차강사르 명절에도 찾아오는 가족이나 손님이 없으므로, 그녀와 함께 찾아주기를 권한 것이다. 이웃을 생각하는 아름다운 유목민의 심성이다. 모친에게 이끌려 그녀와 준호는 셀렝게라는 이름을 가진 노인의 게르로 향했다.

이웃이라지만 말을 타고 가야 하는 먼 거리다. 셀렝게 노인의 외딴 게르 앞에서 그녀의 모친이 인기척을 알리자 게르 문이 열리며 셀렝게 노인이 나왔다. 그는 다가와 준호가 안전하게 말에서 내리도록 말머리 고삐를 잡아 주었다. 왜소한 키에 주름이 가득 찬 구릿빛 얼굴은 선하고 순박해 보였다. 손님의 방문을 진심으로 반기는 셀렝게 노인은 유목민의 모든 예법을 아주 진지하게 지켰다. 물론 준호도 유목민 방문 시에 가져가야 하는 것으로 치흐르(설탕) 봉지 하나를 챙겨 갔지만, 작은 선물의 보답이 준비되지 않았던지, 500투그릭 지폐를 봉투에 넣어 새뱃 돈처럼 엥흐자르갈과 준호에게 하나씩 내밀었다.

준호가 이를 사양하자 엥흐자르갈의 모친은 예법인만큼 받아야 한다고 귀띔했다. 찾아오는 손님을 반갑게 맞는 풍습이나, 이웃을 생각하는 유목민의 따뜻한 심성은 진정한 차강사르의 참 의미다.

1216년 칭기즈 항이 차강사르 때 칙령을 내려 60~100세 노인들에게 국고의 재물을 풀어 포상을 내리고 100세 이상의 노인은 몸소 찾아가 인사를 하였다는 기록이 있다.

*

셀렝게 노인의 손때 묻은 고귀한 선물, 500투그릭이 들어 있는 봉투를 준호는 소중하게 간직했다.

# 7

# 겨울 목축지

붉게 물든 대지의 눈발과 산맥 줄기를 내리덮은 구름 저편에 붉은 태양이 솟아오르는 고원의 아침, 아득하게 보이는 산그늘에 진갈색 자작나무숲 언저리가 평야를 가로지른다.

신 새벽에 일어난 엥흐자르갈은 토룩에 불을 지펴 놓고 얼음덩이를 솥에 녹여 세면 물을 데워 놓았다. 세면을 하고 아침 식사를 마친 엥흐자르갈과 준호는 두 개의 튼튼한 광주리를 낙타 등 양편에 매달고 말에 올라 강으로 향했다. 식수로 쓸 얼음덩이를 광주리에 담아올 참이다. 초원의 유목생활이 그저 편한 것만은 아니다.

겨울 목축지 설원의 배경 속에 엥흐자르갈 그녀의 모습은 더는 울란바타르 도심의 현대 여인이 아니다. 낙타를 다루는 솜씨 하나에서도 익숙한 유목민의 생활 모습을 보였다. 울란바타르 현대 문명과 유목민의 구시대 전통적인 삶이 그녀에게는 충돌하지 않고 공존하고 있었다.

"저 혼자, 다녀올 걸 그랬나 봐요."

"괜찮아요. 낙타고삐 하나 줘요."

엥흐자르갈은 준호와 지내는 일이 시종 즐겁다.

온도계의 수은이 영하 40도 아래로 내려가던 지난 1월, 몽골은 일 년 중 가장 추운 때였다. 송아지 꼬리가 얼어떨어질 정도로 혹한이었다. 차강사르가 가까이 오면서 추위는 조금씩 풀리기 시작했다. 영하 40도를 밑도는 추위를 견디다가 영하 26도만 되어도 봄 같은 느낌이다.

그렇다고 평야의 눈이 녹을 일은 없다.

"저기 보이지요?"

그녀가 손을 뻗어 가리킨 야트막한 구릉에 무수한 오방색 하닥이 부둣가로 돌아 오는 만선의 어신 깃발처럼 펄럭이고 있있다. 돌무지의 어워[1])가 시야에 들어온다.

"어워예요. 어워 아시지요? 저기만 지나가면 산맥에서 내려오는 강물이 있고 그곳에 조부께서 마련해 놓은 얼음덩이를 나르는 거예요. 어워에 먼저 다녀오세요. 저는 여기에서 절을 올려야 해요."

어워를 바라보며 눈밭에 엎드린 엥흐자르갈은 어워를 향해 절을 올렸다. 그러면서 말하기를,

"큰 산맥 줄기에 세워진 장엄한 저 어워는 알퉁어워에 속해요. 알퉁어워는 여자가 오르지 못하게 되어 있어요. 공물 올릴 것을 가져왔어요. 이걸 돌무지에 올려바치고 소원을 말하면서 시곗바늘이 도는 방향으로 세 바퀴를 돌며 소원을 빌고 오세요."

그러면서 말안장 가방에 담아온 하얀 샤르터스[2]) 한 덩어리를 꺼내주었다.

눈발이 튀도록 준호는 세차게 말을 몰고 돌무지가 높게 쌓여있는 눈 덮인 구릉으로 올랐다. 돌무지 중심 봉우리에 세워진 나무 기둥에 길게 이어진 줄에 빨래처럼 매달린 오방색 하닥[3])들이 깃발처럼 펄럭였다.

1) 어워(овоо) : 우리의 성황당과 같은 몽골의 자연 신앙물
2) 샤르터스(cartoc) : 하얀 버터
3) 하닥(xaдaг) : 오방색의 비단 천

말에서 내린 준호는 그녀의 당부대로 샤르터스 덩어리를 돌무지에 올리고 세 바퀴를 돌았다. 누군가 다녀간 오랜 흔적으로 색바랜 1,000투그릭 지폐 한 장이 돌 사이에 눌려 있었다.

태양이 높게 떠오르며 햇살이 강하게 퍼졌다. 돌무지를 내려와 그녀를 따라 숲으로 들어가자 벽돌처럼 잘라놓은 얼음덩이들이 눈 덮인 얼음판 위에 쌓여있었다. 건조한 대기로 어름 판 위로 걸어가면 습기가 전혀 없는 눈가루가 솜먼지처럼 양편으로 퍼지며 얼음판 표면이 드러났다. 얼음판은 자칫 넘어질 정도로 미끄럽고 넓었다.

저편에서 그녀가 이쪽으로 커다란 얼음덩이를 밀어주면 땅에 닿은 낙타 등 광주리에 담는다. 한동안 얼음덩이를 밀어주던 그녀가 미처 광주리에 옮겨놓지 못한 서너 개의 얼음덩이 쪽으로 얼음덩이 하나를 세차게 밀어 맞췄다. 볼링핀처럼 충격을 받은 얼음덩이들이 줄 부채꼴 모양으로 사방으로 퍼진다. 가장 세게 부닥친 얼음덩이는 아주 멀리 미끄러져 갈색 풀숲에서 멈췄다.

그녀는 어린애처럼 손뼉을 치며 환호했다. 그리고 가장 멀리 미끄러진 얼음덩이를 발걸음으로 세었다. 겨울철에 유목민들이 즐기는 얼음 놀이를 그녀가 생각해낸 것을 준호는 바로 알았다.

얼음판 위에 그녀가 나란히 놓아준 얼음덩어리 쪽으로 준호는 얼음덩이 하나를 힘껏 밀어 맞췄다. 그녀가 또 환호했다. 그리고 가장 멀리 미끄러진 얼음덩이를 발걸음으로 세었다. 멀리 간 쪽이 점수 하나를 얻는다.

서로의 눈빛을 바라보며 한참 동안 즐기던 준호가 멀리 밀려간 얼음덩이를 발걸음으로 세다가 미끄러져 넘어졌다. 그러자 얼른 다가온 그녀가 준호를 일으켜 세우려다가 부둥켜안고 함께 넘어지고 말았다.

준호의 가슴팍 위로 자연스럽게 올라온 엥흐자르갈은 이글거리는 머루 눈빛으로 내려다보며 일순 흥분된 어조로 고백했다.

"하이르타이 슈."

(사랑해요.)

짧게 한 마디로 고백했다. 그리고 뜨겁게 달아오른 입술을 준호의 입술에 공격적으로 거푸 내리덮었다. 그녀의 호르강말가이가 벗어졌다. 그녀는 떨리는 목소리로,

"사랑해요. 울란바타르로 돌아가고 싶지 않을 만큼…….."

그러면서 까만 머루눈을 여러 번 깜박이며 내려다보았다. 갑작스러운 그녀의 고백은 충격이었다.

엥흐자르갈은 지그시 깨문 준호의 아랫입술을 힘주어 빨며 더욱 강한 머루 눈빛을 반짝였다. 그녀가 무안하지 않도록 애써 표정 관리를 하던 준호는 몸을 일으켰다.

이런 얼음 놀이는 칭기즈 칸이 가장 가까운 친구였던 자무카와 어릴 적 우정을 다지며 러시아 국경 다달솜 델리운골락 오논 강에서 즐겼던 놀이다. 엥흐자르갈과 준호는 해가 질 때까지 종일토록 게르 뒤편에 얼음덩어리를 차곡차곡 쌓았다. 그 양은 이곳에서 지내는 동안 둘이 쓰고도 남을 만큼 충분한 양이었다.


고비에 어둠이 닥쳤다. 비로소 조부가 기거하는 게르에서 조상의 전설을 듣게 된다. 조부는 탁자에 엥흐자르갈이 가져온 양 피지 탁본을 펼쳐 놓고 13세기 조상 척트 타이즈 시대, 가계의 전설을 상기하며 엄숙하게 앉아 있다. 조부는 자신의 목축 재산을 상속받을 아들이 없다는 것을 애석하게 생각한다면서 손녀인 엥흐자르갈이 훌륭한 남자를 만나 목축 재산을 상속받을 아들을 낳고 가계를 이어가 주기를 바란다는 소원을 어워에 기원해 왔다면서 준호의 눈치를 살폈다.

몽골 고대 문명이 현대 문화로 빠르게 변화되는 싯점에 손녀인 엥흐자르갈이 아들과 다름없이 조상의 가계 내력을 보존하려는 집념에 대해서도 높게 평가한다고도 말하는 태도에서 준호에게 어떤 암시를 던지고 있는지 준호는 알아차렸다. 더구나 그가 엥흐자르갈의 가계사에 큰 관심을 가지고 있는 것을 구체적으로 설명하자 조부는 크게 반겼다.

차하르 부족과의 300년 전쟁 이야기를 끝낸 조부가, 소매를 걷어 올리고 양 피지 탁본 표면을 거친 손으로 매만지며 다시 다시 이야기를 이어갔다.

"조상의 전설에 의하면 이 양 피지 탁본의 그림은 전부는 아니지만 동굴에 새겨진 돌 그림과 똑같은 표본일세. 그러니까 바트빌랙이라는 조상께서 13세기 원 조상 척트 타이츠 시대에 새겼던 돌 그림이 있는 절벽동굴을 찾아 들어가 종이처럼 최대한 얄팍하게 가공한 양 피지를 물에 불려 바위벽에 밀착시켜 떠온 것인데, 이렇게나마 가계의 내력을 보존하고 있는 것일세. 하지만 켜켜이 이어진 바위산맥 어느 동굴에 있는지 알 수가 없기 때문에 그것이 안타까울 뿐이지. 다만 구르반사이항 고비의 아르갈리 산양들의 은신처인 바위 절벽의 동굴이라는 것만 알 뿐, 유일하게 동굴 위치를 알고 탁본을 떠 온 조상은 몽골이 사회주의가 되면서 모든 가축을 몰수당하게 되자 거부 운동을 주동하다가 반동으로 몰려 시베리아로 끌려가 처형되는 바람에 후손 누구도 동굴의 위치를 알 수가 없게 되었네. 대대로 우리 집안은 자손이 번창하지 못해 태어나면 귀신이 잡아가지 못하도록 이름을 지어 목숨을 부지해왔네. 여러 형제가 있었지만 수명을 다하지 못했고, 어문고비 에르데느 솜에 살고 있는 내 막내동생은 헹취비쉬(아무도 아님/хэн ч биш)라고 이름을 지어 귀신 눈을 가렸고, 나는 훙비쉬(Хүн биш사람이 아니다.) 라고 이름을 지어 목숨을 부지하고 단 두 형제가 지금껏 살고 있지 않는가, 지난 수년 전 몽골 대통령 이름이 바야쉬항 후헤드(бяцхан хүүхэд/작은 꼬마)였는데, 눈에 띄는 큰 이름을 지어줬더라면 어디 대통령이 되었겠는가, 진즉 귀신이 잡아갔을지도 모르지. 오늘 내가 작가 선생을 보는 것도 이름을 그렇게 지은 덕이지, 엥흐자르갈은 어릴 때부터 델을 뒤로 입혀 귀신의 눈을 피한 덕으로 지금껏 살아서 작가 선생을 만난 것이 아니겠는가!"

"네. 그렇군요. 그러면 차하르 부족과 300년 전쟁을 하면서 동굴에 그림을 새겼다는 이야기는 다음부터 인가요?"

"그렇지! 본 이야기는 지금부터 들어야 하네."

*

13세기 차하르 부족과 할하 부족의 300년 전쟁 이야기를 끝낸 조부는 조상의 전설을 다시 이어갔다.

# 8

# 돌 그림의 계승

  자연의 위대함은 고비에 있었다. 아무 생물도 살지 않을 것 같은 구르반사이항 메마른 바위 산맥의 위대함이 그렇다. 그 장엄하고 위대한 산맥에는 바위 색으로 보호색을 띤 아르갈리 산양들이 살고 있다.

  가족들은 척트가 산양들의 서식처, 험준한 바위 산맥 절벽으로 때때로 오르는 것을 알고 있었다. 하지만 그가 그곳에서 무엇을 하는지 아무도 몰랐다. 척트는 산양들의 유일한 서식처인 절벽동굴 암벽에 부족과 조상의 내력을 기록하고 있었다. 혹한 속에서도 동굴 속은 따뜻했다. 척트가 그곳 산맥으로 오를 때면 그의 부인 촐로앙은 언제나 새로운 양젖으로 정성스럽게 버터를 만들어 말안장 가방에 담아주었다.

  바위산 알퉁어워에 올릴 공물이다. 촐로앙은 단 한 번도 척트의 하는 일을 묻지 않았다. 알려고도 하지 않았다. 그럴 수도 없었다. 신성한 바위산에서 하는 남자의 일에 여인네의 관여는 금기였다. 보아서도 안 된다는 관습은 오랜 전통이다. 고비의 용맹한 족장 척트는 조상들이 대를 이어 숙명처럼 아르갈리산양들의 서식처 절벽 동굴에 가문의 역사를 기록하는 일을 게을리 하지 않았다. 그것은 신성한 의무였다.

"장손 뭉흐토야와 막내 엥흐아랄은 오늘 나를 따라 위대한 바위산으로 갈 것이다. 하늘과 맞닿은 위대한 산에는 아르갈리 산양들이 평화롭게 살고 있고, 우리 할하 부족 역사와 가계사가 그곳에 기록되어 있다. 뭉흐토야는 장손으로서 우리 가계사를 기록하고 보존해야 하고, 엥흐아랄은 막내로서 가문의 화로를 지켜야 하는 장부로서 볼 필요가 있다."

건조한 눈발이 대지를 뒤덮고 먼지처럼 날린다. 척트는 두 아들을 이끌고 말 기슴에 서린 땀이 얼어 붙도록 세차게 말을 몰았다. 말(馬)의 콧김이 얼어 매달리는 혹한의 추위다. 바위 산을 가는 길목에는 알퉁어워가 있었다. 말에서 내린 척트는 어워에 공물을 올리고 어워를 돌며 위대한 산신과 텡게르 신에게 기원했다. 그리고 산양들이 들어가는 길을 잘 알고 있는 그는, 깎아지른 절벽위로 올라가 밧줄을 내린 후. 줄을 잡고 바위턱이 있는 중간 지점으로 내려가 비좁은 절벽동굴 속으로 거구의 몸을 구겨 넣었다. 뒤따라 들어간 두 아들이 놀란 표정을 지었다.

동굴 속은 몸을 곧추세워도 될 만큼 높고 넓은 바위 동굴이었다. 단몇 발짝 거리에서도 동굴처럼 보이지 않는 입구는 어두운 그늘로만 보이는 곳으로 아르갈리 산양들의 은신처며 서식처다. 어두컴컴한 동굴 안쪽에 몰려 있는 산양 무리들은 놀라는 기색도 전혀 없었다. 척트의 잦은 동굴 출입은 산양들에게 한 가족처럼 친근한 존재로 인식되어 있었다.

"자, 모두 여기를 보아라. 대를 이어 고비 족장으로 용맹을 떨쳤던 위대한 조상들이 우리 후손들에게 염원하는 꿈과 희망이 담겨있는 여기를 보아라."

부싯돌을 마찰시켜 횃불을 만들어 비추자 뭉흐토야와 엥흐아랄은 다시 한번 놀란 표정으로 암벽을 응시했다. 그들은 암벽에 새겨진 여러 모양의 이상한 부호들을 보았다.

그리고 신비한 듯 거친 손으로 바위 표면에 새겨진 모양들을 매만졌다. 조상의 역사와 진실을 한눈에 보는 순간이다. 그들은 이렇게 위대한 모양과 부호들을 조상들은 어떻게 새겨왔는지 알 수 없었다. 또 다른 부친의 위대한 면모에 그들은 자랑스럽고 존경스러운 마음이 더더욱 새로웠다.

"오늘은 너희들에게 조상의 내력을 새기는 방법을 알려 주마."

그러면서 척트는 바닥에 흩어져 있는 산양 솜털과 마른 똥을 암벽 밑에 쓸어 모았다. 그리고 부싯돌을 마찰시켰다. 부싯돌 끝에 불꽃이 튀었다. 척트가 긴 호흡으로 불자 불꽃은 연한 양털 솜에 붙었다. 산양의 마른 똥에서 향기로운 연기가 돌벽을 타고 피어오른다.

뜨거운 열기가 돌벽 표면을 뜨겁게 달구었다. 척트가 아르갈리의 마른 똥으로 불을 다시 지피며 말했다.

"아르갈리 산양의 마른 똥은 어느 가축의 똥보다도 뜨겁다. 이렇게 돌벽에 산양 똥을 태워 뜨겁게 달구면 돌벽은 뜨거워 정신을 잃고 만다. 돌벽이 뜨겁게 가열되었을 때 날카롭게 만든 이 쇠끌과 망치를 가지고 돌벽을 파내어라. 쇠 끌이 없던 옛 조상들은 돌끌과 날카로운 뼈로도 이렇게 파내고 긁어서 부호를 새겼다. 쇠끌은 어렵지 않게 새길 수 있다. 이 모든 것은 조상대대 숙명처럼 해온 것이며 너희 조부로부터 전해온 이 모든 것을 이제 너희들에게 전수하는 것이다."

"……."

"이제 나는, 이 절벽동굴에 오르지 못할 것이다. 모든 것은 너희들의 의지에 달려있다. 우리 조상들은 모두 이 고비에서 태어났고 너희들도 그렇다. 그만큼 고비를 신성하게 여겨야 하며 또 신성한 이 굴을 지켜

온 아르갈리 산양을 보호해야 한다. 이곳에 오를 때는 항상 활과 화살을 가져와 산양들이 늑대에게 쫓기면 구해 줘야 한다."

두 아들은 뜨거워진 돌벽에 손에 쥔 쇠 끌을 선뜻 댈 수 없었다. 조상의 숨결이 느껴지는 가계의 기록에 손을 댄다는 자체가 숨을 멎게 하고 손끝마저 떨렸다.

"자, 눈여겨보아라."

척트는 두 아들 앞에서 거친 손으로 끌을 쥐고 솜씨를 보이며 다시 말했다.

"지금 몽골 띵 중심부는 어지럽기 이를 데 없다. 여러 부족들이 영토 전쟁을 하는 와중이다. 다만 이곳은 변방이어서 크게 느끼지 못할 뿐이다. 부족장 회의에서 테무친의 군사 조직에 편입된 이 아비는 뭉흐토야와 유목민 병사들을 이끌고 전장 터로 나갈 것이다. 막내 엥흐아랄은 집안 화로를 지키고 가족들을 보살펴라. 전장에서 아비가 잘못될 수도 있다. 그래서 조상의 가계 역사를 기록하는 일을 너희들에게 전수시키는 것이다."

두 아들에게 이렇게 이른 며칠 뒤, 아들 뭉흐토야와 전투 복장을 갖춘 척트는 몽골평원을 어지럽게 하는 타타르 부족과의 전투를 위해 자신의 상징 흑마에 오른다. 그리고 구르반사이항 유목 군대와 기마 병사들을 이끌고 여러 날 눈발 속 초원을 달려 카라코룸[1]) 테무친의 진영으로 달려갔다.

척트가 전장 터로 떠나자 부인 촐로앙이 울적한 마음을 가누며 엥흐아랄에게 말했다.

"건강한 암양 몇 마리 끌고 오너라."

---

1) 카라코룸 : 지금의 하르허룽으로 몽골의 옛 수도

여러 번의 노력 끝에 엥흐아랄이 젖이 탱탱한 몇 마리의 양을 우리에서 끌어 내오자 촐로앙이 온종일 젖을 짰다. 전장에 나간 남편과 장손, 그리고 유목민 병사들의 무사를 어워에 기원하고자 공물로 바칠 샤르터스를 만들 참이다. 며칠 동안이나 양젖을 휘젓고 응고시켜 새롭고 깨끗한 샤르터스를 만든 촐로앙은,

"엥흐아랄, 흑 무당들을 불러 알퉁어워에 제의를 올릴 것이다. 전장터로 나간 유목민 병사들의 아내들을 불러오너라."

유목민 병사 아내들이 모이고 그들은 눈발 속 위대한 산으로 향했다.

하늘과 맞닿은 고산 뭇 부리에 흰 구름 덩이가 허리를 걸치고 누워 있었다. 하얀 능선 어워의 오방색 하닥들이 깃발처럼 아우성 친다.

바람에 펄럭이는 소리가 칼을 휘두르는 전장 터의 긴장을 말해주는 것 같았다. 알퉁어워에 여자는 오를 수 없으므로, 어워로 올라간 엥흐아랄이 공물을 올리고 고비 병사들이 달려간 방향으로 수테채를 뿌렸다. 그리고 촐로앙과 유목민 병사의 아내들은 어워 아래에서 절을 올리며 모두의 무사를 산신과 텡게르 신에게 기원했다. 십여 명의 흑 무당들이 일시에 북을 두드리며 호오르[2]를 입에 대고 튕기는 소리는 신을 부르는 소리다. 유목민의 삶이 그래왔기 때문에 촐로앙은 척트가 수없는 전장 터를 들락거리면서도 불안한 마음 한번 가진 적이 없었다.

그러나 이번만큼은 다시 보지 못할 것 같은 예감이 드는 것이다. 험준한 고비에서 척트와 뭉흐토야가 없는 유목 생활은 상상할 수 없었다. 척트가 떠나면서 유언처럼 내던진 말이 촐로앙의 가슴을 모질게 후볐다.

---

2) 호오르(Xyyp): 주먹 안에 들어오는 악기로 입술에 대고 떨 판을 손가락으로 튕기어 신비한 소리를 내는 자그만 악기로 무당들이 굿을 하면서 신을 부를 때 쓰는 현악기.

'만약, 내가 잘못되거든 나를 이 고비에 묻되, 흔적을 남기지는 말게.'

전장터로 떠나면서 던진 말이 유언만 같아, 다시 보지 못할 것 같은 척트와 아들을 그리며 모질게 후비는 가슴을 털어내는 졸로앙의 토올 소리가 바위산과 율림암 수직 절벽을 울렸다.

*

이렇게 한 차례 더 전설을 말하던 조부는 긴 이야기에 목이 말랐는지 엥흐자르갈이 수테채를 그릇에 따르자 한참 동안 마셨다. 그리고 다시 코담배를 꺼내어 손등에 묻힌 뒤 코로 서너 차례 들이마셨다. 그녀 조상의 가족사는 날을 새어도 끝나지 않을 것 같았다.

양 떼와 말 떼와 낙타들도 잠이 들었는지 가축들의 투레질 소리도 들려오지 않는 목초지의 밤은 깊어갔다.

조부는 다시 입을 열었다.

"지금까지 엥흐자르갈에게도 말하지 않았는데 우리 집안 전설을 작가 선생에게 모두 하게 되는구려."

"조부님, 감사합니다. 그럼 척트와 뭉흐토야라는 두 분 조상들께서는 몽골 통일 전쟁에서 어떻게 되었나요?"

조부의 이야기에 빠져든 준호가 다시 물었다.

# 9

## 14세기 몽골평원

14세기로 거슬러 올라간 조부는 척트와 뭉흐토야, 두 조상의 과거사
를 다시 이어가기 시작했다.

*

"몽골평원의 14세기는 여러 나라가 끊임없이 들끓는 전쟁 소용돌이
속에 휘말려있던 때였네. 칭기즈 칸의 일생을 다룬 대서사시로 가장 오
래된 '몽골원조비사(元朝秘史)'를 보면,
'별이 있는 하늘은 곤두박질치고 있었다. 여러 나라가 싸우고 있었다.
이불속에 들어가 자지 못할 정도로 서로 빼앗고 있었다. 흙이 있는 대
지는 뒤집히고 있었다. 모든 나라가 싸우고 있었다.'
라고 기록되어 있는데, 이때 밤낮없이 어지럽고 혼란스러운 몽골평원
의 난세를 바로잡고 평정한 인물은 1162년 몽골 동북쪽 러시아국경 오
논강 물줄기가 흐르는 다달솜 델리운 골락, 한 유목민 가정에서 오른
손에 피 뭉치를 쥐고 태어난 칭기즈 칸 테무친이었지."
"네."

"그때, 몽골 자연 신앙 속에서 유목민들의 정신적 지주로 자연의 대변자 샤먼들은 테무친의 출생을 두고 테무친이 하늘의 뜻을 받아 몽골을 통합하고 칸(王)이 될 것이라고 다투어 예언했네."

"네, 그럼. 몽골 샤먼으로는 흑 무당과 황 무당 양 갈래가 있는데 예언을 한 쪽은 어느 쪽인가요?"

"당연히 흑 무당이 아니겠는가, 라마 불교가 들어와 교육을 시켜 황 무당을 만들었으니까."

"그렇겠군요."

"다시 말을 이어가겠네. 테무친은 귀족이었지, 그의 아버지 에스게이는 몽골 부족장으로 그 이전 몽골족 칸이었던 통치자의 조카였어. 그러나 칸의 나이 아홉 살에 경쟁 부족이었던 타타르 부족에게 독살되면서 그의 가족들은 숨어 지냈는데 족장을 잃은 부족들은 살길을 찾아 뿔뿔이 흩어지고 말았지."

"네."

"숨어지내는 동안 테무친은 17세에 보르테란 부족 여성을 만나게 되고, 검은 단비가죽 외투를 선물로 받게 되는데 당시 젊은이들은 검은 단비가죽 외투를 예물로 받았지, 테무친은 그것을 가지고 중앙 몽골 부족인 키레이트 부족장의 환심을 사는데 성공했고, 아울러 족장은 테무친을 자신의 수하에 두었네. 그때 새로운 동맹에 위기가 찾아들었다네."

"어떤 위기였나요?"

"경쟁 부족이었던 북방 머키드 족이 키레이트 부족의 영토를 습격하여 테무친의 약혼녀 보르테를 납치하고 말았네. 그러자 테무친은 가능한 모든 동맹 부족과 자원을 모았고, 그 결과 머키드 족을 쳐부수고 보르테를 구하는 데 성공했지. 이때부터 테무친은 권력을 키워나갔는데 다른 부족들과 동맹을 맺고 아버지의 신세를 졌던 부족들과도 친선을 유지해 나갔지. 당시 몽골평원은 나이만, 키레이트, 메르키트, 타타르, 몽골, 옹구트, 여러 부족으로 나누어진 부족들이 영토 확장을 하려고 힘의 각축전을 밤낮없이 벌이던 몽골의 가장 혼란스러운 시대로 역사는 기록하고 있네."

"……."

"그러니까 이 무렵, 구르반사이항 동굴 암벽에 가계의 역사 기록을 아들 뭉흐토야와 엥흐아랄에게 전수시킨 후 동맹 부족으로서 고비의 수령이며 할하부족 족장이던 우리 조상 척트께서 테무친의 군사 조직으로 뛰어들어 힘을 합친 거지."


조부는 덧붙여 보충 설명을 했다. 그는 칭기즈 칸의 역사를 모조리 잡아 꿰고 있는 대단한 식자로 영웅 가문의 후손으로서 손색이 없었다. 준호가 그를 만나게 된 것 또한 커다란 행운이었다.

"이제부터는 연대별로 나누어 말해주겠네."

"네."

"1200년, 금나라를 등에 업은 태무친은 몽골평원을 어지럽게 하던 타타르 부족과 치열한 전투를 벌였는데 우리 조상 척트는 타타르 부족과 달란네무르게 전투에서 승리의 기쁨을 함께 나누었지."

"네."

"그러나 1203년 몽골 중심지역을 차지하고 있던 키레이트 부족과의 전쟁은 함께 결합하여 싸웠던 부족이 자기 부족의 이익에 눈이 어두워 다음날 배신하는, 즉 오늘의 아군이 내일은 적군이 되는 가장 혼란스러운 여건 속에서 테무친은 힘겨운 전쟁을 치르고 있었고. 테무친의 전세가 힘겨웠다면 이는 척트가 이끄는 유목민 병사들도 힘겨웠다는 것을 의미했지. 이른바 칼라칼치트 전투로 척트는 매번의 전투에서 자신이 이끌고 온 유목민 병사들에 대한 남다른 책임과 영웅적 기질로 천호장으로서 그 책임을 다했어. 할하 부족 족장이었던 용맹한 척트는 테무친 군사 조직의 천호장 반열에 있었다네. 또 테무친의 친위부대인 군사 행정조직으로 비서군단 조직인 중앙 집권 특수 조직으로 군 지휘관들의 아들로 구성한 케식텐이 있었는데, 척트의 아들 뭉흐토야와 척트 조상이 아끼는 장군으로 나중에 사돈이 되는 기마군단 덤버르마 장군은 케식텐의 조직에서 반란이 일어나면 이를 제압하는 조직을 이끄는 중책을 가진 장군이었어."

"오-, 조상의 업적은 후대의 큰 영광이 되는군요."

"물론이지, 다시 말을 이어가겠네."

"네."

"그런데 1203년 칼라칼치트 전투는 예상치 못한 처참한 참패를 맛보아야만 했어. 테무친의 세력이 확장되자 처음 환심을 주고 함께 힘을 모았던 키레이트 부족이 철저하게 테무친을 배신한 거지. 거기에 오랜 친구였던 쟈무카는 7개 부족을 통합하여 테무친을 공격했고 상당수 부하들이 쟈무카의 포로가 되고 말았네. 그리고 쟈무카는 테무친의 부하들을 70개의 뜨거운 가마솥에 산 채로 삶아 죽였다네."

"아-, 아주 잔인했군요."

"그러나 후일 테무친은 알타이 산맥을 넘어 나이만 부족과의 전투에서 승리하자 쟈무카의 목을 자르지 않고 교수형으로 그의 시신이 온전하게 매장되게 하는 옛 친구로서의 마지막 우정을 지켰네."

"몽골 통일 영웅다운 처세였군요."

"기록을 보면 그때 칼라칼치트 전투에서 처참하게 참패한 테무친은 먹고 마실 것도 없는 발주라 호수에서 전의를 상실한 19명의 부하들과 흙탕물을 함께 마시면서 부하 장수들에게 이렇게 말하면서 결의를 다졌지."

"네."

'행복과 어려움을 같이 느끼면서 이곳에서 나와 생사고락을 함께한 너희들을 절대 잊어버리지 않을 것이다. 만약 이 약속을 어기면 이 흙탕물처럼 될 것이다.'라고 말일세."

"네."

"이런 맹약은 상실된 사기와 전의를 북돋았고 테무친은 강한 충성심으로 재무장한 부하들을 되찾게 되었네, 이때 구르반사이항 유목민 병사들은 천호장 척트 수령의 지휘아래 테무친의 군영에서 맨 먼저 적지를 공격하는 기마 군단의 선봉이었어."

"자랑스럽고 대단한 가문의 역사군요."

"두말할 여지가 있는가, 더 많은 비사가 있지만 요약해서 말했네."

"네, 그럼, 척트와 뭉흐토야 조상이 전장 터에 가 있는 동안 남은 가족들은 어떻게 생활을 했을까요?"

"그, 이야기도 해주지."


*


그러면서 조부는 마디가 짧은 곰방대에 담뱃가루를 다시 집어넣고 불을 붙인 후 길게 한 모금 빨아 연기를 내뿜으면서 회한의 표정을 지었다.

# 10

## 척트의 가족

알타이산맥 머리를 떼구름 덩이가 쥐어짜고 있었다. 잿빛 돌산 구릉으로 야생 나귀들이 떼지어 뛰었다. 무겁게 보이는 두터운 뿔이 머리에 솟은 아르갈리 산양들이 초원을 가로질러 돌투성이 오르막으로 이동하고 있었다.

그동안 척트의 막내아들 엥흐아랄은 이웃 덤버르마의 딸과 결혼하여 둘 사이에서 낳은 아들 타이방은 성년이 되어있었다. 여름 목초지로 유목을 떠났던 척트의 부인 촐로앙이 뭉흐토야의 남은 가족과 불어난 말 떼와 낙타 무리와 양 떼와 야크 떼를 몰고 구르반사이항 고비로 돌아오고 있었다.

마상(馬上)의 엥흐아랄은 자작나무 장대를 들고 가축 무리의 외곽을 돌았다. 며느리 아이골리와 뭉흐토야의 아내 할리오나는 에스기와 펠트, 게르에 필요한 살림들이 잔뜩 실려있는 쌍봉낙타들을 이끌었다.

척트의 아내 촐로앙은 이제 나이가 들어 모든 살림을 며느리들에게 맡겼다. 그들을 반기는 건 홍고린엘스 사막에서 날려오는 세찬 모래바람이었다.

엥흐아랄이 필요한 만큼의 게르를 세우는 데는 그리 오랜 시간이 필요하지 않았다.

이때, 조부의 이야기를 듣던 그가 엥흐자르갈을 바라보며 물었다.

"에스기와 펠트가 무엇인지…….."

"그래요. 제가 말해드릴게요. 양털을 쌓아놓고 두드려 가공해 두꺼운 천으로 만든 것으로 흉노 시대에도 있었어요. 일반적으로 주거 형태로 게르를 이용한 민족은 터키, 만주, 몽골 유목민들로 다양한 형태로 발전되다가, 7~10C경에 정착되었다고 보고 있어요. 몽골 주거 형태의 게르는 에스기를 만들어 집을 덮을 때부터 시작되었고, 몽골 게르 역사는 2500~3000년의 역사를 가지고 있어요. 이런 증거는 어워르항가이 아이막 헙드 솜 데뷔쉥 벽화, 알타이 벽화 등에 나타나 있고, 게르 크기는 빈부의 차이에 따라 달라질 수 있고 게르 한 동을 짓는 데 30~40분 정도밖에 걸리지 않아요. 펠트는 게르의 지붕을 말해요."

하고 말했다.

이야기를 멈추고 있던 조부가 다시 말을 이어갔다.

게르를 세우고 삶터가 마련되자 척트와 아들 뭉흐토야와 유목민 병사들의 생사 여부가 궁금한 졸로앙이 말했다.

"엥흐아랄! 추워지기 전에 돈드고비 역참(驛站)으로 달려가 며칠이 걸리더라도 전령에게 부탁하여 아버지와 유목민 병사들의 생사 여부를 알아 오너라."

"네, 어머니. 저도 궁금합니다. 서둘러 다녀오겠습니다."

"만만치 않은 길이다. 버르츠를 지니고 가는 걸 잊지 말아라."

엥흐아랄이 길을 떠나게 되자 그의 처 아이골리가 벅츠(안장가방) 양편에 가면서 먹을 버르츠를 가득 담아주었다.

모래바람이 초겨울 대지를 휩쓸고 모래알이 얼굴을 때렸다. 엥흐아랄은 돈드고비 역참으로 말을 몰았다. 역참이라는 이야기가 나오자 제도적 기관이라는 짐작은 가지만 넓은 대지에서 어떻게 운영이 되었는지 궁금한 준호가 다시 물었다.

"조부님, 넓은 대지에서 역참 활동에 대해서 매우 궁금합니다."

하고 묻자 이야기를 이어가려던 조부는,

"이야기가 자꾸 끊기는데, 엥흐자르갈, 네가 설명해 주이라."

그러자 엥흐자르갈이 다시 말했다.

"네, 조부님. 제가 설명해 드릴게요. 당시 역참은 일정 지역마다 역참을 설치해 여러 마리 말을 배치하고, 게르를 세우고, 이웃 역참으로 정보를 전하는 유목민 전통 통신 방법이었어요. 칭기즈 칸은 영토가 넓어지자 역참제를 군사 목적으로 제도화하여 이용했지요. 역참제는 몽골 옛 수도이자 군수물자 보급소였던 지금의 어워르항가이의 솜, 하르허링인 카라코롬을 중심으로 각 지역에 역참 병사들을 배치하여 유라시아 지역을 거미줄처럼 엮어 가장 빠른 정보망을 구축했어요. 전령이 장애물이 생기면 그곳을 우회해서 정보를 가장 빠르게 전달 할 수 있는 방법으로, 당시 전령은 게르게투라는 역참 마패를 소지하였는데 역참 패의 표면에는 '영원한 하늘의 뜻 아래, 위대하게 모시며 잘 보호해라.' 라는 글이 새겨 있어요. 역참 마패는 역사박물관에 갔을 때 보셨잖아요? 전령은 다음 역참에 정보를 전할 때 먼저 역참 마패를 내보여야 했어요. 이러한 역참제의 체계를 학계에서는 현대의 인터넷 방식, 프로트콜 방식, 디지털 방식이라는 극찬을 내리고 있답니다. 버르츠에 대해서도 말씀드릴게요. 버르츠는 양고기나 소고기로 말려 만든 육포나 그 가루를 말해요. 유목민 전통 음식으로 소 한 마리 분량이 소의 방광 안에 들어가지요. 이 분량은 병사한 사람의 1년 전투 비상 식량이었는데 버르츠가 있었기 때문에 칭기즈 칸은 중앙아시아를 휘어잡을 수 있었고, 유럽 원정길에서 식량 문제를 버르츠로 해결하여 승리를 거둘 수 있었어요."

엥흐자르갈의 설명이 끝나자 조부는 코담배 병뚜껑을 돌려 닫으며 말했다.

"알겠는가? 그럼 아까 이야기를 이어가겠네."

엥흐아랄이 고비를 벗어나 어문고비 역참에 도착한 것은 이틀만이다. 역참에 다다른 그가 부친과 뭉흐토야와 유목민 병사들의 안부를 묻고자 왔노라고 말하자 역참 대장은,

"천호장인 척트 수령의 자제이며 케식텐 장군의 아우 엥흐아랄을 잘 모셔라. 그리고 전령은 즉시 카라코롬으로 달려가 이 사실을 알리고 답변을 받아오라."

하고 명령을 내리고 몽골 비칙그로 내려쓴 서찰을 받은 전령 하나가 즉시 밖으로 뛰어나가 나르듯 말에 올랐다.

적어도 역참 전령들은 군마를 빨리 모는 것은 물론, 달리는 말 위에서 들쥐를 활로 쏘아 잡는 비범한 실력자가 아니면 할 수 없는 직책이다. 때문에 중간에 적에게 차단이 되더라도 최 단거리로 몸을 피해 전령 내용이 발각되는 일이 없이 명령을 수행했다. 엥흐아랄이 게르 문밖으로 나섰을 때는 카라코롬으로 달려간 초원에 전령의 군마는 사라졌고, 건조한 흙먼지만 시야를 가렸다. 전령이 돌아오지 않으므로 조바심이 쌓인 엥흐아랄에게 역참 대장이 말했다.

"엥흐아랄, 걱정할 것 없네. 이미 우리 몽골은 이제 곧 하나로 통합되어 곧 제국이 될 것이네, 천호장이신 척트 수령과 뭉흐토야 장군께서 전사하셨다는 말은 들은 바가 없네. 오히려 두 분의 전과는 각 역참에서도 알고 있네."

보름 만에 돌아온 전령은 부친 척트가 보내는 안부는 물론, 전쟁목표를 달성하면 공평하게 배정하는 테무친이 약속한 많은 전리품까지 여러 마차에 싣고 돌아 왔다.

척트의 글발에는,

"나의 막내아들 엥흐아랄, 무엇보다도 내가 제일 신임하는 부하 장수 덤버르마 장군의 딸 사이에서 아들을 두고 성년이 되었다니 매우 기쁘다. 가계를 계승할 것인즉 잘 길러야 한다. 보내는 전리품은 고비로 가져가 유목민 병사 가족들에게 공평하게 나누어 주어라. 호위병들이 이동을 같이해 줄 것이다."

라고 써 있었다.


전리품 마차를 끌고 고비로 돌아온 엥흐아랄은 척트의 지시대로 유목민 병사 가족들에게 전리품을 골고루 분배하였다. 그 양은 일 년 동안 유목을 하지 않아도 될 만큼 충분했다. 많은 전리품을 받은 유목민들의 게르 창고는 늘어났고, 그들은 고비의 혹한 속에서도 따뜻한 겨울을 보낼 수 있었다.

# 11

# 몽골통일과 영웅의 주검

13세기 초부터 시작되는 장구한 세월 속에 묻혀 있는 가계사를 조부에게 듣는 데는 여러 날이 걸렸다. 이야기가 깊어질수록 자랑스러운 조상의 역사를 눈으로 보는 듯 상기된 표정의 조부는 곰방대 담배를 피우며 길게 연기를 토했다. 엥흐자르갈이 토록에 지핀 말똥이 타오르는 소리에 세 사람은 더 깊은 밤 속으로 끌려 들어가고, 바람기 없는 게르 공간에 조부가 내뿜은 담배 연기가 고산 허리를 가로지르는 구름처럼 연통 허리를 자르며 흐른다. 고비의 밤은 그렇게 깊어진다.

'딱, 딱, 딱.'

조부는 다시 푸른 녹이 쓴 놋쇠 재털이에 곰방대를 때리며 재를 털었다. 엥흐자르갈은 조부의 말문이 터진 것이 내심 기뻤다. 그토록 듣고자 했던 조상들의 이야기다. 만약 준호가 몽골에 오지 않았더라면 엥흐자르갈은 평생 듣지 못할 조상의 이야기였는지 모른다. 엥흐자르갈 자신의 가계사는 평생 가슴에 간직해야 할 이야기일뿐더러, 어떤 형태로든 글을 쓰는 준호의 노트에 기록되고, 향후 도서화된다는 점은 기쁜 일이 아닐 수 없었다. 엥흐자르갈은 조부의 다음 이야기가 이어지기를 기다리며 조부와 그의 앞에 놓인 대접에 수태채를 따라 부었다. 조부의 입이 다시 떨어지기를 재촉하는 것인지 몰랐다.

엥흐자르갈의 조바심을 읽었는지 조부는 수태채 한 대접을 비운 뒤 자세를 고쳐 앉았다. 그리고 엥흐자르갈과 준호를 번갈아 보며 다시 말을 이어갔다.


"수없는 전장 터에서 척드는 죽음의 문턱을 넘나들었네. 1204년 시라케이트 전투에서 여러 몽골 부족 중 가장 큰 세력이었던 라이만 부족과의 전투는 아주 힘겨웠어. 그러나 마침내 승리를 거두었지, 그리고 시라케이트 전투를 마지막으로 테무친은 몽골평원을 하나로 통합하고 비로소 제국의 형태를 갖출 수 있었네. 대몽골 제국이 역사에 부상한 거지."

"대단한 역사 아니겠습니까?"

"그렇고말고, 다시 말하네. 1206년 테무친은 부족장 회의 쿠릴타이에서 제국의 칸(王)이 되면서 역사에 부상하였네, 테무친이 칭기즈 칸으로 불리게 된 거지."

"그럼 카안이라는 말은 주권자의 칭호인 왕(王)이라는 것은 알고 있는데 칭기즈의 뜻은 뭔가요?"

"작가 선생, 깊게도 묻는구려, 칭기즈(Чингис)라는 말은 본래 바다(탱기즈/Тэнгис)라는 어원에서 생긴 말로, 아랍, 페르시아어에서는 치(ч) 발음이 없기 때문에 그를 찡기즈(Жингис)라고 부르게 되는데, 오늘날에는 칭기즈라는 발음으로 통용되고 있지. 당시 부족 중심 사회였던 몽골에서는 부족장 회의가 있었고, 그 회의는 전체 부족의 의사 결정에 중요한 역할을 했어. 또 대원정 때는 각지 수령들의 의사를 결정하는 쿠릴타이에서 칸은 힘을 얻었는데, 고비 족장으로 천호장의 수령이며 전투에는 항상 기마 군단 선봉에 섰던 우리 조상 척트는 쿠릴타이에서 중요한 역할을 했어. 그리고 몽골 제국의 전쟁은 다시 시작되는데, 칸은 이웃 나라 중국에 눈을 돌렸네. 1200년대 중국은 북부 친제국, 성제국, 시아시아국이 격한 내분으로 휩싸여있던 때로 칭기즈 칸은 타거드, 어거드에서 치룬 전투 실험을 통해 자신이 참전하지 않고도 만족한 결과를 얻어냈고, 그 전투는 천호장 척트 수령이 이끄는 순전히 고비의 유목민 병사들로 구축된 기마군단만으로도 쳐부술 수 있었다네."

"유목민 병사들의 전투력이 대단했던가 봅니다."

"300년 동안이나 차하르 부족과 전쟁을 치루며 살아온 부족이 아니던가……."

"대체, 그렇군요."

"몽골 제국은 친제국을 치기 전에 먼저 가장 나약한 시아시아를 공격하여 그리 길지 않은 기간에 손쉽게 손에 넣고, 이어 호페이, 친제국, 샨퉁을 함락했어. 해일처럼 밀려드는 거대한 몽골 제국의 힘에 황제는 베이징 문을 열어줄 수밖에 없었지 뭔가. 그때 칭기즈 칸은 18만 대군으로 40km 떨어진 베이징을 아주 초토화 시켜버렸다네. 그리고 엄청나게 많은 전리품을 챙겼지. 1214년, 견디다 못한 황제는 자신의 딸을 내줘야 했네. 열거하면 노예로 어린이 1,000명, 말 3,000필, 셀 수 없이 수많은 금과 은과 비단을 바쳐야만 했고 몽골 제국은 새로운 국면을 맞이했네."

"조부님, 대단한 몽골 제국의 힘이었어요."

엥흐자르갈이 자랑스러운 표정으로 말했다.

조부는 다시,

"1216년 봄, 몽골 초원과 고비의 대지가 초록으로 한참 물들어 갈 때 몽골 제국은 중앙아시아로 다시 눈을 돌렸는데. 몽골 서쪽 지방 광활한 대지에 무질서한 제국, 지금의 이란인 콰리즘의 샤라고 불리는 국왕은 무트라에서 몽골 케커벤(사신)을 무참하게 처형했어, 몽골 사자를 궁으로 불러들여 참혹하게 처형한 것은 스스로 샤 자신의 죽음을 재촉했,고 제국의 최후를 자초한 결과를 가져왔네. 그것은 샤에게 통한의 실수였는데 카라코롬에서 역참 전령 병사로부터 사실을 보고 받은 칭기즈 칸 은,

'전쟁을 택한 것은 당신들이고, 어떠한 일이 일어나도 정해져 있는 것이며 그 결과는 나도 모르오.'

라며 분을 삭였지. 그리고서 칭기즈 칸은 피 끓는 분노로 콰리즘을 아주 쑥대밭을 만들어 버렸다네. 몽골통일 후 고비 유목민 병사와 늘어난 많은 부하들을 거느린 척트는 콰리즘을 함락할 때까지 긴 세월 동안 무수한 죽음의 문턱을 넘나들며 수많은 전과를 올렸는데, 또다시 이어지는 유럽원정 전쟁에서 애석한 최후를 맞고 말았어, 그러자 자신의 오른팔이 잘려 나간 것이나 다름없는 척트의 주검을 두고 칭기즈 칸은 애통하고 애통해했지, 그리고 이렇게 호령했네.

'고비의 족장이며, 천호장 수령으로 좌군도 우군도 거부하고 가장 힘든 중앙 기마 군단 선봉에서 싸워줬던 그대여, 그대의 땀과 끓는 피가 아니었더라면 어찌 몽골통일제국이 있었을 것인가, 그대여, 나와 함께 했던 그 뜻을 이루어 720개 다른 언어를 가진 세계를 정복하여 위대한 몽골 제국의 건국을 선포할 것이네.' 라고 말일세."

수많은 천호장 수령들이 척트의 죽음을 애도했고 칭기즈 칸은 포효

하며 다시 부르짖기를,

'제국의 장졸들은 들어라. 몽골 제국을 함께 세우고 명예롭게 죽음을 맞은 천호장 척트 수령에게 영광된 타이츠(영웅) 칭호를 내리노라. 이제 천호장의 수령 척트타이츠는 유언에 따라 그의 고향 구르반사이항 고비에 묻힐 것이다. 그곳을 관장하는 역참 대장은 서몽골 최고의 토올치들을 불러, 영웅을 노래하여 주검을 애도하고 장사를 지내어라. 많은 전리품과 300필의 말을 그 후손에게 줄 것이다. 카라코롬 역참 대장은 이 사실을 고비에 즉시 알려라.'
라고 명령했지."

*

조부는 회한의 눈빛으로 길게 연기를 토했다. 한기를 느낀 엥흐자르갈이 화로에 다시 불을 지폈다.

# 12

## 영웅이 떠난 흔적

북두칠성을 보고 길을 찾는 유목민들의 땅, 몽골의 서쪽 돈드고비 구르반사이항은 죄인의 유배지처럼 단절된 지역이지만, 위대한 바위산에는 몽골 가젤과 건조한 기후에서도 소량의 수분만으로도 생존이 가능한 아르갈리 산양들의 서식지이며, 생명수 같은 물을 잘 찾아내고 땅을 파서 물을 먹는 보호동물 야생나귀들의 땅이자, 그곳에서 척트 타이츠의 오랜 조상들이 태어났고 또 무덤터이기도 했다.

척박한 고비에도 초원의 토대인 초록이 돋는 봄, 칭기즈 칸의 군사 조직 케식텐의 장군으로, 척트 타이츠의 아들 뭉흐토야와 척트의 부하 장수로 기마군단을 이끌었던 덤버르마 장군이 영웅의 상징인 주인 잃은 흑마를 선봉에 세워 많은 전리품과 300마리의 말 떼를 몰고 돌아온 뒤, 화려하고 커다란 게르에 안치된 영웅 척트 타이츠의 주검 앞에 그의 부인 촐로앙의 슬피 우는 소리가 끝 모를 어둠 속 고비의 밤을 적셨다. 뭉흐토야의 아내 할리오나와 엥흐아랄의 아내 아이골리가 눈물짓는 촐로앙을 위로하며 뜨거운 수테채를 권했다. 촐로앙은 단 한 모금도 마시지 못했다.

"어머니, 먼 곳에서 토올치들이 왔습니다. 눈물을 거두십시오."

뭉흐토야가 재삼 모친 촐로앙을 위로하며 눈물을 거두기를 청했다. 곧 삼십여 명의 토올치들이 의상을 갈아입고 영전으로 들어올 터다. 망자의 영혼을 위해 토올을 부르고 연주할 터였다. 덤버르마 장군이 그들을 영접하고 주검이 안치된 커다란 게르 안으로 들어왔다.

영웅의 주검 한편으로 촐로앙과 뭉흐토야와 엥흐아랄과 모든 가족들, 그리고 덤버르마 장군의 가족들과 이웃 유목민들이 자리 잡았고, 반대편에 토올치들이 망자에 예를 올린 후 톱쇼르를 연주하며 영웅을 노래하기 시작했다. 뭉흐토야와 엥흐아랄은 토올 소리에 묻혀 들려오는 부친 척트 타이츠의 당부를 다시 들었다.


– 자, 모두 여기를 보아라. 대를 이어 고비 족장으로 용맹을 떨쳤던 위대한 조상들이 우리 후손들에게 염원하는 꿈과 희망의 내력이 담긴 여기를 보아라. 아르갈리 산양의 마른 똥은 어느 가축의 똥보다도 뜨겁다. 이렇게 돌벽에 산양 똥을 태워 뜨겁게 달구면 돌벽은 정신을 잃고 만다. 돌벽이 정신을 잃었을 때 날카롭게 만든 쇠 끌을 가지고 돌벽을 파내어라. 쇠 끌이 없던 옛 조상들은 돌끌과 날카로운 뼈로도 이렇게 파내었다. 쇠 끌은 어렵지 않게 새길 수 있다. 이 모든 것은 조상 대대로 이어온 것들이다. 조상으로부터 전해온 이 모든 것을 이제 너희들에게 전수시키는것이다.–


그러면서 동굴 암벽에 조상들의 내력이 새겨진 돌 그림들이 적나라하게 떠올려졌다. 1,800km 고비의 가장 큰 사막 홍고린엘스의 장엄한 사막에서 불어오는 거친 바람 속에 윙윙거리는 모래알 부딪치는 소리와, 토올 소리가 대지를 울렸다. 몽골통일 전쟁에 기여한 명예로운 영웅의 죽음이었던 만큼, 토올치들은 7만 줄에 이르는 대서사시를 사흘 밤낮 노래했다.

> 옛날 옛날에
> 다섯 영웅의 말등자 스치는 소리가 들리고
> 전쟁을 알리는 검은 기를 올려
> 만 년 동안 백성의 존경을 받았다.
> 멋있게 머리를 들고
> 춤추는 검은 말과
> 보석처럼 반짝이는 날카로운 칼과
> 창이 보인다. 〈생략〉

척트 타이츠와 사지를 함께 들락거리다가 혼자 살아남은 것이 괴로운 흑마가, 머링호오르의 전설에서 슬픈 저능하르 말처럼 바위산이 울리도록 머리를 들고 히이힝- 길게 울부짖었다.

천호장 수령들과 척트가 이끌던 기마 군단 장군들과 부하 장졸들이 영웅의 가는 길을 보려고 카라코롬에서 달려왔다. 그리고 상여길 만장처럼 펄럭이는 기마 군단 깃발이 시야를 가리는 모래바람 속에 300마리 말 떼의 선봉에서 화려한 영구 마차로 시신을 운구하는 덤버르마 장군을 뒤따르는 초원의 행렬은 장엄하다.

역참 병사들과 고비 유목민들은 위대한 산이 보이는 드넓은 초원에 영웅 척트가 묻힐 땅을 파헤쳤다. 장례를 주관하는 라마 승들의 의식이 끝나고 시신이 안장되는 순간, 촐로앙이 먹 울음을 토했다.

모든 가족과 유목민들이 슬픔의 눈물로 망자를 위로하고 천호장 수령들이 절도 있는 동작으로 오른팔을 가슴에 올리며 경의를 표했다. 영웅이 흙 속에 묻히고, 의식을 마친 라마들이 물러가자 토올치들은 톱쇼르를 연주하며 알타이 막탈을 노래했다.

> 아주 먼 옛날부터 높은 나무들이
> 바람결에 흔들리고
> 버드나무들이 숲을 이루어
> 깨끗한 샘물에서
> 검은담비들이 즐겁게 놀고
> 비옥하며 넓고 높다고 하네요.

장례 의식이 끝나자 덤버르마 장군이 척트 타이츠의 상징 흑마에 올라 세차게 말을 몰았다. 그러자 300마리 말 떼와 기마군단 장군들이 화려하게 장식한 군마를 몰고 흑마의 뒤를 따라 영웅이 묻혀 있는 무덤터의 대지에 천지를 뒤덮는 흙먼지로 회오리를 일으키며 질주하기 시작했다. 노도와 같은 수많은 말발굽에 거대한 면적의 대지가 천둥소리로 뒤집히고 곤두박질쳤다. 무성하게 일어나는 모래 폭풍이 위대한 산을 가리고, 순식간에 장막을 쳤다. 모래알 부딪치는 소리도 말발굽 소리에 여지없이 묻혀버렸다.

한동안 말 떼의 질주가 끝나고 모든 사람과 말 떼가 떠나간 뒤, 영웅이 묻힌 무덤은 그 흔적도 알 수 없었다. 며느리들의 부축을 받은 촐로앙이 흐린 눈빛으로 흙먼지와 모래바람에 뒤섞인 대지를 뒤돌아보는데 전장 터로 떠나면서 이르던 영웅의 유언이 다시 들린다.

'만약 내가 잘못되거든 나를 이 고비에 묻되, 흔적을 남기지는 말게.'

영웅 척트는 초원 대지에 단 한 줌의 흙으로 그렇게 흔적 없이 위대하게 떠났다. 고비 유목민의 족장으로 칭기즈 칸의 군영, 천호장 수령으로 기마군단 선봉에 섰던 그의 주검 위에 칭기즈 칸은 타이즈(영웅古語) 칭호를 내렸다.

*

단 한 마디도 놓치지 않고 준호는 조부의 이야기를 속기록으로 노트를 채운다. 그리고 메모지 한 장을 들춰보자 엥흐자르갈이 물었다.
"궁금하신 게 또 있어요?"
"궁금한 것이 어디 한두 가지겠어요? 짐작은 가지만 토올 이야기랄지 토올치랄지 모든 것이 궁금하지요."
"그것도 제가 말씀드릴게요. 토올치는 다양한 형태의 공명통과 머링호오르처럼 2현으로 이루어진 몽골 전통 현악기인 톱쇼르를 가지고 토올을 전문으로 연주하는 사람을 말해요. 운문형으로 구전된 장편 영웅 서사시가 토올을 통해 구전으로 전해오는데, 노래를 직접 부르며 연주하며 얼굴과 몸으로 표현해요. 마음으로 그 옛날 주인공들과 영웅들을 만나며 감정을 나누는 거지요. 본래 무병장수와 토착 신앙의 기원적인 의미를 지니며 노래가 있는 마을로 알려지는 서몽골 알타이산맥 토트에서는 가을부터 긴긴 겨울 동안 토올을 즐겼어요. 가을 첫 달에 보름달이 뜨는 날 토올치들을 집에 모셨고, 몽골 사람들은 토올을 들으면 마음이 편해지고 기분이 좋아진다는 신앙적 의미를 가지고 있어요. 저도 그렇구요. 그러나 사회주의 인민공화국 시절에는 어느 집에서도 마음대로 토올을 할 수 없었고, 토올 자체를 배우기도 어려웠어요. 새벽 7시부터 저녁 9시까지 사상 교육을 받아야 했기 때문으로, 6~70년대부터 토올을 할 수 있었고, 목자들은 초원에서 가축을 몰다가 휴식을 취할 때 토올을 즐겼지요. 몽골 토올치의 스승이라 할 수 있는 오루트나승과 아위드메트는 여름에 가뭄이 들면 알타이고비 만년설에서 토올을 하라고 일렀어요. 토올치들은 사흘 밤낮을 7만 줄의 가사로 토올을 노래했는데, 가사 구절에는,

*이렇게 위대하고 정상에는 하얀 만년설이 쌓인*
*알타이 산과 항가이 산들이여*
*산허리에는 옅은 안개를 두르고*
*온 세상을 내려다본다.*
*남녀노소 모두 함께 축제를 벌여*
*어린아이들을 놀라게 하고*
*어르신들의 잠을 깨울 정도로*
*낮과 밤을 가리지 않고*
*사시사철 즐거움을 누렸다. 〈생략〉*


는 가사가 있고 토올치들은 뭔가 비밀스런 힘이 도와주지 않으면 7만 줄 긴 가사의 더워하드부흐를 부를 수 없다고 생각했어요. 토올 하나를 완벽하게 하려면 8시간이 걸리고 보통 3~4일 동안 토올을 불렀다고 전해요. 하룻저녁에 3시간 정도를 쉬지 않고 부르는데 1~2만 줄에 달하는 긴 토올을 어떻게 외우고 어떻게 전승해 왔는지, 정말 비밀스런 힘이 토일치들에게 있는지 몰라요. 지금 토올은 한정된 지역 홉드 아이막에만 존재하고 예술적으로 보면 한 사람이 모든 역할을 하는 완벽한

공연으로, 홉드아이막 홉드 극장과 울란바타르 전통극장에서 외국인을 위해 공연하는데 언제 전통극장에 가서 토올 연주를 보여 드릴게요."

지금까지 조부가 말해온 이러한 사실을 더듬어 볼 때, 조상의 영웅을 기리기 위한 비문이나 돌 그림의 부호로 능히 후손에 의하여 기록되었을 거라고 준호는 믿어 의심치 않았다. 왜냐면, 돌궐 제2 제국의 3대 카안에 걸쳐 행정수반과 군사령관을 역임한 톤유쿠크의 행적을 기념하는 비문이 울란바타르에서 동북방 약 50km 지점 거리인 툽 아이막 바인 초토크에 4m 정도의 간격을 두고 기둥 형태의 돌 표면을 다듬어 두르크 문자로 2기에 구성되어 남북으로 세워져 있는 걸로 보면, 척트의 비문이나 돌 그림의 부호까지도 어딘가에 기록되어 있을 가능성을 짐작해 보는 것이다.

놋쇠 등잔 불빛이 연기 하나 없이 타오르는 게르의 밤, 조부 이야기가 끝나자 한동안 침묵이 흘렀다. 조부는 코담배를 꺼내었다. 그리고 손등에 묻힌 뒤 코로 훅, 들이마셨다. 졸렸던 모양이다. 그러니까 지금까지의 이야기를 정리하면 엥흐자르갈의 원 조상은 선사시대부터 할하의 귀족으로, 그녀는 귀족의 후손이라는 것을 의미했다. 고비의 족장이며 몽골 제국 건설에 혁혁한 공을 세운 칭기즈 칸의 군영, 천호장 수령이었던 위대한 척트 타이츠의 후손인 것이다.

희미한 불빛에 조부의 구릿빛 얼굴에 그늘이 진다. 조부의 표정과 의연한 자세에서 준호는 영웅의 기상을 느꼈다.

조부는 다시 말했다.

"작가 선생, 그러면, 이제 고비 동굴을 찾아가려는 것인가? 만약 가거든 먼저 아르항가이 아이막 체체를랙 운드르올랑 지역과 바트쳉겔, 그리고 이흐타미르 강 유역을 뒤진다면, 거기에서 원 조상들의 기록으로 여길 수 있는 돌 그림 형태라도 찾아볼 수 있을지 모르네. 왜냐면 우리 조상들이 이동했던 유목지 중 그곳은 고비 다음으로 길게 유목했던 장소였기 때문이지, 확실하지는 않지만 타이츠의 칭호를 받았던 만큼 비문 형태의 유물이 존재했던 것으로 유래되지만 정확한 장소는 지끔까지 알 수가 없고 다만 동굴 양피지 탁본으로만 전승되고 있을 뿐일세.”

그러면서 조부는 자신이 앉은 침대 곁에 불상이 모셔진 설작을 열고 깊숙한 곳에서 아래로 내려쓴 몽골 비칙그 문자로 희미하게 기록된 돌돌 말려진, 비문 내용으로 추정되는 붉은 비단 천에 감싸진 양피지 탁본 하나를 꺼내어 펼쳐 보였다. 상상하지 못한 유물의 등장은 숨을 멎게 하였다. 흐려 보였지만 필시 비문 내용으로 추정할 수 있는 손때 묻은 언어들이었다.

피 끓는 질주로 적을 무찌르는 영웅을 노래하는 대서사시가 토올치의 입에서 토해질 때, 7만 줄 가사 첫 구절이 가장 높은 음으로 갑작스럽게 터져 나오는 것 같은 충격이었다. 된 침을 삼키며 조부는 다시 입을 열었다.

“만약 가거든 아르항가이아이막 소재지 체체를랙 솜으로 가서 엥흐자르갈 외숙부를 먼저 만나게. 유일하게 그가 돌 그림들이 있는 곳을 모두 알고 있어. 엥흐자르갈 외가 쪽 모든 후손들이 고대부터 모여 사는 목축 지역으로, 친가 쪽 조상들의 유목 근거지는 구르반사이항 고비로 항상 아르항가이아이막 초지가 풍성한 체체를랙 이흐 타미르 초원으로 대이동을 했고, 이곳 구르반사이항으로 가을이면 다시 되돌아왔는데, 대대로 그렇게 정해진 유목 생활을 하면서 엥흐자르갈 어미를 그곳에서 데려와 우리 가문과 결속이 된 거지. 그래서 엥흐자르갈은 이곳 고비에서 태어났고 그곳에서 머물면서 주변 초원에 드러난 바위 그림들을 찾아보면 우리 가계의 흔적을 찾을 수 있을지도 모르네. 그곳에서 비근한 것을 찾아보고, 최종적으로 구르반사이항 일대 절벽동굴을 찾아보게."

그러자 엥흐자르갈이 기뻐했다.

"그래요. 저도 체체를랙 외조모님이 보고 싶어요. 뵙지 못한 지 11년이 넘었어요."

"외조모님이 살아계시나요?"

"네. 너무 멀어서 찾아뵙지 못했어요."

하고 말하자 조부가 말렸다.

"지금은 안 돼. 하루 단 한 번 가는 버스가 눈 때문에 가지를 못해."

외조모를 보고 싶어 하는 엥흐자르갈이 상기된 얼굴로 다시 말했다.

"외조모님을 빨리 보고 싶어요. 날씨가 풀리는 대로 가기로 해요. 버스가 갈 수 있다면 지금이라도 외조모님을 뵙고 싶어요. 어차피 그곳 돌 그림도 보아야 하잖아요."

# 13

# 이흐타미르의 사슴 돌

물론, 울란바타르 역사박물관을 가면 암각화를 볼 수 있다. 그러나 상징적으로 보존된 것들을 제외하면 나머지는 생명력을 느낄 수 없는 모조품이다. 몽골 암각화들은 초원 대지에 풍화 작용을 받은 모습 그대로 자연스럽게 노출되어 있음으로써 그 가치를 지닌다. 때문에 과거 돌에 새겨진 유목민의 삶과 꿈을 피부로 느끼자면 훌렁 배낭을 메고 그들의 유목지로 떠나야 한다.

그가 아르항가이 초원에 노출된 암각화에 눈독을 들이는 이유는 그곳이 엥흐자르갈의 먼 조상 척트 타이츠 후손들이 가축을 몰고 대이동을 했던 곳이며, 필시 타이츠 칭호를 받은 조상을 기리는 비문이나 이에 유사한 돌 그림이 끊임없는 초원 바람 속에 노출되어 있을지 모를 막연한 추론과, 그 실체를 볼지도 모를 한 가닥 희망에서 비롯되었다. 하나 더 덧붙이자면 미학적 관점으로 볼 때 인위적으로 돌을 자르지 않고 불균형한 바위 표면에 묘사된 개체의 형태가 반추상 표현의 세련된 기법으로, 현대 미술의 어떤 장르에 견주어도 전혀 손색이 없다는 심미적 효과 때문이기도 하다.

지금까지 몽골 200여 곳에서 암각화가 발견되었다. 지속적인 조사에 그 수는 계속 늘고 있다. 역사적으로는 석기시대 바위 그림부터 기원전 15~12세기의 철기시대 바위 그림과, 기원전 3세기에서 기원후 1세기인 흉노시대, 7~8세기 돌궐 시대와 9세기 말 키르기즈시대 바위 그림과 13~14세기에 이르러 몽골 시대까지 방대하게 이른다.

그가 가려고 하는 곳은 고대인들이 오랫동안 거주하였다고 볼 수 있는 몽골 중심부, 아르항가이아이막 체체를랙과 이흐타미르 강변 일대로, 그곳 유목민들은 엥흐자르갈의 조부가 말한 그녀의 외가 쪽 모든 인척들이 오랫동안 거주해 오는 지역이기 때문이다.

정리해 보면, 조부의 말대로 엥흐자르갈의 외가 쪽 선조들은 그곳에서 대대로 목축을 해왔고. 구르반사이항 고비의 엥흐자르갈 부친 쪽 선조들이 대이동으로 간곳이 아르항가이 아이막 체체를랙, 그리고 인근 이흐타미르 강 유역이라는 조부의 말씀은 사실이었다. 그 과정에서 친가 쪽 구르반사이항 유목민이 그 곳에서 그녀의 모친을 얻어 구르반사이항으로 데려왔다는 것 또한 맞는 이야기로 정리되고 몽골의 고대 15개 부족 지도상으로 볼때 엥흐자르갈의 모친은 다른 부족의 후손이다.

그곳을 찾아 나선 것은 4월 중순으로 봄이라지만, 태양은 아직 남아 있는 냉기의 방해를 받으며 대지의 잔설을 거두어가려고 안간힘을 쓰고 있었다. 갈색 톤의 초원에 초록이 퍼지기 시작하고 있기 때문이다. 울란바타르에서 꼭두새벽에 일어나 달려온 초원의 거친 비포장 신작로는 아예 버스가 통과하기 어려운 지점도 있었다.

예외 없이 가는 길 여러 능선에는 어워의 오방색 하닥이 펄럭였다. 끊어진 신작로를 이탈한 버스는 평평한 초원 흙길을 달리다가, 다시 이어지는 거친 신작로 위로 기어올라 달리기를 수없이 반복하며 어워르항가이 볼강 라샹트를 지나 가까스로 다다른 땅, 도로의 능선 고갯길에 비로소 아르항가이 아이막 아취가 시선을 끈다. 버스가 고갯길을 힘겹게 넘어서자 초원에 만들어진 작은 도시 체체를랙 정착민 촌이 아름다운 모습으로 지는 석양에 모습을 드러냈다.

러시아 건물 양식 단층 가옥들의 하얀 벽, 파랗거나 빨간 원색 지붕들, 반듯한 판자 울타리에 하얀 게르, 동화 속 풍경처럼 작은 정착민 촌이 눈부신 아름다움으로 시야를 가득 채웠다. 읍 단위 정도로 작고 평화롭게 형성된 해 저무는 도시는 조용했다. 태양은 초원 저편으로 몸을 숨긴 지 오래 되었지만 밤 10시를 넘어도 하늘은 환한 백야다. 몽골 대부분의 솜은 어디를 가나 러시아 건물 양식 단층 가옥과 게르가 공존되고 있다. 도시를 관장하는 공공 건물이나 학교와 은행 건물들은 거개가 2~3층으로 역시 러시아 양식을 띠고 있다. 일찍이 중국화 된 내몽골에 비하면 오히려 러시아 키릴문자의 상호들은 언제 보아도 몽골과는 참 잘 어울린다. 도시 변각은 드넓은 초원으로 바로 이어지는 가축들의 목초지로 마을과 바로 인접되어 있다.

배낭을 추스르며 이틀 동안 달려온 버스에서 내려 엥흐자르갈을 따라간 곳은 그녀의 외갓집으로 그리 멀지 않은 곳에 있었다. 그녀가 자신의 배낭을 추겨 메며 말했다.

"말씀드렸지만 11년 만이에요. 외조모님은 막내 외숙부가 모시고 계세요. 세 분 삼촌은 더 먼 곳에서 목축을 하고 계셔요. 모두 뵙게 될 거예요. 물론 돌 그림도 막내 외숙부의 안내를 받을 거구요."

초원을 헤매지 않고 고대 유목민들이 새겨놓은 돌 그림들을 볼 수 있다는 것과, 엥흐자르갈 선조들의 흔적을 찾아보기란 그리 손쉬운 일이 아니다. 어쩌면 그가 목적하는 일들은 그녀가 아니면 상상조차 어려운 일로 이 점은 대단한 기회라 할 수 있었다. 엥흐자르갈의 외가를 가는 길은 흙길에 허름한 판자울타리 가옥들이 늘어서 있는 변두리 오름길에 있었다. 골목길은 상상할 수 없다. 넓은 대지에 마을 길이 좁을 이유가 없다.

기울어진 판자울타리 녹슨 양철 대문 안쪽에 마당이 있고, 단층 가옥과 측간 사이에 외조모 게르기 있었다. 엥흐자르갈에게 이끌려 게르 안으로 들어섰다. 고적색(古赤色) 델을 입고 토륵에 올려진 솥에 하얀 수태채를 주걱으로 젖고 있던 외조모가 깜짝 그녀를 반긴다. 몽골 유목민들에게 인척을 한번 찾아보기란 쉬운 일이 아니다.

"외할머니!"

"아니…… 엥흐자르갈 아니냐! 어떻게 기별도 없이 왔어? 죽기 전에 너를 보지 못할 줄 알았다."

외조모는 엥흐자르갈을 한참 동안이나 부둥켜안고 양 볼에 번갈아 입을 맞췄다. 이내 눈물을 거듭거듭 훔친다. 그러면서 여러 안부를 물었다.

그녀가 외조모에게 준호를 소개했다. 할머니는 양팔로 준호를 안고 반겼다. 엥흐자르갈은 게르 중앙 단위의 불전(佛殿)과 외가 조상들의 사진 앞에 무릎을 꿇고 합장한 뒤 한참 동안 고개를 숙이고 참배를 했다. 그녀가 불단에 놓인 작은 법륜(法輪)을 한 차례 손으로 돌리고 일순 눈에 맺힌 이슬을 닦으며 몸을 일으켰다. 그녀의 막내 외숙부와 전형적인 몽골 여인의 풍모를 지닌 그녀의 외숙모와 조카들이 몰려왔다. 외조모가 권하는 수태채와 의례 유목민들이 내어놓는 음식을 먹으며 시간을 보냈다. 엥흐자르갈은 외숙부에게 이흐타미르 강변 돌 그림 군락지 탐사 목적을 말하고 도움을 청했다. 그는 다음날 새벽길을 가자며 엥흐자르갈의 뜻을 서슴없이 받아들였다.

여기에서 다시 잠자리 문제가 대두된다. 지난 겨울 차강사르 연휴에 그녀 조부의 목축지 외딴 게르에서 엥흐자르갈과 여러 날 단둘이 잠을 잤었다. 이번에는 외조모의 게르에서 다시 함께 밤을 지내야 한다. 게르에는 두 개의 침대가 있었다.

주인 자리 침대는 외조모의 자리다. 손님 자리인 하나의 침대에서 엥흐자르갈과 함께 잠을 자야 하는 형편이다. 창고 하나를 사이에 둔 가옥은 게르 살림 정도 들일 수 있는 작은 공간으로 방 하나에 주방의 경계벽 아래 화로가 있고, 연통이 중간벽 속으로 이어져 지붕으로 나가 있었다. 이를테면 난롯불을 지피면 벽 안의 연통을 타고 연기가 나가면서 벽이 따뜻해지고 부엌과 방안 온도가 높아지는 방식이다.

시골 솜이나 울란바타르 변두리 빈민촌을 가면 부엌과 방 하나가 딸린 가옥들의 난방도 이와 다르지 않다. 때문에 그가 잘 수 있는 침대는 따로 없었다. 그녀와 함께해야 하는 잠자리 역시 그들에게는 자연스러울 뿐이어서 이것을 그대로 받아들여야만 했다.

지난 겨울처럼 내일부터 적어도 보름 정도는 초원 게르에서 엥흐자르갈과 함께 보내야 한다. 갈수록 자신도 모르게 그녀에게 기울어지기 시작하는 내면에 그녀와 무슨 일이 벌어질지 이제는 장담할 수 없다. 여하튼 문제는 이렇게 저렇게, 자연스러운 환경 속에서 애정을 던지는 그녀에게 조금씩 마음이 향하기 시작하면서 그들의 게르 문화를 형이상학적 사고로 과감히 받아들일 것인지, 아니면 그 범주를 벗어나 감정이 입이 되어서는 안 된다는 고집을 계속 부릴 것인지, 하는 생각도 해보지만 이 문화를 받아들이기 어렵다는 고집을 자꾸 의식하는 자체가 세속적 사고의 근본 뿌리를 버리지 못하고 있다고 결론지어 보면 오히려 그것이 부끄러운 일인지 몰랐다.

원 조상 때부터의 몽골의 가계사를 들여다보면 씨족 간 혼인을 맺거나 여자 편을 약탈하여 아버지가 누군지 분명하지 않는 집단으로 인척 관계를 맺는 형태와, 서로 다른 씨족들 간에 혼인을 하여 남편 또는 아비지가 분명한 한 남자가 한 아내를 갖게 되는 일부일처혼의 여러 형태를 거쳐 오늘날에 이르렀다. 방식과 형태에는 약탈혼이 많았고 매매혼, 정혼, 계약 결혼 등이 있었다. 어떻든 준호는 문화의 충돌이 주는 파상을 줄곧 감내해야만 했다. 여관이나 모텔을 생각하는 것은 이 넓은 초원에서 상상할 수 없지만 설령 있다 할지라도 여관을 권하는 문화 자체가 울란바타르에서나 생각해볼 일이지, 초원 유목민들에게는 아예 생각조차 할 수 없는 일이다. 외조모는 작은 불기 호롱 심지에 불을 붙였다. 희미한 불빛이 게르 공간을 비췄다.

엥흐자르갈이 화로에 말똥을 채우고 불을 지핀 후 침대에 잠자리를 준비했다. 울란바타르와는 다른 차가운 밤바람이 아르항가이 아이막을 휩쓰는 밤이다. 온종일 초원을 달려온 탓인지 피로가 엄습했다.

눕자마자 엥흐자르갈이 이내 깊은 수면 속으로 빠져든다. 이틀 동안이나 버스에서 시달렸으므로 피곤할 것이다.

새벽 추위를 가르며 외숙부의 낡은 승용차에 몸을 싣고 체체를랙 솜을 벗어나 끝없는 구릉사이 초원을 달린다. 대지의 묘막(渺漠)히 먼 산들은 흡사 초원 바다의 섬이다. 대초원 중심부를 휘가르며 내려다보이는 물비늘 빛 햇살에 반짝이는 아름다운 이흐타미르 강줄기는, 거대한 아나콘다 한 마리가 배불리 먹고 늘어져 있는 것처럼 시선을 잡아끌었다. 끊임없는 무수리 바람에 휩쓸리며 만들어진 대지의 바람 무늬 구릉 능선과 부드러운 바위 모습들도 오랜 세월 풍화에 다듬어져 각진 모습 하나 볼 수 없다. 몽골평원은 그렇게 정지된 자연으로, 잠자는 대지로, 시간도 멈춘 깊은 잠속에 빠져있는 자연 그대로 숨 쉬는 땅이다.

어느덧 강줄기는 시야 밖으로 사라지고 평원 멀리 아스라이 보이는 바둑알 같은 흰 점 네 개, 게르가 자리 잡고 있었다. 이를테면 엥흐자르갈의 외숙부들의 목축지 게르였다. 이미 외숙부의 낡은 승용차가 먼지를 일으키며 오는 모습을 보고 말 떼를 몰고 나갔던 큰 외숙부가 말을 몰고 달려와 인사를 나누고 게르 안으로 안내했다.

양 떼와 말 떼들이 머리를 땅에 박고 초록을 뜯어 먹는 모습이 멀리 평화롭게 보인다. 그들에게 엥흐자르갈은 반갑고 귀한 존재다. 따라서 그녀와 동행한 준호까지도 그들에게는 반가운 존재가 되었다. 엥흐자르갈을 가장 반기는 건 그녀와 나이가 서로 엇비슷한 이종형제가 되는 나몽게렐이었다. 울란바타르에서부터 이렇게 여기까지 달려오는 데만 꼬박 삼 일을 소모했다.


몽골평원은 봄기운이 번지고 있지만 밤이면 영하로 기온이 내려간다. 마지막 지핀 난롯불이 꺼지기 전에 잠이 들고 첫 밤을 자고 일어난 아침이다. 게르 문밖에서 세면을 하는 나몽게렐의 모습은 유목 생활에 물이 얼마나 귀한지 일깨워주고 있었다. 칫솔도 없이 가루 같은 뭔가를 손가락에 묻혀 양치를 끝낸 그는, 물 한 모금으로 입을 헹구고 물 한 모금을 입으로 손에 받아 얼굴을 문지르고 또 한 번 얼굴을 씻는 것이 세면의 전부다.

아침 식사는 간단한 타르그보따[1]) 한 공기다. 유목민들은 밥상을 차리지 않는다. 모든 음식은 말똥이 타오르는 토룩에 올려진 하나의 솥에서 만들어지며, 주어진 그릇과 수저 하나씩 받아 여기저기 침대에 걸터 앉거나 작은 간이 의자나, 아니면 바닥에 앉아 먹는다. 타르그보따의 경우는 마시면 되기 때문에 수저도 필요 없다. 양고기 건더기가 있는 음식이나 초이방을 먹을 경우 수저나 포크가 필요하다.

타르그보따 하나로 간단한 식사를 마치면 새벽 추위를 가르며 모두 가축들을 초원으로 내몰고 나간다. 소 떼를 방목하고 돌아온 나몽세렐이 양 우리에 메어놓은 말 등에 안장을 올렸다. 선 돌 암각화 군락지로 갈 참이다. 다시 세 시간 동안 구릉을 넘고 넘어간 이흐타미르 강변 초원에는 2,200년 전 사슴 돌 바위들이 게르 문을 남쪽으로만 내듯, 모두 남쪽을 바라보고 군락을 이루고 있었다. 마상(馬上)에 올라앉은 그는 멍한 표정으로 널려 있는 사슴 돌들을 바라본다. 무수하게 널려 있는 선 돌 군락이다. 소름이 돋을 정도다.


준호는 다른 어떤 생각도 가질 수 없었다. 준호의 표정을 한참 동안 바라보던 엥흐자르갈이 말문을 트며 침묵을 깼다.

"그렇게 계속 바라보고만 계실 거예요?"

벼르고 또 벼르며, 일념 하나로 어렵게 찾아온 몽골평원의 땅, 유목민의 삶과 꿈을 새겨진 선 돌 군락을 멍한 시선으로 바라보던 준호는 가슴 깊게 저미는 충격의 파장을 느낀다.

"어서 말에서 내려오세요. 궁금한 것을 말씀드릴게요."

엥흐자흐갈이 재촉했다. 말에서 내려오자 자신의 말 등에 기댄 몸으

---

1) 타르끄 보따(тараг Будаа) : 야구르트에 쌀을 넣어 가공한 음식

로 전문 가이드처럼 그녀는 설명했다.

"인류미술의 발생지 하나로 보는 몽골 고대인들이 바위에 새겨 남긴 바위 그림은, 대체로 서부와 중부, 그리고 남부지방에 분포하고 동부지방에서는 드물게 발견되고 있어요. 이는 몽골의 자연 및 지리적 특징과 관련이 있고, 그곳은 산이 많은 지역으로 그림을 그리거나 새기는 데 적합한 바위가 많아요. 바위 그림은 대체로 바람을 피할 수 있는 따뜻한 지역에 집중적으로 분포해요. 이러한 바위 그림이 집중적으로 분포한 곳은 고대인들이 오랫동안 거주하였다고 추정할 수 있어요. 고대 중앙아시아의 수렵민과 유목민들이 자신들의 희망이나 기원을 표현하여 후세에게 전하는 미술 형태가 바위에 그림을 그리거나 새기는 방법이라고 할 수 있어요. 몽골 바위 그림에 대하여 최초로 출판된 정보로는, 알타이산맥 동부의 소하이트라는 지역, 바위에 새겨진 그림 중에서, 28개의 탐가(紋章)를 발표한 것으로 알려져 있고, 시대적으로는 여섯 가지로 분류하고 있어요. 석기시대 바위 그림. 청동기시대(기원전 15~12세기) 및 초기 철기시대 바위 그림, 흉노 시대(기원전3세기)바위 그림, 키르기즈 시대(9세기말) 바위 그림, 몽골 시대(13-14세기)바위 그림으로 분류하고, 제작 방법에 따라 분류한 것을 보면, 붉은 안료로 그린 그림, 먹으로 그린 그림, 바위 면을 갈아서 새긴 그림, 날카로운 도구를 사용해 점이나 선으로 새긴 그림으로 학자들은 나누고 있는데, 이 가운데 새긴 바위 그림이 그린 그림에 비해 훨씬 많은 지역에 분포하고 숫자도 많아요, 몽골 바위 그림은 중석기시대, 신석기시대, 청동기시대, 초철기 시대, 고대와 중세에 제작된 것으로 분류해요. 또, 모티브와 묘사 대상에 따라 분류해 놓은 것을 보면, 인간생활과 관련된 그림, 즉 일상 생활을 대상으로 한 것, 야생동물을 가축화한 동물을 대상으로 한 것, 집, 수레, 무기 등 물건이나 주거를 대상으로 한 것, 탐가(紋章), 묘사 대상이 불분명한 것이에요. 지난겨울 다녀오셨던 툽 아이막의 망조르사원의 바위 그림은, 종교적인 암각화로 6개의 불상과 산신이 새겨 있었지요? 그때 저에게 말씀하시기를 '이것들은 암채화로 음각 표면을 삼원색 안료를 칠해 놓은 것이 특징이다.' 라고 하셨잖아요?"

"그랬지요."


이흐타미르 강변 사슴 돌들은 선돌과 와석의 형태로, 준호가 맨 처음 스스로 명명한 선돌 제1기는, 45도 각도로 지면에서 노출된 채 기울어 있었다. 상단은 태양의 표시와 추상적 문양과 새와 사슴과 다른 부호가 4면이 하나의 화면으로 연결된 바위 그림이었다.

여기에서 준호는 여러 곳의 선 돌 바위 그림에서 엥흐자르갈과 더불어 미학적 관점으로 좀 더 깊게 고찰해 보기로 한다. 전체적으로 한 바퀴 돌아본 준호는 엥흐자르갈에게 말했다.

"여기에 산재 된 사슴 돌 바위 그림을 보면 아쉬운 점이 많아요."

"어떻게요?"

"왜냐면 많은 고고 학자들이 이미 19세기 말인 100여 년 전부터 몽골 암각화를 연구하면서 인류 역사와 삶의 형태, 그리고 인류 역사가 기틀이 잡힌 시기를 추정하면서 '몽골이 인류 미술의 발상지 중의 하나.' 라고 인정하고 있지요?"

"네. 그렇지요"

"그렇지만 더 이상의 미학적 고찰에 대해서는 자료에 있어서 아주 미미하다는 거지요. 그런 입장에서 보면 고흐나 세잔느, 마네, 모네의 후기 인상파 미술과 형태를 단순화시킨 마티스, 루오, 피카소 등의 시대를 거치고, 1960년대 한국 미술사에서 엥포르멜 서정적 추상 표현 이후, 모던아트와 유럽 미술의 콕텍스트가 확산 되면서 평면 작업을 일탈하여 4면을 하나의 화면으로 보고 표현하기 시작하는 입체 미술이 확산 되던 1970년대 중반 이후 입체 미술과 비교해보면, 이미 고대 몽골 유목민들은 암각화를 제작함에 있어 와석의 단면 표현을 이미 탈피하여 선 돌 4면에 하나의 개념을 입체 표현하였는데, 이것은 미술사적으로 놀랄만큼 이미 진보하였다고 보여 진다는 것입니다."

"와- 그렇게 까지나요?"

"물론이이지요. 더욱 반추상 형태와 완벽하고 엄숙한 추상에 가까운 복합적 묘사는 선과 면에 있어 고도의 밑바탕이 유목민의 미적 감성과 그들의 손끝으로부터 표현되었다는 데에서 놀랄 만한 예술적 가치를 보인다는 거지요. 이 점은 더 이상의 다른 이견이 요구되지 않을 뿐 아니라 또 그만한 수준 높은 표현 기능에 있어서도 소질을 가진 학생 하나를 교육시킨다고 볼 때, 많은 연마를 통하여 내면의 미적 소질을 이끌어 내고 개발시킨다손 치더라도 작가로서의 성공은 요원한 현실이라는 거지요."

"전, 미학을 잘 모르지만 대단한 분석인 것 같아요,"


선 돌 제 2기는 2m 높이로 사슴의 추상적 형태와 사슴 뿔을 길게 반추상으로 변형 표현했다. 다른 부호 역시 4면 공간에 적절하게 배열되어 있었다. 선 돌을 제외한 와석의 경향을 보면 큰 것은 길이 1.5m의 크기에 사슴과 길다란 연속 문양의 사슴뿔 형태로 공간 구성이 표현되어 있었다. 육안으로 보는 암각화의 장엄함과 미적 가치는 1년 열두 달 동안 파리 그랑팔레 미술관의 구조화된 전시실을 모두 철거하고 하나로 터, 방대한 면적에 그대로 옮겨놓고 수 년을 놓아두어도 될 만한 현대 미술로서의 가치를 능히 보이고 있었다. 대체 적으로 고대 유목민의 미적 공간 구성의 개념이 그들에게 있었던 것일까, 불규칙한 형태의 돌

화면에 빈틈없는 공간 구성은 그들에게 미적 개념이 나름대로 정립된 것이 아니고서는 그렇게 표현되지 않았으리라는 지론이다. 다만, 이론을 정립시킬 수 있는 문자의 성립이나 이에 동반되는 생활문화의 발전이 없었을 뿐이 아니겠는가. 라는 결론을 준호는 내려보는 것이다.

그러나 불가능한 일이겠지만, 그들이 돌 그림을 통하여 던지는 부호와 개체의 형상 표현을 눈으로 보는 단순한 돌 그림이 아닌, 유목민의 내면 깊게 있었을 조형 언어를 암호를 해득하듯 문자로 해석하여 유목민의 꿈과 메시지를 구체화시킬 노력이 필요하다는 주문을 해본다.

다시 준호가 말했다.

"여기 돌 그림을 가지고 유목민의 자연 신앙에 대두시켜 보면 특히 선 돌에 있어서만큼은 와석에서 볼 수 없는 상단에 구름 형상과 태양 표현은, 필시 '텡게르' 신에 대한 기원의 상징일 것이라는 추산을 해보면 자연 신앙과 관련이 깊다고 여겨져요."

"네, 맞아요. 크게는 어워 신앙을 들 수 있는데, 몽골은 산이나 물에 대한 자연 신앙의 한 형태에 어워 신앙이 있어요. 자연 신앙의 신격이 의인화 과정에서 생겨난 종교적 상징물로 볼 수 있고, 어워는 무엇을 쌓아 올린다는 의미의 어월러흐(Овоолх)라는 단어에서 파생되었어요. 어워의 기원은 원시인들이 자연의 힘에 지배를 받으며 살던 때에 자연재해나 질병 등으로 고통을 받게 되었을 때, 주변 지역 대지의 신, 또는 산신이나 물의 신이 노하여 재앙을 내린 것으로 생각하여 신을 위무하려고 생겼다고 보아요. 이를테면 산과 물의 신이 깃드는 곳을 시각적으로 가시화한 표시가 어워로서 어워가 언제부터 존재했는지 그 기원에 대한 구체적인 자료는 없어요. 역사적으로는 13C 자료에 나타나고 이것은 신앙의 발전 단계로 보아 훨씬 이전 시대에 세워졌을 것으로 추측될 뿐이에요. 다시 말해서 어워는 지신(地神) 신앙의 종교적 상징물로 세워졌다가, 그다음 단계 '천신(天神) 신앙'을 흡수한 종교적 대상물이라 볼 수 있는데, 즉, 몽골의 어워는 최소한 샤머니즘의 초기 단계 즈음에는 존재했을 것으로 학자들은 보고 있어요. 산이나 물에 대한 자연 신앙의 한 형태에 어워 신앙이 존재하고, 일종의 돌무지를 말하며 한국의 성황당과 유사한 신앙적 대상물로 해석해 왔다고 알려져 있어요. 맞는가요?"

"엥흐자르갈, 맞아요. 우린 그렇게 여겨 왔으니까."

"또, 어워는 유목 생활과도 밀접한 관련을 가지고 있는데, 유목민들은 충분한 초지를 제공하는 대지와 그 초지를 가능하게 하는 태양, 눈, 비를 내려주는 하늘에 대한 무한한 감사와 경의의 마음을 어워에 드러내고 앞날의 삶을 가호하고 축복을 내려줄 것을 기원하며 어워를 세웠어요."

"여러 종류의 어워가 있던데……."

"네, 어워는 큰 산이나 언덕, 고개 위나 강, 호수, 샘물이 있는 곳, 초원 등에 만들어지고 먼 길을 떠날 때 높은 산이나 고개 위에 어워를 세워 방향타로 삼았어요. 또 어워는 초원의 험한 여행길에서 든든한 정신적 지주가 되고 있어요. 전쟁을 떠날 때에는 어워에 제의를 올림으로써 하늘에 비는 의식을 행했고, 형태에 있어서는 돌로만 되어 있는 것, 돌 위에 나무를 세워놓은 것. 타이가 지역의 나무 어워. 돌이 거의 없는 곳에서는 흙으로 된 것 등 다양해요. 가장 보편적인 것은 돌을 쌓고 맨 위에 기나 삼원색의 비단 천을 묶은 나뭇가지 등을 꽂아 놓는 형태로, 어워의 구체적인 종류로는 알퉁어워, 길 어워, 샘물 어워, 약수 어워, 초원 어워가 있고, 기념 어워, 경계 어워, 나무 어워 등 여러 종류가 있어요. 특히 알퉁어워는 어워 중 가장 으뜸으로 여자는 오르지 못해요. 장대하고 위엄 있는 산, 즉 버그드 산이나 하이르항 산 같은 곳에 세우는 어워로 해마다 정해진 날에 제의를 지내고 있어요. 어워가 있는 산이나 주변은 신성시하며 행동을 매우 조심하며 나무나 풀을 손상해서도 안 되고, 땅을 파고 구멍을 내거나, 사냥을 금하고 야수나 새를 놀라게 하거나, 주변을 더럽히는 행위를 금하고 있어요. 이것을 어기면 산신을 노하게 하여 재앙과 재난을 만나게 된다고 믿거든요. 어워의 돌무지에는 차찰을 올리고 시곗바늘이 도는 방향으로 세 바퀴를 도는데, 어워에 오면 준비해온 하득(오방색 천)을 매거나 차찰로는 깨끗한 샤르터스, 유제품, 돈 등, 공물(供物)을 올려요."

"어워 하나만 가지고도 이야기가 길군요."

아르항가이 아이막으로 들어가는 길목 '길 어워'에서는 불교 법전이 들어있는 법륜을 차찰로 올려놓은 것을 볼 수 있다. 또, 호통트를 거쳐 체체를랙으로 나가는 길가 산 위의 알퉁어워의 경우 아르갈리 산양의 머리뼈가 차찰로 올려있다. 구르반사이항 길 어워에서도 역시 아르갈리 산양의 휘어진 뿔과 육탈된 머리뼈를 차찰로 올린 경우도 있다.

어떻든 이렇게 암각화의 선 돌에서 나타나는 태양 표현과 어워의 천신 신앙의 관련성을 동일 층위에 올려놓고 견주어보는 것은, 아르항가이 아이막 호통트 솜으로 들어가는 인접 초원에 태양과 구름과 사슴을 표현한 선돌에 어워처럼 푸른 하닥을 묶어 놓고 오가는 이들이 그곳에 기원을 하는 것을 보면 그렇다는 것이다. 선 돌과 와석의 돌 그림들은 그렇게 소름이 돋는 감동을 던지며 암각화에 대한 준호의 지적 호기심을 가일층 고양 시켜 주었다.

다음날, 체체를랙과 운드르올랑을 거쳐 다시 달려간 바트쳉겔이라는 지명을 가진, 아주 깊고 깊은 곳을 찾아갔지만, 그곳의 비문이나 암각화에서도 엥흐자르갈의 조상 척트 타이츠에 대한 기록의 흔적은 결코 발견할 수 없었다. 그것은 곧 척트 타이츠가 아들 뭉흐토야와 엥흐아랄에게 동굴 암벽에 그림을 제작하는 방법을 전수시켰던 구르반사이항 위대한 바위산의 아르갈리 산양들의 서식처 절벽동굴을 찾아야 한다는 과제를 남긴다.

*

　초원 바람이 이흐타미르 강 유역을 휩쓸었다. 말머리를 돌렸다. 태양이 구릉 저편에 기울고 있었다. 무슨 말을 하고 싶었던지 엥흐자르갈이 말고삐를 당기며 가까이 다가오자 서로의 말등자 스치는 쇳소리가 서녘 바람을 갈랐다.

# 14

## 초원의 연가

　6월 방학을 앞둔 시험 기간이어서 대학의 학기는 바빴다. 봄이라지만 종일 불어오는 찬바람에 넣어둔 겨울옷을 다시 꺼내 입어야 할 때가 많았다.

　학생들의 발걸음도 빨라졌다. 졸업시험을 앞둔 학생들은 아예 기숙사에 방을 얻어 시험 준비에 여념이 없었다. 유목민의 봄철이 바쁘듯 준호 역시 바쁜 일정을 보냈다. 거기에 생일을 맞은 엥흐자르갈이 코디네이터 업무 때문에 시골 목축지를 갈 수 없게 되자 유일하게 그녀의 모친이 목축지에서 찾아왔다. 그리고 그녀의 아파트에서 준호와 함께 생일을 축하해 주었다. 그녀가 생일에 입은 아름다운 푸른 비단 델은 그녀의 모친이 엥흐자르갈의 생일 선물로 손수 지어 가져온 것으로 앞섶은 여전히 뒤로 가 있었다. 하지만 어릴 때부터 그렇게 입어 왔던지 손색없이 아름다워 보였다. 그녀가 주방에서 궁싯거리는 동안 나란히 앉은 그녀의 모친이 말했다.

　"엥흐자르갈이 결혼에는 관심조차 없이 헛나이만 먹고 형제 하나 없이 늘 우울해하고 공부를 시켜 달래기에 늦은 나이에 뜻을 받아줬는데, 대학원을 졸업하고 다니던 교육부 직장도 그만두고, 우리 집안 가계사를 연구하실 한국에서 오신 작가 선생님을 보필하게 되었다고 얼마나 좋아했는지 몰라요. 연구가 끝나면 떠나신다는 말씀을 들었는데……"

그러면서 말끝에 여운을 남긴다. 그녀의 모친은 다시,

"조부님이 연로하시고 엥흐자르갈이 남자를 만나 아들을 낳으면 조부님의 목축을 상속받아야 하는데, 조부님은 엥흐자르갈이 사내가 아니라고 못마땅하게 생각하고 있어요. 얼른 좋은 남자를 만나 씨를 받아 사내아이라도 하나 낳는다면 가문도 이어가고 좋겠지만……"

"네."

"물론 몽골에 남자가 부족하기도 하지만 어떻든 남자를 들여야 사내아이 하나를 낳아서 그렇게라도 종족 보존이라고 여기며 집안의 대를 이어가지요. 학교에 보내면서 조건을 그렇게 붙인 것은 아니지만 엥흐자르갈이 작가 선생님 보필을 마치면 이제 목축지로 들어와야 해요."

엥흐자르갈 모친의 입에서 종족 보존이라는 말이 나왔다. 몽골에 남자가 부족한 것은 어제 오늘만의 이야기가 아니다. 과거 부족 전쟁이 많았던 이유도 있지만, 사회주의 시대에도 여러 명분으로 많은 남성이 살해되었다. 작금의 실태 또한 그렇다. 준호가 맡고 있는 학과에는 40여 학생 중 남학생은 단 하나다.

몽골 유목민의 종족 보존 방법이 어떻게 이루어졌는지, 준호는 다시 고찰해 볼 수 있는 영감을 그녀의 모친은 던졌다. 앞서 그녀의 선조 할하 부족과 차하르 부족의 약탈 전쟁은 300년을 이어왔다. 거기에는 약탈혼이 만연했다. 심지어 집단으로 인척 관계를 맺어 아버지가 누군지 모르는 가계를 구성할 정도로 여자가 부족했다. 선사시대부터 유일하게 대가족을 이룬 부족은 할하 부족이다. 강인한 병력으로 여러 부족들의 여자들을 약탈하였기 때문에 가능했을 것이다.

몽골 부족들의 유목 생활 환경과 수많은 전쟁역사 속에서 파생된 성비율의 부조화는 몽골 15개 부족의 종족 보존의 위기로 이어진다. 그래서 자녀가 남자나 여자친구를 데려오면 자연스럽게 함께 잠을 재웠다. 그것은 전통이 되고 엥흐자르갈과 준호를 한 게르에서 잠을 재운 것도 이와 다르지 않다. 하므로 그 방식은 단순한 사고가 아니라 아이를 생산하여 종족을 보존하고 대를 이어갈 수 있도록 자녀에게 환경을 만들어 주는 정신적 차원이라는 결론이 내려진다.

어떻든, 이렇게 저렇게 따져보면 부친을 모르고 형제 하나 없이 자란 엥흐자르갈은 퍽 외로운 존재다. 더구나 척박한 고비에서 태어나 조부의 유목지를 떠돌며 어린 시절을 보낸 그녀의 유년기와 성장 과정을 자세하게 알게 된 것은 아르항가이 아이막 이흐타미르 강변에서다.

그때, 선 돌 지역 돌 그림의 모든 답사가 끝나자 그녀의 외숙부는 인척들이 지난 봄철에 깎거나 솎아 놓은 양털을 수거하여 솜으로 가지고 나가 도매상에 넘기는 역할을 하였던 모양으로, 양털을 수거하려고 그가 바로 길을 떠났다. 그가 떠난 뒤 그를 기다리는 동안 둘만의 여유로운 시간을 가질 수 있었다.

"외숙부께서 오시려면 시간에 꽤 걸려요. 우리 이흐타미르 강으로 가요."

준호는 목적에 쫓겨 스쳐만 보았던 멋진 이흐타미르 강을 보고 싶었다. 둘은 말에 올랐다. 초록은 어제보다 더 넓게 대지에 물들어 있었다. 엥흐자르갈이 세차게 말을 몰고 앞서 달렸다. 몽골통일 영웅의 후손으로 귀족의 피를 이어받은 엥흐자르갈, 치마를 둘렀을 뿐 때로는 남자와 도 같은 기질을 보이는 그녀에게 준호는 쉽사리 마음을 열어 주지 못했다.

지난 겨울, 그녀 조부의 목축지에서 차강사르 휴일을 함께 보내면서, 얼음덩이를 낙타 등에 실어 나를 때, 얼음판 위에서 미끄러져 넘어진 준호의 가슴으로 올라와 이글거리는 머루 눈빛으로 사랑을 고백 했다. 그녀의 공격적인 키스를 받고서도 준호는 쉽게 응하지 못했다.

아니, 결코 마음을 열어주지 않았다. 처음부터 종족 보존을 위한 관습에 따라 따로 마련된 게르에서 여러 날 그녀와 잠자리를 가지면서도 그것은 유목민의 단순한 전통일 뿐이라며, 세속적 욕망을 억제하고 이성적으로 대처했을 뿐이라고, 또 그래야 옳은 일이라고, 스스로에게 다짐하고 다짐했다. 그러나 체체를랙 외조모의 게르에서 그녀가 중앙 불전과 조상의 사진 앞에 참배를 올리며 비친 눈물을 본 뒤, 또 가면 갈수록 준호의 마음은 자신도 모르게 조금씩 흔들리기 시작한다. 또 그녀 가계의 전설을 파헤쳐 가면 갈수록 그녀는 준호에게 더더욱 신비로운 존재로 느껴졌다. 그러면서 준호는 그 자신의 내면에 꿈틀대는 세속적 욕구가, 그리고 그것을 억제하는 이성적 몸부림이 오히려 유목민의 순수한 전통적 사고를 어긋나게 하는 것은 아닌지 깊은 번민에 휩싸이는 것이다.

먼저 달려간 그녀는 강을 건너 준호가 오기를 기다리고 있었다.

"그대로 반듯이 말을 몰고 오세요. 깊지 않아요."

강 머리에서 엥흐자르갈이 조언했다. 강심 물결 마루에 다다르자 강물은 말 가슴까지 세차게 흘렀다. 그러나 곧 낮은 물살로 변했다.

무수한 세월의 바람 속에 다듬어진 바위산 돌 틈으로 드문드문 자란 자작나무들의 흰 빛깔이 햇살에 더욱 희게 보였다. 거친 물너울과 절벽을 거칠게 때리는 파도에 시달리며 멋대로 자란 오래된 자작나무 고목들은 허리띠처럼 바위산을 감고 길게 이어져 있었다.

그녀가 안장을 차례로 내려놓으며 말했다.

"안장을 베고 누우세요. 피곤하실 텐데."

광막한 초원만큼이나 넓은 하늘이 가슴 벅차게 시야에 들어온다. 구름 한 점 없는 드 푸른 하늘이다. 선글라스를 벗고 싶지만 자외선 때문에 벗을 수 없었다. 그녀가 말안장을 베고 곁에 누우며 말했다.

"이제 곧 가실 텐데, 저 역시 울란바타르를 떠날 거예요. 작가님이 가시게 되면 이제 조부님 목축에 뛰어들어야 해요. 언젠가 말씀드렸지요! 그리고 몽골 유목민은 막내아들에게 목축을 상속해요. 그런데 아버지는 돌아가셨고 제가 아들이라면 좋았을 텐데 조부는 그게 마땅찮은 거예요. 그렇다고 남자를 집안에 들인 것도 아니고, 그래도 제가 상속받을 수밖에 없어요."

"……"

"전, 자라면서 어머니를 목말라하며 유년 시절을 보냈어요."

엥흐자르갈은 자신이 안고 있는 고독했던 유년의 베일을 스스로 걷어내기 시작했다.

"모계사회 몽골에서 어머니는 신앙과 같아요. 제가 오직 의지하는 건 혼자 살아오신 어머니뿐이에요. 그래서 어릴 적에 늘 어머니 노래를 불렀어요."

그러면서 엥흐자르갈은 푸른 하늘을 바라보며 어머니 노래를 불렀다. 따라 부를 수 없는 특유의 높고 가는 음색이 평원 바람을 타고 가늘게 흘렀다. 그 음색에는 그녀 내면의 고독이 태고의 지층처럼 응축되어 있었다.

*몽골의 아름다운 여인*
*어머니의 품속에는 생명의 젖이 있다.*
*어머니는 많은 가축들의 주인이시다.*
*무척이나 무척이나 생각이 난다.*
*이 세상 하나밖에 없는 우리 어머니……*

엥흐자르갈은 노래를 이어가지 못했다. 고개를 돌려 바라보자 까만 머루눈동자에서 흘린 눈물이 귓가로 가늘게 흐르고 있었다. 잠시 침묵이 흐른다. 강 건너 대안의 자작나무 고목 아래로 흐르는 물 이랑이 세찬 바람 깃발에 쓸려 바위를 때리며 철썩거리는 소리가 때 맞춰 들린다.

어느덧 그녀는 자신이 베고 있던 말안장에서 내려와 준호의 팔을 끄집아 스스럼없이 팔베개를 했다. 그리고 준호의 가슴에 얼굴을 묻었다.

자신도 모르게 준호는 처음으로 그녀를 살포시 안았다. 들 바람이 강변 자작나무 숲을 무참하게 잡아 흔드는 소리가 들렸다. 그녀가 바닥에 깔린 특유의 비킨의 목소리로 말했다.

"아버지를 모르고 자란 전, 여덟 살이 될 때까지 봄이면 며칠씩 불어대는 황톳 빛 모랫 바람에 시야를 가리는 구르반사이항 고비 조부의 게르에서 양들을 친구로 삼으며 자랐어요. 밤이면 조부는 자장가처럼 머링호오르를 연주했고, 저는 머링호오르 소리를 들으며 잠들곤 했어요. 그러다가 멀리 떨어진 에르데느 솜 초등학교에 들어가면서, 유목민의 자녀들은 공부를 하려면 어릴 적부터 기숙사 생활을 해야 했기 때문에 어머니와 떨어져 자란 거지요. 유목을 끝낸 조부가 구르반사이항으로 돌아와 서너 마리의 양을 잡아 에르데느 솜이나 항 헝거르 솜 시장에 내다 팔아 돈을 마련하면 어머니는 학교 기숙사로 찾아오곤 했어요. 조부와 어머니를 오래 볼 수 있는 것은 유일하게 여름과 겨울방학

때였는데, 방학이면 기숙사로 찾아온 어머니를 따라 다른 목축지의 초원으로 갔고 나는 그곳에서 말을 타고 양 떼를 몰며 방학을 보냈어요. 다시 학교로 돌아가면 창문 밖 초원을 바라보며 어머니 생각에 전…….”

다시 흐르는 그녀 눈물이 팔베개의 피부를 뜨겁게 적신다. 한참 동안의 침묵이 흐른다. 마음을 추슬렀는지 그녀가 다시 말했다.

“모계사회인 몽골에서 어머니는 신격화되어 있어요. 무속이 아니면서도 일종의 민간신앙으로 울란바타르에서 가까운 톱 아이막에 가면 어머니 바위가 있어요. 몽골 국교는 불교지만 전반적인 생활 깊숙이 자연 신앙이 자리 잡고 있어요. 자연 신앙의 대상은 자연물 전체를 대상으로 할 수 있고. 돌이나 물, 나무, 동물, 새, 대지, 산, 별, 등 자연의 대상물 가운데 어떤 특수한 형태를 가진 것들이 모두 대상이에요. 여러 가지 변천 과정을 요약하여 한 가지로 말할 수는 없어요. 몽골 자연 신앙의 원초적인 형태는 페티시즘(Fetisism), 즉, 물신(物神) 신앙이지요. 자연물 그 자체가 초자연적인 힘을 가지며 마법적인 힘을 가지고 있다고 믿는 신앙의 원초적인 형태라고 보아요. 그 대표적인 형태가 자딩촐로로 비를 부르며 대기를 변화시키는 힘을 가진 돌로, 하늘의 화살이라는 이름을 가지고 있어요. 고대 몽골 사람들은 이 돌이 하늘의 기원을 가지고 있다고 보았고, 높은 산이나 동물의 몸속에 있다고 생각했어요. 즉, 돌 그 자체가 어떤 마법적인 힘을 가지고 있다고 관념하고 이를 신격화하여 신앙하는 것인데, 돌무지인 어워도 이 페티시즘에서 기원한 신앙의 한 유형이라고 보고 있어요. 아까 말씀드린 톱 아이막 어머니 바위는 치마를 입은 여인의 모습으로, 몽골 사람들은 어머니 바위에 가장 좋은 것으로 공물을 올리고 진심으로 자신의 소원을 간구하면 어머니께서 소원하는 바를 반드시 성취 시켜 준다는 신앙적 속신을 가지고 있어요. 어머니 바위 곁에 가깝게 있는 한 바위는 병을 치료해 주는 능력을 가졌어요. 그래서 어머니 바위를 찾는 사람들은 대부분 자신의 신체 가운데 아픈 부분을 문지르며 치병을 소망하고 그래요. 이것은 페티시즘이 변형된 형태라고 볼 수 있어요. 하루 한 차례 버스가 운행되는데, 기후에 따라 겨울이면 가지 못할 때가 많아요. 1년에 세 번 어머니 바위를 찾는데 몽골 사람들은 봄부터 공물을 준비하여 어머니 바위를 찾기 시작해요. 지난겨울 저랑 가려다가 눈 때문에 버스가 운행되지 않아 가지 못했잖아요."

"그래요. 가지 못했지요."


유목 생활의 특성도 있지만 먼 과거 고비 족장으로 많은 유목 민병사를 거느렸던 귀족으로, 몽골 통일 전쟁의 영웅 후손으로서, 강성한 탄력을 가졌던 엥흐자르갈의 가계는 수없이 변해온 역사 속에 사회주의를 거쳐 현대에 이르는 동안 쇠락 되었다. 지금 그녀의 가정 환경은 대를 이어가기 어려운 퍽 외로운 가족 구성 속에 있었다. 그녀가 아들이 아닌 만큼 대는 이미 끊어져 있지만, 그녀가 얻게 될 아들이 있다면 그것으로 집안의 대를 이어가는 것으로 여기려는 것이다.


깊은 잠속에 호흡을 멈춘 것처럼 초원은 조용하다. 엥흐자르갈은 말 없이 준호의 가슴 위로 올라와 선글라스를 벗긴다.

그리고 눈물이 채 마르지 않은 얼굴을 무언의 호소로 비비며 자신의 입술을 준호의 입술에 살포시 포갰다. 그녀의 어떤 애정 표현에도 표정 관리만 해왔던 준호는 억제해오며 닫아 두었던 벽을 허물고 비로소 마음의 문을 열었다. 숨이 멎도록 짙은 키스로 애정을 표현하는 그녀의 작위 모두를 서슴없이 받아들였다. 한참 동안 준호의 아랫입술을 자근자근 깨물며 음미하던 엥흐자르갈은 준호의 입술을 쪽 소리가 나도록 빼며 나직하게 말했다.

"이제야 저를 제대로 받아 주시는군요. 제가 이렇게 하는 것, 아무것도 전제하지 않아요. 다만 진실하게 사랑하고 있을 뿐이에요. 그리고 다만……."

"다만……?"

"네, 다만, 그것은 다음에 말씀 드리겠어요."


엥흐자르갈은 오래도록 준호의 가슴에 얼굴을 묻고 내려오지 않았다. 그러나 변덕스러운 무수리 바람은 그들의 사랑을 오래토록 허용하지 않았다. 푸르렀던 하늘에 일순 구름 덩이들이 퍼지면서 분진 같은 미세한 빗물을 뿌렸다. 그리고 그들의 체위에 회오리를 일으키는 질투를 던졌다. 대기의 강한 질투에도 그녀는 몸을 일으키지 않았다.

질투가 강하면 강할수록 더더욱 준호의 가슴을 파고든다. 그러나 대기의 질투는 오래가지 못했다. 어느덧 회색 베일 틈새로 듬성듬성 보이던 푸른 하늘 한 조각이 면적을 넓혀가며 다시 밝은 태양을 잡아 끌어온 것이다. 바닥에서 물기가 스미는 감각을 느꼈다. 몸을 일으켰다. 그들은 다시 강을 건너 세차게 말을 몰며 초원을 달렸다.


"츄-츄[1])-."

밤색 가죽 고탈을 신은 그녀가 일성으로 말채찍을 휘두르며 앞서 달렸다. 그녀의 호르강말가이 아래로 검은 머리칼이 바람에 흩날렸다. 뒤돌아본 이흐 타미르 강줄기가 석양 노을에 붉게 물들어 있었다.

---

1)츄-츄(ццу-ццу) : 말을 몰고 갈 때 빨리 가도록 재촉하는 소리

# 15

## 흑마의 주검

6월 졸업식이 끝나고 방학이 되자마자 엥흐자르갈과 준호는 구르반사이항에서 이동한 조부의 목축지로 향했다. 어느덧 그녀 조부의 목축지에 머무는 것은 이제 자연스럽게 한 가족처럼 여기게 되었다. 또, 엥흐자르갈 가계의 전설도 끝나지 않았다. 밤이 되자 다시 조부는 조상의 남은 전설을 꺼내었다.

\*

몽골통일이 이루어질 때까지 척트 타이츠의 상징으로 사지를 들락거리며 평생을 같이 살아온 그의 애마였던 흑마는, 자신의 등 위에서 몸을 돌리는 작은 동작 하나만으로도 주인의 위험을 알아차렸다. 맞붙어 창 검을 휘두르는 전투 속에서도 앞에 보이는 적군 마의 동작을 보고 위험을 의식하면 흑마 스스로 몸을 피하여 척트 타이츠의 목숨을 구해 준 적이 한두 번이 아니다. 어찌 그런 흑마를 동물로만 여길 것인가,

그에게도 슬픔이 있고 눈물이 있었다. 토올치들의 토올 소리 속에서 초원을 질주하는 영웅들의 전설을 들었고 목숨을 거둔 영웅들을 만나고 감정을 느낄 수도 있었다.

어느 날 갑자기 자신의 등 위에서 느낄 수 있었던 주인의 체온이 사라진 지금, 가늘 수 없는 슬픈 공허가 흑마를 괴롭혔다. 척트 타이츠는 살아생전 흑마를 매어놓는 법이 없었다. 그래도 흑마는 자리를 지켰다.

흑마는 눈빛 하나만으로도 척트 타이츠의 의중을 알아챘고, 먼빛으로 눈길만 던져도 달려왔다. 그렇듯이 뭉흐토야도 아버지의 흑마를 매어놓지 않았다. 해가 뜨면 흑마는 300마리의 말 떼를 스스로 몰고 초원의 풀을 뜯게 했다. 저녁이면 스스로 말 떼를 몰고 돌아왔지만, 초원을 가서도 흑마는 풀을 뜯어 먹지 않았다. 나이가 들었지만 주인이 없는 삶에 의욕을 잃은 지 오래다.

촐로앙이 흑마를 보면 척트 타이츠를 그리며 말머리를 껴안고 슬퍼했다. 그러면 흑마의 기러기 눈동자에 눈물이 고였다. 흑마는 자신이 갈수록 말라가고 있다는 것을 느꼈다. 고개를 돌려 뒤를 보면 뼈가 드러난 앙상한 자신의 몸체를 볼 수 있었다. 강인했던 자신이 나이가 들고 허약해져 가고 있는 것을 느꼈다. 수많은 말 떼 속에 흑마는 갈수록 말라가는 자신의 모습을 숨겼다.

몽골 통일 후, 군영으로 돌아가지 않은 장손 뭉흐토야는 엥흐아랄과 게르를 접기 시작했다. 다른 목초지로 떠나야 하는 날, 흑마는 결코 고비를 떠나고 싶지 않았다. 주인이 묻혀 있는 대지를 지키고 싶었다.

흑마는 다른 말 떼에 자신이 가려지는 방향의 초원으로 질주했다. 흑마는 아무도 알 수 없는 넓은 대지에서도 척트 타이츠가 묻힌 무덤터

를 알고 있었다. 그곳으로 달려가 앞발로 땅을 파헤쳐 보지만 소용없는
일이다.

이제 곧 뭉흐토야가 잔뜩 게르 살림이 실린 쌍봉낙타와 양 떼와 말
떼를 몰고 고비를 떠날 참이다. 흑마는 자신이 선봉 마로서 다른 말들
을 이끌고 가야 하는 것을 알고 있었지만 마음이 다스려지지 않았다.
풀을 뜯어 먹지 않고도 배고픔을 느낄 수 없었다. 흑마가 어지러움을
느끼는 것은 전혀 먹지 않은 까닭이다. 흑마는 자신의 주인 척트 타이
츠와 함께 갔던 위대한 바위산으로 달렸다.

마음 갈피를 잡을 수 없었다. 척트가 들어갔던 아르갈리 산양 동굴
을 먼 빛으로 바라보며, 척트가 나오기를 언제까지라도 기다렸던 흑마
였다. 곧 쓰러질 것 같은 처연하고 애석한 흑마의 마음을 어떤 누구도,
다른 말들도, 야크도, 쌍봉낙타도, 양들도 알 리 없었다. 뼈가 앙상하게
바싹 마른 흑마는 어디를 가도 주인 척트 타이츠를 느낄 수 없었다.

척트 타이츠를 느낄 수 있는 곳이란 그가 묻힌 무덤터뿐이다. 300마
리 말 떼의 선봉에서 덤바르마를 등에 태우고 무덤터를 질주하며 주인
이 묻힌 흔적을 지웠지만, 흑마는 주인의 무덤터 위치만큼은 기억할 수
있었다. 몽골 말은 천리를 가서도 자신이 태어난 곳과 처음 물을 먹은
샘터를 찾아간다. 하물며 죽음의 문턱을 평생을 같이 넘나들었던 주인
척트의 무덤을 어찌 잊을 것인가……

홍고린엘스 모래 턱에서 회오리로 불어오는 모래바람이 무덤터를 휩
쓴다. 바싹 마른 목을 길게 올리고 부르짖던 흑마가 미친 듯이 무덤터
를 앞발로 파헤친다. 모래 섞인 흙만 튈 뿐이다. 까만 밤이 동이 틀 때
까지 흑마는 무덤터를 파헤쳤다. 그리고 종래 그곳에 쓰러지고 말았다.
소용없는 일이다.

위대한 바위산 너머에서 붉은 태양이 떠오르고 햇살이 퍼졌다. 흑마의 주검을 본 독수리 떼들이 까맣게 날아들어 흑마의 육신을 뜯어먹고 간 자리에 유골만 흩어져 있었다.

*

뭉흐토야의 가족들은 가축 떼를 이끌고 홍고린엘스에서 불어오는 모랫 바람을 뒤로하고 풍성한 목초지를 찾아 유목길을 떠났다. 황량한 대지에 고비의 모래알 부딪치는 소리가 끊임없이 들려온다. 흑마가 보이지 않는다는 것을 알게 된 것은 고비를 벗어나 다른 목초지에 게르를 세우고 하룻밤이 지난 뒤였다. 끊임없는 모래바람과 사물이 흐려진 시야 속에 뭉흐토야는 흑마의 부재를 의식하지 못했다. 흑마가 보이지 않으므로 다른 말들이 갈피를 잡지 못했다. 그제서야 흑마의 부재를 알아챈 것이다.

몽골 말은 가족과도 같았다. 부친과 평생을 같이 해왔던 흑마는 마음을 잡지 못하고 어디에선가 방황하고 있을 것이다. 다시 돌아가 찾고 싶었다. 그러나 포기했다. 늘어난 말 떼와 다른 가축들을 남은 가족들로는 관리가 불가능했다. 그러나 영리한 흑마는 결코 돌아올 것이라고 뭉흐토야는 믿고 또 믿었다. 하지만 목축지를 이동하며 한 해가 다 갈 때까지 흑마는 결코 돌아오지 않았다. 독수리 밥이 된 흑마가 돌아올 리 없었다.

가을이 접어들었다. 겨울을 나려고 뭉흐토야는 다시 구르반사이항 고비로 돌아 온다. 그리고 곧 겨울이 닥쳤다. 하얀 눈이 대지를 덮고 바람에 건조한 눈이 쓸리고 기온은 한없이 내려가기 시작했다.

겨울이 깊어가자 뭉흐토야는 부친 척트 영웅을 이제 기록해야 한다는 생각을 굳혔다. 며칠 동안 그렇게 다짐을 거듭한 끝에 몇 차례나 아르갈리 산양들의 겨울 은신처 절벽동굴로 들어간 그는 부친 척트가 그랬던 것처럼 산양의 마른 똥을 돌벽 아래에 쓸어 모으고 부싯돌로 불을 붙였다.

　뜨거운 불길에 붉게 달아오른 돌벽에 뭉흐토야는 척트 타이츠의 영웅사를 새겼다. 뜨겁게 달구어져 정신을 잃은 돌벽은 날카로운 쇠 끌에 밀려 뭉흐토야의 생각과 염원의 형태와 부호들이 각인 되었다. 뭉흐토야는 가능한 섬세하게 쇠 끌로 형태의 선을 파낸 후 식은 표면을 돌 끌로 다시 문질렀다.


　눈 덮인 고비의 긴 겨울은 그렇게 깊어갔다. 얼마 동안이나 동굴 암벽에 뭉흐토야는 부친 척트 타이츠를 기록하는 일에 심혈을 기울였다.

　밖은 극도의 저온으로 하강하고 있었다. 반달 칼을 든 부친의 모습을 돌 벽에 새기는 날을 특별한 날로 정했다. 뭉흐토야는 모친 촐로앙이 그랬던 것처럼 부인 할리오나에게 새로운 양젖으로 샤르터스를 만들어 줄 것을 당부했다. 그리고 그것을 말안장에 담아 다시 게르를 떠났다.

　그날따라 율린암 수직 절벽을 타고 위대한 산으로 눈바람이 세차게 불었다. 바위산에 다다르자 뭉흐토야는 능선 알퉁어워로 올라가 부친이 그랬듯이 눈 덮인 돌무지에 공물을 올리고 산신과 텡게르 신에게 기원을 올린 다음 밧줄을 타고 수직 절벽을 내려와 동굴로 들어갔다.

　따뜻한 동굴 속은 돌벽에 새기는 작업에 전혀 추위를 느낄 수 없는 환경이다. 항상 조용했던 산양들이 다른 때와는 달리 유독 불안한 동작을 보였다. 그러나 뭉흐토야는 개의치 않고 영웅을 새겼다. 영웅에게 빠질 수 없는 것이 있었다. 그것은 부친의 상징, 부친과 평생을 같이한 흑마다. 그때서야 그는 필시, 척박한 초원 어딘가에서 쓸쓸하게 죽었을 거라는 생각에 가슴이 뭉클 저밀며 흑마에게 애석한 마음을 가졌다.

몽골 말은 주인과 한 몸이며 가족과도 같다. 평소에는 함께하는 동료였고 전장 터에서는 사지를 함께 들락거리며 목숨도 같이했다. 그래서 칭기즈 칸은 말을 훔친 자는 사형에 처했다. 흑마의 모습을 새길 때 의구심이 일어날 만큼 손이 떨렸다.

어디에선가 목숨이 끊어진 흑마의 영혼이 손끝에 접신(接神)되는 전율을 느꼈다. 그것은 뭉흐토야가 흑마를 가족으로 여기는 만큼에서 오는 애정의 척도였다. 흑마는 마음을 잡지 못해 사라졌을 거라는 인간적 이해와 그리움이었다. 그가 비로소 척트 타이츠를 등에 태운 활기찬 흑마의 모습을 새기고 난 순간, 자신이 놀랄 정도로 동굴 밖에서 흑마가 부르짖는 소리가 꿈결처럼 들렸다.

뭉흐토야는 자신의 귀를 의심했다. 손을 멈추고 굴 밖으로 귀를 기울였다. 그리고 또다시 놀랐다. 자신의 실체를 알리려고 흑마가 부르짖는 소리가 동굴 밖에서 들려온 것이다. 뭉흐토야가 굴 밖으로 나올 때까지 흑마는 부르짖었다. 뭉흐토야는 흑마를 끝까지 찾지 않고 포기했던 것을 후회했다. 흑마에게 큰 죄를 지은 것 같았다. 흑마가 부르짖는 소리에 견딜 수 없던 그는 굴 밖으로 나섰다. 흑마가 왔다면 그에게 용서를 구하고 데려갈 참이었다. 조심스럽게 험준한 절벽을 내려올 때까지 흑마는 울었다. 그러나 결코 흑마는 보이지 않고 하얀 눈발만 회오리를 일으키며 율린암 절벽을 후려 쳤다.

넋이 나간 뭉흐토야는 자신의 말을 타고 가야 한다는 것을 잊었다. 확연하게 들려 오는 흑마가 슬피 부르짖는 소리에 홀려 눈밭을 헤매었다.

흑마는 어디에도 없었다. 울음소리만 들려올 뿐이다. 세찬 바람이 얼굴을 할퀴었다. 혹심한 추위 속에 기온이 급격히 내려 가는 깊은 밤에 흑마의 울음소리는 설원의 대지로 뭉흐토야를 한없이 끌고 다녔다.

건조한 대기로 기온은 피부로 느끼지 못한다. 내장이 얼어가도 그것을 느끼지 못한다. 눈 덮인 고비의 끝없는 대지, 흑마 울음소리에 홀려 설원으로 끌려다니던 뭉흐토야는 현기증 끝에 일순간에 쓰러졌다.

그리고 눈밭 속에 얼굴을 묻었다. 희미한 의식의 그가 머리를 들었을 때 시야에는 전쟁을 알리는 무수한 검은 깃발들이 세찬 눈바람에 펄럭이고 있었다. 뭉흐토야는 일순 반달검을 들고 무거운 군장을 갖춘 자신을 의식했다.

노도와 같은 함성 속에 피 끓는 질주로 몽골평원을 질주하는 군마들의 말 발굽소리가 들려온다. 반달 검을 휘두르며 사방을 둘러보아도 흑마는 보이지 않는다. 전쟁을 알리는 검은 깃발 장막 저편에서 군마들의 말발굽 소리만 들려온다. 뭉흐토야는 미친 듯이 포효했다.

"아– 흑마여–! 그대 어디 있는가! 장막을 걷고 아버지와 평생을 같이 했던 그대 모습을 제발 보여주게."

뭉흐토야는 율린암 절벽이 울리도록 소리쳤다. 그러자 눈앞을 가로막은 검은 장막이 열리며 수많은 군마를 이끌고 선봉에 선 흑마가 저편에서 달려오고 있었다. 그러나 그 모습만 보일 뿐 실체는 아니다.

흑마가 몽골통일 전쟁에서 죽어간 수많은 군마들의 선봉에서 그들 영혼을 이끌고 있었다. 그렇게 흑마가 뭉흐토야를 향해 달려오고, 자신도 흑마에게 달려가려고 하지만 무거운 군장이 그를 잡아끌었다. 괴로운 뭉흐토야가 허공에 반달 검을 휘저으며 몸부림을 친다.

이때다.

"한순간도 방심하면 목숨이 위태롭다고 하지 않았더냐. 머뭇거리지 말고 날이 새기 전에 빨리 흑마에 오르라."

번개 같은 일성이 그를 깨웠다. 무쇠 창을 들고 흑마에 오른 아버지 척트 타이츠였다. 뭉흐토야의 영혼을 흑마에 태운 아버지 척트타이츠가 흑마의 배를 말등자로 힘껏 내려치며 위대한 바위산 눈발 속으로 홀연히 사라진다.

뭉흐토야의 내장은 얼어붙어 있었다. 얼어버린 뇌수막 실핏줄이 철사처럼 두피로 튀어나와 있었다. 세찬 바람에 건조한 눈발이 먼지처럼 날린다. 독수리 떼가 이미 살점을 뜯어 먹은 지 오래된 흑마의 앙상한 뼈가 뭉흐토야의 시신 옆 헤쳐진 눈 위에 뒹굴고 있었다. 뭉흐토야가 쓰러진 그곳은 영웅 척트 타이츠가 묻힌 무덤터다.

칠흑 같은 고비의 새벽, 할리오나는 뭉흐토야가 날이 새고 여러 날이 지날 때까지 돌아오지 않자 걱정 꽃이 핀 얼굴로 새벽잠 중인 어머니 촐로앙을 깨웠다.

"어머니, 아비의 소식이 없어요."

그러자 노쇠해진 촐로앙이 이불을 박차고 일어나며 말했다.

"무슨 말이냐. 이 추위에 뭉흐토야가 돌아오지 않았다니. 빨리 엥흐아랄을 깨워라."

밖에서 할리오나의 이야기를 들은 엥흐아랄이 눈을 털면서 들어오며 말했다.

"형님께서 여태 안 오셨다니요?"

"요즘, 아버지가 하시던 일을 해야 한다고 하지 않았느냐. 하루만 더

하면 끝날 거라고 했는데, 네가 얼른 동굴로 가 보아라."

하고 일렀다. 그러면서 촐로앙은 안색이 변한 할리오나를 안심시켰다.

"할리오나 걱정하지 말아라. 여태 일을 했나 보다. 아주 마치고 오려고 안 왔겠지. 만약 무슨 일이 있었다면 아비가 타고 간 말이라도 왔을텐데 말도 돌아오지 않았는데 걱정하지 말거라."

"말을 매 놓았을지 모르는데 어떻게 오겠어요."

할리오나의 걱정은 태산 같았다.

"할리오나는 그렇게도 모르느냐. 지아비가 타는 말은 그냥 말이 아니다. 전장터에서 사지를 들락거리던 훈련된 군마(軍馬)다. 목축 말과는 다르다."

하고 할리오나의 조바심을 달래었다.

"형수님, 걱정하지 마세요. 제가 다녀 올게요."

엥흐아랄이 할리오나에게 위로의 말을 던지고 문을 나서려는데 촐로앙이 일순 불길한 마음이 들었는지 엥흐아랄을 다시 불렀다.

"엥흐아랄, 네가 혼자 갈 일이 아니다. 군영으로 달려가 덤버르마 족장에게 알려라."

"네, 알았습니다."

엥흐아랄은 어머니 촐로앙의 말에 불길한 마음이 엄습했다. 심상치 않았다.

"어머니, 만약에 그곳에도 없으면 어떻게 하지요?"


눈발이 회오리치는 고비의 새벽, 엥흐아랄이 고비 군영으로 말을 몰았다. 전장터에서 척트 수령의 수하에서 기마 군단 좌군 장군으로 활약했던 덤버르마는 이제 고비를 지키는 군영의 족장이다. 엥흐아랄의 이야기를 들은 그는 직접 엥흐아랄과 아르갈리 산양들의 겨울 은신처 동굴을 확인한 후 뭉흐토야를 찾으려고 고비 전역에 장졸들을 풀었다. 뭉흐토야의 말도 보이지 않았다. 말 발자국도 밤새 날린 눈발에 흔적도 없었다. 만년설 알타이 고비까지 장졸들을 풀었지만 소용없었다. 덤버르마와 엥흐아랄은 홍고린엘스 방향으로 되돌아 말을 몰았다.

설원은 척트의 무덤터가 있는 드넓은 대지다. 눈발이 앞길을 막는다. 세차게 말을 몰던 덤버르마가 갑자기 고삐를 당기며 멈춰섰다.

"왜, 갑자기 말을 세웁니까?"

"가만히 있게, 뭉흐토야의 말 울음소리를 들었어. 우리가 달려오는 말 발굽 소리를 들은 기야."

그러면서 덤버르마는 눈발 속 사방을 둘러보며 귀를 기울였다. 그러나 설핏 들려온 말의 울음소리가 들렸던 방향을 알 수 없었다.

덤버르마는 양쪽 귓불 뒤를 양손으로 가리고 앞쪽에서 말의 울음소리가 들리는 방향을 찾지만 알 수 없었다. 하지만 일순 그에게 번개처럼 스치는 것이 있었다.


전장터에서 길을 해맬 때 북두칠성을 보고 길을 찾아 적군의 눈을 피했던 그였다. 유목 길에 별자리를 보고 구르반사이항으로 돌아왔던 그였다. 그리고 척트 타이츠 영웅을 땅에 묻고 말 떼를 몰아 매장 터의 흔적을 없앴던 날, 고비의 북두칠성을 보고 그 위치만큼은 기억해 두었다. 그는 눈발이 날리는 회색 베일의 하늘을 몇 번이고 고개를 들고 바라보았다. 계절이 바뀐 겨울의 북두칠성 위치를 그는 계산하는 것이다. 그곳은 척트 타이츠 무덤터의 하늘로 언제라도 그곳에 돌무지를 만들어 표시를 해두려는 척트 수령에 대한 충성심을 가지고 있었다.

그리고 그곳에 뭉흐토야의 시신이 있으리라는 비상한 영감을 가지고 있었다. 북두칠성의 위치를 계산한 그가 말등자를 내려치며 다시 말을 몰았다. 척트 타이츠 무덤터에 다다르자 뭉흐토야의 밤색 말이 밤새 내린 눈 속에 묻혀 있는 뭉흐토야의 시신을 지키고 서 있었다. 덤버르마와 엥흐아랄이 나타나자 뭉흐토야의 말이 한참 동안 울부짖었다.

고비의 족장 덤버르마는 얼어붙은 뭉흐토야의 시신을 그대로 놔둘수밖에 없었다. 그리고 봄이 되어 장례를 치르고 군영 장졸들을 동원하여 그 자리에 돌무덤을 만들었다. 영웅 척트 타이츠의 무덤터에 그의 흑마와 뭉흐토야가 함께 묻힌 것이다.

족장 덤버르마는 셋이 묻혀 있는 영웅의 돌무덤을 가장 높게 돌을 쌓아 만들고, 전시(戰時)군영도(軍營圖) 모습 그대로 그곳을 중심으로 전사한 유목민 병사들의 돌무덤을 만들어 영혼들의 군영을 세웠다. 자신을 아껴 주었던 척트 타이츠 영웅에 대한 충성심이다.

*

"흑마 이야기가 신비로워요. 엥흐자르갈."

엥흐자르갈이 웃으며 다시 말했다.

"영하 45도에서도 추위를 견디는 몽골 말은 발굽으로 쌓인 눈을 헤치고 풀이나 나뭇잎을 찾아 먹어요. 생명력이 강하고 매우 영리해서 자신이 처음 태어난 곳, 자신의 주인에게 정을 느끼며 처음 물을 마신 곳을 기억하고 찾아 돌아올 수 있는 놀라운 회귀성을 가지고 있어요. '몽골 말은 천리를 가도 고향을 잃지 않는다.'는 속담이 있어요. 1941년 2차 세계대전 때 독일에 갔던 몽골 말이 베를린을 탈출하여 유럽과 러시아 초원과시베리아 산맥을 거쳐 몽골에 돌아왔고, 베트남 전쟁에 참여했던 몽골 말은 3년 만에 몽골 고향으로 돌아왔는데 그 말이 죽고 나서 동상을 세웠는데 놀랍지 않아요?"

"아주 놀라운 예기지요. 그럼, 조부님, 구르반사이항 고비를 가면 영웅들의 돌무덤 터가 있을까요?"

몽골의 말 이야기를 끝낸 엥흐자르갈이 따른 수태채를 마시며 준호가 조부에게 물었다.

"물론이지, 있고말고. 아르갈리 산양 동굴을 찾기만 한다면 우리 조상께서 새긴 돌 그림까지 볼 수 있지. 이제 우리 가계의 전설은 더 이상 해줄 이야기가 없네. 작가 선생, 이제 어떻게 할 텐가?"

"구르빈사이항을 다녀 올까 합니다."

"구르반사이항을 가다니…… 가본들 동굴을 찾기는 힘들 텐데."

"동굴을 찾지 못하더라도 덤버르마가 세운 돌무덤 터라도 찾아보렵니다."

"동굴을 찾는 것은 기대할 수 없지만 돌무덤은 볼수 있다네. 꼭 간다면 에르데느 솜으로 가서 헹취비쉬 엥흐자르갈 숙부에게 도움을 받게. 말 한 필은 내주도록 하겠네. 그리고 유목민을 만나면 유숙을 하겠지만 만약을 위해 야영 준비도 해가게."

"네. 알겠습니다. 야영도 생각하고 있습니다."


준호가 고비 탐사를 하기로 마음 먹자 엥흐자르갈은 극구 말렸다.

"야영을 하시다니요. 그곳은 제가 태어난 곳이기도 하지만 척박한 곳이에요. 지난 겨울 차강사르에(설날)에 가셔서 아시잖아요! 울란바타르에서 595km나 되는 거리여서, 아침 8시에 출발하는 버스가 밤 12시에나 도착하고, 오후 4시 버스는 다음날 아침 8시에 아이막에 도착하는데, 거기서 또 20km나 다시 가서 고비에 들어가려면 말을 타고 며칠을 걸려 들어가야 하는 데 혼자 가시다니요. 또 돌 그림이 새겨진 동굴도 알 수 없다고 하시잖아요. 이만하면 저희 가계 전설은 모두 정리되었어요. 제가 함께 갔으면 좋지만 울란바타르 아파트를 이제 비어줘야 하고, 살림도 옮겨야 해요. 조부께서 게르 하나 세워주면 아파트 살림을 모두 옮겨야 하는데, 지금까지 해오신 걸로 보면 포기할 분도 아니시고……꼭 가신다면 에르데느 헹취비쉬 숙부께 연락을 해둘게요. 그리고 야영에 필요한 먹을거리도 충분하게 준비해 드릴게요.”

“그렇게 준비 좀 해줘요. 엥흐자르갈.”

며칠 후 준비가 끝나자 엥흐자르갈이 다시 일렀다.

“오후 4시 버스를 타세요. 잠은 차에서 주무시고, 그래야 다음 날 아침에 도착하면 숙부께서도 편하고, 밤에 도착하는 버스를 타면 모든게 어렵잖아요. 아이막에서 내리면 숙부께서 말을 가지고 나오시도록 연락을 해둘게요. 튼튼한 말을 내줄 거예요. 아이막에서 다시 고비에 들어가면 먼저 수태채와 샤르터스를 뿌려 경배하고 어워를 만나면 공물을 올리고 안전을 기원하는 것을 잊어서는 안 돼요. 그리고 숙부 말씀으로는 우물이 있는 목축지가 여러 곳에 있다는데, 어려운 일이 생기면 꼭 그곳을 찾으시구요.”

*

그녀의 말대로 준호는 울란바타르에서 오후 4시 버스에 몸과 배낭을 던져 싣고, 구르반사이항 반사막지대를 향해 홀로 탐사 길을 떠난다.

# 16

# 전설의 동굴 암각화를 찾아서

신(神)은 몽골이라는 이름 하나로 대지를 아름다운 자연공원으로 그대로 놓아 둔 것인가, 그림을 그린다고 도화지에 어설픈 금만 여기저기 그어 놓고 구체적인 대상을 설정해 놓지 않은 것 같은 단조로운 땅,

덧칠을 하다가 그림을 버릴까 여백의 미(美)로 놓아두고 손 떠난 작품 같은 텅 빈 초원,

몇 마일을 달려도 펠트 고리에 연결되어있는 것 같은 끝없는 고비의 바위 산맥, 붓 끝에서 잘못 떨어져 화면에 번진 황색 물감 같은 홍고린 사막을 향하여 말을 몰고 달리고 또 달려도, 깰 줄 모르는 시간조차 멈춘 깊은 잠속에 빠진 반사막지대 구르반사이항은, 새로운 초지를 찾아 떠난 유목민의 게르를 세웠던 흔적과, 나무 판자로 엮은 지붕과 벽에 소똥을 이겨 바른 텅 빈 자작나무 가축우리와 가축들이 남기고 간 바싹 마른 배설물들만 대지에 나뒹굴고 있었다. 유목민이 떠난 공허한 빈 자리와 불모의 땅 같은 모래 섞인 대지에 솟은 풀숲 사이로 간간이 동물 뼈들이 앙상하게 드러나 보였다. 물을 기대할 수 없는 고비에서 더위

에 몸을 내던질 수 있는 냇물을 기대한다면 그것은 사치스런 생각이다.

대 여섯 시간은 족히 달려왔다. 자외선이 강하게 투사되는 한낮이 가고 산맥 뒤편으로 밧줄 하나로 헬기 네펠을 하는 것처럼 태양은 빠르게 하강하는 중이다. 가능한 산맥 그림자의 그늘로 말을 몰았다. 아무렇게나 초원에 뒹구는 동물 뼈들과 미이라처럼 그대로 말라버린 늑대의 시신…….

곧 해가 지고 고비에 밤 물결이 밀려오면 기온은 내려간다. 바위 산맥이 꺾어지는 곳에 풍화에 다듬어져 선이 부드러운 커다란 바위 덩어리들이 불규칙하게 쌓여있었다. 결코 무너지지 않고 수 세월을 버티고 선 바위산 아래 바람 무늬 진 대지에 오랜 흔적의 게르를 세웠던 곳에서, 고삐를 당기며 말을 세운 준호는 먼저 안장 고정대에 매달아 놓은 배낭에서 수테채가 담긴 덤뷰를 꺼냈다. 그리고 잘게 조각낸 샤르터스를 수테채와 대지에 뿌렸다.

고비에 첫발을 디딘 그가 안전하게 자신을 고비에 맡기는 최상의 자연 신앙적인 경배다. 그 경배의 의미로는 그가 아르갈리 산양의 은신처인 동굴 암각화를 발견하는 일과, 영웅 척트의 돌무덤 터에서 그의 영혼과 자신의 육신 그릇에 담긴 알량하게 마른 영혼을 꺼내어 소통하는 일이다. 엥흐자르갈과 조부의 권유를 따르기도 했지만 어쩌면 고비는 눈에 보이지 않는 아주 강력한 초자연적인 마력 같은 힘이 느껴지기 때문이다.

고대 유목민들이 하늘과 山·河·大地 자연을 숭배하였던 까닭을 준호는 몽골의 척박한 대지에서 그들처럼 피부로 느끼는 것이다. 그래서 자연에 나약할 수밖에 없는 인간은 자연 숭배 사상이 싹틀 수밖에 없었다.

현대 문명으로 도약하는 울란바타르와 고대 유목 생활 방식이 공존되는 한, 또 유목민의 본질적인 변화가 없는 한, 몽골인의 정신적 지주로 표상되는 자연의 대변자, 샤먼에 의한 어워에서의 신(神)을 부르는 의식까지 현대 문명과 호흡을 같이하며 공존한다.

몽골 땅에서 유목민의 본질이 소멸 될 가능성은 절대 없다. 몽골의 목축은 몽골의 생명이며, 몽골국의 경제와 존립 가치를 좌우해왔기 때문이다. 그래서 유목민의 어워 신앙과 하늘 신으로부터 인간을 지배하는 자연의 모든 것들이 현대문명을 초월하는 숭배의 대상물이 된다.

어워 신앙 이야기가 다시 나왔다. 몽골은 유목 생활을 빼놓고 어떤 말도 할 수 없듯이 어워를 빼놓고서 유목 생활도 말할 수 없을 만큼 유목민의 자연 신앙적인 정신문화를 지배하고 있다. 그래서 어디를 가도 볼 수 있는 어워는 하늘과 산하대지 자연숭배 사상에서 오는 집체적인 표상물이다. 신격의 최상위치는 자연의 으뜸인 하늘, 즉 텡게르 신을 지칭한다.

바위그림이 존재하는 곳에는 일정거리에 돌무덤이 산재해 있고 어워가 세워져있다. 이렇게 이들 세 유적은 관련성이 함께 존재하고 있다. 평면상으로 볼 때 이것들은 일직선상에 놓여있고 이러한 관련성은 팔로유적지 등에서도 나타난다.

『몽골의 암각화』(열화당/이흐투를지 팔로 유적의 현장 조사연구—옮긴이 주)

어워는 6월 말부터 8월 말 사이에 가축의 번식, 안전한 말 타기, 부락의 안녕과 목초가 잘 자라기를 바라는 제의(祭衣)를 올리는 풍습이 존재해 왔고, 어워를 만나면 그곳에 차찰(고시래)을 올리고 세 바퀴를 돌며 축원을 올리는 신앙적 대상물이기 때문이다.

이는 어워의 여러 유형에서 물을 숭상하는 물 어워가 존재하는 것으로 미루어 짐작하는 것이다. 어워는 산이나 물에 대한 자연 신앙의 한 형태로 어워 신앙이 존재한다. 어워는 무엇을 쌓아 올린다는 어월러흐(овоолох)라는 단어에서 비롯되었다. 역사적으로 보면 13C 자료에 나타나지만, 이것은 신앙의 발전단계로 보아 훨씬 이전 시대에 세워졌을 것으로 추측하고 있다.

다시 말해 어워는 지신 신앙의 종교적 신앙물로 세워졌다가 다음 단계의 천신 신앙을 흡수한 종교적 대상물로 본다.

『몽골인의 생활과 풍속』(저자/울란바타르대학 이안나. -옮긴이 주)


고대부터 자연 신앙으로 존재해온 어워에서의 제의는 21세기 현대 문명 속에서도 뿌리 깊게 공존하고 있다. 어워 제의의 근본적인 축원 내용으로는,


많은 것은 당신에게. 이익은 나에게
존귀함은 당신에게, 행운은 나에게
영광은 당신에게, 유쾌함은 나에게


라는 뜻이있다. 자연 신앙에서 오는 또 다른 대표적인 표상물로는 자연의 한 산물인 영험을 기원하는 바위로 앞서 엥흐자르갈이 먼저 언급하였듯이 어머니 바위와 재물을 기원하는 바위, 치병 바위가 모두 톱아이막에 서로 근접하게 한 지역에 존재한다.

이와같이 몽골의 자연물을 대상으로 하는 신앙은 고대 유목 생활로부터 파생될 수밖에 없다고 보는 것은, 몽골 땅 대륙이 주는 척박한 자연 속에서, 준호가 느껴온 위대한 자연의 모습에서 파상처럼 느껴지는 눈에 보이지 않는 초자연적 마력 같은 힘과 다름 아니다.

그래서 이 모든 자연 신앙들은 인류의 문자가 성립되지 않은 시기에 서부터 존립 되어 왔다고 볼 수 있는 것은, 몽골 자연 신앙의 대변자인 샤먼들의 원시 몸동작으로부터 아주 강하게 느낄 수 있다. 단순한 여행 길에서 샤먼들의 전통 굿을 보기란 불가능하지만, 그들 샤먼들의 원시 몸동작을 볼 수 있었던 것은 이곳 고비로 들어오기 얼마 전이다. 그가 홀로 위험한 구르반사이항 고비로 떠나기로 마음먹자 엥흐자르갈이 말 했다.

"혼자 들어가시게 되니까 아무래도 걱정이 되었는지 어머님이 무당에 게 굿을 청해놨어요. 기원제를 올리고 떠나서야 해요."

"무당 굿을 청했다구요?"

"네, 오 일 후가 길일이에요. 저도 미처 생각하지 못했는데 굿을 청해 놓고서 말씀하시잖아요."

"그래요? 죄송해서 어쩌지요? 굿을 여기 집에서 하나요?"

"툽 아이막 어머니 바위로 가는데 울란바타르에서 세 시간 거리예요. 여기서 가자면 네 시간 걸리니까 새벽에 출발해야 해요. 그래서 교통편 도 미리 마련해 뒀어요."


무당굿 삼 일 전부터 그녀와 모친은 종일 양젖을 짜서 샤르터스를 만 들고 깨끗한 유제품의 음식을 장만했다. 조부는 양 한 마리를 잡아 차 찰로 올릴 공물을 준비했다. 이미 한 가족으로 여겨 주는 그들의 배려 는 그와 엥흐자르갈 사이에서 염원해 온 집안의 대를 이어갈 씨앗을 원 하는 숨은 의미의 표현이었던 것을 나중에 알았다.

어머니 바위는 지난겨울 툽 아이막 망조르 사원 바위산 암각화 탐사 를 마치고 가려다가 쌓인 눈 때문에 가지 못한 곳으로, 아쉬움이 컸던 터에 마침 이렇게 몽골 샤먼의 발원의 젯주가 되어 불현듯 가게 된다.

그곳은 도로가 없는 초원 흙길이다. 신 새벽 목축지에서 울란바타르를 거쳐 세 시간가량 달려 툽 아이막 솜을 지나 떠오르는 햇살 속에 재수를 준다는 한 바위에 차가 멈췄다. 엥흐자르갈은 재수를 준다는 바위에 지갑과 얼마의 돈을 바위에 문지르며 말했다.

"지갑에서 꺼낸 돈은 절대 써서는 안 돼요. 그 돈을 쓰면 돈이 붙지 않아요. 그 돈이 다른 돈을 불러 오거든요."

다음으로 치병을 치료해 준다는 바위에 다다르자. 그녀는 다시 말했다.

"몸이 아픈 곳이 있으면 바위에 대고 누워서 기원하면 병이 없어져요."

준호는 자신의 사고와는 관계없이 그들 모녀와 함께 그들의 자연 신앙을 체험했다.

마지막 구릉을 넘어서자 어머니 바위가 있다는 팔각 보호벽 담장이 내려다보였다. 어머니 바위 보호 담장 너머 초원에서는 하늘로 치솟은 중심대에 감긴 오방색 하닥들이 초원 바람에 펄럭이는 장엄하고 커다란 어워에서 쉽사리 보기 힘든 샤먼들의 어워 굿판이 시작되고 있었다. 어떤 이는 가져온 오방색 하닥을 어워에 두르고 합장으로 기도했다. 많은 사람들이 어워 주변을 둘러싸고 자리를 잡고 있었다.

무당굿이 시작되자 양팔을 들고 염원의 소리를 지르며 기원하는 모습과, 이름이 알려진 샤먼들로 여겨지는 여섯 살 어린 애 무당부터 70이 넘는 노령의 무당까지 30여 무당들의 삼원색 복장과 검은 독수리 털로 장식된 말가이(모자), 흑 무당의 상징으로 여겨지는 검고 굵은 실타래를 안면에 덮어 내린 모습, 북을 두드리며 무작위로 흔들기 시작하는 현란하고 역동적인 신들린 꽃불 춤의 몸동작, 그 모습은 경이 그 자체다.

그녀의 모친은 엥흐자르갈과 그를 데리고 자신이 청한 무당을 찾게 되자, 무구 앞 경상과 어위 앞에 수태채를 비롯해 정성껏 준비해온 여러 공물을 올렸다. 다른 샤먼들의 앞에도 양고기와 샤르터스 등 유제품과 수태채가 공물로 차려 있었다.

모친은 엥흐자르갈과 준호를 무당 앞에 앉히고 무당에게 축원 자의 이름을 올리고 발원을 청했다. 무당들은 일관된 몸동작으로 각기 북을 치며 의식에 열을 올렸다. 무당들의 작위를 관심 깊게 응시하는 준호를 엥흐자르갈은 유심히 바라본다.

준호가 말했다.

"몽골 무당굿 의식 체계가 어떻게 이루어지는지 깊은 관심으로 고찰해 보면 그들의 신격이 자연의 으뜸인 텡게르, 즉, 하늘에 있는 것 같아요. 바다가 둘러싸고 있는 일본에서는 경우에 따라 마늘 신과 누에고치 신까지 신격화를 하는데, 특히 우리 민속 신앙과 몽골 샤먼의 굿을 비교해보면, 우리 민속 신앙으로 크게는 산신 신앙, 칠성 신앙, 그리고 집안을 보면 안방인 내전이 있고 부엌은 조왕 신, 장독은 천룡 신, 대문은 문간 대왕, 이처럼 신격이 완전하게 구분되어 있어요. 경전으로는 해동 율경집에 산신 경, 칠성 경, 조왕 경, 천룡 경 등이 있고 신격이 다르고 무속도 깊게 들어가면 체계가 있지요. 우리 무당굿은 크게는 세습무(世襲巫)와 강신무(降神巫)로 분류하고 신기(神氣)를 보여주는 작두타기, 신대에 귀신을 접신 시키며, 굿을 이어가는 전통 방법이 이어지지요. 굿 종류를 보면, 신당을 위한 골맥이굿. 굿판에 들어서는 신령을 대문 밖에서 맞이하는 문전굿과 마당굿, 물이 담긴 용기에 바가지를 엎어 놓고 당골래가 숟가락으로 바가지를 동- 동- 동- 두드리는 바가지굿, 조상을 위하고 집안에 복을 불러들이는 구능굿, 망자의 혼령을 위로하는 망제굿, 기본적으로 무당굿에는 육자배기 가락으로 장구와 태징을 치고, 호적을 불며 가락에 맞춰 율경을 염불하는 법사에 의해 무당은 굿을 행하고, 풍신물과 반주가 쓰이지요. 어려운 불교 음악 범패 소리에서, 대중화를 위해 고려 때부터 파생되어 이어온 육자배기 가락과 춤과 노래, 놀이 등이 유기적인 순서에 의해 구성되면서 흥취를 이끌어내고, 굿판은 종래 무리 춤판이 되기도 해요. 몽골과 우리 민속 신앙은 유사점의 뿌리가 같다고 보여지는데, 우리 어머니들은 과거에 집안의 안위를 위해 아침이면 조왕 신인 부엌 부뚜막에 정화수를 올리고 기원했고, 천룡신인 장독에 정화수를 올려 집안 자손들을 위해 기원했어요. 여기에 필요한 경문이 각기의 경문으로, 굿판에서는 조상굿의 축원과 신장전대축사문이 있지요."

"작가님은 민속에도 조예가 아주 깊으세요."

어워 제에서 자연의 대변자 샤먼들의 역동적 작위는 문자가 성립되기 이전, 고대에 몸으로 표현할 수밖에 없는 극명한 원시 몸동작을 바탕으로 일관 된다. 굳이 작위라 말하는 것은 어떤 정해진 형식과 순서가 있거나 경서에 의해 순차적으로 진행해 가는 방법이 있다면 의식이라 하겠지만, 그러지 못하기 때문에 작위라고 할 수밖에 없다. 가락이 무시된 엇박자의 북소리는 경도에 따라 빠르고 늦고 하는 정도로, 악기가 있다면 샤먼이 두드리는 북과 입에 물고 손가락으로 튕겨 신비한 소리를 내는 아주 작은 현악기인 호오르가 유일한 악기라 할 수 있다.

다른 것으로는 샤먼의 무복 앞뒤와 고탈에 매달린 많은 방울들이 샤먼이 몸을 흔들 때마다 현란하게 소리가 나는 것이다. 샤먼 앞에 놓인 경상에 몽골 비칙그로 된 경서 하나 정도는 있을지 기대했지만, 무리를 이룬 샤먼들은 북을 때리며 역동적인 격렬한 신기(神氣)오른 꽃불 춤으로만 일관된다.

무당들의 작위가 극에 다다르면, 어워를 둘러싼 젯주와 가족들은 무당들의 작위에 동화되고 어워에 절을 올리며 원시적 소리로 발원하는 자체가 축원이며 기원이다. 그 모습들은 원시 부족 사회의 종교의식과 크게 다르지 않다. 문자와 언어가 성립되지 않은 고대 인간의 갈구와 애절한 기원의 소리다. 하지만 무작위의 모습에서도 그 나름의 박자가 있다. 호오르를 입으로 튕겨 신비한 소리로 신을 부르는 몸동작, 그러나 그 모든 작위는 현대 문명과 거짓을 말할 수 있는 문자에 때 묻지 않은 인간 기원의 본체, 바로 그 모습이다.

아르항가이 이흐타미르 강 유역 선돌 암각화를 보고 넋이 나갔던 때처럼 샤먼들의 작위에 넋이 나간 준호에게, 몽골 역사학 전공자답게 엥흐자르갈이 물었다.

"어떻게 느껴지세요? 몽골 무당들의 굿 모습이?"

"경서 내용도 없이, 저렇게 간절한 몸동작이 놀라워요. 입에 발리는 거짓이 없는 진실하고 절절한 기원 모습 같아요."

"작가다운 말씀이에요. 몽골 샤머니즘은 흉노 시대에 이미 널리 퍼져 있었어요. 무교는 두 갈래로 불교의 세계관과 신격, 또 사상을 받아들여 라마의 지도를 받는 불교와 혼재된 성격의 황 무당과, 자연 신앙을 바탕으로 지금으로부터 5~7천 년 경 생성된 유형의 고대 동북아시아의 보편적인 신앙 형태로 20세기 초까지 고유한 사상을 그대로 유지하고 전승해온 흑 무당으로 구분할 수 있어요. 지금 저들은 황 무당과 흑 무당이 섞여 있는데 박수무당도 있어요. 이러한 몽골 무속은 1921년 사회주의 정권 수립 이후 샤먼과 무속 행위를 인정하지 않으면서, 무당들이 체포 구금되거나 숙청을 당하면서 50여 년의 침체기와 탄압기를 거친 아픔을 가지고 있어요. 그러나 오래되지 않은 1990년 이후 종교 자유화가 이루어지면서, 몽골 무속은 다시 드러나기 시작했어요. 그러나 이제 샤먼을 장려하고 이어 가려고 무당을 교육시키는 기관이 생겨 나기에 이르렀어요. 라마들은 과거 무당을 통제하였는데, 1864년 따로 사원을 세워 모든 무당들이 이곳에서 시험을 치르게 하여 합격을 하면 무당으로 인정하는 통제 방법을 썼어요. 그래서 대부분의 무당과 특히 보리아드 족의 일부 무당들이 시험을 치르고 황 무당의 길을 걷게 되었 지요. 또 황 무당의 경우는 승려의 가사와도 같은 푸른 무복에 불교를 상징하는 만자(卍字)가 양편에 새겨 있는 반면, 흑 무당의 경우 자연의 생명인 산과 늑대와 사슴 등이 그려있는데, 검은 독수리 털모자에 검고 굵은 실 타래를 늘어트려 얼굴을 가린 것이 특징이지요."

어워 제의 회향은 종래 어머니 바위에서 끝을 맺는다. 이때 많은 사람 들은 수태채를 뿌리며 샤먼들의 뒤를 따라 어머니 바위 담장을 한 바 퀴 돌고, 안으로 들어가 오체투지의 절을 올리며 어워제는 끝난다. 중요 한 것은 현란했던 샤먼들의 모든 역동적 작위는 어머니 바위에서 극치 를 이루면서 귀결된다는 점이다.

몽골 사람들은 자신들의 안위를 위해서 자연 신앙은 물론 가축에 의 해 만들어지는 모든 음식까지 신격화의 공물로 여기는 것은, 어워에 제 일 깨끗한 샤르터스를 올리는 것이며. 손님의 기원을 위해, 먼 길을 떠 나는 사람을 위해 수태채를 뿌려 주는 것을 보아도 그렇다.

이렇듯 몽골의 어워 문화와 황 무당이나 흑 무당의 전래해 오는 무당 굿은, 우리의 무당굿이 신명풀이 민속 예술로 격상하여 인정하듯, 몽골 민속 예술의 층위에 올려 놓고 보존할 가치가 능히 있다고 보아 진다.

왜냐면, 몽골 무속은 고대부터 자연 신앙의 토대 위에서 몽골 문화 의 한 축을 담당해 왔고, 결코 본질이 소멸될 수 없는 유목민의 정신문화를 어워 신앙과 함께 지배하기 때문이다. 그렇든 저렇든, 모든 인간의 종교적 작위는 그 우열을 가릴 수 없다고 여겨진다. 어느 경우가 되어도 만사는 일체유심조(一切唯心造) 하나로 귀결되기 때문이다.

*

말안장 고정대에 매달린 배낭과 안장을 내렸다. 풀을 뜯어 먹을 수 있는 곳에 말의 앞다리를 느슨하게 묶은 뒤 주변을 정리하고 텐트를 쳤다. 배가 몹시 고프다. 준호는 보르츠 한 주먹을 꺼내어 코펠 뚜껑에 담아 놓고 배가 튀도록 씹어 먹었다. 허기가 가시자 말안장에 기대어 회색빛 태고의 산맥을 바라본다. 메말라 보이는 돌 틈으로 생명력 강한 초록들이 피어 있다. 드문드문 바위 벼랑 그늘 속에 자작나무들이 흰 물감을 발라놓은 것처럼 희게 눈에 띄었다. 태고의 원시 환경으로 준호는 회귀 되어 있었다.

고비의 차가운 아침 냉기 속에 잠을 깬 말(馬)의 투레질 소리가 새벽 고요를 깼다. 피곤했던지 눈꺼풀이 딱풀로 붙여 놓은 것처럼 떠지지 않는다. 간신히 눈을 떴다. 텐트 속으로 비집고 들어온 자로 줄을 그은 듯 명료한 바늘 햇살 한줄기가 아침을 알려 줬다.

침낭 지퍼를 열고 허물을 벗듯 빠져나왔다. 불을 피우고 코펠에 다진 양고기와 야채를 섞어 볶았다. 엥흐자르갈이 정성스럽게 만들어준 것이다. 그리고 최소한의 생수를 붓고 다시 끓였다. 약한 바람에도 모래가 날아드는 것은 감수해야만 하는 고비다.

아침 냉기로 뜨거운 국물을 만들어 속히 식사를 마치고 자외선이 강해지기 전에 출발하기로 했다. 텐트를 접고 두 개의 배낭을 말안장 고정대 양편으로 매달았다. 배낭 하나에는 마른 먹거리와 생수 등이 들어 있다. 또 하나의 배낭은 텐트와 코펠, 야영에 필요한 것들이 잔뜩 들어 있었다. 그래도 모자라 침낭 꾸러미는 안장 꾸미개 뒤쪽 고정대에 따로 묶었다.

고비의 깊숙한 곳으로 다시 말을 몰았다. 아까부터 자꾸 곁눈질을 던지던 자외선이 준호의 눈치를 보면서 슬금슬금 퍼지기 시작했다.

그가 아르갈리 산양 뿔을 본 것은, 유목민의 가축들이 이동하는 길가 구릉 위에 오방색 하닥이 바람에 펄럭이는 어워 에서다. 세차게 말을 몰아 구릉으로 올랐다. 돌무지의 나무에 묶여 만선의 어선에서 펄럭이는 깃발처럼 바람결 속에 펄럭이는 하닥 아래에, 용수철처럼 꼬아진 아르갈리 산양 뿔 하나가 중심 기둥에 걸려 있었다. 털이 솟은 머리뼈가 붙은 하나는 돌무지에 얹혀 있었다. 그것은 그가 목적하는 아르갈리 산양들의 서식처가 가까워졌다는 것을 의미했다.

말에서 내린 준호는 돌무지에 사르터스를 공물로 올리고 세 바퀴를 돌며 고비의 위대한 바위산의 산신과 천신에게 무사를 기원했다. 조부의 당부가 들린다.

-고비를 가면 아르갈리 산양의 뿔을 먼저 찾게. 우리 집 전설에 따르면, 그곳은 산양들의 서식처로, 그들의 은신처인 동굴 암벽에 돌 그림이 새겨 있고 산양들이 해가 지면 들어가는 곳이 그 동굴이라고 했네.-

준호는 쌍안경으로 경사진 구릉과 절벽을 줌(ZOOM)으로 당겨 바라보았다. 작디작게 깨알 같은 것들이 절벽의 경사면에서 자그만 벌레처럼 움직였지만 양 떼인지 산양 떼인지 구분이 되지 않았다.

다시 말에 올라 산새 깊은 곳으로 들어갔다. 푸른 하늘을 맴돌던 수염수리 한 마리가 움켜쥐었던 무언가를 바위 벼랑에 떨어뜨렸다. 그리고 곧 그곳으로 빠르게 날아들었다. 수염수리는 뼈를 바위에 떨어트려 부서진 뼈조각을 먹는다. 구르반사이항 고비에는 썩어가는 동물을 먹고 사는 세계적 멸종위기에 있는 수염수리가 서식한다. 알타이산맥 끝자락 구르반사이항은 북경에서 100km 위치에 있다.

몽골에서는 가장 외진 곳으로 석기시대부터 최소한의 초지가 있어 할하 부족 유목민들이 터를 잡고 살았다.

민둥 구릉 저편에서 봄철 솔숲에서 황사가 날리듯 황 먼지가 피어오른다. 말발굽 소리가 절벽을 울렸는지 놀란 산양들이 몰려가면서 일어난 민지라는 것을 일게 된 것은 능선 봉우리에 오른 뒤었다.

건조한 고비의 기후에서도 소량의 수분만으로 생존이 가능한 아르갈리 산양무리들이 절벽으로 빠르게 이동하고 있었다. 깎아지른 절벽도 넘어 다니는 산양들은 짝짓기 외에는 암수가 따로 행동하는 것으로 알려져 있다. 주변을 한참 동안 찾아다닌 끝에 커다란 바위로 텐트가 가려질 수 있는 장소를 찾는 일은 그리 어렵지 않았다.

그곳에 텐트를 치고 바위 표면에 쌍안경 거치대를 설치했다. 한곳에서 좀 여유를 갖게 되자 그는 말안장을 내리고 소금과 사르터스 가루를 섞어 만든 특식을 홀다스에 한주먹 담았다. 그리고 말 주둥이에 씌우고 홀다스가 빠지지 않도록 머리에 매어 주었다. 말은 홀다스에 들어 있는 특식을 맛있게 섭취했다. 이를테면 더위에 필요한 소금이 함유된 특식을 제공하는 것이다. 이렇게 말 관리를 해야 한다며 준비를 해준 것은 에르데느 솜 엥흐자르갈의 숙부였다.

한주먹 가량의 밀가루 반죽에 야채와 양고기를 버무려 볶아 손쉽게 초이방을 만들어 저녁을 먹었다. 태양은 졌지만 밤 10시가 가까워질 때까지 고비는 환했다. 먼저 마른 나무와 산양들의 마른 똥을 주워 모은 준호는 모닥불로 연기를 피웠다. 차갑게 기온이 내려간 이유도 있지만 또 다른 이유도 있었다.

조부의 말로는 고비의 생태를 보면 아르갈리 산양이나 몽골 가젤이 있는 곳엔 사나운 눈표범이 서식한다. 산양이 많을수록 눈표범은 나타나며, 호랑이나 표범과는 달리 눈에 잘 띄지도 않는다. 순식간에 나타나 동물의 등에 올라타 산 채로 피를 빨아 먹는 동물로 고양이처럼 자신의 배설물을 묻고 가버리기 때문에 흔적도 알 수 없고, 사냥도 어려운 동물로 알려져 있다. 돌 하나만 있어도 몸을 숨기는 귀재로 오히려 눈표범은 사람을 두려워 한다지만, 불을 피우고 연기를 날려 그가 있는 곳에 오면 안 된다는 것을 경고하고 일깨워주는 것이다.

고비에 숲이 없지만 늑대가 있는 것으로 여길 수 있고, 늑대가 원하는 먹이로 몽골 가젤이나 산양들은 산맥의 틈바구니나 동굴 속에나 있을 것이므로 큰 걱정을 하지 않아도 되지만, 만약을 생각해 늑대에게도 던지는 경고와 같은 것이다.


초록으로 덮여 있는 대지는 싱그러운 풀 냄새와 반사막의 흙냄새로 가득 차 있었다. 밤이 되어 강력한 어둠의 세력이 급격히 대지를 지배하자 하늘의 경계가 무너져버린 끝 모를 어둠 속은 일순 숨이 멎은 주검처럼 정적에 휩싸였다.

너무나 선명해서 정말 흐르는 것처럼 보이는 은하수는 고비가 아니면 볼 수 없는 참으로 멋지고 경이로운 풍경이다. 이렇게 별빛 소나기 내리는 밤에, 만약 홍고린 엘스의 모래알들이 세찬 바람에 날려오고, 저렇게 밝은 떼 별빛을 받은 모래알들이 바람에 휩쓸려 허공을 나르면 밤하늘은 마치 오로라가 일어난 듯 환상의 하늘이 될 것이다.

그러나 그것을 결코 기대할 바는 아니다. 왜냐면 그만큼의 모래바람은 오히려 행동에 지장을 주기 때문이다. 만화영화에서 신데렐라 공주가 왕자에게 안길 때, 무수히 떨어지는 별 폭우 같은 초롱거리는 고비의 맑은 별빛이 옷자락 밖으로 흘러나와 피부에 내려앉는 밤의 고요를 준호는 만끽했다.

신 새벽에 눈을 떴다. 준호는 거치대에 올라앉은 쌍안경에 두 눈을 박고 산양들이 어디에서 나타나는지 오랜 시간 관찰했다. 그러나 그들은 일정한 어느 한 곳에서 나타나지 않았다. 몇 마리가 보이는가 싶으면 이곳저곳 겹쳐진 산맥의 다른 바위 틈에서 나타나 무리를 이루었다.

디구나 그들의 움직이는 동신은 너무 넓었다. 몰려 있다가 일시에 종적을 감추기도 했고 무리를 지어 다시 나타나기도 했다.

엥흐자르갈 가계의 전설 바위 동굴을 찾겠다고 아스라이 이어진 바위 산맥을 뒤지기란 요원하다. 목적을 원만히 성취하려면 적어도 1년 이상은 발굴단을 만들어 게르를 세우고 생활하면서 산맥을 다 뒤져도 될까 말까 한 일을, 단 한 번으로 산양들의 동굴을 알아낸다는 것은 어설프게 갖춘 캠핑 수준의 간단한 장비로는 무리수다.

고집을 부려 끝까지 뜻을 관철하자니 지금으로서는 도저히 함수가 성립되지 않는다. 그래서 맨 먼저 손쉬운 인수 분해로 풀어 보고, 루트 계산법으로 상수에서 하수까지 내려도 가보고, 주역의 선천 수, 후천 수와 팔 쾌를 동원해 보고, 나중에는 고차방정식까지 들이대다가 심지어 6효 점을 쳐보아도 성공할 수 없다는 결론에 다다르자, 여러 판단 끝에 영웅 척트 타이츠와 동굴 암벽에 그림을 새겼던 그의 아들 뭉흐 토야와 척트의 상징 흑마가 한 곳에 묻혀 있는 영혼들의 군영, 적석묘인 돌무덤 터를 찾아 다시 떠나기로 준호는 마음을 먹는다.

그러나 쌍안경 밖에 펼쳐졌던 풍경들은 울타리 없는 동물 공원으로 고비의 자연 생태를 적나라하게 보여 주었다. 그렇게 고비는 아무것도 전제하지 않는 무한대의 관용으로 초지를 제공하고 자연 생태를 지켜 주는 첨병이 되어 있었다.

고비의 밤바람 소리와 텐트 밖으로 모래알 부딪치는 소리를 기억하며 준호는 다시 말을 몰았다. 자외선이 강하게 내리쬐었다.

갈 길을 멀리 두고 식수가 부족하다. 엥흐자르갈이 마련해준 마른 음식을 충분히 가져와 먹는 거야 큰 걱정이 되지 않았다. 우리 식단 버릇으로 국물이 필요하면 보르츠를 물에 불려 몇 번 국물을 만들어 먹었던 것과, 물 양이 큰 말에게 먹였던 것이 물 부족을 크게 가중시켰던 모양이다. 세면은 아르항가이 아이막 이흐타미르 초원에서 엥흐자르갈의 외가 나몽게렐이 세면을 한 것처럼 물 한 모금을 입에 넣고 한 차례 손에 받아 얼굴을 문지르고, 또 한 번 받은 물로 재벌 얼굴을 문지르는 것으로 그쳤는데도 식수는 소량만 남아있었다.

여러 번 헹구어야 하는 물을 많이 소비하는 비누와 치약은 아예 가져오지 않았다. 한 모금의 물로 단번에 헹굴 수 있는 소금을 가져왔지만 여하튼 불안할 만큼 식수가 부족했다. 엥흐자르갈이 먹거리와 여러 준비를 해주면서 걱정 꽃이 핀 얼굴로 노파심에 당부했던 말이 떠오른다.

–오후 4시 버스를 타세요. 잠은 차에서 주무시고 그래야 아침에 도착하면 숙부께서도 편하고 밤 12시 에나 도착하는 버스를 타면 모든 게 어렵잖아요. 아이막에서 내리면 숙부가 말을 가지고 나와 계실 거예요. 연락을 해뒀어요. 배낭이 두 개나 되어서 튼튼한 말을 내줄 거예요. 아이막에서 다시 고비에 들어가면 먼저 수태채와 샤르터스를 뿌려 경배하고 어워를 만나면 사르터스를 올리고 제의를 올리는 것을 잊지 마세

요. 또 막내 숙부 말씀으로는 우물이 있어서 유목지를 떠나지 않은 목축지가 여러 곳에 있다는데 어려운 일이 생기면 꼭 그곳을 찾으시구요. 아셨지요?-

생수가 부족해지자 샘물이 있는 유목민 목축지를 찾는 것이 우선이 되었다. 아니면 다른 생존의 방법을 찾아야만 했다.

당장 내일 아침이 지나면 마실 물도 문제다. 허기가 느껴졌다. 말도 배가 고플지 모른다. 말이 초록을 뜯어 먹을 수 있는 시간을 충분히 주면서 준호는 휴식을 취했다. 물을 소비하지 않고 배를 불릴 수 있는 것은 위장에서 오래 머물다 내려가는 보르츠 뿐이다. 보르츠로 배를 채우면 언제나 든든했다. 그래서 몽골 통일을 이루고 중국을 쳤던 칭기즈 칸이 콰리즘(이란)을 아주 쑥대밭을 만들고 소의 방광 안에 1년 치의 양이 들어가는 보르츠를 전투 식량으로 이용하여 유럽원정 전쟁을 치를 수 있었다.

준호의 말 이름은 치흐르[1])다. 이제부터 준호는 치흐르를 '애마.'로 여기기로 했다. 그만한 이유는 있었다. 엥흐자르갈의 숙부가 치흐르의 특식을 챙겨주면서, '특식을 줄 때는 더위에 매일 몸을 부리므로 하루 한 번씩 주되 시간을 맞추어서 주고, 해지는 저녁에 주면 좋다.'라는 말에 첫날 한 번 준 뒤, 영리한 치흐르는 그가 텐트를 치고 나면 텐트 앞에 가까이 다가와 자꾸 머리를 대고 특식을 요구했다.

그럴 때 홀다스에 특식을 담아주면 모조리 섭취한 뒤 부르르 코를 털었다. 그때 홀다스를 풀어 주면 그를 지켜주는 것처럼 텐트 앞을 가로막고 서서 밤을 보내는 것이었다. 실인즉, 지난 일이므로 솔직히 말하지

---

1) 치흐르(чихэр) : 설탕

만 두터운 겹 어둠 속에서 무모하게 혼자 온 것을 후회할 만큼 무섭기도 했던 준호는 그런 치흐르가 얼마나 의지 되었는지 모른다.

'홀다스에 특식을 담아주는 사람의 곁을 말은 떠나지 않는다.'는 에르데느 숙부의 말은 틀림없었다. 게다가 이렇게 저렇게 의사소통이 되는 동작을 보이는 치흐르를 그냥 말이 아니라 애마로 여기는데 결코 부족 함이 없었다.

에르데느 솜에서부터 고비까지 하루가 스무날 같은 나흘이 지난 밤이 되자 준호는 견디기 힘든 외로움과 무서움을 느낀다. 꼭 유목민이 아니어도 사람의 손길을 탄 길 잃은 양이라도 한 마리 본다면 반가울 지경이었다. 방목된 다른 가축들만이라도 보면서 간다면 망망대해 같은 초원에서 그렇게 홀연한 고독을 느끼지는 않았을 것이다. 그 홀연한 고독감은 우리가 삶을 영위하면서 가질 수 있는 통속적 현실 속에 뒤엉킨 일상에서 만들어지는 고독과는 판이하게 다른, 그런 고독이었다.

때 묻지 않은 홀연한 그 고독을 이렇게 몸을 나투지 않았다면 어떻게 느낄 수 있었을까, 표현할 수도 없거니와 망망 고비에서 느끼는 고독마저도 정말 소중한 것이었다.

'사회 속에서 사물을 배우고, 고독 속에서 영감을 받는다.'는 괴테의 말은 준호가 느끼는 홀연한 고독을 더욱 진정성 있는 고독으로 승화시켜 주면서 준호의 내면에 영속할 가치가 있는 맑고 아름다운 고독으로 또 다른 영감을 던졌다. 그렇게 고독한 야영의 밤이다.

닷새 째 아침이 되자, 가장 무거웠던 생수가 바닥이 나고 먹거리도 줄자 배낭은 많이 가벼워졌다. 배낭 끝을 낙타 가죽 끈으로 연결하여 치흐르의 가슴 아래로 조여 맸다. 달리는데 흔들리면 치흐르가 힘이 들

뿐 아니라 속도를 내지 못한다. 물 터가 있는 목축지를 찾아 이른 아침부터 켜켜이 쌓인 끝없는 산맥을 바라보며 치흐르를 몰았다.

생명수가 없다는 것은 불모의 대지에서 죽음을 의미하는 것이므로 내심 홀로 느끼는 긴장과 위기의식은 실로 말할 수 없이 컸다. 되돌아간다고 해도 깊이 들어왔기 때문에 물이 해결될 문제는 아니다.

고비 깊숙이 들어오자 휴대폰 마저 먹통이 된 지 오래다. 어느 누구에게도 위기를 전할 수 없게 되고 말았다. 결국 집으로 돌아가지 못하고 몽골 땅 척박한 고비에서 어떻게 될지도 모른다. 쓰러져 정신을 잃으면 검은 독수리 떼가 몰려오고, 낌새를 알아차린 독수리들은 주변 바위에 몰려 앉아 목숨이 끊어지기를 기다릴 것이다. 종래 예민한 후각으로 주검의 냄새를 맡은 늑대 또한 허기를 채우려고 나타날 것이며, 결국 숨을 거두고 주검의 정적 속에 빠져들면 늑대와 독수리 떼가 그의 육신을 사이에 두고 사생결단 시신의 살점을 서로 물고 뜯으며 피를 튀기며 다툴 것이다. 그러나 항상 그렇듯이 결과에 가서는 늑대 떼를 물리친 독수리들이 그의 살 속을 맛있게 파먹을 것이다. 그러면 평소 의사와 관계없이 조장(鳥葬)으로 삶의 최후를 맞는다.

'이생은 영원히 지속되지 않을 것이며, 인간이 죽는다는 것은 확실한 일이다.'

티베트 불교는 그렇게 설했다. 육신은 현생을 살아가는 동안 사람의 영혼을 담고 있는 그릇에 불과하다고 말한다. 그리고 윤회 사상을 믿는 티베트인들은 사후에 시신을 신성한 독수리에게 보시하는 것이 독수리를 통해 죽은 육신의 영혼이 하늘로 올라가는 승천의 의미를 지닌다. 그래서 지금까지 살아왔던 육신을 독수리의 먹이로 주는 것은 살았던 세상에서 베푸는 마지막 자비 보시이며, 윤회 고리를 이어 준다고 여긴다. 그러나 지금 준호는 윤회 고리를 이으려고 수행하는 운수납자(雲水

納者)는 아니다.

"츄츄 – 츄츄 –"

거푸거푸 긴장된 목소리로 말등자를 내려쳤다. 치흐르는 세차게 달렸다. 긴장된, 어쩌면 애처롭기까지 하는 말 모는 소리가 고비의 하늘을 난다. 견디기 어려울 정도로 가슴이 출렁거리면 췌-췌췌, 하고 풀었던 고비를 당기며 의사를 전달하면 치흐르는 속도를 줄였다. 그러다가 다시 달리고 또 달리고, 생존을 위해 그들은 무언의 의사를 소통해가며 생명수를 찾아 초원을 달렸다.

양을 잡으면 가죽을 벗기면서 다리는 그냥 잘라버리는데 양의 앞다리를 손잡이로 만든 채찍이 있지만 말 등자로 가볍게 자극을 주는 것만으로도 치흐르는 정말 잘 달려주었다. 그만큼 의사전달의 수용이 빨랐다. 전장 터에서 적에게 쫓기는 것도 아닌데, 잘생긴 치흐르의 엉덩이를 아프도록 채찍으로 내려칠 만큼 준호는 독하지 못했다.

그렇지 않아도 앞가슴 한쪽이 언제 다쳤는지 털이 벗겨지고 가죽이 검게 드러난 상처가 딱해 보이는데 말이다. 유목민이 떠난 목축지 부근을 뒤지기도 하고, 고인 물이 있을 법한 곳이 보이면 그곳으로 가보기도 하며, 다시 방향을 틀기를 수차례나 반복했지만 물 터는 찾을 수 없었다. 치흐르가 달리면 바람이 이는데 땀은 왜 이리 날까. 긴장된 까닭이다.

아-. 고비의 건조한 대기와 긴장에 목이 마르다. 이럴 때 물길이 숨어 있는 땅을 파서 물을 먹는 능력을 가진 보호동물 야생나귀를 만난다면 천행으로 물을 찾을 수 있을지 모르지만, 중국령 내몽골까지 방대하게 오가는 야생나귀의 출현을 기대할 수 없었다. 이렇게 물을 찾아 헤매다 보니 별아 별생각이 들지만 고비는 준호가 끝까지 살아남아야 하는 생존 교장이 되어 있었다. 그리고 그가 야생나귀가 아닌 이상 물길을 찾는 지혜는 없었다. 치흐르와의 의사소통은 갈수록 깊어졌다.

그것은 준호와 정이 들어간다는 것을 의미했다. 준호는 말에서 내릴 때마다 머리와 목을 쓰다듬어 주는 것이 버릇이 되었다. 심지어 치흐르에게 정이 솟으면 자신의 뺨을 맞대고 치흐르의 뺨을 비벼주는 애정을 주며 토닥거려 줄 정도로 정이 들어갔다. 그럴 때 준호를 바라보는 치흐르의 큰 눈망울은 무심한 눈빛이 아닌 형용할 수 없는 많은 언어를 던지는 애정이 넘치는 눈빛이었다. 치흐르의 그 애잔한 기러기 눈빛이 잔영으로 남아 결코 잊혀지지 않는다. 그런 치흐르에게 어떻게 채찍을……,

준호가 치흐르의 표정을 읽고 알아차릴 정도가 되는 반면 치흐르는 다음 행동을 알아차리고 몸을 움직이는 정도가 되었다. 치흐르는 그동안 눈 덮인 겨울 목초지로부터 시작해 지금까지 준호가 탔던 어떤 말보다 숙식을 같이하며 가장 오래 함께해오는 말이다. 만약 준호가 몽골에 오래토록 체류한다면 치흐르를 꼭 사고 말 것이다. 엥흐자르갈 조부 목축지에 놓아 두고 필요할 때 얼마든지 이용이 가능하고 치흐르를 볼수 있기 때문이다.

갈수록 타오르는 물 조갈이 견디기 힘들다. 목축지를 떠나지 않은 유목민의 목축지는 정녕 없는가, 엥흐자르갈의 말로는 분명히 여러 곳에 있다고 했지만 헤매는 곳은 떠나버린 게르의 흔적과 텅 빈 가축우리만 눈에 띄었다. 이렇게 얼마나 되었는지 모른다. 자외선마저 도와주지 않는다.

태양은 열사를 뜨겁게 내뿜었다. 침이 말라 입안이 고갈되고 상의라도 벗고 싶지만 뜨거운 열사에 오히려 더 빨리 지칠지 모른다.

구름이라도 끼어서 비를 뿌려 준다면 해갈이 될지 모르지만, 척박한 고비에서 물풍년을 기대하는 것은 어리석음의 극치다. 곧 비가 뿌릴 듯 구름이 하늘을 덮어도 정작 비는 오지 않는다. 하늘은 어떤 변화의 기색도 없다.

# 17

# 위기의 구르반사이항

　터벅, 터벅, 지친 치흐르의 발걸음도 느려졌다. 늘어진 어깨마저 맥없이 흔들린다. 곧 말에서 고꾸라져 떨어질 것만 같다. 기력은 모두 소진되었다. 이대로 말에서 떨어진다면 뜨거운 자외선 속에서 소생의 여지는 기대할 수 없다. 게다가 시야를 가리는 거센 모랫 바람이 휘몰아친다.

　온몸은 방앗간에 날리는 왕겨 먼지를 뒤집어쓴 것처럼 모래 분진이 온몸을 뒤덮었다. 그것은 치흐르도 매한가지다. 쉴 새 없이 모래알은 얼굴을 때리고 할퀴었다. 지속되는 시달림 끝에 희미해진 의식으로 일순 기울던 몸을 가까스로 일으키며 번쩍 눈을 뜬 준호는 안장 고정대를 틀어잡고 정신을 차렸다.

　유목민이 떠난 빈 가축우리가 모래 먼지 속에 눈에 띄었다. 물터가 있을 법한 주변을 살펴 보고 풀머리를 헤쳐보지만 소용없는 일이다. 모래 바람을 막는 벽과 지붕에 소똥을 이겨 바른 그늘진 빈 우리 속으로 늘어진 몸을 질질 끌고 들어갔다. 그리고 가축들의 바짝 마른 똥이 널려진 바닥에 벌렁 누워버렸다.

극심한 조갈증이 온다. 거친 파도에 흔들리는 쪽배를 홀로 탄 것 같은 불안감이 닥쳤다. 이럴 때 만약 마르지 않은 가축 똥이라도 있다면 쥐어짜서 나오는 똥물이라도 먹을 지경이다. 천장 나무 틈에 소똥을 이겨 바른 흔적에 손자국이 나 있다. 틈새를 메운 가축 똥이 빠져 떨어지지 않도록 손으로 누른 자국이다. 손자국은 여러 곳에 있었다.

가축의 마른 배설물 냄새가 콧속으로 흘러 들어온다. 가축들의 마른 배설물의 냄새는 향기롭다. 그래서 울란바타르 도시 아낙들은 초원에 뒹구는 가축의 마른 똥 냄새가 향기롭다며 비닐봉지에 담아간다.

잠깐 동안 깊은 졸음에 시달린 끝에 준호는 화들짝 놀랐다. 치흐르가 눈에 띄지 않는다. 치흐르마저 떠나면 죽은 목숨이다. 용수철에 튕겨 나가듯 우리를 뛰쳐나왔다. 다행히 치흐르는 멀지 않은 모래 섞인 땅, 거칠게 자란 나무 아래에서 풀을 뜯고 있었다. 다행이다. 그러나 마취목(馬醉木)의 잎이라도 뜯어 먹을까 봐 치흐르에게 다가갔다. 살펴본 나무는 다행히 마취목은 아니다. 마취목은 말이 그 잎을 먹으면 중독이 되어 잠들어버리는 나뭇잎이다. 신경이 예민해진 기우였다.

생태가 맞지 않는 반사막 대지에 마취목이 있을 까닭은 없다. 준호는 오직 치흐르를 의지하고 있었다. 왜냐면 몽골 말은 자신이 태어난 곳과 태어나 처음 물을 먹은 곳을 기억하기 때문이다. 그러나 준호는 치흐르의 태생지를 알 수 없다.

지친 몸을 이끌고 다시 가기로 했다. 수많은 민둥 구릉을 스치고 돌산을 지나 구만리 장천 하늘 아래 고비에서 가장 넓다고 생각되는 초원이 시각의 틀 속에 들어오자 무엇을 알아챘는지 돌연 치흐르가 속도를 내기 시작했다. 그리고 그의 의지를 떠나 구릉 물결을 넘고 넘어 계속 달렸다. 까닭이 있을 것이므로 치흐르의 행동을 그는 제지하지 않았다. 아니, 그 자신의 의지대로 말을 모는 것을 이미 포기했다. 그 포기는 그가 신체의 한계에 다다랐음을 의미했다. 더 이상의 의지를 상실한 것이다.

지속되는 조갈증 속에서 전신의 수액이 한순간에 모조리 증발해버리는 순간의 쇼크에 시달렸다. 그 쇼크는 말라버린 세포가 마른과자처럼 부서져 버리며 살가죽이 뼈에 달라붙는 것 같은 충격적인 쇼크다.

준호는 견딜 수 없었다. 지친 육신을 지탱할 수 없게 만들었다. 바르르 온몸에 경련이 일었다. 남은 의식을 되살려 겨우 안장 고정대에 몸을 의지했다. 그러나 지금의 상황은 준호의 의지에 관대하지 않았다.

견디다 못한 준호는 종래 안장 고정대를 붙잡은 손을 양편으로 늘어뜨리고 맥없이 앞으로 고꾸라지고 말았다. 모래 분진이 준호의 등위에서 회오리를 쳤다.


준호의 애마 치흐르는 자신의 등에 쓰러진 주인의 신체를 의식했다. 치흐르는 긴장했다. 고삐를 당겨 주거나 말등자로 자신의 배에 자극을 주는 어떤 의사 표시도 하지 않는 주인을 살려야 했다.

당황한 치흐르는 가던 길을 멈추고 제자리에서 히힝거리며 방향을 돌려가며 바람의 냄새를 맡았다. 시야가 보이지 않기 때문이다. 쓰러진 주인이 떨어질까 봐 걱정이 된 치흐르는 속도를 낼 수도 없었다. 조바심 속에 바람의 냄새가 나는 곳으로 방향을 틀어가자 모래 먼지 속 광막히 먼 곳에 양 떼 무리가 깨알처럼 초원에 달라붙어 있었다. 치흐르의 눈이 번쩍 뜨인다. 치흐르는 이제 힘들게 뛰지 않았다. 양 떼 무리 쪽으로 천천히 다가갔다. 양들은 끊임없는 모래바람에 모두 머리를 맞대고 주저앉아 있었다. 무리 주변을 돌면서 사방을 둘러보아도 야생 양 떼는 몽골에 존재하지 않는데 목자가 보이지 않는다.

양 떼 속에 섞여 있는 염소의 뿔에 어떤 표시인지 녹색이나 푸른색 안료가 칠해져 있는 것을 보면 목자와 게르는 있을 터였다. 의심되는 봉우리에 바위가 박힌 구릉 쪽에 좀 낮은 산이 보였다. 능선이 가까이 보이자 치흐르는 다시 제자리에서 방향을 틀어가며 바람의 냄새를 찾았다. 그리고 능선 쪽으로 올라섰다.

아– 과연! 치흐르는 정말 영특했다. 능선 아래 모래 먼지 속에 희미하게 보이는 말들이 우물가에 길게 놓인 나무 물통 양편에서 물을 먹고 있었다. 치흐르는 불어오는 바람 속에서 자신의 동족인 말 떼의 냄새를 맡고 찾아온 것이다. 만약 준호가 쓰러지지 않고, 또 치흐르의 지혜를 무시하고 자신을 다른 곳으로 몰았다면 더 어려운 곤경에 빠졌을지도 모른다. 치흐르는 애마로 여기는 만큼의 지혜를 여실하게 보여 주었다. 치흐르는 경사진 구릉을 내려가지 않고 고개를 들고 몇 차례나 히히힝– 부르짖으며 주인의 위험을 알렸다.

두레박으로 물을 길어 올리던 유목민 노인이 바람 소리에 들려오는 치흐르가 부르짖는 소리를 어렴풋이 들었다.

두레박 물을 물통에 쏟으며 시선을 던져보지만 뿌연 모래 먼지에 보이지 않았다. 다시 치흐르가 부르짖는 소리를 듣고서야 그는 비로소 일어섰다. 노인은 능선으로 향했다. 모래 분진 속에서 노인의 모습이 보이자 치흐르는 자신의 등위에 쓰러진 주인을 보라는 듯이 몸을 돌려가며, 부르르–부르르–, 투레질로 준호의 위험을 알렸다. 짐승이지만 치흐르에게도 이렇게 사람이 반가운 적은 아마 없었다.

낌새를 알아차린 노인이 빠른 걸음으로 올라왔다. 치흐르도 주인이 자신의 등 위에서 떨어지지 않도록 조심스럽게 그를 향해 천천히 내려 갔다. 말 위에 쓰러져 있는 준호를 본 노인은 놀란 기색으로 치흐르의 머리끈을 잡고 준호를 부축하여 말에서 끌어내렸다. 대저 유목민들 은 언제나 말을 몰고 게르를 가면 하던 일에서 손을 놓고 어떤 일도 도 와주는 것이 생활화되어 있다.

그는 또 치흐르의 고삐를 잡고 다른 말무리 속에서 물을 마시도록 해 주었다. 참 아름다운 유목민의 심성이다. 부르르– 투레질을 내지르며 치흐르가 온몸을 흔들어 먼지를 털며 여러 말 틈 사이로 비집고 들어 기 물통에 고를 박고 갈증을 풀있다.


놀란 노인은 먼저 바닥에 눕힌 준호의 얼굴에 모래 먼지를 손으로 쓸 어내고 두 눈을 까보고서 정신을 차리도록 가슴을 쥐어 잡고 흔들며 소리쳤다.

"사잉 바이츠가나오. 사잉 바이츠가나오."

(Сайн байцгаана уу여보시오, 여보시오.)

그러나 준호는 의식을 차리지 못했다.

"사잉 바이츠가나오. 사잉 바이츠가나오."

거듭 흔들며 깨웠지만 아무 반응도 보이지 않는 준호는 깨어날 줄을 모른다.


\*


한편, 울란바타르 아파트 살림을 조부의 유목지로 모두 옮긴 엥흐자 르갈은 전과 달리 구르반사이항을 홀로 들어간 준호에게 걱정 꽃이 피 어 여러 날 잠을 이루지 못했다. 말 몰이를 하면서도, 해질 녘 양 떼를 몰아 귀가시키면서도 걱정이 떠나지 않았다.

그림자처럼 항상 붙어다녔던 지난 일들은 영원히 지속시키고 싶은 엥흐자르갈에게 더 큰 행복은 없었다. 깊은 정이 들어 있었다.

엥흐자르갈의 표정을 읽었는지 그녀의 모친이 묻는다.

"네가 요즘, 그 사람 생각으로 걱정이 큰 모양이구나."

"네, 꿈자리가 좋지 않아요."

"무슨 꿈인데 그래?"

"아무래도 그분에게 무슨 일이 닥칠 것만 같아요. 극구 말려야 했는데, 그분 하시는 일이 우리 집안일이어서 나도 욕심이 들었고, 의지가 보통이 아니신 분이지만 혼자 보낸 것을 후회하고 있어요."

"그렇게 걱정이 되거든 간등사 절 밑에 무당집에라도 다녀오렴. 지난 번 굿을 해줬던 그 무당말이다. 가서 물어보고 오려므나. 그분 굿을 했으니까 이야기를 하면 알 것이다."

"아 참! 그걸 생각하지 못했어요. 내일 아침 일찍 다녀와야 하겠어요."

"그래라."


이튿날 엥흐자르갈은 수흐바타르구 간등사 오름길에 황색 깃발이 펄럭이는 무녀 집을 찾았다. 울란바타르에서는 꽤 이름난 흑 무당으로 당골래 무녀다. 게르 벽에는 칭기즈 칸이 새겨진 양탄자가 나붙어 있다. 양편으로는 굿에 쓰는 무복과 여러 무구들이 걸려 있고, 무녀의 곁에는 아마 우리의 굿판에서 장구를 치며 율경을 염불하는 법사로 여겨지는 무복을 갖춘 사내 무당이 앉아 있다. 엥흐자르갈이 전후 사정을 말하자 무녀는 지난번 일을 기억하고 있었다.

"오라, 지난번 어머니 바위에서 어워 굿을 청한 그분이 걱정되어 왔다고?"

"네."

그러면서 무녀는 불전에 향을 사른 다음 경상 나무통에 꽂혀 있는 독수리 털 한 묶음을 경상에 펼쳤다. 그리고 작은 호오르를 집어 들고 입에 댄 다음 호오르의 떨판을 손가락으로 튕기며 신비한 소리로 신을 불렀다. 사내 무당도 호오르를 입에 대고 호오르를 튕겼다. 두 사람의 호오르 소리가 신비한 화음으로 한참 동안 게르 공간을 울린다.

시간이 갈수록 호오르 소리는 더욱 빠르게 들렸다. 무당들의 표정은 심오하게 변했다. 사내 무당이 호오르를 멈추고 일어서더니 표면에 사슴과 늑대가 먹으로 그려진 태북을 두드리며 방안을 돌았다. 북소리와 호오르 소리가 뒤엉키며 어느 경지에 이르자, 몸을 일으킨 무녀는 수정체 속의 유기물처럼 북소리 가락을 타고 몸을 너울거리며 꽃불 춤을 추었다. 무아 경지 속에 빠진 것처럼, 무녀는 알아들을 수 없는 말로 울고 불고 괴로워하며 숙였던 몸을 다시 일으켰다. 무복과 고탈에 매달린 수없는 방울들의 현란한 소리와, 호오르와 북소리는 영혼들의 아우성이다.

"옴, 마니 바드 메 훔. 옴, 마니 바드 메 훔."

(Ум мани бад мэ хум. Ум мани бад мэ хум.)

무녀는 텡게르 신과 대화를 하고 있었다. 엥흐자르갈은 무녀의 괴로운 동작과 얼굴에 늘어뜨려진 검은 실타래 사이로 보이는 표정과 '옴, 마니 바드 메 훔. 옴, 마니 바드 메 훔.' 무녀의 다라니 소리에 긴장되었다. 필시 좋은 쾌상이 나오지 않을 것 같았다.

그것은 그에게 위험이 닥쳤다는 것을 의미했다. 한참 만에 북소리와 호오르 소리가 멈추고 무녀는 머리에 쓴 독수리 털 말가이를 벗으며 경상 앞에 앉았다.

땀을 닦으며 무녀가 물었다.

"그 사람 생년 월 일이 어떻게 되지? 아참, 저번에 그 사람 굿을 하면서 어머니에게 받아 놓은 게 있네."

그러면서 손때가 번질거리는 낡은 데브테르(공책/дэвтэр)를 뒤적였다. 이름을 찾아낸 무녀는 경상에 펼쳐놓았던 독수리 깃털 뭉치를 두어 번 손으로 쓸었다. 불규칙하게 펼쳐진 깃털 하나를 손으로 집으며 입을 열었다. 깃털은 두 개나 세 개, 혹은 하나가 멀리 떨어져 있었다. 엥흐자르갈은 초조히 무녀의 입이 떨어지기를 기다렸다.

"이를 어쩌나! 아주 위험한 곤경에 처했는데, 이걸 어쩌지? 큰일 났네."

"뭐라구요? 큰일이라니요?"

"그래, 지금 위험한 지경에 처했어요."

"……."

말문이 막혀버린 엥흐자르갈은 일순, 시각 기능이 무너지며 흑막처럼 시야가 어둡게 보였다. 엥흐자르갈의 표정에 무녀가 말했다.

"지난번 굿까지 했는데 걱정하지 말아요. 어머니를 봐서 텡게르 신에게 빌어줄 테니까. 칭기즈 칸도 죽을 지경에는 텡게르 신을 찾지 않았어요?"

"네, 부탁드려요. 그분에게 무슨 일이 생기면 절대 안 돼요."

"쯧쯧, 쾌상을 보면 텡게르 신께서 귀인(貴人)을 만나게 해주실 거예요."

엥흐자르갈은 얼마의 돈을 주며 준호를 위한 축원을 재삼 부탁했다.

여기에서 보면 몽골의 무속은 우리의 무속 형식과 흡사하다. 어워가 우리의 성황당과 유사하다는 것은 익히 알려져 있다. 몽골 샤먼들이 어워에서 굿을 했듯이 과거 우리의 무당들도 성황당에서 굿 판을 벌렸다. 점치는 모습을 보아도 그렇다. 점방에 삼존불과 조상의 위패를 모셔 놓고 향을 사르고 점을 치는 것이나, 경상에 쌀이나 동전을 펼쳐 그 모양을 보고 점 쾌를 내는 방식이 독수리 털을 펼쳐놓고 그 모양을 보고 점을 치는 방식이 전혀 다를 바 없다는 점이다.

이 방법은 우리의 무당이 쌀이나 동전을 상위에 뿌리고 하나일 때의 쾌 상과 둘일 때의 쾌 상을 잡아내는 것으로 일종의 육효(六爻)를 점(占)으로 푸는 방식이다. 육효 점은 주역 쾌 상을 좀 더 역술에 접목하여 현실에 충실하면서 앞으로 전진 할 때와 후퇴 할 시기를 알려 주고, 지혜롭게 살 수 있게 한다. 6개의 효로 이루어졌다 하여 육효라 하고, 육효는 사술보다 사람의 근심을 덜어주고자 하는 마음으로 작쾌를 하여 정확성을 더한다.

사주는 출생 정보로 풀지만 육효는 출생 정보에 의존하지 않고 현재와 미래를 예측하는 학술이다.

집으로 돌아온 엥흐자르갈은 막연히 있을 수만은 없었다.

"어머니, 불안해서 견딜 수가 없어요. 아무래도 구르반사이항으로 가봐야 할 것 같아요."

"그래라. 무녀가 하는 말이 그렇다니 나도 불안하구나. 에르데느 숙부 집으로 가서 말 한 마리 몰고 목축지마다 들려보며 가거라."

"네, 어머니."

삼일 밤 동안을 버스를 타고 만달고비 숙부 집에 도착한 엥흐자르갈은 말 한 필을 몰고 구르반사이항으로 치달렸다. 자신이 알고 있는 목축지 모두를 들리며 갈 참이다.

  며칠 동안이나 의식을 잃은 준호에게 유목민 노인은 자작나무 고목
에서만 피어나는 단단한 말발굽 버섯을 도끼로 잘게 쪼개어 삶은 물에
양고기 가루로 미음을 만들어 입에 떠 넣으며 목숨을 부지시키고 있었
다. 자작나무 고목에서만 피어나는 말발굽 버섯과 낙타젖으로 만든 약
은 어떤 병에도 약효가 탁월한 유목민들에게는 귀한 약재로 고대부터
쓰이는 것들이다. 노인의 이름은 만다흐빌랙으로 부인 체 아노칭이 우
려온 말발굽 버섯을 삶아 우린 물에 양고기 가루로 만든 미음을 입을
벌리고 떠먹이기를 이레가 지난 날, 멀리에서 말발굽 소리가 들려 오자
만다흐 빌랙이 밖으로 나왔다.

  말채찍을 휘두르며 화급하게 달려오는 건 엥흐자르갈이었다. 말에서
내리며 묻는 그녀의 말에 만다흐빌랙은 엥흐자르갈의 옷깃을 잡고 게
르 안으로 얼른 데리고 들어갔다. 창백한 얼굴의 준호를 본 엥흐자르갈
은 일순 하늘이 무너지는 것 같았다.
  어깨를 들썩이며 흐느끼던 그녀는 이슬을 닦으며 한참 동안 준호의
가슴을 가볍게 흔들며 말했다.
  "저예요. 엥흐자르갈이예요. 눈 좀 떠봐요. 눈 좀 떠봐요. 엥흐자르갈
이 왔어요."
  하지만 준호는 깊은 잠 속에  빠져 있을 뿐이다. 깨어날 기미를 보이지
않는다. 그렇게 이틀이 지났다. 체,아노칭 만다흐빌랙의 부인이 가져온
말발굽 미음을 준호의 입을 벌리고 한차례 먹인 엥흐자르갈은 자신이
가져온 생명력 강한 낙타 젖으로 만든 시럽 한 병을 마개를 따고 또 먹
였다. 그리고 다시 코담배 병뚜껑을 열었다.

엥흐자르갈은 미세한 담배 분말 가루를 준호의 코안에 조금 붓고 코담배 가루가 들어가도록 입으로 불어 넣고 가슴을 몇 차례나 짓눌렀다.

콧속과 가슴 속으로 코담배 가루가 들어가자 찡하게 자극을 받은 준호가 갑작스런 자극에 거친 기침을 토하며 한참 동안 몸부림을 치더니 비로소 눈을 번쩍 떴다. 반들거리는 유목민 노인의 갈색 얼굴과 엥흐자르갈의 얼굴이 번갈아 아물거렸다.

준호가 겨우 입을 열었다.

"오스-, 오스-."

(Ус-,у-с,/물, 물.)

그러자 머루 눈동자에 그렁그렁 눈물이 맺힌 엥흐자르갈이 준호의 상체를 들어올리고 체아노칭이 내미는 물바가지를 받아 물을 먹였다.

한참 동안이나 앞가슴이 젖도록 벌컥벌컥 물을 들이킨 준호는 그녀의 부축을 받으며 비로소 의식을 되찾았다. 둥근 갈색 얼굴에 굵은 주름이 퍼져있는 만다흐빌랙의 부인 체, 아노칭이 다시 미음을 가져왔다.


며칠 동안이나 그들의 신세를 지며 엥흐자르갈은 이렇게 되기까지 모든 사유를 만다흐빌랙에게 말해주자, 준호의 국적을 알게 된 체, 아노칭은 보따(쌀)로 밥을 지어주었다. 준호는 모처럼 곡기를 섭취하고 비로소 기력을 회복했다. 그러나 몸이 회복되는 과정에서 끊임없이 모래알이 얼굴을 할퀸 까닭으로 안면근육의 피하통증을 견뎌야 했다. 회복된 준호의 의지에 따라 2000년 전 돌 무덤터를 갈 것이라고 엥흐자르갈은 만다흐빌랙에게 말하자 그는 물은 필요한 만큼만 담아가고 갈 적에 다시 들려가라고 말했다. 대단한 호의다.

몽골 사람들은 시간이나 거리개념에서 '바로 옆.'이라고 하면 두세 시간 거리이며 '바로 옆에 있는 솜'이라고 하면 최하 세 시간 이상 거리가 된다. 그러니까 만다흐빌랙이 목적지를 가는데 조금만이라고 하는 거리는 아마 두세 시간 거리가 될 것이다.

엥흐자르갈과 준호가 밖으로 나와 말에 오르자 수태채 그릇을 가지고 나온 체, 아노칭이 그들의 앞길에 수태채를 뿌렸다. 손님의 무사와 행운을 기원하는 유목민의 풍습이다. 되돌아 오면서 엥흐자르갈과 준호는 이들의 게르에서 삼 일을 쉬면서 목축과 가사 일을 도왔다.

*

결코 이방인을 마다하지 않는 그동안 보아온 유목민의 생활 모습은 현대문명 속에 마지막 남아있는 인류애다. 유목민의 그 모든 것은 넓은 대륙 유목 생활에서 오는 사람에 대한 짙은 그리움이다.

# 18

# 영혼들의 군영

아스라이 보이는 산맥에 걸터앉은 흰 구름 덩이가 비만의 체구로 자외선 태양 빛 속에서 꾸벅꾸벅 졸고 있었다. 산맥의 측면 황갈색 빛깔은 홍고린 엘스 모래 턱에서 날려온 황 모래가 달라붙은 것 일게다.

높고 낮은 구릉 벨트를 물너울을 일으키듯 넘고 넘어가자 얼굴을 가누기 힘든 무수리 모래바람이 불기 시작했다.

갈수록 바람은 거세게 불었다. 모래알이 얼굴을 때렸다. 치흐르가 부르르-, 부르르-, 코를 털었다. 몸이 앞으로 나가 지지 않는다. 이건 또 무슨 수난인가, 거대한 홍고린 엘스(사막)가 가까운 까닭이다. 치흐르와 엥흐자르갈이 타고 온 말들이 힘들고 힘들게 달렸다.

고개를 잔뜩 숙이고 차양으로 얼굴을 가렸다. 그러나 희뿌연 한 모래바람이 잦아들면서 적석묘인 돌무덤의 흔적들과 더 먼 곳에 높게 쌓인 중심 무덤터가 모래먼지 속에서 실체를 드러내며 인내하고 달려왔던 고충을 한순간에 털어냈다. 가장 높고 큰 돌무덤은 첵트 타이츠 영웅과 아르갈리 산양들의 서식처 동굴 암벽에 영웅을 새긴 그의 아들 케식텐의 장군 뭉흐토야, 그리고 죽음의 문턱을 함께 넘나들었던 자신의 주인 척트 타이츠의 주검에, 식음을 전폐하고 스스로 주검을 자초하여 독수리 밥이 되었던 흑마가 함께 묻혀 있는 전설의 무덤터다. 그 돌무덤 속에는 그렇게 몽골 통일 전쟁의 한 부분의 역사가 묻혀 있다.

멀리 홍고린 엘스 모래폭풍이 휘몰아치며 깊은 잠속에 빠진 대지를 깨웠다. 중심 무덤터를 에워싼 대략 7~8m 간격으로, 일정한 규칙을 갖추고 평면 배치된 돌무덤들은, 이를테면 척트 타이츠의 심복 부하, 몽골 통일 후 구르반사이항 유목민 족장이 되었던 덤버르마가 만든 고비 유목민 병사들의 돌무덤으로, 척트 타이츠에 대한 충성심에 이렇게 영혼들의 군영을 세웠다. 허공의 모래알들이 서로 맞부딪치는 소리가 바람결 속에 끊임없이 들려온다. 고비에서만 들을 수 있는 이른바 홍고린 엘스 바람에 날리는 모래가 연주하는 음악이다.


지금 영혼들의 군영 돌무덤 터에는 흰색과 검은 수호기 톡그가 영혼들의 군영을 지키고 있다. 멀리 모래폭풍 속에는 전쟁을 알리는 검은 깃발이 장막을 쳤고, 말발굽 소리가 들려 온다. 척트 타이츠의 상징이던 흑마의 영혼이, 몽골 통일 전쟁에서 몇십만 대군과 생사를 같이했던 죽어간 군마들의 선봉에서 피 끓는 질주로 그들 영혼들을 이끌고 있다. 엥흐자르갈이 특유의 고음으로 알타이 막탈을 노래한다.

*옛날 옛날에*
*다섯 영웅의 말등자 스치는 소리가 들리고*
*전쟁을 알리는 검은 기를 올려*
*만 년 동안 백성의 존경을 받았다.*
*멋있게 머리를 들고*

*춤추는 검은 말과*

*보석처럼 반짝이는 날카로운 칼과 창이 보인다.*


불교의 범패(梵唄) 가락과도 같은 구음으로 엥흐자르갈은 알타이막탈을 노래하며 그들 영혼을 위해 무덤터에 수태채를 뿌렸다.

히히힝-, 치흐르가 고개를 들고 부르짖었다. 결과적으로 할하 부족들이 암각화를 새겨놓은 아르갈리 산양들의 서식처 절벽동굴의 위치도 찾지 못한 준호는 마음 한 편이 공허했다. 13세기 척트타이츠 시대 이후, 그들 후손들의 몽골평원의 유목지를 이렇게 힘겹고 힘겹세 헤매었지만, 몇장의 양피지 탁본으로만 기록되어있을 뿐 그 실체를 찾는 것은 이제 언젠가 세월이 말해 줄 것이다.

그러나 깔끔하지 못한 결과를 가지고 이렇게 되돌아갈 수는 없었다. 무모하게 기대했던 동굴암각화에 버금가는 다른 동굴암각화의 실상이라도 보아야만 그동안 추적해 왔던 전설의 암각화를 상상하고 매듭을 지을 수 있었다. 준호는 거리가 너무 멀다는 핑계로 염두 밖으로 멀리 방치 해두었던 구르반사이항 고비의 머리 격인 알타이지역 호이트쳉헤린 강변의 절벽 동굴을 가기로 결연히 마음먹는다.

그리고 자신의 뜻을 엥흐자르갈에게 토로했다.

그녀는 말했다.

"도무지 고집을 꺾을 수가 없어요. 꼭 그러시면 에르데느 숙부에게 또 도움을 청할 수 밖에요."


에르데느 솜 엥흐자르갈의 숙부 목축지로 돌아온 그들은 숙부의 도움으로 다시 멀고 먼 호이트 쳉헤린 아고이 동굴벽화의 실상을 그나마 볼 수 있었다.

호이트쳉혜린 아고이 동굴벽화는 양을 치던 한 목동이 1950년대 초, 우연히 발견한 것으로 알려져 있고, 수 많은 그림들과 부호와 상징으로 음각되어 있다. 수 세기 동안 대륙 속에 숨어있던 역사의 진실이 양을 치던 목동으로 하여금 멎었던 호흡을 크게 내 쉬게 된 것이다. 행정 위치로는 홉드아이막 홉드 솜에서 남쪽으로 90km 지역, 만함 솜 호이트 쳉혜린 강가 60m 높이 절벽 동굴에 있다.

*

　엥흐자르갈 가계의 전설을 준호는 믿는다. 왜냐면, 학자들에 의하여 확인된 몽골 암각화와 고분은 입지상 매우 유사점을 보이고 있다.

　주목되는 것은 암각화 발견 지역과 돌무덤인 적석묘가 서로 근거리에 입지하고 있는 것과, 이흐투를지 팔로 유적의 현장 조사에서 돌무덤 가까운 곳에서 암각화가 발견된 것으로 기록되어 있고, 지난번 아르항가이 아이막 체체를랙 이흐 타미르 강변에 널려진 암각화의 가까운 지역에서도 적석묘인 돌무덤을 보았던 걸로 보면, 엥흐자르갈과 그가 비로소 찾아간 척트 타이츠 돌무덤의 위세로 보아, 필시 그 가까운 곳 어딘가에 아르갈리 산양들의 은신처인 동굴에 그녀의 선조들이 돌 그림을 새겼다는 것이 사실로 입증된다는 점이다.

　그렇다면, 엥흐자르갈 가계 전설의 동굴암각화도 켜켜이 쌓인 구르반 사이항 산맥 어디에선가 언젠가는 찾게 될 것이다. 그리고 긴 호흡을 내쉬며 그녀의 조상 척트 타이츠의 영웅 됨을 더더욱 빛나게 하는 날이 올 것이다.

# 19

## 흑화의 땅에 핀 야생화

생사 위기를 겪으며 구르반사이항 탐사를 마친 준호는, 자연숭배 사상이 싹틀 수밖에 없는 장엄한 대지의 마력 같은 힘을 느꼈다.

그때 그가 무사할 수 있었던 것은, 엥흐자르갈의 당부에 따라 대지에 수태채를 뿌려 경배하고, 그녀가 마련해 준 샤르터스를 차찰로 올리고 어워를 돌며 기원했던 염원의 소산이거나, 또 그녀의 간절한 발원으로 텡게르 신의 보호가 있었을 것이다. 죽음의 경각에 다 달았던 무모한 구르반사이항 여정을 돌이켜 생각하면 실로 꿈같은 일이다.

위험했던 그 여정 속에 사경을 헤매게 된 준호는, 최후에 엥흐자르갈이 아니었더라면 생명마저 보장할 수 없었을 것이다. 그녀의 애틋한 애정에 준호는 더 가까이 그녀에게 다가서는데 이제는 조금도 주저하지 않았다. 연구실에서 그동안의 자료를 정리하면서 프린팅 된 원고 뭉치를 박스에 담으며 준호는 말했다.

"엥흐자르갈, 나의 연구 프로그램 여정은 모두 끝났어요, 이제 모두 털어내고 가벼운 마음으로 우리만의 여행을 하고 싶은데, 지난번 암각화 지역을 돌면서 가보지 못한 아름다운 흑화의 땅, 항가이 지평선을 함께 다녀오고 싶어요."

그 계획은 준호가 내심 다짐한 결과다. 그녀에 대한 애틋한 사랑의 보답이다. 구르반사이항에서 사경을 헤맬 때 그녀는 말을 몰고 달려와 자신을 구했다. 이제 더는 내숭을 떨 명분도 없다. 준호는 몽골에 체류하는 동안만이라도 진실하게 그녀를 사랑하겠다고 속마음을 다졌다.

'우리만의 여행을 하고 싶다.'는 말에 엥흐자르갈은 내심 놀란다.

"네?"

머루 눈빛이 섬광처럼 반짝였다. 그동안 그녀가 주어왔던 애정의 결실로, 준호의 씨를 받아 아들을 낳고, 집안을 이어갈 아들 앞으로 조부의 목축 재산을 떳떳하게 상속받고 싶은 현실적 욕구가 그녀 가슴에는 일찍부터 타오르고 있었다.

처음부터 조부와 어머니의 바람이기도 했다.

"그래요. 어떻게 제가 거절할 수 있겠어요. 준비를 하겠어요. 돌아가실 때까지 저는 그림자처럼 함께 해야 하잖아요. 지난번 구르반사이항을 홀로 가셨다가 위험에 처했을 때, 제가 얼마나 걱정하고 상심했는지 아세요? 이제는 어디든지 혼자 보내지 않을래요."

"고마워요. 이제는 뭐라고 더 할 말이 없어요."


준호는 특유의 매력을 지닌 매혹적인 머루 눈빛 엥흐자르갈과 많은 날 들을 함께 하면서, 그녀가 던지는 애정을 외면하고 도덕 운운하는 것은 가식이며, 거짓과 위선이라고 결론지었다. 준호는 헌신적으로 자신을 도와온 그녀를 사랑할 수밖에 없었다. 그 가식과 거짓의 허물을 이제는 벗기로 했다. 그것이 진실한 속내다. 그녀의 외로운 어린 시절에 대한 동정심도 아니다. 그들은 일정을 잡았다. 그리고 항가이행 버스에 몸을 실었다. 버스는 초원을 달린다.

강한 질투로 자외선이 눈을 찌르는 계절이다. 행복해하는 그녀의 머루 눈동자는 더 없이 반짝였다. 밤이 되어서야 버스는 어워르항가이 볼강, 라샹트를 거쳐 다음날 아르항가이 체체를랙 솜에 머물렀다.

그들은 다시 정착민 촌 그녀의 외갓집으로 향했다.

"어서 오너라. 한번 다녀가니까 먼 길을 또 이렇게 오게 되는구나."

"네, 외할머니."

외숙부와 가족들이 반긴다. 그녀의 볼에 볼을 비비던 외조모는 다시 준호를 안고 어깨를 토닥이며 말했다.

"하나밖에 없는 내 외손녀를 많이 아껴줘요."

다음날 새벽,

둘은 다시 외숙부의 낡은 승용차에 몸을 싣고 이흐 타미르 강물이 흐르는 작은 외조부 게르에 도착했을 때는 늦은 오후였다. 그녀의 이종 형제 나몽게렐이 호르강모자를 만들려고 검은 양 새끼 가죽을 벗기고 있던 손을 멈추고 다가와 반겼다.

외숙부가 말했다.

"엥흐자르갈. 보름 후에 데리러 오마."

하고 수태채 한 대접을 비운 뒤 승용차를 몰고 되돌아갔다. 아침이 되어 나몽게렐이 두 필의 말을 마련해 주었다. 엥흐자르갈이 안장을 올리고 안장 고정대에 두 개의 배낭을 하나씩 걸었다. 텐트와 침낭과 먹을거리 등이 마련된 배낭이다.

그들은 초원으로 향했다. 야크 떼를 몰고 가는 나몽게렐의 모습이 아스라이 멀어지면서 구릉지대를 벗어났다.

아르항가이는 세계의 아름다움을 한곳에 모아 놓은 흑화(黑花)의 땅으로 불리는 지평선이다. 변화무쌍한 대지에 햇빛이 강해지면서 새로운 정경들이 장천 하늘 아래 펼쳐 보인다. 초원 깊숙이 들어가자 천둥소리로 지척을 울리는 야생말 떼들의 질주 소리 속에 흙먼지가 일어나더니 이내 말 떼들이 일시에 멈춘다. 선봉마에 속하는 수컷 말 한 마리가 성난 자신의 상징을 드러내놓고, 발정 난 암말의 뒤편으로 기어올라 흙을 튀기며 본능을 채운다.

– 히이힝, 아……! 암말이 내지르는 격정의 신음 소리, –

드물게 보이던 구릉이 사라지고 먼 시야에 설산 봉우리도 보이지 않는 끝없이 펼쳐진 지평선을 그들은 달린다. 대지는 침묵하고 있다. 바람도 머물러 있다. 몇 점의 흰 구름 덩이가 줄에 매달린 연처럼 떠 있다.

흐르는 시간마저 멈춘다. 시간이 존재하지 않는 땅, 흑화의 땅 끝없는 지평선이다. 대우주와 영원히 존재하는 것, 그것은 향유 할 수도 있고 버릴 수도 있다. 유·무식과 빈부의 차이도 두지 않는 아주 공평한 그것은, 천사나 악마에게도 필요한 존재로 흐르고 있다. 그것은 밀폐된 공간 내부에서도, 광활한 대지에서도 존재 한다. 흐르는 물은 가둘 수 있지만 영원히 갇히지 않는 것, 그것은 시간을 말한다. 찰나의 순간에도 시간은 실체처럼 흐르고 있다. 그러나 형상도 없이 존재하면서도 흐르지 않는 시간이 멈춘 끝없는 대지를 그들은 달린다.

"달리고 달려도 이렇게 멋진 지평선이에요. 푸른 융단 한 장이 대지 전체에 덮여있는 것 같잖아요. 여기서 머물기로 해요. 배도 고프실 텐데……."

엥흐자르갈이 말고삐를 당기며 말했다. 그들은 말에서 내렸다. 유목민의 게르 하나 보이지 않는, 길 잃은 양 한 마리도 눈에 띄지 않는, 두 연인의 몸을 가릴 수 있는 구릉 하나 없는 흑화의 땅, 지평선 중심이다.

그들은 텐트를 쳤다.

엥흐자르갈은 수태채를 먼저 대지에 뿌렸다. 둘의 안전을 자연에게 맡기는 경배다. 그녀는 더 없는 행복감에 빠진다. 엥흐자르갈은 텐트 앞에 처음 준호에게 입혀 주었던 아버지의 푸른 빛깔이 돋는 오래된 델을 배낭에서 꺼내어 담요 대용으로 바닥에 펼치며 말했다.

"침낭이 있지만 그래도 밤에는 추우니까 주무실 때 덮도록 가져왔어요."


아무것도 움직이지 않고 잠자는 대지, 정지된 시간 속에 움직이는 것은 두 필의 말과 오직 그들 둘 뿐이다. 자리가 펴지자 누가 먼저라 할 수 없이 그들은 지평선 대지 복판에서 하얀 알몸으로 사랑을 노래 부른다. 상·하로 뒹굴며 서로를 애무한다. 그녀의 6천 뼈마디가 무너져 내린다. 뜨겁게 달구어진 엥흐자르갈의 연한 몸속으로 준호의 몸체가 파고든다.

"아……!"

갈수록 격해지는 꽃불 춤, 장단 없이 두드리는 흑 무당들의 원시 꽃불 춤 같은, 너울 춤사위에 폭발하는 격정의 신음 소리, 쾌감을 견디지 못한 엥흐자르갈의 신음소리는 발정 난 암말의 신음 소리와 조금도 다르지 않다. 그들은 극도의 발정에 오른 한 쌍의 야생마가 된다. 유목민들은 고대부터 시간도 멈춘 대지의 초원 들판에서 야생마처럼 이렇게 사랑을 나누었으리라……,

오늘도 내일도, 한 쌍의 야생마 유희는 계속된다. 서로의 몸이 능선 물결처럼 출렁인다.

격정을 견디다 못한 엥흐자르갈이 준호의 두 팔을 잡고 무엇을 본 듯 상체를 일으켜 먼 하늘을 바라보며 암말처럼 격정의 소리를 내질렀다.

"솔롱고 -, 솔롱고-[1])."

후의 끝에 서로 엉킨 다리를 풀며 준호가 묻는다.

"솔롱고?"

하고 묻자 엥흐자르갈이 팔베개를 하며 말했다.

"네, 아까 무지개가 피었다 사라졌어요."

"비도 오지 않는걸……?"

"저쪽 하늘에 안개비가 뿌렸나 봐요. 몽골의 겨울 눈은 건조한 대기여서 함박눈이 없는 가루 눈발이잖아요. 여름비 또한 소나기는 없어요. 초원의 풀이 적셔질 여유도 없이 안개처럼 잠깐 뿌리고 사라지면 그만이에요. 그때 무지개가 피어요."


지평선 하늘 양편 끝까지 피어오른 거대한 무지개를 본 엥흐자르갈은 필시 집안을 이어갈 수 있는 준호의 아이를 가질 거라고 굳게 믿는다. 사내가 아니라는 이유로 엥흐자르갈에게 목축 상속을 꺼리는 조부에게, 사랑하는 준호로부터 이렇게 씨앗을 받아 사내아이를 낳고, 떳떳하게 조부의 목축 재산을 아들 앞으로 상속 받고 싶었다. 그것 하나 때문에 조부의 눈치를 보며 살아온 어머니의 소원이다.

"드릴 말씀이 있어요."

엥흐자르갈이 촉촉해진 머루 눈빛으로 말했다.

"무슨 말인지 해봐요."

---

1)솔롱고(солонго) : 무지개

"전, 이제 조부의 목축을 상속받을 당신의 아이를 꼭 낳을 거예요. 꼭 사내아이를 낳아 떳떳하게 목축을 상속받고 말 거예요. 그리고……."

"그리고?"

"네, 그리고 아이의 이름은 솔롱고(무지개)라 부를 거예요."

"무지개?"

"네, 아까 말씀드렸지만 당신을 느낄 때 무지개가 피었잖아요. 몽골은 자연에 비유하고 어떤 연유에 의해 이름을 짓거든요."

그리면시 준호의 품속을 빠져나온 그녀는 기쁨에 넘쳐 머링호오르를 연주하며 특유의 고음으로 토올을 노래했다. 엥흐자르갈의 그 모습은 흑화의 땅에 핀 아름다운 한송이 야생화였다.

*

안구 조리개가 특별하지 않는 한, 시야에 전부 들어올 수 없는 드넓은 대지, 아름다운 흑화의 땅 지평선 초록 융단 위에서 그들은 며칠 동안이나 한 쌍의 야생마가 되어, 은하수 별빛 속을 떠다니며 사랑을 만끽했다.

# 20

# 종막

흑화의 땅에서 돌아온 그들은 연구실에서 그동안의 모든 자료 정리를 말끔히 끝냈다. 그리고 그녀와 조부의 유목지로 다시 들어갔다.

모친은 그녀의 새로운 게르를 따로 세워놓고, 새 가구를 들여놓았다. 그것을 본 엥흐자르갈과 준호는 놀랄 수밖에 없었다.

모친은 그들이 신혼여행처럼 흑화의 땅으로 여행을 가게 되고 준호의 씨앗을 받을 거라는 그녀의 말에 확신을 가지고 둘의 게르에 신방을 꾸미고 완벽한 새살림을 들여놓았다. 게르에는 세 개의 침대가 마련되어 있었다. 이를테면 문향이 화려하게 장식된 상석의 침대는 준호의 침대다. 양편 두 개의 침대는 엥흐자르갈과 앞으로 태어나게 될 솔롱고의 침대였다.

이렇게 사태가 확장되자 조부와 어머니는 형식은 갖추어야 한다며 요약된 둘의 혼례식을 치러 주었다. 혼례를 치른 그날 밤, 대지는 초원의 싱그러운 풀냄새와 가축들의 마른 배설물 향기로 가득했다.

별 무리 속에 은하수가 맑게 흘렀다. 교교한 밤바다 별 소나기 속에 게르 천창 동그란 환풍구로 스며 들어온 달빛에 비친 엥흐자르갈의 머루 눈빛은 별빛처럼 빛났다.

대지와 하늘이 하나가 되었다. 그들도 하나가 되었다. 준호는 엥흐자르갈의 가슴 위에서 끝없는 구릉 언덕을 넘고 넘듯 오래도록 출렁였다. 격정의 순간이 오자 꽃 멀미를 느낀 그녀는 몸서리치는 신음으로 준호의 알몸을 힘껏 안았다. 준호의 가슴에 흐르는 땀을 수건으로 눌리 닦으며 엥흐자르길이 말했다.

"사랑해요. 이제 몽골을 떠나셔도, 다시 돌아오시지 않아도, 저는 당신을 사랑할 거예요. 언젠가 이흐타미르 강변에서 말씀드렸지요! 아무것도 전제하지 않는다고, 다만 진실하게 사랑할 뿐이라고, 공항에는 나가지 않을래요. 눈물을 보이고 싶지 않아요."

고비의 자연이 아무것도 전제하지 않는 무한대의 관용으로 초지를 제공하고 자연생태를 지켜주듯이, 엥흐자르갈은 처음부터 무한대의 사랑을 준호에게 주었다.

그녀가 다시 말했다.

"그동안 고마웠어요. 저의 선조들이 새겨놓은 구르반사이항 아르갈리 산양 동굴을 찾지 못했지만 제가 궁금했던 우리 조상의 전설은 모두 정리되었어요. 그리고 먼 조상의 영웅 사가 담겨있는 비문에 속하는 양피지 탁본도 조부께서 모두 물려 주셨어요. 그것보다 더 중요한 것은 조부님께서 목축을 상속받을 아들이 없다는 것을 늘 걱정하셨는데, 그 커다란 문제를 당신은 해결해 주셨어요. 늦은 출산에 걱정은 되지만 저는 이제 당신의 아들을 낳을 테니까요. 꼭 아들을 낳아서 조부님의 목축 재산을 떳떳하게 상속받을 거예요. 아- 사랑해요."

싱그러운 고원의 아침이다. 푸른 초원의 자작나무 숲사이로 강물이
맑게 흐른다. 100두 가까운 말 떼를 초원으로 내모는 일은 조부를 도와
그녀와 함께 나서야 했다. 조부의 목축에 뛰어든 그녀의 공식 직업은
이제 목자다.

"오늘은 강 건너 초원으로 말 떼를 몰아야 해요. 좌측으로 가서 몰
아 주세요."

세차게 말을 몰아 좌편에 떨어져 있는 말 한 마리를 무리 안쪽으로
몰았다. 선봉 마를 따라 물보라를 일으키며 말 떼는 강을 건너기 시작
했다. 후미를 맡은 조부가 한 필의 종마가 대열 밖으로 튀어 나가자 긴
장대를 휘저으며 세차게 뒤쫓았다. 잠시 후 방향을 틀어 초원으로 멋대
로 뛰는 그 종마는 장대 끝 올가 줄에 걸렸다.

강 건너 초원으로 말 떼들을 방목한 뒤, 다시 강을 건너 되돌아오는
데 족히 세 시간이 걸렸다. 안장 끈을 조여 매며 엥흐자르갈이 말했다.

"귀국 준비를 하셔야 하는데 이제 울란바타르에 가셔야지요. 큰길 간
이 버스 정류장으로 시간 맞춰 가셔야 해요. 그곳까지 함께 갈게요."

그녀는 힘없이 다시 말했다.

"달리지 말아요. 말을 빠르게 몰면 같이할 시간이 부족해요."

그녀는 닥쳐온 이별을 무척 아쉬워하며 우울한 표정을 보였다.

아침에 몰았던 말들이 물 비늘빛 반짝이는 강물 저편에서 평화롭게
풀을 뜯고 있었다. 살 속을 파고드는 파리 떼에 견디지 못한 말 한 마리
가 모래 둔덕에서 뒹굴고 있었다.

자작나무 숲에 다다르자 그들은 말에서 내렸다. 그녀는 말고삐를 서로 묶은 뒤 말 사이로 준호를 잡아끌고 와락 안았다. 까만 머루 눈동자가 이슬에 젖어 있었다. 부서져 내릴 것 같은 가냘픈 목소리로 애원하듯 엥흐자르갈은 말했다.

"사랑해요. 사랑해요…… 이렇게 헤어지고 싶지 않아요. 그동안 당신에게 우리 가문의 속살을 모두 보여 줬어요. 그런 만큼 당신은 떠나시지만 언제까지라도 우리 가족이며 앞으로 낳게 될 아이, 솔롱고 아빠예요. 당신 침대는 물론 우리 세 가족 침대가 모두 마련되어 있잖아요. 당신이 다시 돌아온다면 더없이 좋지만 어머님이 마련해주신 살림은 꼭 지킬 거예요. 그리고 당신의 아들 솔롱고를 출산하면 그것만큼은 솜으로 나가 전화나 메일로 꼭 알려드릴게요."

뜨겁게 흐르는 그녀의 이슬을 닦아주며 준호는 짙은 키스로 마지막 그녀의 체온을 느꼈다. 준호가 타고 왔던 말고삐를 잡고 엥흐자르갈은 버스에 오른 준호의 모습이 사라질 때까지 슬픈 모습으로 초원에 서 있었다.

*

연구실 창가에는 그녀가 가꾸던 여러 개의 화분에 만개했던 빨갛고 하얀 꽃들이 시들어 있었다. 하지만, 열린 창문으로 그녀가 보낸 꽃향기가 흘러들어 왔다. 그녀의 냄새 같은 꽃향기 속에서 준호는 책상을 정리하고 학과 졸업반 학생들의 시험 채점을 인터넷에 올리고 며칠 동안 학교 일을 마친 준호는 숙소로 돌아와 짐을 꾸렸다. 이제 다음 날 칭기즈 칸 국제공항으로 몸을 옮기면 몽골 땅을 떠난다.

# 21

## 무지개

준호가 몽골을 떠난지 10개월이 된 이듬해, 태양은 잔설을 거두어가고 갈색 톤의 대지는 초록 기운이 감돌고 있었다. 몽골의 봄은 가축들에게는 힘겨운 고난의 봄이지만 새끼를 치는 때이기도 하다. 갓 태어난 망아지가 불안한 회똑 걸음으로 어미 말 꽁무니를 뒤쫓기 바쁘다.

봄이라지만 영하의 밤 기온에 난롯불을 피운 게르에 넣어뒀던 새끼 양들을 안고 나와 어미 양을 찾아 젖을 먹이기에 바쁜 계절이다. 새끼 양들에게 젖을 먹이면 양들은 초원으로 나간다. 새끼 양들은 내보내지 않는다. 어미 양 꽁무니를 따라가다 뒤처지면 늑대 밥이 되기 때문이다.

엥흐자르갈의 왕산 만하게 부풀어 오른 배는 새끼를 밴 어느 가축과도 다를 바 없었다. 산달이어서 여간 조심해야 했다.

하필 그날따라 건강하던 조부가 며칠 동안을 몹시 앓더니 이른 아침 인근 솜으로 의원을 찾아갔던 날이다. 엥흐자르갈은 어머니와 가축들을 초원으로 내몰아야 했다.

걱정 꽃이 핀 표정으로 어머니가 일렀다.

"말을 천천히 몰아라. 아기가 돌까 무섭다."

엥흐자르갈은 여간 조심하지 않았다. 그러나 가벼운 충격에도 태반 속 아이가 돌았던지 통증이 느껴지기 시작했다.

"어머니, 조금씩 배가 아파요."

"그래? 산통이구나. 빨리 돌아가자꾸나."

그들은 되돌아 말을 몰았다. 배앓이 간격이 좁아지기 시작했다. 통증을 참는 그녀의 이마에 땀이 흐른다. 가까스로 말에서 내린 그녀는 자궁으로 밀려 내리는 압력과 살이 찢어지는 통증을 참을 수 없었다.

게르 안으로 들어갈 여유없이 게르를 동여맨 줄을 붙잡고 주저앉아버렸다. 당황한 어머니는 얼른 델을 벗어 바닥에 펼치고 그녀를 눕혔다.

"자, 양손으로 이 끈을 잡고 힘을 써라."


게르를 동여맨 줄을 붙잡고 힘을 쓴다. 부산해진 어머니는 안으로 들어가 물솥단지에 왕 가위를 넣고 난로에 불을 지폈다. 사태는 급진전되었다. 양수가 터져 흘렀고, 자궁구가 열렸다. 엥흐자르갈의 신음 소리가 초원을 울린다. 어머니는 뜨거운 물 솥에 삶아 소독이 된 왕 가위와 굵은 실과 바람이 통하는 고무 호스를 그녀 옆에 놓았다.

따뜻한 물 대야도 가져다 놓았다. 왕 가위는 탯줄을 자를 때 쓴다. 노산에 순산을 기대하는 것은 무리지만, 장차 대를 이어갈 사내아이가 아닐지 몰라 엥흐자르갈은 그것이 더 큰 걱정이 되었다. 고통스럽게 힘쓰는 소리가 고조되고, 터진 양수가 범벅된 태아의 머리가 비쳤다. 어머니가 다그쳤다.

"자! 좀 더, 힘을 써라. 아기 머리가 보인다."

엥흐자르갈이 최상의 힘을 쓴다. 힘을 줄 때마다 잔뜩 웅크린 태아는 자궁 밖으로 조금씩 밀려 나왔다. 그러나 지친 그녀는 더 이상 힘을 쓰지 못했다. 태아가 위험하다. 사산 위기다. 산모의 목숨도 보장할 수 없었다. 태아의 머리를 손으로 받치고 있던 어머니가 조급히 소리쳤다.

"좀 더, 힘을 써라. 엥흐자르갈, 엥흐자르갈."

그러나 그녀의 의식은 일순 희미하다. 어머니의 외침도 구릉너머 낙타 울음소리처럼 가늘게 들린다.

"엥흐자르갈, 엥흐자르갈."

의식을 잃은 그녀를 흔들며 놀란 어머니가 소리를 치지만 반응이 없다. 하지만,

"엥흐자르갈, 한 번만 더."

하고 외친 소리는 준호의 일성이었다. 일순 준호의 얼굴이 영상처럼 스쳤다. 흑화의 땅, 초록 융단 위에서 꼭 아들을 낳아 조부의 목축 재산을 떳떳하게 상속받겠다고 다짐했던 일들이 영상으로 순간 재생되었다.

그녀는 이를 앙다물고 눈을 떴다. 초원 하늘을 휘가르는 무지개가 한순간에 피었다. 무지개를 보자 그녀는 최후의 일성으로 소리쳤다.

"솔– 롱– 고–."

엥흐자르갈의 일성이 애절하다. 가까스로 태아가 자궁을 빠져나오고 최후의 일성 끝에 그녀는 정신을 잃었다. 하지만 태아는 울음이 터지지 않았다.

태아를 받아낸 어머니의 이마에 땀이 흘렀다. 긴장한 어머니는 태아의 두 발목을 거꾸로 잡고 엉덩이를 때렸지만 그래도 울음을 터지지 않았다. 사산인가! 창백한 얼굴로 고무호스를 태아의 코에 밀어 넣고 훅–, 입으로 바람을 불어 넣은 뒤에야 툭, 터진 우렁찬 울음소리가 대지를 울렸다. 태아의 성(性)을 뒤늦게 확인한 어머니는 그녀를 흔들며 소리쳤다.

"사내다. 사내, 엥흐자르갈, 네가 우리 집안 대를 이어갈 아들을 낳았구나."

아기 우는 소리에 가까스로 눈을 뜬 엥흐자르갈이 기쁜 표정으로 아이를 바라본다. 그리고 사물이 보이지 않을 정도로 머루 눈동자에 그렁그렁 뜨거운 눈물이 고였다. 그녀는 주름진 어머니의 손을 부여잡았다. 사내를 들여 목축을 상속받고 대를 이어갈 아들을 둘 생각을 하지 않는다는 조부의 핀잔에 눈칫밥을 먹고 살아온 어머니였다.

양수로 칠갑된 아기를 씻긴 어머니는 탯줄을 자르고 그녀를 부축하여 게르 침대에 누이고 베넷 텔을 입혀 아기 보에 감싼 아기를 엥흐사르살의 곁에 눕혀주었다. 그리고 태반을 봉지에 담아 밖으로 나가 삼불을 마쳤다.

긴장이 풀린 엥흐자르갈이 마디숨을 토하며 웃는 얼굴로 아기를 바라본다.

"부에, 부에, 부에, 온타래, 온타래, 온타래-.[1)]"

엥흐자르갈이 자장가를 부르며 아기를 재운다. 그녀가 조부의 목축지로 들어온 것은 목축을 도와야 할 형편이기도 했지만, 목축 재산을 아들 솔롱고에게 떳떳하게 상속받으려는 욕심이 더 컸다.

이제 오래된 그 문제를 해결했다. 고대 유목민들은 대를 이어갈 방책의 하나로 자녀가 남자나 여자친구를 데려오면 자연스럽게 한 게르 안에서 잠을 재웠다. 그들에게는 종족 보존을 위해 예부터 내려오는 전통

---

1)부에,온타래(вүүвзз,) ( уны тагээ ) : 뜻 없이 부르는 전통 자장가

이며 풍습이다.

"부에, 부에, 부에. 온타래, 온타래, 온타래."

솔롱고는 엄마의 자장가 소리에 젖을 물고 잠이 든다. 그녀가 살포시 아기를 누이며 중얼거렸다.
"솔롱고, 빨리 자라서 조부님의 목축 재산을 상속 받거라."
산후 회복이 된 엥흐자르갈은 아이를 업은 몸으로 새벽길 말을 타고 먼 곳에 있는 솜으로 나갔다. 통신소를 찾아가 국제전화를 신청했지만 신청을 해놓고 며칠을 기다려야 한다고 했다. 할 수 없이 통신소 아가씨의 업무용 컴퓨터로 준호에게 겨우 이메일을 띄울 수 있었다.

\*

솔롱고는 병치레 한번 하지 않고 건강하게 자랐다. 그녀는 애초부터 남자를 들여 아들 하나 낳아 집안의 대를 이어갈 생각조차 하지 않는다는 조부의 눈칫밥에, 준호의 씨앗을 받은 것만으로 만족하고 모계사회 본능으로 그 이상의 욕심은 체념 했지만, 커 갈수록 아빠의 얼굴을 빼닮아가는 솔롱고를 볼 때마다, 마음 그릇에 가득 차 넘치는 그리움을 견딜 수 없었다. <제 2부에 계속>

# 제 2 부
## 암낙타의 모성

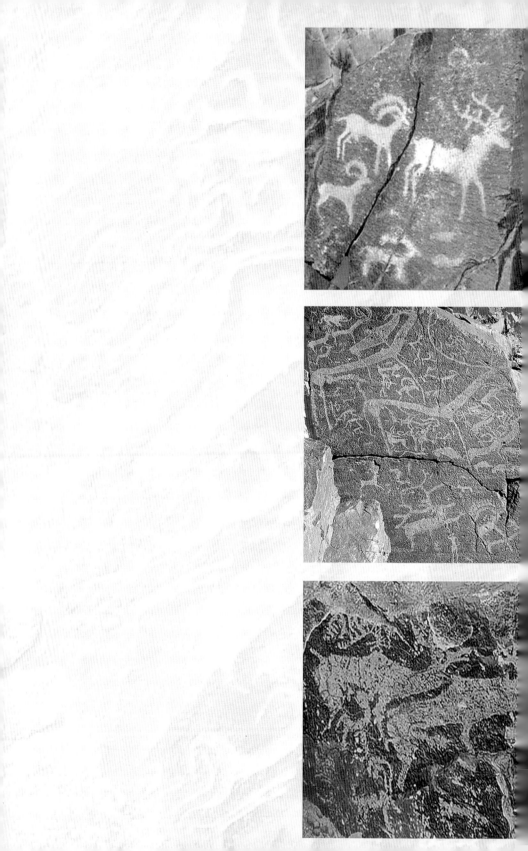

# 1

# 상속

희미한 불빛이 가물거리는 초원의 밤이다. 밤하늘 별 소나기 내리는 대지는 끊임없는 바람이 불고 있다. 가축 우리에서 부르르-. 말(馬)들의 투레질 소리가 적막을 깬다.

발정 난 암낙타를 두고 다투던 숫 낙타 한 마리가 밀리면서 우리가 부러지는 소리가 뒤이어 들린다. 윤기 흐르는 구릿빛 얼굴에 건강했던 조부는 여러 날 병치레를 하더니, 다급했던지 솔롱고가 다섯 살이 되자 안장도 없는 사나운 종마 위에 태우고 며칠 동안이나 로데오를 시키며 말을 길들였다. 아직 나이가 어리지만 그 말은 사나운 백마 였다.

"솔롱고, 힘들지 않았어?"

엥흐자르갈이 흙먼지를 뒤집어쓴 발가벗긴 어린 아들을 더운물로 씻기고 수건으로 닦아주며 묻는다.

"힘들어. 엄마, 말이 너무 사나워."

"그래도 해야 해. 못하면 어른이 될 수 없어."

"상 할아버지 군인 같아."

"그래, 그게 우리 집안의 강한 기상이란다. 더 자라면 집안 이야기를 해줄게."

"그럼, 우리 아빠도 강한 아빠야?"

"그래, 아주 강한 아빠야."

"그런데 왜, 우리 옆에 없는 거지?"

"아빠가 보고 싶어?"

"응."

"그럼 내일은 꼭 성공해서 말을 타고 어워[1])에 가서 세 바퀴를 돌며 텡게르[2]) 신에게 네 소원을 말하렴."

솔롱고가 초롱 거리는 눈으로 무늬가 화려한 아빠의 빈 침대를 바라본다. 그리고 다시 엄마에게 묻는다.

"그럼, 아빠를 볼 수 있어?"

"텡게르 신이 네 소원을 들어만 준다면 볼 수 있어."

"정말?"

엥흐자르갈의 머루 눈 속에 일순 뜨겁게 이슬이 고인다.

"엄마, 울어?"

"아냐, 화로에서 연기가 많이 나잖아."

얼굴도 모르는 아빠를 그리워하는 어린 솔롱고의 눈빛을 볼 때마다 엥흐자르갈은 가슴이 아팠다. 솔롱고는 자신의 침대로 들어가 누웠지만 별빛이 들어오는 천창만 바라볼 뿐 아버지 생각에 잠을 이루지 못한다.

---

1)어워(овоо) : 성황당 원류로 돌무지 중심 기둥에 줄을 치고 만국기처럼 오방색 천을 메단 자연 신앙물.
2)텡게(тэнгэр) ; 하늘.

다시 날이 밝았다.

"솔롱고-, 솔롱고-."

조부는 솔롱고를 불렀다.

"솔롱고, 오늘은 꼭 성공하는 거야. 알았지? 어서 나가거라."

할머니가 솔롱고를 채근했다.

"응. 할머니."

밝은 표정의 솔롱고가 게르 문을 박차고 뛰어 나갔다.

"자, 솔롱고. 균형을 잡지 못하면 떨어진다. 말이 뛸 때 말갈기를 꼭 붙잡고 균형을 잘 잡아라. 오늘은 꼭 성공해야지."

"응."

솔롱고가 오르자마자 사나운 종마는 또 사납게 뛰었다. 흙먼지가 일고 흙이 튀었다. 조부는 힘겨운 몸으로 말고삐를 당기며 종마를 길들였다.

몇 차례나 솔롱고는 말에서 곤두박질로 떨어졌다. 그래도 다시 일어나 끈질기게 말 등으로 기어오른다. 마침내 성공하고 사나운 종마의 주인이 되었다. 솔롱고가 고삐를 휘두르며 초원을 달린다. 이 과정을 거쳐야만 성인이 된다.


초원 멀리 달리던 솔롱고가 말머리를 돌려 돌아오자 조부는 우리에 세워놓은 자작나무 장대 오르히[3])를 집어 들었다. 문밖으로 솔롱고와 조부의 모습을 초조히 바라보던 엥흐자르갈과 어머니의 가슴이 두근거렸다. 오르히를 주는 것은 재산 상속의 상징이다. 조부 앞에서 솔롱고가 말에서 내려오자 조부가 오르히를 한 손에 착, 건네주며 말했다.

"자! 솔롱고. 이걸 받아라. 넌 이제 이 모든 가축의 주인이 되었다. 이제 모두 네 것이다."

---

3)오르히(урхи) : 말목을 거는 올가미.

덥석, 여린 손으로 긴 장대의 오르히를 땅에 끌려 잡은 솔롱고에게 조부는 다시 말했다.

"이제 평생 네가 탈 종마의 이름을 뭐라고 부를 거냐? 네가 이름을 지어라."

한참 골똘히 생각한 솔롱가,

"차강-아브."

하고 말하자, 조부는 차강-아브? 하고 되묻고 이름에서 아버지를 그리는 어린 증손자의 마음을 읽고 고개를 끄덕이는 것은 이름이 '하얀 아버지'리는 뜻이기 때문이다.


"아……!"

수태채[4]를 젓던 엥흐자르갈이 쥐었던 주걱을 놓고 혀아랫소리로 탄성을 지르며 어머니 품에 얼굴을 묻고 흐느꼈다.

어머니가 말했다.

"이제야, 이 어미가 네 조부님 볼 면목이 섰구나!"

유목민들이 자식에게 목축 재산을 상속할 때 가축을 몰거나 말 목을 걸 때 자신이 쓰던 긴 장대의 오르히를 줌으로써 상속의 의미를 지닌다. 하찮은 도구가 아니다. 조부는 자신의 죽음을 예견한 듯 다급하게 어린 솔롱고의 고사리 같은 손에 오르히를 쥐어 주고 그렇게 목축 재산을 상속한 얼마 후 운명을 달리 한다.


자신의 백마 차강-아브를 몰고 솔롱고가 맨 먼저 달려간 곳은, 엄마를 따라 맨 처음 갔던 알통어워[5]다.

---

4) 수태체(сүүтэйчай): 우유에 찻잎을 넣고 우린 우유 차.
5) 알통어워(алтөновоо) : 여러 유형의 몽골 어워 중 가장 으뜸이 되는 어워.

"엄마, 나, 어워부터 가고 싶어."

솔롱고의 마음을 읽은 그녀는 어워에 공물로 올릴 깨끗한 샤르터스[6])를 꺼내었다.

"엄마, 그걸 꼭 가져가야 하는 거야?"

"그럼, 공물(供物)을 올리고 소원을 말하는 거란다."

그들은 자작나무 숲 너머 알퉁어워를 향해 말을 몰았다.

처음 준호가 왔던 은비늘 빛 반짝이던 눈 덮인 겨울, 식수로 쓸 강가 얼음덩이를 그와 함께 낙타 등 광주리에 실어나르던 그 길을 가면서, 지나온 일들이 셀로판지에 겹쳐진 영상처럼 푸른 하늘에 투영되어 보인다.

"자, 솔롱고. 저기 어워가 보이지? 저곳으로 올라가 돌무지에 샤르터스를 올리고 시곗바늘이 도는 방향으로 세 바퀴를 돌면서 네 소원을 텡게르 신에게 말하고 내려오렴."

"나만 올라가는 거야?"

"그래, 알퉁어워에 여자는 오르지 못한단다."

*

세차게 말을 몰고 능선으로 올라간 솔롱고는 아빠가 없는 빈 침대를 생각하며 어워를 돌았다. 그리고 돌무지 앞에 무릎을 꿇고 앉아, 고사리 같은 두 손을 비비며 아빠를 만나게 해달라며 치성하는 모습에 엥흐자르갈은 눈물이 핑 돌았다. 얼굴도 모르는 아빠를 그리워하며 비손하는 애절한 모습은 그녀 가슴에 못처럼 박혔다.

---

6) 샤르터스(цаартос) : 버터.

# 2

# 그리움

바람 잦은 봄철이 오면, 끊임없는 거대한 모래폭풍이 시시각각 홍고린 사막의 지형을 바꾼다. 한 치 앞을 볼 수 없는 모래폭풍 급기야 반사막 대지 구르반사이항을 휩쓴다. 몽골, 돈드고비아이막[1]) 행정 구역인 이곳은 고대 그녀 엥흐자르갈의 부족, 할하 부족의 땅이자 그녀가 태어난 곳으로 고향이다.

바람에 날리는 모래알 휘모는 소리가 바람결 속에서 하모니를 이룬다. 고비에서만 들을 수 있는 노래하는 모래다. 바위 산봉에 우뚝 솟은 어워의 오방색 하닥[2])자락이 펄럭이는 소리가 숨 가쁘다. 모래 먼지를 잔뜩 뒤집어쓴 어린 꼬마가 어워의 돌무더기 앞에 잔뜩 웅크리고 폭풍이 멎기를 기다리다 잠이 든다. 엥흐자르갈과 준호와의 사이에서 태어난 솔롱고다.

바람이 잦아들자 부시시 눈을 뜨고 일어나 말을 몰고 집으로 돌아온 솔롱고는, 바람에 벗겨진 할머니의 게르 지붕 어르흐[3])줄을 당겨 묶고

---

1)아이막(аймаг) : 우리의 道에 속하는 단위 명칭.
2)하닥(хадаг) : 길다란 오방색 천.
3)어르흐(орх) : 빛이 들어오는 게르 천창 덮개 .

옷을 털며 얼른 안으로 들어간다.

"에메(эмээ/할머니), 엄마 고향이 여기랬지?"

후레모자 꼭지를 꿰매면서 바늘귀에 실을 꿰는 할머니를 바라보며 솔롱고가 묻는다.

"그래, 네 엄마를 여기에서 낳았어. 너도 그렇고, 아빠 생각에 또 어워에 가서 빌고 왔구나."

"응, 할머니, 아빠만 옆에 있다면 좋겠어."

"이를 말이냐! 네 아빠는 저기 산양들이 사는 동굴에 우리 조상들이 바위에 그림(암각화)을 새겨놓았는데, 그것을 찾으려다가 찾지를 못하고 너 하나를 엄마 뱃속에 남겨놓고 먼 한국으로 돌아갔단다. 넌 꼭 네 아빠 고집을 빼닮았다."

"아빠 이야기 엄마가 해줬어. 아빠가 보고 싶어. 아빠를 만날 때까지 어워에 가서 텡게르 신에게 빌 거야."

그러면서 엄마와 아빠의 모습이 담긴 단 위에 놓인 자그만 편액을 매만지며 솔롱고는 금세 눈물을 글썽인다.

"또, 눈물을 흘리는구나. 사내새끼가 어찌 눈물도 많을까, 언젠가는 텡게르 신이 네 소원을 꼭 들어줄 거야. 엄마도, 이 할미도 그렇게 믿고 있단다. 눈물 닦고 바늘에 실 좀 꿰주고 엄마에게 가거라. 이제는 할미 눈이 어둡구나."

긴 소매로 눈물을 훔친 솔롱고가 단번에 바늘에 실을 꿰주고 엄마의 게르로 건너간다.

울컥, 아빠가 그리우면 솔롱고는 말을 몰고 어워로 달려가 아빠를 만나게 해달라며 텡게르 신에게 빌었다. 가축을 몰고 이동을 하다가도 어워가 보이면 그곳으로 달려갔다. 솔롱고에게 일상이 된 일이다.

솔롱고가 이렇게 아버지를 그리워하는 만큼이나 할머니와 엥흐자르갈 또한 준호를 그리워했다. 몽골 반점 하나로 같은 민족이라고 여기는 몽골인들의 꿈의 나라, '무지개(솔롱고/coлoнгo)의 나라'로 부르는 한국에서, 몽골 UB대학 연구 교수로 준호가 오게 되자, 코디네이터로 공식 채용되어 그를 도왔던 전형적인 몽골 미인 까만 머루 눈동자 엥흐자르갈, 그녀는 몽골 바위 그림(암각화)을 연구하며 글을 쓰는 준호에게 처음부터 애정이 움 텄다.

그리고 구르반사이항 바위 산맥 아르갈리 산양들의 서식처 동굴에 그녀의 선조들이 새겨 놓은 전설의 비위 그림을 찾아서, 생사 고난을 겪으며 홀로 탐사 길을 나섰던 준호에게 가슴에 담아놓았던 사랑을 일찍이 고백했다. 강한 집념을 지녔던 그가, 둘 사이에서 태어난 아들 솔롱고와 자신을 찾아 언젠가는 몽골 땅을 다시 밟을 것이라는 희망을 버리지 않고 있었다. 또한 그녀는 그가 이곳을 알고 있는 한 자신과 아들 솔롱고를 찾아 꼭 오리라는 희망을 가슴 깊이 품고 있었다.


주저앉은 낙타 등에 몸을 기대고 앉은 엥흐자르갈은, 끝없는 대지를 바라보며 준호를 그리워하기도 했고, 낙타 등 광주리에 어린 솔롱고를 태우고 온갖 살림을 잔뜩 실은 낙타 떼를 몰고 목축지를 이동하면서도, 백마를 탄 준호가 모래 먼지를 일으키며 저편에서 달려오는 환상에 젖기도 했다.


– 아–! 그대는 끝없는 홍고린 사막에 연기처럼 보이다 사라진 신기루인가요. –


꿈처럼 다녀간 준호에게 꽃 마음이 일어나면 오늘도 엥흐자르갈은 떼

별 빛 쏟아지는 구릉 언덕에서 머링호오르[4]를 연주하며 준호가 돌아오기를 염원하는 서사시의 토올[5]을 띄웠다.

아주 먼 옛날부터
높은 나무들이
바람결에 흔들리고
버드나무들이 숲을 이루어
깨끗한 샘물에서
검은 단비들이 즐겁게 놀고
비옥하며 넓고 높다고 하네요.

몽골의 여인 엥흐자르갈의 토올 가락이 은하수 물결 속에 파도치고, 달빛 속 은빛 실을 따라 슬픈 가락으로 흐르면, 솔롱고가 가락을 타고 춤사위를 폈다. 편액 속에 엄마와 담긴 모습만 보았을 뿐, 아빠의 실체를 모르고 자란 솔롱고가 초등학교에 들어갈 나이가 되자 그녀는 여러 걱정이 앞섰다. 솔롱고를 학교에 보내고 나면 노쇠한 어머니와 많은 가축을 돌보기란 어렵기 때문이다.

어린 나이지만 솔롱고는 당차고 야무졌다. 성인 세 사람 몫의 목동 일을 거뜬하게 해냈다. 그렇다고 문맹으로 이대로 자라게 할 수는 없었다. 때문에 목동을 더 구하든지 솔롱고의 앞길을 위한 준비를 해야 했다.

"어머니, 솔롱고를 학교에 보내야 하는데 걱정이 되어요."

목동들과 양지에 앉아 여기저기 양들을 눕혀 묶고, 자그만 손 갈퀴로 무성한 털을 솎아내던 손을 멈추고 엥흐자르갈이 말했다.

---

4) 머링호오르(моринхуур) : 2현으로 된 말머리가 있는 현악기(마두금).
5) 토올(туул) : 목동들이 양을 치다가 부르는 전통 노래.

곁에 앉아 솎아 나온 양털을 광주리에 담던 어머니가,

"그렇구나, 어떻게 하면 좋겠느냐."

하며 걱정했다.

"학교를 보내려면 목동 서넛 정도는 더 고용해둬야 해요. 지금 있는 목동 세 사람 가지고는 어림도 없어요. 가축이 많아 모두 힘들어해요."

"물론 그래야지. 봄이면 새끼를 치니까 가축이 늘어나고 당장 사람이 더 필요하다. 학교는 어디로 보낼지 생각은 해 뒀느냐?"

"외숙부가 계시는 체체를랙에서 학교를 보내도 되지만, 애 아빠가 종래 이곳으로 찾아올지도 몰라요. 여기를 알고 있잖아요. 그러자면 만날 솜이나 구르반사이항 솜으로 학교를 보내야 해요."

"아니다. 그럼 어린 것을 학교 기숙사에 두고 이동을 해야 하는데, 네 외숙부 집으로 보내는 게 좋겠구나. 애 아빠가 몽골에 있을 때 네 외가를 같이 갔으니까 그곳도 알고 있잖아!"

"그러네요. 어머니, 그럼 외갓집에 다녀올게요. 외숙부께 말씀드려 목동들을 구해오면, 아이를 그곳 학교에 보내놓고 목축지 이동을 해야겠어요."

"그래라. 양털은 내가 목동들과 솎아놓을 테니 내일이라도 속히 다녀오너라. 애 아빠가 그곳으로 올 수도 있다. 너를 찾자면 그게 더 쉽지 않겠느냐!"


양다리 뼈로 손잡이를 만든 느슨해진 말채찍을 손질하던 솔롱고가 이야기를 듣고 모로 돌린 얼굴로 묻는다.

"엄마, 나, 학교 가는 거야?"

"그래, 네 학교 문제로 외갓집을 다녀올 거야, 내일 아침 일찍 버스를 탈 거니까 따라와서 엄마 말을 끌고 오너라."

\*

    다음날 이른 새벽, 엥흐자르갈은 구르반사이항에서 버스를 타고 만달고비 솜[6])을 거쳐 울란바타르[7])로 향했다. 삼 일 후 버스는 울란바타르에 도착했고, 다시 아르항가이 체체를랙을 거쳐 가는 버스에 몸을 실었다. 엄마의 말을 끌고 솔롱고는 목축지로 돌아온다.

---

6) 솜(сум) : 읍邑이나 면面 규모의 행정 단위.
7) 울란바타르(Улаанбаатар : 몽골의 수도

# 3

# 회귀

날리는 눈발이 대지를 휩쓸고, 시야의 종점 없는 광활한 설원 복판으로 날카롭게 한 획 그어진 핏줄기 하나, 울란바타르 도심을 관통하는 톨 강이다. 비행기의 나선형 창밖으로 내려다보이는 저 강이 없었다면, 울란바타르 수도는 형성되지 않았을 것이다. 석양 노을에 반짝이며 흐르는 피빛 동맥 혈관처럼 붉게 물든 톨 강 상공을 기체는 선회하며 서서히 하강했다.

방향을 바꿀 때마다 허공 바람에 흩날리는 눈발 사이로 설원 속 도심과 활주로가 보이기 시작하고, 양 날개가 불안하게 흔들리던 기체는 보조 날개를 접으며 칭기즈 칸 국제공항 활주로에 무난히 내려앉는다.

공항 청사 밖 시계탑 아래 커다란 온도계의 적색 수은이 영하 38도에 방점을 찍고 있었다.

그토록 솔롱고와 엥흐자르갈이 그리워하는 준호가 몽골에 아주 들어온 것이다. UB 대학 연구교수 임기를 마치고 한국으로 돌아갔던 그가 학기마다 오가며 하던 강의를 이제 아주 들어와 학과를 맡기로 하였기 때문이다. 그에게는 그녀의 가문, 할하 부족 전설의 동굴 바위 그림을 기필코 찾는 것은 물론 인류 미술의 발상지로 여기는 고대 몽골 암각화를 주제로 쓰던 글을 깊이 있게 매듭지을 수 있는 더없는 조건이 형성된 것이다. 더구나 이렇게 그녀와 자신의 아들 솔롱고를 만날 수 있는 필연의 기회가 주어졌지만, 정작 준호는 엥흐자르갈의 소식을 알 길이 없었다. 다만 준호는 그가 몽골을 떠난 그 이듬해, 오지 초원 조부의 목축지에서 '당신의 아들을 낳아 솔롱고라 이름 짓고, 비로소 집안의 대를 이어가고 그토록 원했던 목축 재산을 아들에게 상속받을 수 있게 되었다.'는 메일 한 통을 설핏 받았을 뿐이다.

준호의 가슴 속 상처로 남아 있는 두 아들 사산(死産)의 아픔과 그로 인해 위태로웠던 가정마저 정리할 수밖에 없던 준호로서는 솔롱고의 태생이라는 엥흐자르갈의 소식 하나로 상쇄되고, 더없는 기쁨이 아닐 수 없었다. 그러나 메일을 뒤늦게 열어본 탓도 있지만 그녀의 핸드폰으로 국제전화를 바로 걸어 보아도 계속 연결이 되지 않고 불통이었다.

메일 내용대로라면 그녀의 말대로 핸드폰도 터지지 않는 기지국도 없는 먼 초원 오지, 한번 들어가면 나오기도 어려운 조부의 목축지에 있을 터이다. 또 기쁜 마음을 먼저 메일로 띄웠지만 그마저 열어보지 않았고 수년 동안 그녀는 종무소식(終無消息)이었다.

이제 아주 몽골에 들어왔지만 그동안 UB 대학 연구교수 임기를 마치고 돌아온 후, 계속 이어지는 강의 문제로 매년 몽골을 오간다는 소식마저도 전할 길이 없었다. 처음 그가 연구교수로 오게 되자 자신의 코디네이터로 엥흐자르갈을 추천했던 그녀의 유일한 친구로 학과장이었던 엥흐촐롱 교수마저 학교를 떠났고, 그녀의 행적을 알만한 사람이 더는 없었다. 노트북을 열면 버릇처럼 메일을 열고 행여나 하는 바람으로 메일을 띄워보지만, 그녀의 아이디도 아예 소멸 되었는지 나중에는 메일이 즉시 반송되기 일쑤였다.

아마, 지금쯤 조부는 돌아가셨을지 모르고, 목축 재산을 상속받은 엥흐자르갈은 자신의 말대로 연로한 어머니와 어린 아들을 데리고 코카서스 인종에 속하는 소수 유랑 민족처럼 몽골 땅 넓은 대지를 유랑하며 전형적인 유목민의 삶을 영위하고 있을 터이다. 때문에 특정한 목축 지역을 모르고 있는 한, 막연히 초원을 헤맬 수도 없었다.


이렇게 그녀의 소식이 다시 없는 것을 보면 잘못된 판단일지 모르나, 유목 생활의 오랜 풍습에서 부(父) 중심이 아닌 모계사회의 개념과 사고는 준호에게 얻은 자식 하나로 가계를 이어가게 되고, 조부의 목축 재산을 상속받은 것으로 만족하고 있을 뿐이라는 생각이다. 설사 그녀가 그런 사고를 가졌다 하더라도 고대부터 이어온 모계사회에서 그것이 잘못된 것은 아니다. 다만 그는 한국적 사고에 비유하며 홀로 애를 태울 뿐이다.

그녀가 지닌 그 생각과 판단을 뒷받침해주는 또 다른 범례의 일로, 졸업반 강의를 하면서 수업 중 줄곧 딴짓을 하는 바야르마라는 여학생에게 좀 큰소리로 이렇게 꾸중을 한 적이 있었다.

"바야르마, 어더 요 히쯔 바이나 웨?"

(Баярмаа, одоо юу хийж байна вэ?/바야르마, 지금 뭐 하는 거지?)

그러자 옆에 앉은 학생이 말했다.

"바야르마 찌램셍 벌러흐."

(Баярмаа жирэмсэн болох /바야르마 임신 중이예요.)

하고 말했다.


즉, 바야르마가 임신 중이므로 큰소리를 내서는 안 된다는 요지였다.

그 일로 방과 후 그들과 미팅을 하면서 새롭게 알게 된 것은 바야르마는 남자가 어디에 있는지조차 모르며 굳이 찾으려고도 하지 않았고, 아이의 아빠를 찾아야 한다는 간절한 바람이나 어떤 원망 또한 전혀 가지고 있지 않았다. 현실 그대로 모계 중심적인 사고 만을 가지고 있다. 바야르마는 다가오는 6월 졸업식을 마치면 부모의 시골 목축지로 들어가 아기를 낳아 기를 것이라고 아무렇지도 않게 말했다.

눈 덮인 투브아이막 테렐지의 톨골[1] 강변 게르 촌에서 학과 MT가 있던 날, 식수로 쓰려고 얼어 붙은 강가에 어느 유목민이 벽돌처럼 잘라 쌓아 놓은 얼음 무지를 보고, 불현듯 보름 동안의 차강사르[2] 연휴에 칭기즈 칸으로부터 영웅 칭호를 받은 14세기 조상들의 이야기와, 특히 구르반사이항 아르갈리 산양 서식처 동굴 암벽에 그 후손들이 그림을 새겨놓았다는 구전으로 전해온 가문의 전설을 조부에게 듣고자, 구르반사이항 조부의 목축지를 따라갔던 기억이 되살아났다.

그때, 그녀의 어머니를 보았고 조부가 식수로 쓸 잘라 놓은 강가의 얼음덩이를 그녀와 낙타 등에 매달린 광주리에 담아 옮기면서 얼음판 위에 서로 놓아준 얼음덩이를 볼링처럼 밀어 맞추는 놀이를 하다가, 엥흐자르갈은 미끄러져 넘어진 준호를 일으켜 세우면서 같이 넘어지자 의식적으로 준호를 안고 얼음판을 딩굴었다. 그리고 대담하게 준호의 가슴 위로 올라와 이글거리는 머루 눈빛으로 내려다보며 기습적인 키스 끝에 사랑을 고백 했다.

자식이 남자나 여자친구를 집으로 데려오면 게르에 단둘이 재우는

---

1) 톨골(туул гул) : 테렐지에서 울란바타르로 흐르는 강 이름.
2) 차강사르(Цагансар) : 음력 정월 초하루로 한국과 같은 몽골의 설날.

유목민의 관습에 따라 둘을 위해 새로 마련한 게르에서 처음부터 잠자리를 같이 가졌다. 이점을 가지고 그는 매우 놀랐지만, 이 환경은 엥흐자르갈이 준호를 더더욱 사랑하게 되는 발로가 된다.

전통을 지키는 유목민의 이러한 풍습은, 남녀 성 비율의 조화가 맞지 않는 환경 속에서 결코 형이하학(形而下學)이 아닌 형이상학적(形而上學的) 사고라는 것을 알게 되는 것은, 그 바탕에는 아이를 생산하여 가계를 이어가려는 간절한 의미가 담겨있기 때문에 준호는 비로소 이해하게 되지만 유목 생활의 특성에서 오는 전통이라 할 수 있는 이러한 관습 앞에서는 유교의 가르침 남녀칠세부동석(男女七歲不同席)을 동방의 예의로 삼는 우리의 사고가 오히려 촌스럽게 여겨질 정도로 그들에게는 극히 자연스러운 것이었다.


테렐지의 강물은 흐르던 물줄기 모습 그대로 얼어붙어 있었고, 강 건너 자작나무 숲 사이로 보이는 방목된 암낙타 옆에 바짝 곁붙어 있는 어린 낙타새끼 한 마리가, 몽골에 씨를 뿌린 자신의 아들 솔롱고가 일곱 살이 된 것을 일깨워 주었다. 초등학교에 들어갈 나이가 된 것이다.

낙타는 자신의 새끼에 대한 애정이 유독 강한 짐승이다.

목동 작가 냠일학와페렌레이(1975~)의 체험적 단편소설 『하이닥 잉게/Хайдаг ингэ』[3]를 보면, 자신의 새끼가 사산(死産)된 줄 모르는 암낙타는 어린 낙타 떼들이 멀리 보이기만 하면 넘치는 젖을 먹이려고 정신없이 그곳으로 달려가 무리 속에서 자신의 새끼를 찾지만 새끼는 보일 리 없고, 결국 작은 얼굴을 찡그리고 슬피 울며 돌아오는 장면이 있다.

자신의 새끼를 애달피 그리는 암낙타의 모습을 매번 바라봐야 하는 어린 목동은 가슴 아픈 애수(哀愁)를 느낀다.

---

3) 하이닥 잉게(Хайдаг ингэ) : 새끼 없이 젖을 짜는 암낙타

비로소 준호는 그녀의 고향 구르반사이항 초원 목축지를 갔던 기억과, 아르항가이 체체를랙 솜, 그녀의 외가에서 그녀 외할머니와 외숙부을 만났던 일, 그리고 외숙부의 안내로 이흐타미르 강변 선 돌 군락지 탐사를 하면서 또 다른 유목민 외숙부들과 생활했던 아스라한 일들을 묵은 기억 속에서 끄집어 내었다.

그녀와 자신의 아들 솔롱고를 찾을 수 있는 길이 있으면서도 왜 막연한 생각만 하고 있었을까, 이제 일곱 살이 된 솔롱고는 어떻게 자랐을까, 학교는 어떻게 들어갈까, 낙타 새끼 한 마리를 보고서야 자신은 한갓 사산된 새끼를 찾는 어미 낙타만도 못하다며 스스로 질책하며 탄식을 거듭했다.

울란바타르 도심의 버스 운행은 눈이 쌓여도 지속 되지만 시외로 나가는 버스는 아예 운행을 멈춘다. 3월이 다가오고 멈추었던 버스 운행이 부분적으로 재개되자, 준호는 아르항가이 체체를랙 정착민 촌, 그녀의 외가도 물론 생각났지만 먼저 돈드고비아이막 만달고비 솜으로 서둘러 가기로 마음먹었다.

머나먼 그곳, 구르반사이항은 돈드고비 아이막 행정 구역이어서 아이막 소재지 만달고비 행정부에 그녀의 가족부와 목자 등록이 어떻게 되어 있는지 확인부터 해볼 참이다. 그 생각이 맞다면 고향인 구르반사이항 목축지에서 그녀가 겨울을 보내고 있을 거라는 추산과, 행정부에서 목축 이동구역을 관리하므로, 기록되어있을 한해 이동 경로를 알 수 있을 뿐더러 3월이 닥치면 유목민들이 다음 목초지로 이동하기 때문이다. 그녀 선조들의 유목 지역은 본래 구르반사이항부터 북쪽 어워르항가이를 거쳐 톱아이막, 그리고 볼강 아이막과 아르항가이 이흐타미르 강까지 이른다. 다시 역(易)으로, 구르반사이항으로 내려와 겨울을 보내는 것으로 준호는 알고 있다. 그 생각이 옳고, 필시 그녀의 고향 구르반 사이항 목축지로 서둘러 간다면 가축을 몰고 이동을 하기 전에 그녀와 아들 솔롱고를 만날 수 있을지 모른다.

　강 건너 자작나무 숲속에 숨어있던 지난 기억의 회상 끝에 준호는 망설이지 않고 배낭을 꾸렸다. 만달고비를 가는 버스는 오후 네 시에 있었다. 울란바타르를 벗어난 버스는 아스콘이 깔린 도로와 잔설이 남아있는 초원 흙길을 번갈아 달리며 어워르항가이를 벗어나 만달고비로 가기까지에는 버스에서 삼일 밤을 자야했다.

　그리고 기사가 머물러주는 정류소 식당에서 끼니를 떼우며 나흘 째 되는 날 아침 만달고비 솜에 도착했다. 이제 가족부와 목자 등록이 확인된다면 다시 만달고비에서 그녀 숙부의 목축지 에르데느를 찾아가는 데는 초원 흙길을 하루 동안 꼬박 걸어야 한다.

　예전에 구르반사이항 아르갈리 산양 서식처 동굴 탐사를 홀로 갈 때 그녀는 먼저 숙부의 도움을 받도록 해주었고, 숙부의 집에서 하룻밤을 묵은 다음, 숙부는 그에게 말 한 필을 내주고 그곳을 갈 수 있는 먼 곳까지 따라 나와 가는 길을 알려 준 적이 있었다. 살아 계실지 모르지만 설사 그렇더라도 그녀와 이종형제가 되는 숙부의 아들 테믈랭을 만나게 된다면 그녀의 소식을 알게 될 것이다.

# 4

# 체체를랙

　한편, 구르반사이항에서 올라와 다시 울란바타르를 떠난 엥흐자르갈이 탄 버스는 멀리 소부륵[1])이 솟아 보이는 어워르항가이 하르허릉 에르덴죠 사원을 지나 석양 무렵 볼강 아이막 간이 정류소에 멈췄다.

　투브아이막을 거쳐 어워르 항가이까지 벗어난 것이다.

　그녀는 승객 모두와 식당으로 들어가 저녁 식사를 했고, 석양의 긴 그림자를 끌고 다시 달리는 버스의 차창 밖 해지는 석양을 바라보며 준호와의 지난날을 그리며 회상에 젖는다.

　조부는 그녀가 남자를 맞이하여 집안의 대를 이어가고 가업(家業)인 목축을 상속받을 아들하나 둘 생각은 하지 않고 도시로 나가 공부만 하는 것을 무척 못마땅해했다. 방학이 되어 목축지로 들어오면 집안의 종족을 이어갈 생각조차 하지 않는다며 늘 성화를 댔다.

　하지만 대학원 졸업 후 근무하던 교육부 직장을 그만두고 조부의 목축지로 들어가려 할 무렵, 교육부를 찾아온 UB 대학 학과장인 친구를 만나 몽골 바위 그림을 연구하며 글을 쓰려고 연구교수로 오게 된 준호

---

1)소부륵(суварг) : 불교 사리탑.

를 알게 되었고 그의 코디네이터로 공식 채용되었다.

그 뒤부터 그림자처럼 곁붙어 다니며 처음부터 애정이 움튼 그녀는, 설 명절 연휴에 가문의 역사를 알고 싶어 하는 준호를 데리고 조부의 목축지를 함께 갔을 때, 낙타 등에 걸린 광주리에 식수로 쓸 얼음덩어리를 담아 나르면서, 얼어붙은 강 위에서 강하게 일어난 향심(向心)을 견디지 못해 그에게 사랑을 고백해야만 했다.

마침내 그로부터 사랑의 씨앗을 받은 이듬해, 솔롱고(무지개)라 이름 붙인 조부의 목축 재산을 떳떳하게 상속받을 준호의 아들을 낳았다. 그리고 솔롱고의 나이 다섯 살이 되어 조부에게 어린 솔롱고의 몫으로 목축 재산을 떳떳하게 상속받을 수 있었다.


고대부터 초원 대지에 노출되어 있는 여러 바위 그림 유적지 탐사와 준호의 연구교수 임기가 끝나갈 무렵, 마치 신혼여행처럼 떠난 아름다운 흑화의 땅 항가이 지평선에서 준호와 사랑을 나누며 씨앗을 받을 때, 푸른 하늘에 때 아닌 무지개가 피었고, 그녀는 아들을 꼭 낳아 솔롱고(무지개)라 이름 짓고, 조부의 목축 재산을 떳떳하게 아들 앞으로 상속받겠다고 준호에게 다짐했었다.

그들이 신혼여행처럼 여행을 다녀오자 어머니는 반가워하며 그가 임기를 마치면 한국으로 돌아간다는 것을 알면서도 목축지에 새로운 게르를 세워 둘만의 신방 살림을 꾸려놓았다. 그때, 어머니가 마련해놓은 신방 살림을 보고 놀란 준호는 당황했고 어떻게 할 줄을 몰랐다.

어머니는 그곳에 둘의 침대를 들여놓았고 작은 침대 하나는 앞으로 낳게 될 아들 솔롱고의 침대라고 말했다.

갑작스럽게 전통 혼례 의식을 갖추어 치를 수는 없었다. 몽골의 혼인 풍습은 지역과 부족에 따라 차이가 있고, 보편적으로 공통적인 절차를 가지고 있다. 배우자 선택은 부모의 권한이며, 우리의 혼례 풍습에서 역술가에게 신랑 신부의 궁합(宮合)을 본다든가 하는 공통점이 있다. 또 신부집에 사주단자를 보내듯이 몽골은 신랑 측에서 중매인을 보내 하닥(비단천)을 전하고, 하닥을 받지 않고 돌려보내는 경우 혼사가 이루어지지 않는다.

어머니와 조부는 장차 아이를 낳을 것이므로 형식은 갖추어야 한다며 요약된 혼례지만 거기에 준하는 상징적 의식은 빠트리지 않았다.

그녀의 어머니는 엥흐자르갈이 결혼을 하게 되면 신랑에게 주려고 손수 지어 놓은 전통 의상 푸른 비단 델[2]과 속옷을 꺼내어 그에게 입혀주고, 태양과 달의 민족으로 여기는 상징성의 화려한 무늬가 있는 터허륵척 전통 말가이(모자)를 씌워주었다. 그리고 활과 화살을 가져와 준호에게 주면서 동쪽으로 쏘게 했다.

본래 신랑이 활과 화살을 가져와 신부집에서 동쪽으로 활을 쏘는 거지만, 이렇게 상징적 의식을 갖춘 것이다. 준호가 몇 개의 화살을 날리고 나자, 조부는 엄숙하게 엥흐자르갈과 준호를 나란히 앉혀놓고 축원을 올렸다. 축원은 본래 그녀 부친의 몫이지만 그녀는 부친이 없기 때문에 조부가 대신했다. 활과 화살은 고대부터 남성에게 행운의 불꽃을 타오르게 한다는 길상(吉相)을 의미한다. 전체적으로 넓게 보았을 때, 이러한 부분을 제외한 나머지 몽골 전통 혼례 의식에서 우리와 많은 공통점을 발견할 수 있지만 여기에 기술하지는 않았다.

그리고 다시 조부가 엄숙하게 차강하닥(하얀 비단천)을 목에 걸어주고 은잔에 술을 따라 그에게 권했다. 가문의 한 가족으로 받아들인다는

---

2) 델(ДЭЛ) : 한복 위에 입는 우리의 마고자 같은 전통의상.

의미다. 그 술은 한 번에 마셔야 하며 준호가 은잔의 술을 단숨에 마시고 나자, 어머니는 엥흐자르갈을 준호의 옆에 앉히고 긴 머리칼을 양 갈래로 타고 뒤로 묶어 몽골식 낭자를 틀었다. 이제 엥흐자르갈이 부인이 되었다는 것을 의미한 것이다. 2000년 전부터 이어온 오랜 유목 문화의 특성과, 작금의 시대에까지 성 비율이 맞지 않는 현실 속에 가문의 대를 이어가기 어려웠던 만큼, 이렇게라도 준호로 하여금 그녀 가문이 대를 이어가게 된다는 것이 그들에게는 그토록 큰 것이었다.

그 첫날 밤,

대지는 초원의 싱그러운 풀냄새와 가축들의 마른 배설물 향기가 가득했고 은하수가 맑게 흘렀다. 교교한 밤바다 별빛 소나기 속에 게르 천창으로 스며들어온 달빛에 비친 엥흐자르갈의 머루 눈빛은 별처럼 빛났고 사랑스러웠다. 대지와 하늘의 경계가 무너져 하나가 되고 그들도 하나가 되었다. 준호는 엥흐자르갈의 가슴 위에서 끝없는 구릉을 넘고 넘듯 오래도록 출렁였고, 격정의 순간 꽃 멀미를 느낀 그녀가 몸서리치는 전율로 힘주어 준호를 안으며 말했다.

"사랑해요. 이제 당신은 우리 가족이 되었어요. 그리고 몽골을 떠나셔도, 저는 당신만을 사랑할 거예요. 언젠가 이흐타미르 강변에서 말씀드렸지요. 아무것도 전제하지 않는다고, 다만 진실하게 당신을 사랑할 뿐이라고.……"

고비의 자연이 아무것도 전제하지 않는 무한대의 관용으로 초지를 제공하고 자연 생태를 지켜주듯 엥흐자르갈은 처음부터 준호에게 무한대의 사랑을 주었다.

하지만, 아무것도 전제하지 않는다는 것을 누누이 말했으면서도 솔롱고는 커갈수록 아빠를 빼닮아갔고, 솔롱고로부터 준호를 느낄 때마다 엥흐자르갈은 체념해야만 했던 준호의 그리움에 몸부림을 쳤다.

더구나 한 가족의 살림과 준호의 침대를 그대로 둔 어머니가 마련해 준 집, 단위에 올려놓은 그녀와 준호의 모습이 담긴 편액을 솔롱고는 애지중지 다루었고 언젠가는 아빠가 찾아올 것이라며 준호가 없는 게르와 침대를 치우지도 못 하게 했다. 어린 솔롱고의 아빠에 대한 집념은 아들로서 가문을 이어가게 된 것만으로 만족해야만 했던 그녀가 지닌 모계 중심 사고를 여지없이 깨트려버렸다. 그리고 모계 중심 사고에서도 아이에게는 아빠도 그만큼 중요하다는 것을 솔롱고로 하여금 그녀는 깨달았다. 커져만 가는 그리움과, 어워만 보면 그곳으로 달려가 아빠를 만나게 해달라고 애달피 텡게르 신에게 어린 두 손으로 비손하는 솔롱고를 보면서 준호를 붙잡지 못한 것을 가슴을 치며 그녀는 후회했다.

버스는 다음 날 아침 체체를랙 솜 정류장에 도착했다. 다른 지역도 마찬가지지만, 아르항가이 아이막 이곳 역시 양고기를 거래하는 푸줏간 건물과, 전통 재래시장이 정류장 마당과 붙어있기 때문에, 주변은 항상 많은 사람들로 붐빈다. 버스에서 내리자마자 헐벙살바르(холбооны салбар/통신소)를 찾아들어 간 그녀는 행여나 하고 준호가 알려주고 간 헨드폰 번호로 국제전화를 신청했지만 되지 않았다. 최후 수단으로 아가씨의 이메일로 준호에게 메일을 띄우려 부탁했지만, 준호의 메일 어드레스마저 확실하지 않아 메일마저 띄울 수 없었다.

마음만 무거웠다. 포기한 그녀는 외숙부 내외의 선물 몇 가지를 사 들고 정착민 마을로 무거운 발걸음을 떼었다. 모두 깜짝 반가워했다. 구르반사이항에서 이곳을 오고 가자면 열흘이 넘게 걸리는 먼 길이다.

외할머니가 편찮을 때, 닷새를 걸려 어머니와 왔지만 정작 임종은 보지 못했다. 외숙부는 엥흐자르갈의 표정을 살피면서 조심스럽게 준호의 소식을 묻는다.

"솔롱고 아빠와 연락은 되느냐?"

하고 묻자,

"솔롱고가 태어났다는 소식을 메일로 전하고서 솔롱고를 키우며 정신없이 살다보니 답장 확인도 할 수 없었어요. 더구나 초원 오지로 들어가면 핸드폰도 안 되잖아요. 이제는 소식을 전할 길이 없어요. 제가 처음 보낸 메일은 보셨을 테니까, 이마 국제전화도 여러빈 하셨을지 몰라요. 오면서 통신소에 들려 한국으로 국제전화를 신청했는데 안 된다네요. 아들 소식에 아마 오셨다가 저를 찾지 못하고 가셨을지도 몰라요. 하지만 정이 많은 분이어서 아들을 보려고 언젠가는 꼭 찾아오실 분 이예요."

그러면서 일순 눈물을 글썽인다. 외숙부는 동정 어린 표정으로 말했다.

"알았다. 언제라도 꼭 왔으면 좋겠구나."

"네, 언젠가는 애 아빠가 구르반사이항이 아니면 이곳으로도 찾아오실지 몰라요. 학교에 계시면서 여기를 모시고 왔을 때, 그분이 연구하는 사슴 돌 바위 그림 지역을 외숙부님께서 모두 안내해 주셨잖아요."

"그래, 염려 마라. 만약 애 아빠가 오면 네 목축지로 바로 데리고 가마."

"외숙부님, 그리고 목동 서너 명만 구해주세요. 바로 데려가야만 이곳에서 아이 학교를 보내고 목축지 이동을 할 수 있어요. 가축이 늘어나 손이 너무 모자라요."

"알겠다. 정착민 촌에는 노는 사람이 태반이다. 바로 나가서 알아봐

주마."

가축 수를 묻고 외숙부는 이틀 동안 세 사람의 목동을 구해왔다. 그녀는 그들 중 목축 경험이 많은 가장 어른이 되는 분을 목동 반장으로 지목하고, 만달 솜에 그들의 목자 등록을 마치고 구르반사이항으로 데려왔다. 그리고 목동 반장에게 다른 목동들에게 말과 낙타와 양 떼, 소와 야크, 해야 할 일들을 나누어 주게 하고 이동 준비를 하게 한 뒤, 외갓집으로 데려간 솔롱고는 외숙부 내외를 퍽 따르면서도 엄마를 떨어지지 않으려고 줄곧 울었다. 솔롱고를 안고 그녀가 양 볼에 뽀뽀를 해 주며 달랬다.

"방학에는 엄마가 데리러 올게. 학교를 다니고 있으면 우리 아들이 보고 싶어서 아빠가 이곳으로 찾아오실지 몰라. 알았지?"

"정말? 그럼 꾹 참고 학교를 다닐 거야. 엄마."

아빠가 찾아오실지 모른다는 한마디 말에 그렁그렁 맺힌 눈물을 거둔 솔롱고의 애잔한 눈빛에 일순 그녀는 가슴이 아팠다. 그리고 며칠 뒤 솔롱고를 체체를랙 초등학교에 입학시켰다.

구르반사이항으로 돌아온 그녀는 이동 준비를 서둘렀다. 이동 길에는 젖을 짜기 힘들기 때문에 어머니와 그녀는 며칠 동안이나 젖이 불어난 가축들의 젖을 짜내어, 내젓고 응고시켜 버터를 만들어 부피를 줄였고, 포를 떠 말린 양고기로 버르츠[3]를 만들어 이동 길에 먹을 식량을 비축했다. 목동들은 게르 외벽을 덮었던 에스기[4]를 걷어내고 주저앉은 낙타 등에 에스기 뭉치를 끈으로 묶고 낙타를 일으켜 세운다. 여러 마리 낙타 등에는 게르의 뼈대인 나무 골조와 지붕 받침나무, 그리고 찬장,

---

3) 버르츠(борц) : 말린 양고기 가루.
4) 에스기(эсги): 게르 외벽을 덮는 방한용 양털 펠트.

분해한 침대 등 주로 무거운 것들을 올려 묶고 가축 떼를 몰고 다음 목축지로 떠난다.

　유목민들의 주거인 게르는 이동에 간편하게 지어졌으며, 여름에는 한 겹의 에스기를 덮지만 겨울에는 두세 겹으로 덮는다. 게르 한 채를 짓는 데 소요되는 시간은 단 3-40분 정도면 족하고, 게르의 문은 모두 정 남쪽을 향한다. 때문에 초원에서 방향을 잡을 때 게르 문을 보면 된다. 내부 공간은 크게 세 개의 원형 공간으로 나누며, 첫째 공간 중앙은 토록(무쇠난로)을 놓고 연통을 세우는 공간이다.

　두 번째 공간은 사람이 앉거나 활동하는 공간으로 바닥에 깔개를 펴 놓는다. 세 번째 공간은 궤(설작)나, 침대 등을 놓고, 내부를 다시 동(東)과 서(西)로 나누어 동쪽에는 생활에 필요한 음식, 그릇, 식용 구. 서쪽에는 아이락(馬乳酒), 가축의 젖, 말안장, 말채찍, 낙타 가죽끈 등을 놓는다. 동북쪽은 주인의 공간, 북서쪽은 손님의 공간이다.

　유목민들은 내부 공간을 오행 12간지(五行十二干支)로 적용했다. 출구는 언제나 정 남방(正南方)이다. 정 북방(正北方) 자궁(子弓)에는 단위에 불상을 모시고 작은 불구(佛具)로 경전이 들어있는 자그만 법륜(法輪)과 요령이 있고, 달라이라마의 경전도 눈에 많이 띈다.

　좌·우에는 조상의 사진이 들어있는 편액이 있다. 시곗바늘이 도는 방향으로 돌아, 남방 문 쪽은 오궁(午弓)으로 말(馬)에 관련된 것들을 둔다. 서쪽 신궁(申弓)은 잔나비 궁이다. 손님이 앉는 자리로 손님이 앉을 깔개와 침대가 있다. 남자 손님은 게르 오른쪽, 여자는 왼쪽에 앉는다. 오른쪽을 존중하며 이것은 하늘 방향으로 여기기 때문으로, 왼쪽은 태양 방향이다. 가장 중심은 토궁(土弓)이다.

중심 천창(天窓)에 환기구가 있고 그곳으로 들어오는 빛살로 기후를 예측하고 풀이 많은 곳을 알아내기도 한다. 그래서 유목민들은 천창을 게르의 생명으로 중요하게 여겼고, 하늘과 연결되는 통로로서의 상징성을 갖는다.

# 5

## 머나먼 구르반 사이항

마침내, 돈드고비 만달 솜 버스정류장에서 내린 준호는 길을 물어 러시아 건물 양식으로 세워진 아이막 청사 행정 민원실로 들어가, 사유를 말하고 그녀와 어머니와 아들 솔롱고의 가족부, 그리고 목동 등록 여부를 담당 직원에게 물었다. 큰 몸집에 나이가 들어 보이고 적갈색 델을 걸친 여직원은 의문의 눈으로 바라봤다.

그녀가 걸친 적갈색 델은 부족을 따지자면 아마 차하르 부족 출신인 모양이었다. 신분증을 요구한 그녀는 준호가 내민 학교 신분증과 국적이 표기된 주민등록증과 같은 거주지 등록증을 확인했다. 그녀는 국적을 보고서 눈을 크게 뜨고 금방 호감을 보이는 표정을 지었다.

그리고 자신의 요구에 따라 준호가 작성한 열람 신청서를 확인하고 안으로 들어가 가죽 양장 표지의 두터운 오르깅부르트겔( ургийн бүртгэл /호적부)을, 무거웠는지 양팔로 가슴에 안고 나와 치아가 보이도록 활짝 웃고 손을 내밀며 악수를 청했다. 그러더니 펼친 한 곳을 손가락으로 짚어주며 또다시 준호를 바라보고 엄지를 세우며 또 활짝 웃었다.

그녀의 친절은 그만큼 호감이 간다는 뜻이다. 그녀가 짚어준 호적부에는 키릴자모 솔롱고의 이름 상단에, 자신의 이름이 아브(ааʙ/아버지)로, 에쯔(ээж/어머니)의 이름이 엥흐자르갈로 등재된 내용에 자신의 국적이 설렁거스트(солонгост/한국)로 표기된 내용에 준호는 일순 가슴이 뭉클했다. 이미 자신은 몽골 한 가족의 가장으로 등재되어 있었다.

그렇게 확인이 되고서야 그녀는 목자 관리대장을 가져와 목자 등록내용과 한해 목축 이동지역이 등재된 파일을 보여주며 어떻게 관리가 되는지 열심히 설명을 곁들였다.

유목민들이 이동을 시작하는 때여서 준호는 마음이 다급했다. 꼬박 하룻길을 걸어 에르데느 초원에서 엥흐자르갈의 헹취비쉬 막내 숙부의 아들 테믈랭을 다행히 만날 수 있었다. 숙부는 돌아가셨다고 했다.

그러니까, 굳이 촌수를 따지자면 테믈랭은 그녀와 이종형제 관계로, 엥흐자르갈이 누나가 되고 준호에게는 처남이 되는 셈이다. 준호를 보자 테믈랭은 반갑게 안으며 말했다.

"세상에……, 이렇게 오시다니, 내일 아침 일찍 구르반사이항으로 들어가세요. 이동철이어서 머물 시간이 없어요. 솔롱고가 얼마나 아빠를 보고 싶어 하는지 몰라요. 제가 모시고 갔으면 좋겠지만 지금 보듯이 이동 준비 중이어서 혼자 다녀오셔야 하겠어요. 오지여서 핸드폰도 아예 쓰지 못해 연락도 할 수 없어요."

그는 여러 목동들과 부산하게 이동 준비를 하고 있었다. 설작은 설작대로, 게르 외벽을 덮는 에스기는 에스기대로 쌓여있고, 최소한의 게르만 남겨두고 게르의 뼈대인 나무 골조를 모두 분해하여 묶어놓았다.

다음날 새벽에 일어나자 테믈렝은,

"지금 입으신 복장으로는 구르반사이항을 갈수 없어요. 여기가 3월이면 그곳은 2월이예요. 기온 차가 한 달 차이가 나거든요."

그러면서 괘를 열고 부드러운 양털이 내피에 누벼진 푸른 델 한벌을 꺼내어 주고, 온통 늑대 털로 만들어진 털모자에 양털 내피의 고탈[1]한 켤레를 내주며 말하기를,

"만약 누나를 만나면 다행이지만, 못 만나고 돌아오시게 되면 제가 없을 거예요. 곧바로 이동하니까요. 그러거든 타고 가시는 말은 만달 솜 그 양고기 푸줏간 아시지요? 아버님 살아계실 때 언젠가 혼자 오셨다가 맡겨뒀던 그 상점 앞에 매어두고 주인에게 말해 두세요."

하고 당부를 했다.


어둑 발에 덮여있는 새벽바람 속에 안장 고정대에 배낭을 걸고 길을 나섰다. 걱정이 되었는지 그의 아버지가 생전 그랬던 것처럼 얼 만큼이나 따라 나온 테믈렝이 되돌아가다가 떠오르는 태양을 등지고 언덕마루에서 말머리를 돌려세우고 큰소리로 외쳤다.

"빨리 가셔야 누나를 만날 수 있어요. 곧 이동할지 몰라요."

테믈렝의 모습을 정시할 수 없을 정도로 투사되는 아침 햇살에 눈이 부셨다. 정이 많은 그였다.


동편 바위 산맥이 턱이 되어 있는 절벽 아래 고비사막 반사막 대지로 준호는 세차게 말을 몰았다. 그녀의 겨울 목축지가 확인됐던 대로 테믈렝에게도 확인되고, 솔롱고가 아빠를 보고 싶어 한다는 말에 애가 닳은 준호는, 테믈렝이 내 준 밤색 말을 몰고 그녀의 목축지로 향했다.

---

1) 고탈(гутал) : 목이 긴 가축 신발.

눈 섶에 서릿발이 서릴 정도로 고비의 아침은 추웠지만 테믈렝이 내어준 델과 늑대 털모자와 고탈은 상상외로 따뜻했다.

말안장 고정대에 배낭을 걸고 벅츠[2] 양편에는 테믈랭이 마련해준 가면서 마실 수태채가 담긴 덤버[3]와 버르츠가 가뿍 담겨있다.

한 번 다녀갔기 때문에 눈에 익은 초원의 모습들이 점차 시야에 들어온다. 그녀의 조상들이 동굴 암벽에 그림을 새겨놓았다는 전설을 엥흐자르갈의 조부에게 듣고자 처음 찾아갔던 그 초원 흙길로, 준호는 다시 가고 있었다. 그때 보고 지금 다시 보아도 벨트처럼 끝없이 이어진 바위 산맥, 도화지에 여기저기 선만 그어 놓고 구체적인 대상을 설정해놓지 않은 것 같은 단조로운 땅 구르반사이항, 선사시대부터 그녀의 조상들이 대가족을 이루었던 땅이자 그녀가 태어난 곳이다.

파스텔 톤 대지에 사물의 긴 그림자를 끌고 가던 태양이 드문드문 잔설이 남아있는 파스텔 톤 갈색 대지에 마지막 노을 바다를 만들 무렵, 거친 바람을 막아주는 잿빛 바위 절벽 아래 예전에 하룻밤 유숙했던 곳에 준호는 짐을 풀고 그 자리에 텐트를 쳤다. 그리고 잠자리를 정리하고 테믈랭이 챙겨준 버르츠를 씹으며, 수태채 한 사발로 저녁 식사를 했다.

만약 에르데느에서 테믈랭을 만나지 못했다면, 그녀와 솔롱고를 찾을 생각은 엄두도 낼 수 없었다. 가족부를 확인한 것만으로 만족하고 포기할 참이었다. 이렇게 가족을 찾아 구르반사이항을 올 수 있었던 것은 다행히 테믈랭을 만났기 때문에 가능했다.

---

2) 벅츠(богц) : 안장 가방
3) 덤버(домбоо) : 구리 주전자.

혹시 모를 늑대의 출현이 무서운 준호는 예전처럼 주변 나무를 주워 모아 텐트 앞 커다란 바위 앞에 모닥불을 피웠다. 밤 기온이 차갑기도 했지만 타오르는 불길에 검부재기를 덮어 연기를 내는 것은 이곳을 오지 말라는 늑대에게 던지는 경고다. 몽골의 초원 생태를 알지 못하고는 함부로 혼자 올 수 있는 곳이 결코 아니다. 이처럼 강한 의지력과, 초원 탐사의 쌓인 체험이 없고서는 절대 불가능하다. 이렇게 척박한 대지의 밤을 홀로 견디는 힘은 그녀 엥흐자르갈과 둘 사이에서 태어난 한 점 혈육, 솔롱고에 대한 짙은 그리움에서 나온다.

바위에 몸을 기대고 앉은 준호는 그녀와 아들 솔롱고를 그리며 밤하늘을 바라본다. 개밥바라기 별만 반짝이던 백야처럼 밝은 하늘에 떼별빛이 우수수 쏟아져 내린다.

은하수 물결에 돛단배가 보이고, 둥근 달 속에 옥토끼 두 마리가 떡방아를 찧는 모습이 보일 정도로 맑게 흐른다. 밤의 대지는 순간순간 빠른 변화를 보인다.

전에 보지 못한 현상이다. 검어도 투명한 어둠이 일순 대지 공간에 번지고, 백야가 찰나에 사라진 하늘에 청록빛깔 오로라가 드넓은 하늘을 뒤덮더니 일순간에 흩어진다. 그리고 다시 장엄한 무지갯빛 오로라가 온통 하늘을 다시 뒤덮고, 계속 변화하는 프루샨 블루우 형광 빛 오로라 속에 반짝이는 별빛, 꿈에도 보기 드문 장면이다. 모든 자연 생태가 잠들었지만 구르반사이항 밤의 대지는 이처럼 천변만화(千變萬化)로 호흡하고 있었다.

밤이 깊어갈수록 살 속을 파고드는 차가운 냉기 속에 깊은 수면에 빠진 그를, 팽팽하게 당겨진 명주실 같은 날카로운 한 줄기 햇살이 화살처럼 텐트 안으로 투사되며 깊은 잠을 깨웠다.

침낭 지퍼를 열고 허물을 벗고 나오는 뱀처럼 밖으로 기어 나온 준호는, 자작나무에 메어 두었던 말고삐를 풀고 한참 동안 말머리를 쓰다듬고 소통을 했다.

그리고 풀밭으로 끌고 가 앞다리를 고삐로 감았다. 말은 조금씩 이동하며 마른풀을 뜯기 시작했다. 말의 아침 식사다. 앞다리를 고삐로 느슨하게 메어 두는 것은 멀리 뛰어가는 것을 막는 것이다. 초원에서 말이 없다면 살아나기는 힘들다. 더구나 준호가 자신의 주인이 아니라는 것을 말은 알고 있다. 때문에 준호는 말과 소통하는데 힘을 기울여야 했다. 하루 정도를 줄곧 같이 지내면 말은 주인으로 여긴다지만 그것은 알 수 없는 일이다.

수태채 한 사발 양에 딱딱하게 마른 버르츠를 넣어 불린 다음 코펠에 끓인 아침 식사를 마친 그는, 금새 눈 섶에 맺힌 서릿발을 털며 저만치 풀을 뜯으며 옮겨간 말 잔 등에 풀어놓았던 안장을 올려 묶고 다시 말에 올라 길을 떠났다. 지금이라도 그녀가 목축지에서 이동한다면 헛된 일이 되어버릴 것이다. 채찍을 휘두르며 빠르게 달렸다. 그렇다고 곧 만날 수 있는 일은 아니다. 하룻밤을 더 지 세야만 그녀 목축지에 다다른다.


지면에 깔린 말 그림자가 갈수록 길어지는 것은 태양이 기울고 있기 때문이다. 준호는 다시 초원에서 노숙을 해야 하지만 불현듯 생각난 것은, 의식을 잃은 그를 간호했던 유목민 노인 만다흐빌랙의 목축지를 찾아가는 일이다. 조금 전 말했지만 아르갈리 산양 동굴을 처음 찾아갈 때 뜨겁게 작렬하는 더위 속에 세포가 말라가는 고갈증에 물터를 찾다가 말 등위에서 지쳐 쓰러져 의식을 잃은 그를, 준호가 타고 간 영리한 말 치흐르는 바람 속에 날리는 말 떼의 냄새가 나는 곳으로 데려갔던 곳이 유목민 만다흐빌랙 노인의 목축지였다. 그곳으로 찾아가면 그를 만날 수 있을지 모른다.

가는 길이 가까운 곳이어서 그곳으로 세차게 말을 몰았다. 몇 개의 능선사이로 말을 몰다가 시야를 확보하려고 오른 능선위에서 내려다본 붉게 물든 해지는 초원 멀리 만다흐빌랙의 목축지가 보인다.

반갑다. 그곳으로 말을 몰고 달려갔다. 게르 앞마당 기둥 사이에 밤색 말을 묶어 놓고 말 편자를 갈아주던 만디흐빌랙이 달려오는 말발굽 소리에 일손을 멈추고 먼빛으로 비라본다. 가까이 온 준호를 본 만흐빌랙은 얼른 다가와 말머리의 고삐를 잡아주며 의문스러운 눈빛으로 또 다시 바라보았다. 유목민들은 말을 탄 손님이 찾아오면 안전하게 내리도록 말머리 고삐를 잡아주고, 돌아갈 때에도 안전하게 말에 오르도록 말머리 고삐를 잡아주는 것이 상례 화 되어 있다.


"바야를라흐 만다흐빌랙 어버."

(маньдахбилэг баярлах θθ/반가워요. 만다흐빌랙 할아버지.)

하고 하마(下馬)를 하며 말하자 갸우뚱하며 바라보던 그는 비로소 알아보았는지 와락 준호를 안고 반가워했다. 소리를 듣고 게르 밖으로 나온 그의 부인 체, 아노칭 할머니가 한눈에 알아보고 활짝 웃으며 다가와 양어깨를 번갈아 안아주며 반긴다. 만다흐빌랙 노부부 역시 이동 준비를 거반 끝낸 상태로 한 채의 게르만 남겨두고 모두 접어 한쪽에 쌓아 놓았고, 모든 살림도 한곳에 모아있었다.

그들에게 반갑게 이끌려 게르 안으로 들어간 준호는 말안장 고정대에 걸어둔 배낭을 가져와 비상용으로 가져온 설탕과 소금 봉지를 꺼내어 선물로 내밀었다. 만약을 위해 유목민 게르에서 신세를 지게 될 경우 필수적으로 지녀야 하는 것으로, 염분을 먹이면 가축이 젖이 마르지 않기 때문에 소금은 아주 긴요한 선물이 된다.

서로는 주고받는 허어륵(Хөөөрөг코 담배 병)으로 인사를 나누고, 만다흐빌랙은 자신들도 곧 목축지를 이동할 거라고 말했다. 다음 날 아침다시 떠나게 되자, 전에도 그랬듯이 할머니는 떠나는 손님의 행운을 기원하는 풍습으로 수태채 사발과 수저를 들고나와 준호가 떠나는 앞길에 뿌려 주었다.


갈수록 황갈색 바위 산맥 펠트는 여러 갈래 줄 부채꼴 모양으로 퍼져있다. 아르갈리 산양무리는 눈에 띄지 않는다. 그들 아르갈리 산양 서식처 가까운 초원은 엥흐자르갈의 목축지가 있기 때문에, 단 한 마리가 눈에 띄어도 그것 역시 그녀의 목축지가 가까워졌다는 것을 의미한다. 구릉 능선 사이로 얼 만큼 달리자 멀리 바위 산봉에 세워진 어워에 감긴 오방색 하닥이 깃발처럼 바람에 펄럭이는 모습이 시야에 들어온다.

초원에 세워진 어워는 자연 신앙의 산물로 나그네의 방향 자 역할과 거리의 방점을 찍는 역할을 해준다. 오래된 그 어워는 그녀의 목축지가 가까운 곳에 세워져 있다.

준호가 세차게 말을 몰고 어워의 산봉으로 올라선 그곳에는 전에 보지 못한 머리뼈가 붙은 용수철처럼 휘어진 아르갈리 산양의 뿔이 돌무더기에 눌려 있는 색 바랜 1000투그릭 지폐 서너 장과 공물(供物)로 놓여있었다. 또 이곳에서부터 안쪽으로는 아르갈리 산양들의 서식처라는 암시가 배어있다. 바람에 깃발처럼 날리는 어워의 오방색 하닥 자락들이 펄럭이는 소리가 세차다.


내려다보이는 갈색의 대지가 펼쳐 보였다. 멀리 이동하는 가축 대열과 여러 목동들의 모습이 아스라이 보이자, 그는 행여 그녀가 이동하는 것은 아닌지, 산봉을 내려와 그곳으로 말을 몰았다.

목동들이 하나같이 모두 소르(낙타가죽 끈)가 매달린 긴 장대를 들고 가축을 모는 것을 보면 목축지를 이동하는 것이 분명했다.

가까이 갈수록 식별이 가능할 정도로 그들의 모습이 보였다. 먼지를 일으키며 달려오는 모습을 보았는지, 목동들이 몰던 양 떼 주변을 몇 바퀴를 돌자 양들이 모두 주저앉는다. 가던 길을 일시 멈추게 한 것이다. 그리고 준호가 다다를 때까지 모두는 말을 세우고 바라본다. 세차게 달려온 준호가 말고삐를 당겨 세우며 그들에게 말했다.

부르르-, 말이 코를 털었다.

"셈베이노. 비 설렁거스트 이렐레."

(Сайн байна уу, Би Солонгост ирлээ /안녕하세요? 나는 한국에서 왔습니다.)

하고 먼저 인사를 건네자 그중 하나가 물었다.

"팀-우? 요타이렐레?"

(Тийм- үү? Юутайирлээ /그-래요? 무슨 일인가요?)


준호는 엥흐자르갈의 목축지를 찾아가는 길이라고 말하면서 그녀를 아는지 물었다. 하지만 그들은 하나같이 설레설레 고개를 내저었다. 그러면서 구르반사이항 유목민들이 이동을 시작했다고 말했다.

유목 길을 떠나는 그들과 가축 떼의 모습을 바라보며, 더욱 다급해진 준호는 방향을 돌려 세차게 말을 몰고 다시 달렸다.

"츄츄 -츄츄!"

적어도 말 다루는 솜씨만큼은 어디에 내세워도 될 만큼 대단하고, 세차게 말을 몰 줄 아는 준호였지만, 그가 이처럼 빠른 속도로 말을 몰아본 적은 아마 없었다. 영토의 경계선을 눈앞에 두고 적에게 쫓기는 병사처럼 준호는 빠르게 달렸다. 조금만 더 달리면 그녀의 목축지로 그곳은 아르갈리 산양들의 서식처 중심 가까운 곳이다. 때문에 갈수록 가파른 바위산 절벽으로 울린 말발굽 소리에 놀란 아르갈리 산양들이, 하늘의 무수한 새 떼가 일시에 같은 동작으로 움직이듯 우루루 몰려가며 도망쳤다.

비로소 엥흐자르갈의 목축지 가까이 왔다. 그러나 멀리 내려다보이는 북쪽 바위산 턱이 거친 바람을 막아주는 그녀 선조들이 대대로 살았던 목축지는 텅 비어있었다. 회오리를 일으킨 바람에 검부재기가 절벽을 타고 허공으로 날리고 있을 뿐이었다.

그녀의 조부가 생전에 말해주었던 천연의 요새, 고대 할하 부족의 군영, 병책(兵策)의 대지였던 이 일대는 선사시대부터 대가족을 이루고 살아온 그녀의 조상이자 할하 부족들의 삶의 터전이었다. 그녀의 조상들이 대를 이어 부족장을 지냈고, 숫한 전쟁으로 성 비율의 조화가 무너진 차하르 부족들의 빈번한 처녀 약탈과 낙타 약탈의 침략이 많았다. 할하 부족과 차하르 부족 전쟁은 13세기부터 300년을 이어왔고, 종래 차하르 부족은 멸망했다.

생전 조부가 전해준 말로는, 14세기 당대 족장을 지낸 '척트'라는 이름의 그녀의 선조가 칭기즈 칸 통일 전쟁에서 혁혁한 전공을 세웠고, 유럽 원정에서 전사한 그에게 칭기즈 칸은 타이츠(영웅/古語) 칭호를 부여했다.

칭기즈 칸 비서 군단의 기마 장수였던 그의 아들 뭉흐토야와 또 다른 후손들이 영웅 칭호를 받은 조상들의 자랑스러운 업적을, 대대로 아르갈리 산양 서식처 동굴 바위에 부호와 그림으로 새겼다. 이 내용은 압축하고 요약한 것으로 엥흐자르갈 가문의 세세한 전설이 존재한다.

이와 같은 가문의 전설을 조부는 생전 준호에게 전해 줬고, 동굴을 알고 있는 어느 선조가 떠 놓은 여러 장의 탁본은 엥흐자르갈에게 유산으로 물려줬다. 수작업으로 얇게 가공한 양 피지 탁본들을 펼쳐 연결하면 7m가 넘었다. 그것은 거대한 동굴의 깊이를 말한다. 하지만 그 동굴의 위치가 전해지지 않은 것은, 1924년 몽골 헌법이 제정되고 사회주의 몽골 인민공화국이 선포되면서, 목축 집단화 정책으로 갑작스럽게 유목민들의 가축을 몰수하자, 탁본을 뜬 선조는 유목민들을 동원하여 대대적인 반대 운동을 주동했다.

그 바람에 소련 붉은 군대의 진압 작전에 제포된 그는 시베리아로 끌려가 처형된 까닭이다. 이후, 아르갈리 산양 서식처의 동굴 바위 그림은 가문의 전설로만 전해졌다.


그 동굴을 찾으려고 준호가 처음 찾아왔던 이곳이 그녀 조상들과 지금 그녀의 겨울 목축지다. 그러나 아르갈리 산양의 생태를 먼저 연구하지 않고서는 전설의 바위 그림 동굴을 찾기란 불가능하다는 것을 알게 된 준호는, 탐사의 기초적인 방법부터 새롭게 설계하고 철저한 계획을 수립해야 한다는 결론을 내린다. 그러자면 먼저 박물로서의 학술 가치가 충분한 탁본 자료는 양성화하여 몽골 역사박물관에 등재 보존하고, 모든 인류가 볼 수 있어야 한다는 지론과, 이를 기초하여 몽골 범정부 문화국 지원도 필요하다는 생각도 가져봤다. 여기에 수반하여 초원에 노출된 많은 바위 그림을 바라보는 유목민들의 필수적인 사고의 개선이다.

왜냐면, 어릴 적부터 유목민의 아들로 태어나 초원에서 문맹으로 자란 목동이 암각화를 바라보는 눈은 그저 초원에 널려진 아무것도 아닌 바위나 돌에 불과할 뿐이다. 그것을 뒷받침하는 또 하나의 범례적인 일로, 학과에 남학생이라야 단 하나밖에 없는 바트수흐라는 이름을 가진 학생의 고향을 간 적이 있었다. 그곳 초원에 바위 그림이 많다는 말에 그를 따라간 곳은, 자브항아이막 차강촐로트라는 초원으로, 그때 말을 타고 그의 큰아버지 칭바트가 안내하는 지역을 며칠 동안 탐사하게 된다.

그곳 군락지의 철기시대 작품으로 여겨지는 경이롭게 새겨진 바위에 새겨진 사슴 문양을 화선지로 덮고 탁본을 뜨는데 넘어져 눕혀있는 사슴 돌 바위가 탁본지에 먹물 솜을 누를 때마다 빠질 것처럼 흔들렸다.

이때 칭바트가 말했다.

"이걸 뽑아서 게르에 아주 옮길까요?"

이렇게 던지는 말에 일순 충격을 받은 것은 바위 그림의 유물 가치를 모르는 그의 무지(無知)였다. 이어 그 말을 바트수흐가 거들면서 준호의 충격은 더 컸다.

"돌 그림을 워낙 좋아하시니까, 가실 때 제 차로 가져가게요."

나이 든 칭바트를 나무랄 수는 없었다. 대신 바트수흐를 꾸중했다.

"바트수흐! 이 바위 그림들은 몽골 문화유산이야. 학자들은 이것을 가지고 몽골이 인류 미술의 발상지라고 평가를 하고, 지금도 많은 학자들이 나처럼 몽골을 찾는데, 대학에서 공부하면서 왜 그런 생각을 하는 거지? 유목민 선조들이 새겨놓은 이 바위 그림들 보존도, 지켜야 하는 것도, 유목민이야. 있던 자리에 그대로 있어야 가치가 있는 거야. 무슨 말인지 알겠어? 넘어져 있는 이 바위를 이 자리에 그대로 세워 놓도록 해."

"알겠습니다. 제가, 잘못 생각했어요."

그는 바로 반성 했다.

몽골에는 아르갈리 산양 서식처 동굴 바위 그림을 찾지 못했듯이 아직도 발견되지 않은 많은 바위 그림들이 존재하고 있는 것으로 준호는 알고 있다.

그렇듯이, 언젠가는 아르갈리 산양 서식처 동굴 바위 그림도 필시 발견할 테지만, 전해오는 전설과 그 근거가 탁본으로 분명한 만큼 꼭 발굴하여 인류에 알려야 할 것이다.

다시 본론으로 들어가, 그녀의 목축지에 다다르자 말에서 내린 준호는 말 고삐를 잡고 목축지 일대를 돌아 보았다. 그곳에는 200마리도 넘는 양 떼를 사육할 수 있는 여러 곳의 자작나무 가축 우리와, 말 고삐를 매어두었던 나무 기둥 사이에 걸린 철삿줄, 낮은 돌담의 낙타 우리, 쌓여있는 땔감용 마른 아르갈(аргал/소똥)과 허머얼(хомоол/말똥), 다시 돌아오면 쓰게 될 판자벽으로 세운 양고기를 말리는 여러 개의 빈 창고, 그리고 게르를 세웠던 흔적들과 모래 섞인 주변 대지에 선명하게 남아 있는 말발굽 자국과 낙타 무리의 납작한 발자국은 그녀가 떠난 지 오래 되지는 않았다는 것을 말했다. 말끔히 정돈된 목축지는 다시 겨울이면 이곳으로 돌아온다는 것을 말했고, 평소 정갈한 그녀의 성품을 대변하고 있었다.

*

높은 곳으로 올라가 내려다보이는 남북동서 사방을 둘러보아도, 어느 방향으로 떠났는지 알 수 없는 솟아오른 황갈색 바위 산맥이 겹겹이 이어진 드넓은 대지는, 게르 하나 보이지 않는 유목민들이 모두 떠난 황량한 대지로 남아있었다.

# 6

# 솔롱고

체체를랙 초등학교에 입학한 솔롱고는 모범생으로 학교 생활을 하고 있었다. 정착민 촌 아이들은 솔롱고가 가축이 많은 부잣집 아이라는 것도 부러워했지만, 특히 솔롱고의 아빠가 한국인이라는 것이 관심의 대상이 되었다. 몽골인들은 몽골 반점을 이야기하며 한국을 같은 민족으로 여긴다. 꿈의 나라로 여긴다. 그리고 몽골에서는 보기 드문 무지개(솔롱고) 나라로 한국을 지칭했다. 거기에 이름마저 여자 이름으로 솔롱고라 부르는 것도 더불어 화제가 된다.

학적부에 솔롱고의 아버지 국적과 이력 기록을 본 담임선생이 어느 날 수업 중에 아빠가 한국인이라고 학생들에게 자랑삼아 말한 것이 회자 된 것이다.

"솔롱고는 아빠가 한국 사람이란다. 한국 사람들은 우리나라와 같은 민족이나 다름없고, 우리와 똑같이 어릴 적에 엉덩이에 몽골 털버(монголТолбо/몽골 반점)가 있단다."

그러면서 담임선생은 솔롱고에게 물었다.

"솔롱고, 아빠는 어디 계시지? 한국에 계셔? 아니면 울란바타르 학교에 계시나?"

"학교를 다니고 있으면 아빠가 오신댔어요."

그날 학교에서 돌아온 솔롱고는 엉덩이에 몽골 반점이 있는지 바지를 내리고 이리저리 살펴보면서 자그만 손거울로는 보이지 않아 애를 먹었다. 학교에서 아이들이 아빠 이야기를 하면 자랑스럽기도 했지만, 정작 아빠를 본 적이 없는 솔롱고는 오히려 그것이 더 슬펐다.

남모르게 솔롱고가 찾아가는 곳이 있었다. 체체를랙 정착민들이 기원하는 돌산 이워다. 자연 신앙 물인 어워는 넓은 마을 공터에 있기도 하지만, 그 어워는 먼 초원과 읍내가 내려다보이는 북쪽 회색 바위투성이 산봉 너머에 있었다. 남쪽 제일 높은 곳 작은 암자 앞에 세워진 석조 미륵불상이 읍내를 내려다보는 곳이다.

나중에 알았지만 그 석불은 아버지의 나라 한국에서 들여왔다는 것을 알게 되자, 솔롱고는 그것마저도 얼마나 반가웠는지 모른다.

솔롱고가 생각하는 아버지의 나라는 꿈의 나라였다. 그 꿈의 나라에서 아빠가 자신을 찾아올 것이라고 믿으며, 깨끗한 버터를 공물로 올린 어워에서 아빠를 만나게 해달라며 텡게르 신에게 비손을 거듭했다.

그리고 같은 환경의 모든 유목민 자녀들은 솔롱고처럼 늘 곁에 있던 어머니에 대한 그리움도 그들을 외롭게 만들었다.

때문에 모계사회 환경에서 유목민 자녀들은 어머니 노래를 부르며 외로움을 달랜다. 방학이 되어야만 부모를 볼 수 있기 때문에 어릴 적부터 기숙사 생활을 하는 유목민 자녀들이라면 어머니 노래를 모르는 아이들이 없다. 반면 독립성이 강하게 자란다. 모든 것을 스스로 해결했다.

엥흐자르갈의 외숙모는 솔롱고가 어워에 공물로 올리는 버터를 깨끗한 것으로 항상 준비해 주었다.

아빠를 그리는 솔롱고의 애절한 마음을 알기 때문이다. 엥흐자르갈의 외숙부는 초원 형제들의 목축지로 들어가, 봄에 깎아 모아 놓은 양털과 버터와 다른 유제품 등을 모두 솜으로 가져와 시장에 도매로 넘기는 일을 했다.

겨울이면 통째로 잡은 여러 마리의 양고기를 푸줏간에 넘겼고, 초원을 들어갈 때 때로는 물을 가득 채운 커다란 물탱크를 트럭에 싣고 가기도 했다. 물이 없는 초원으로 다른 형제가 이동을 했기 때문이다.

솔롱고는 이흐타미르 강가 친척들의 목축지를 따라가기도 했다. 그곳 돌 그림 군락지를 아버지가 다녀갔다는 말만 들어도 솔롱고는 아버지의 그리움에 고갈 증이 일어났다.

솔롱고에게 마음이 의지되는 동무가 생긴 것은 학교에서 짝궁으로 만난 여학생 자야였다. 그러니까 지난번 어워에 갔을 때다. 솔롱고는 여느 때처럼 돌무지에 샤르터스를 공물로 올리고 세 바퀴를 돈 다음 어워에 절을 올리며 아버지를 만나게 해달라며 텡게르 신에게 비손하고 있었다. 그때 절벽 위에서 돌멩이 하나가 굴러떨어졌다.

놀란 솔롱고가 그곳을 올려다보았다. 내려다보는 사람이 태양 빛 때문에 정시 되지 않았다. 솔롱고가 얼른 위로 올라가자 누군가 바위 뒤에 숨었다. 바위 뒤로 다가가자 몸을 숨기고 있던 자야가 벌떡 일어서며 겸연쩍게 말했다.

"솔롱고, 넌 무슨 소원을 어워에 맨 날 비는 거지?"

솔롱고는 아무도 모르고 있는 줄 알았지만 그것을 자야는 알고 있었다.

"자야! 내 뒤를 몰래 밟아 왔구나. 너, 나쁘잖아!"

하고 일순 화를 좀 냈지만 그 뒤 자야와 가까운 사이가 되었다.

자야의 본 이름은 아버지 이름 더르쯔를 성으로 붙여 '더르쯔 자야,' 다. 동갑인 자야는 본래 가난 했지만 다행히 사회주의 무상교육 정책이 그대로 남아 있기 때문에 학교를 다닐 수 있었다.

자야의 부모 역시 유목민이었다. 하지만 수년 전 모진 쪼드[1] 한파에 가축들이 모두 동사(凍死)하는 바람에 목축업을 접고 체체를랙 변두리에 둥지를 틀었다. 그리고 막노동으로 근근한 삶을 어렵게 이어가고 있을 때, 어머니가 솔롱고를 입학시키면서 목축 경험자로 외숙부가 특별히 고용해 준 사람이 자야의 아버지 더르쯔였다.

목축 경험이 풍부한 그를 어머니는 목동 반장으로 기용했다. 그것을 모르고 있다가 지난겨울 어머니가 가까운 이흐타미르 강변을 겨울 목축지로 삼아 그곳에 목영지를 세우고 방학이 되자 솔롱고를 데리러 왔을 때, 자야와 자야의 어머니를 함께 목축지로 데려갔기 때문에 뒤늦게 알았다. 자야와의 관계는 그것으로 더 가깝게 된다.

한 가족이나 다름없게 되었기 때문에 방학이면 함께 부모가 있는 목축지로 들어갔고 말을 탈 줄 모르는 자야를 솔롱고는 안장 앞자리에 앉혀 말을 태워주다가 종래 말을 탈 줄 알게 된 후부터는 눈 덮인 강변 자작나무 숲속을 가기도 하고, 드 푸른 초원을 함께 달리기도 했다. 자야는 솔롱고가 말 떼를 모는 모습에 퍽 놀랐다.

목축지를 들어가면 100마리도 넘는 말 떼를 평소 모습과는 달리 물살을 튀기며 당차게 강 건너로 몰아가는 어른 못지않은 용감한 모습에 솔롱고를 좋아하게 되었지만 그를 더 좋아하게 된 이유는 또 있었다.

매년 여름에 열리는 몽골 전통축제에서 축제의 꽃으로 부르는 승마대회를 나갈 때 마다 우승을 하는 것은 솔롱고 뿐이었다.

그리고 우승으로 받은 패넌트와 하닥을 선물로 받은 뒤부터 자야의

---

1) 쪼드/зуд : 큰 짐슴도 순간 얼어 죽는 살인적인 몽골의 무서운 한파.

어린 봉지 가슴에 솔롱고가 들어앉았다. 그래서 어워를 찾아 기원하는 솔롱고의 말벗이 되고 언제나 함께했다. 종래 아빠를 그리워하는 솔롱고의 소원이 자야 자신의 소원도 되었다.

그리고 늘 솔롱고의 곁에만 있고 싶었다. 더구나 목축지를 들어가면 부모가 있는 자신의 게르에서 자기도 했지만, 때로는 솔롱고의 집에서 밤늦도록 놀다 보면 둘은 한 침대에서 잠들기도 했다. 그런 환경은 스스럼없는 둘의 관계를 만들었다. 형제처럼 지내기도 하지만 때로는 어린 이성이 싹트는 계기가 된다. 그리고 솔롱고는 자야로 하여금 외로움을 잊고 힘을 얻는다.

# 7

# 국제 교류

　머나먼 구르반사이항 엥흐자르갈의 목축지를 힘겹게 다녀온 준호는 숨고르기에 들어갔다. 1월 초순부터 시작되는 학과 강의는 4월에 종강되고, 5월 시험 끝에 방학이며 6월 초순에 졸업식이 있다.

　준호는 졸업식이 끝나는 대로 아르항가이 체체를랙 정착민 촌, 그녀의 외가를 갈참이다. 만약 그곳에서도 찾을 길이 없다면, 한 해 유목을 마친 그녀가 구르반사이항 겨울 목축지로 돌아올 때를 고누고 있어야 한다. 막상 몽골을 다시 들어오고, 솔롱고를 낳았다는 메일을 받지 않았다면 차라리 모르되, 알고 있는 한, 그녀와 아들의 그리움은 끓는 쇳물처럼 뜨거워지고, 구르반사이항 먼 길을 갔던 일이 헛걸음이 되자 만사가 손에 잡히지 않았다.

　더구나 엥흐자르갈 가문의 전설, 14세기 몽골 통일 전쟁에서 칭기즈칸에게 영웅 칭호를 받은 조상의 내력을, 학술적으로 정립할 목적을 가지고 몽골 역사학을 전공한 그녀가 없고서는, 모든 것이 무의미한 것이었고 가문의 유일한 전설의 바위 그림을 찾으려는 욕망마저도 의미가 퇴색되고 말 것이다.

이제, 탐사의 기초적인 방법부터 새롭게 설계하고, 철저한 계획을 수립해야 한다는 결론을 내린 만큼 그만한 일을 추진할 수 있는 기반을 갖추는 일이었다. 하고 보면, 몸을 담고 있는 대학 연구 차원으로 끌어올려 본격적인 연구팀 구성도 염두에 둬봤다.

또 근거할 수 있는 여러 장의 동굴 바위 그림 탁본을 유산으로 받은 그녀의 필수적 합류는 말할 나위가 없다. 발굴의 기쁨을 함께 나누어야 하는 만큼 더더욱 그녀는 애정도 애정이려니와 준호에게 중요한 존재다. 그러자면 욕망 하나로 무모하게 덤볐던 방식이 아니라, 이제는 구조적이고 과학적인 발굴작업 계획을 수립하지 않고서는 숨어있는 전설의 동굴 바위 그림은 영원히 묻혀버리고 말 것이다.

또, 탁본 표면에 나타나 있는 부호의 해독 작업을 체계적으로 이룰 때, 14세기 당대 조상들의 업적과 역사가 정립될뿐더러 비로소 인류에 알려지고 조명받게 될 것이라고 준호는 단언하는 것이다.


시인으로 인문대학장 토이갈상 교수와 대화를 나눈 것은 며칠 동안의 학회가 있던 날이다. 본래 엥흐자르갈의 외가 체체를랙을 갈 계획이었지만 이렇게 학기 중 여러 일들이 반복적으로 주어지고, 때로는 교수진들과 러시아 학술대회까지 가게 되거나, 매년 여름이면 야생마 보존위원회가 후원하는 알탕구루스 국제문학 페스티벌 참여 등, 돌발적인 일들이 생겨지면 본래 잡아놨던 일정이 뒤죽박죽되는 일이 태반 사였다.

점심시간에 토이갈상 교수가 식판을 들고 앞자리에 앉으며 말을 걸었다.

"연구교수로 계실 때, 몽골과 한국 문학 교류에 대한 말을 들은 적이 있는데, 그 말씀 지금도 유효합니까?"

"유효합니다. 알고 계셨나요?"

"물론이죠, 그만둔 엥흐촐롱 학과장이 그러던데."

엥흐촐롱 학과장은 본래 그녀의 대학 동창으로 엥흐자르갈을 코디네이터로 추천했던 인물이다.

"네, 그런 말을 한 적이 있죠."

"그럼, 다시 오셨으니까 제가 추진을 할까 합니다."

그는 대단한 관심을 보였다.

"해주시면 서로 좋지요."

"그럼, 일정을 잡아 첫 세미나를 갖기로 하지요. 편리한 일성을 삽으면 이쪽은 제가 준비하지요."

"그렇게 하기로 하지요. 참, 그리고 혹시 전 학과장 연락처 아시나요?"

준호는 엥흐촐롱의 소식을 물었다. 엥흐자르갈의 소식을 알고 싶어서다.

"아! 그분은 러시아 유학을 갔습니다. 연락처는 모릅니다."


그와 의견 일치를 본 몽골과의 문학 교류 사업은 대학 세미나실에서 첫 삽을 떴다. 30여 명의 장르별 한국 작가들이 참여했고 40여 명의 몽골 문인들이 대학 세미나실로 모였다. 세미나의 본격적인 학술적 주제는 아직 없었고, 교류 협약 체결과 상호 조직구성, 그리고 앞으로의 교류 방향 등으로 방법론적인 토론과 발족식이었다.

한국 작가들이 들어 오고, 특히 세미나에서 양 떼를 몰던 유목민 여류시인 앙흐바트가 흡수굴 아이막에서 일주일을 걸려 세미나에 참석한 것은 경이로운 일이었다. 그녀는 자신의 시집을 가져와 스스로를 소개했다. 유목민 작가의 문학 열정을 보는 대목이었다. 이와같이 유목민 목동으로 소설가나 시인으로 알려진 작가로는 델게르히식바야라, 남일

학와 페렌레이와 여류작가 어용델게르 덜징잡이 있다. 아울러 준호는 개인적으로 이것을 몽골 문학 연구의 토대로 삼는다.

1962년 몽골 사회주의 문학과 1990년 자유화 이후 몽골 문학이 어떻게 형성되어 왔는지도 준호에게는 연구 대상이 되었다. 이 과제는 몽골 작가들과의 지속적이고 깊은 교류를 통해서만 가능했다. 몽골의 현대 문학사는 크게 10년 단위로 나눈다.

사회주의 몽골에서 자본주의 혁명 의식이 싹트기 시작한 것은 1980년대 후반기부터 시작된다. 1989년부터 90년사이에 소련군이 모두 철수하고 1990년 3월 19일 인민 혁명당이 사퇴하고, 6월에 몽골의 첫 자유 총선이 실시되어 국가 소회가 구성되므로써 몽골은 완전한 자유 민주화가 되었다. 때문에 과거 사회주의 문학과 민주화 후 자유 몽골 문학으로 크게 대별 할 수 있다.

다층적인 사회 변화에 따라 1980년대 후반과 1990년 초반에 벌어진 자본주의 혁명의 시작은 문학의 시 작품에서 자유로운 표현이 형성되기 시작한다.

이 시기, 1990년대 민주화부터 젊은 세대의 문인들이 등단하기 시작하고 그들의 작품들이 국민들에게 알려지기 시작한다. 제도적인 사회주의 문학에서 러시아 문학 대학 출신의 작가, 시인, 번역가 등의 활동이 활발했다. 문학의 전문 대학이라 할 수 있는 말 그대로 문학 대학은 전세계 단 두개로 모스크바 막심고리키의 문학 대학과 울란바타르 문학 대학이다. 이처럼 문학에 있어 몽골은 일찌기 사회주의 문학, 더 나아가 수준 높은 러시아 문학의 영향을 크게 받는다.

이는 몽골이라는 큰 대지의 자연 친화적 풍습과 환경 속에서 자연스럽게 싹텄다고도 할 수 있다.

강어치르 시인이,

   - 풍습을 근본으로 오늘을 만들어가는 산수의 문학을 가진 몽골
이여!' -

   하고 『한-몽 문학』 교류 문집 창간호 시 작품에서 말하는 이유이기도
하다. 몽골 문학은 장르의 구애 없이 작품을 쓰는 것이 보편화되어있
다. 대체 적으로 젊은 나이에 시를 쓰고 소설 창작에 임한다는 것으로,
『한국-몽골 소설 선집』(2018)에 게재된 서닝바야르외 촐롱체첵, 우르
징한드, 그리고 냠일학와패렌레이 역시 이와 다르지 않다.
   헹티아이막 바가노오르에 1920년대 몽골 유명 시인 나착더르치의 문
학비가 있고, 돈드고비 아이막 만달 고비에는 보양네메흐의 기념비가
있다. 이들은 당대에 함께 활동했다. 보양네메흐의 경우에는, 〈몽골 새
로운 시대의 첫 극작가〉로 알려져 있다.
   시와 소설이 서로 다른 장르지만 장르 하나만을 고집하지 않기 때문
에, 프로필을 보면 모든 장르를 아우러 '문학가'로 쓰는 걸 볼 수 있다.
장르의 전문성을 말할 때 소설가, 수필가, 하고 우리는 家를 붙이는 것
처럼 몽골은 치(ч) 발음으로 전문가 임을 표기한다.
   이를테면 토올 노래를 전문으로 하는 경우 치를 붙여 토올치라 부르
고, 소설을 전문으로 하는경우, 저히얼치(зохиолч), 그리고 시를 전문으
로 하는 경우 야로오나이락치(яруунайрагч)로 부른다. 이처럼 치(ч)를 붙
임으로서 장르의 전문가임을 말한다.

   2019년은 몽골 문학 연맹(문인협회)이 탄생 된 지 90주년이 되는 해로
계산해 보면 사회주의 시대에 제도적 문학 연맹이 구성된 셈이다.

몽골의 문학 실태는 우리의 과거 1960-80년대 예술의 감성이 농후한 프로 작가들이 가난을 견디며 활동하던 시기로 지금의 몽골 문인의 경우가 그러므로 가히 그들의 문학 수준을 폄하 할 수 없다. 또 러시아와의 관계에서 수준 높은 러시아 문학의 영향을 보이는 것은 러시아 형식의 문학 대학이 몽골에 존재한다는 것이다.

# 8

# 소식

 

투브아이막 운줄 초원을 방목지로 삼은 엥흐자르갈은 그곳에 게르를 세우고 가축을 방목했다. 이곳에서 한 철을 보내면 어워르항가이 바트얼지 목영 지로 다시 이동 할 참이다. 밤이면 등잔에 심지를 세우고 밝혔던 어두운 등불이 늘 불편했지만, 게르에 불을 밝힐 수 있고 이동이 가능한 태양광 집열판을 사용한 것은 얼마 되지 않았다. 행정부에서는 몽골 경제를 다스리는 목축장려정책과 유목민들의 불편 해소 차원으로 태양열 집열판 구입 비용 40%를 대대적으로 지원했다.

전선을 연결한 전구 불빛은 재래식 등불보다 훨씬 밝고 편했다. 태양열을 흡수할 수 있는 시간이 짧지만 문명의 혜택을 그래도 보는 것으로 자동차 밧데리를 사용하는 것보다 훨씬 나았다. 자동차 밧데리는 전류의 흐름이 일정하지 않아 TV의 화면이 꺼지거나 뭉개지기 일쑤지만, 태양광 집열판 전지는 깨끗한 화면을 제공했다.

엥흐자르갈은 가축 수에 따라 네 개의 태양광 집열판을 지원받았다. 그리고 목동 반장에게 그중 두 개를 합쳐 하나의 게르에서 사용할 수 있도록 설치했다.

그 뒤부터 밝아진 조명은 화면이 깨끗한 TV 시청도 가능했다. 단 한 가지, 밖에 세운 안테나가 잦은 바람에 돌아가 버리는 빈번한 결점이었다. 그래서 화면이 뭉개지면 안테나를 바로잡기 일쑤였다.

그녀와 목동들은 항상 저녁이면 방목 지에서 스스로 돌아온 가축들이 들어간 우리 문을 잠그는 일이다. 모든 가축은 서열이 있기 때문에 해가 지는 저녁이면 서열이 가장 높은 가축을 따라 모두 돌아와 우리 안으로 들어간다. 때로는 앉거나 눕기도 하지만 서서 자는 말들은 우리가 필요 없다. 말들은 게르 가까운 고정된 장소로 항상 돌아온다.

그래서 유목민들은 가축을 가족으로 여겼다. 말 떼를 하나하나 세지 않아도 말 한 마리가 보이지 않으면 그것을 알고, 말 떼를 통제하는 것은 사람이 아니다. 말 무리 중에 서열이 가장 높은 선봉 말이다. 목동들은 서열이 가장 높은 가축을 알고 있다.

어느 날, 뒤처진 망아지 한 마리를 찾아 선봉 말과 함께 몰고 오는데, 무엇이 급했는지 게르 앞 구릉 능선까지 올라온 어머니가 조급한 손짓으로 멀리서 엥흐자르갈을 부른다. 가축 몰이도 잘하시던 어머니는 나이가 들어 이제 집안에만 있었다. 어머니는 종일 우유를 저어 버터를 만들거나 마유주를 담그는 일이었다. 그런 어머니가 게르 밖 능선까지 올라와 그녀를 부르는 것이다.

"얘야, 엥흐자르갈, 엥흐자르갈."

부르는 소리에 선봉 마에게 뒤처진 망아지를 맡기고 달려온 그녀가 말에서 내리며 어머니에게 묻는다.

"무슨 일인데 여기까지 나오셨어요. 어머니?"

어머니는 상기된 표정으로 말했다.

"내가 잘못 본 건지 TV를 잠깐 켰는데 솔롱고 아비가 나온 것 같구나. 빨리 집으로 들어가 텔레비 좀 보려 므나."

"뭐라고요?"

화급히 집으로 들어가 본 TV 화면은 다른 장면이 나오고 있었다. 그녀는 뒤따라 들어온 어머니에게 말했다.

"어머니가 잘못 보셨을 거예요. 한국에 계시는 분이 TV에 나올 리 없잖아요."

"아니다. 틀림없어. 뉴스에 나왔으니까 이따가 또 보렴. 무슨 큰 행사를 하는 것 같더라."

믿어지지 않았다. 하지만 결코 어머니가 잘못 본 것이 아닐지 모른다는 생각도 들었다. 하지만 어머니는 나이가 들었어도 정신만큼은 맑았다.


총명한 머리를 가진 어머니의 말씀을 새겨듣고, 정시가 가까워지자 하던 일을 멈추고 TV 앞에 앉았다. 잠시 후 정시 뉴스가 방영되었다. 정치 분야 중요 뉴스가 방영되고 곧이어 문화 분야 뉴스로 이어졌다. 야생마 보존위원회가 해마다 여름이면 초원에서 펼치는 거창하고 화려한 행사 장면이 끝나자, 러시아 건물 양식 몽골 대통령배 국립 도서관 건물이 화면을 가득 채웠다. 화면은 깨끗하다. 그곳에서 한국과 몽골 문학인들이 세미나를 한다는 자막이 나오고 아나운서의 안내와 행사 장면이 나왔다.

이 행사는 특별 취재라는 자막이 나올 정도로 관심을 크게 갖는 뉴스였다. 이때 갑자기 줄무늬가 가득 차더니 화면이 뭉개져 버렸다. 조바심이 일어난 그녀는 얼른 밖으로 나가 바람에 돌아간 안테나를 바로 잡은 후에야 화면은 제자리로 돌아왔다. 뭉흐바트잠양 부총리의 축사 장면이 나왔다. 바로 이어 몽골과 한국 문인들과, 바뀐 화면에서 인사말을 하는 솔롱고 아빠인 준호의 모습, 그리고 대표자로 단독인터뷰를 하는 장면이 몇 초 동안이나 화면을 채웠다. 그가 솔롱고의 아빠라는 사실은 그녀에게는 충격이다.

엥흐자르갈은 일순 심장이 멎었다.

"거봐! 아까도 그렇게 나왔어!"


어머니는 기뻐했다. 틀림없는 솔롱고의 아빠다. 걷잡을 수 없게 엥흐자르갈의 가슴이 뛴다. 깨끗한 화면으로 그를 본 기쁨에 흥분된 그녀는 금새 눈물이 그렁거렸다. 왜, 이리 눈물이 멎지 않을까. 손마저 떨렸다.

화면이 넘어가자 눈물을 훔치며 문을 박차고 나온 엥흐자르갈은 말을 몰고 초원으로 무작정 달렸다. 얼마나 달렸는지 모른다. 초원 어느 정점에 오방색 하닥 자락이 바람에 펄럭이는 어워가 보이자 말에서 내린 그녀는, 어워의 돌무더기 앞에 쓰러져 무릎을 꿇고 포효를 내지르며 펑펑 울었다. 오직 아빠를 그리워하며 어워만 보면 그곳으로 달려가 아빠를 만나게 해달라며 빌고 또 빌었던 어린 솔롱고의 애타는 기원을 텡게르 신은 결코 외면하지 않았다.


이제 초등학교 졸업반으로 솔롱고가 성장한 때였다. 솔롱고는 영리했다. 공부도 퍽 잘했다. 어머니와 떨어져 공부하는 솔롱고는 독립심도 강했고 어리지만 의젓했다. 아빠를 닮아 큰 키에 똑똑하게 자란 솔롱고를 이렇게 키웠노라며, 준호를 만나면 보여주고 싶었다.

그렇게 솔롱고가 성장하자, 조금씩 할하 부족 가문의 전설을 심어주었다. 구르반사이항에서 선사시대부터 조상들이 살았고, 대를 이어 할하 부족 족장을 지냈으며, 14세기에 척트라는 조상이 칭기즈 칸 몽골

통일 전쟁에서 영웅 칭호를 받은 일, 그리고 조상들의 많은 업적을 후손들이 아르갈리 산양 서식처 동굴에 바위 그림을 새긴 것과, 아빠가 UB대학 연구 교수로 한국에서 왔을 때, 엄마가 코디네이터로 도왔던 일, 몽골 바위 그림을 연구하며 글을 쓰는 아빠가 그 동굴을 찾으려 했던 것과 끊어질뻔 했던 집안의 대를 이어가게 되었다는 것을 말해주었다. 다행히 솔롱고는 아버지를 원망하지 않았다. 아버지의 모든 것과 가문의 화려한 내력에 자부심을 크게 가지고 자랐다.

그렇게 자란 솔롱고는,

"엄마, 걱정하지 마세요. 내가 너 사라면 한국을 가서라도 아버시를 찾아 드릴게요. 그리고 아버지를 찾으면 아버지를 도와 조상들이 새겨놓은 자랑스러운 동굴 바위 그림도 찾아 드릴 거예요."

하며 어른스럽게 그녀를 위로했다.


눈물을 거두고 집으로 돌아온 그녀는 한편 준호에 대한 원망 또한 컸다. 기뻤던 마음이 가시고 본마음으로 돌아오자, 화면에 비친 행사 규모로 보아 한두 해에 이루어진 일은 결코 아닐 것이라는 생각이다. 그래서 무심한 준호가 더욱 섭섭하게 여겨지는 것이다.

적어도 몽골 정부 부총리가 축사로 나설 정도라면, 그동안 숫 하게 몽골에서 활동하며 다져왔을 터에, 자연스럽게 인터뷰에 응하는 것을 보면 몽골을 수없이 오가거나 장기 체류가 아니면 불가능한 일로 간주되기 때문에, 마음 한 구석 준호의 무심과 섭섭한 마음이 오히려 그녀를 괴롭혔다. 준호가 알고 있는 구르반사이항 목축지가 아무리 멀고 또 멀어도, 아르항가이 체체를랙 외가와 외삼촌 가족들을 알고 있으면서도, 찾을 길이 그렇게 없었는지 서운한 마음은 꼬리를 물고 원망을 던지고 또 던졌다.

아니면, 준호의 애정이 아예 식어버린 것인지, 가볍게 스쳐 간 인연쯤으로 치부하고 몽골에 뿌리고 간 한 점 혈육 솔롱고조차 염두에 없는 것인지, 이 지경의 생각까지 이르자 삶의 의욕마저도 저버릴 정도로 엥흐자르갈은 오히려 괴로웠다. 하지만 솔롱고가 태어나 집안의 대를 이어가게 된 기쁨을 전하고서, 많은 가축 때문에 오지 초원을 벗어날 수 없는 실정에 어쩔 수 없이 다시 연락을 주지 못한 자신에게도 잘못이 컸다는 생각이 들자, 그것으로 작은 위안 삼아 보지만 준호를 찾아 나서야 할지 체념해야 할지, 준호의 마음과 생각을 종잡을 수 없는 엥흐자르갈은 두 마음이 갈피를 잡지 못했다. 오히려 번민을 일으켰다. 그러나 준호를 체념해야 한다면 아빠를 애타게 그리는 솔롱고가 있고, 그가 몽골에 있다면 솔롱고를 위해서라도 그를 결코 포기할 수 없었다.

화면으로나마 준호를 본 기쁨에 앞서, 오히려 여러 갈등에 식욕을 잃고 며칠 동안을 괴로워 하는 엥흐자르갈을 묵묵히 바라보던 어머니가 보다 못해 거두절미하고 조용히 입을 열었다.

"그 사람 잘못이 있는 게 아니다. 처음 네 말대로 솔롱가 태어났다는 말은 전했다고 했잖느냐! 정도 많은 사람이 국제 전화인들 하지 않았겠느냐! 가축이 많아 풀이 많은 초원 오지로 들어올 수밖에 없는데, 오지 초원으로 들어오면 몽골 사람들도 연락할 길이 없다. 울란바타르에 네 소식을 전해 줄 수 있는 누군가를 정해 놨어야지, 그 사정을 알기나 했겠느냐. 그 사람 심성을 보면 인연을 가볍게 지나칠 사람은 아니다. 모두 네 잘못이다. 지금 와서 섭섭하게 생각할 것 없다."
하고 따끔하게 말했다.

"그이의 마음이 변했을 것만 같아 불안해요, 또 만나게 되더라도 같이 지내다가 한국으로 다시 또 돌아갈까 봐, 이제는 그것도 겁이 나요."

"꿈은 크구나. 지금 거기까지 생각할 것 없다. 우리 집안 대를 이어가게 해준 것만으로도 나는 더 할 말이 없는 사람이다. 그리고……."

어머니는 말을 끊고서 한참 동안 망설였다. 엥르자르갈이 생각하지 못하는 말을 바로 할 수 없는 것이다.

"후유-."

마디숨을 토하면서 어머니는 그녀의 눈치를 살핀다.

"?"

망설이던 어머니가 이윽고 결정적인 한마디를 던졌다.

"그리고…… 망설일 것 없이 내 아주 말 하마! 한국에 그 사람 가족이 있을 텐데, 너, 그것은 도대체 어떻게 감당할래!"

어머니는 꾸중하듯 말했다.

"아……! 괴로워요. 어머니, 저도 모르겠어요."

"그럴 테지! 그것도 각오할 일이다. 앞으로 모든 판단은 네가 해야지만 당장 솔롱고 때문에라도 만나기는 만나야 한다. 나머지는 그다음에 생각하자꾸나."

"네, 어머님 말씀이 옳아요."

"어떻든 이 어미는, 너를 필시 찾아올 사람으로 믿는다. 두고 봐라. 전에 그 사람 심성을 보면 보통 사람은 아니더라, 더구나 한민족은 조상의 뼈라도 찾는 민족이다. 솔롱고가 그토록 아버지를 잊지 못하는 것이 바로 그것이다. 핏줄이 당겨서 그러는 거야. 솔롱고 몸에는 한민족 피가 흐르는 걸 몰라? 그뿐만이 아니다. 이 어미가 또 걱정되는 것은, 한국 사람들은 혈육을 찾는 민족이어서 솔롱고를 보고서 자기 자식이라고 한국으로 데려갈까 봐, 나는 그것이 겁나는구나. 하지만 솔롱고가 있는 한 너를 절대 방관하지는 않을 것이다."

"어머니! 그만……그만 하세요. 솔롱고를 데려가다니, 그렇게 되면 나는 더 살 수 없어요.”

솔롱고를 한국으로 데려갈지도 모른다는 말에 일순 경련이 일어나는 충격에 울컥 흐르는 눈물을 떨리는 손으로 훔치며 엥흐자르갈은 탄식하듯 말했다. 많은 것을 어머니는 예견하고 있었다. 준호의 여러 가지를 예측하고 있었다. 어머니의 사려 깊고 심오한 생각과 따끔한 충고는 엥흐자르갈의 마음을 분연히 일으켜 세웠다.

“알았어요. 어머니.”

“그럼, 늦었지만 망설이지 말고 나중에 어떻게 되든지 내일 당장 울란바타르로 나가거라. 방송에 나온 다음 날 바로 나갔어도 늦은 일이다. 방송국을 가보면 무슨 소식을 알 것이다. 그것도 여의치 않으면 행사를 같이한 몽골 사람들도 수소문해 보고…….”

“알았어요. 어머니.”

*

엥흐자르갈은 이를 앙다물었다. 준호를 찾아 나서기로 마음을 굳혔다. 방송국 기자를 만나면 어느 정도는 알 것이다. 그리고 그를 찾을 수 있는 길이 보일 것이다.

# 9

## 암낙타의 모성

몽골 대통령배 국립 도서관 세미나 후, 작가들과 여행을 다녀온 준호는 한국 작가들을 보내고 다른 학회 일정을 소화하면서도 그녀와 솔롱고 생각이 늘 떠나지 않았다. 솔롱고는 이제 중학교에 들어갈 나이가 되었고 그동안 준호는 몽골에 모든 기반이 잡혀 있었다.

몽골 문단에 알려져 있을 정도의 인물이 되었고, 급기야 외국인 최초 몽골 문학 연맹 회원이 되었다. 또한 몽골 문학 연맹 90주년 기념식에서 공로 훈장을 받는다. 활동의 폭이 넓어진 만큼 한국에서와 같은 인맥이 폭넓게 구성되었다.

2학기 학사 준비를 서둘러 마친 준호는 본격적으로 그녀와 솔롱고를 찾아 아르항가이 소재지 체체를렉 솜, 외가댁으로 가기로 일정을 잡는다. 너무나 오래도록 그들을 찾지 못한 것은 몽골 문학 교류 활동을 위한 돗자리를 마련하는 일과, 갈수록 많아지는 학사 일정이 중복되는 일들이 많아져서다. 더구나 몽골에 아주 발을 붙이게 되자 한국을 꼭 가야 할 필연적인 어떤 이유조차도 준호에게 더는 없었다.

또 여름이면 몽골 문인 대부분은 특별한 일이 없는 한 시골 부모의 초원 목축지로 들어가거나, 아니면 울란바타르 도심을 떠나 초원 여름 집에서 보내기 때문에, 그들과 약속을 잡지 않는다. 이 시기를 준호는 십분 활용할 참이다.

교수 연구동을 나온 준호는 마트로 향했다. 자가용으로 가는 경우 새벽 세 시에 출발하여 쉬지 않고 달리면 자정에 체체를랙에 도착한다. 하지만 버스는 이틀이 걸린다. 준호는 버스로 가야 했다. 도심 마트를 들려 몇 가지 음식 재료를 산 것은 가면서 먹을 도시락을 준비할 요량이다. 물론, 기사가 머물러주는 식당에서 승객 모두 식사를 하게 되지만 언제나 초이방[1] 음식이 고정 메뉴로 나오기 때문에 비위가 맞지 않아서다. 김밥 거리와 캔 콜라 몇 개를 샀고 숙소로 돌아온 준호는 다음 날 이른 새벽부터 주먹밥과 김밥을 말고 배낭을 꾸렸다. 배낭을 꾸리면서도 체체를랙 그녀의 외가를 가면 그녀와 솔롱고의 소식을 알 수 있을지, 여름 목초지가 어디인지, 여러 생각이 꼬리에 꼬리를 물고 끊이지를 않는다. 그것은 그녀의 애정도 물론이지만, 몽골에 씨를 뿌린 한 점 혈육, 자식에 대한 천륜이라는 강력한 본능이 내면으로부터 작용하는 까닭이다. 사산된 줄 모르는 암낙타는 어린 낙타들이 보이기만 하면 그곳으로 달려가 자신의 새끼를 찾지만 사산된 자신의 새끼는 결코 보이지 않는다. 암낙타의 피어린 모성은 준호를 강하게 자극 했다.

아침에 출발한 버스가 중간 지점 어워르항가이 하르허릉에 머문 것은 정오였다. 하르허릉은 옛 이름이 하라호롬이다. 이곳은 옛 몽골의 수

---

1)초이방(Чуйбан) : 칼국수에 다진 양고기를 섞어 기름에 볶은 음식.

도로 칭기즈 칸 통일 전쟁에서 역참 중심지로 모든 전쟁 물자를 보급한 곳이다. 멀리 에르덴죠 사원의 성곽 같은 돌 담장에 석탑이 일정한 간격으로 세워져 있다. 승객들은 식당으로 들어갔고, 그 석탑을 바라보며 풀밭에 앉은 그는 뭉쳐온 주먹밥으로 점심을 해결했다. 다시 달린 버스가 볼강아이막 라샹트 간이정류소에 머물면 저녁을 먹고, 버스는 밤을 세우며 또 달린다.

대기에 퍼지는 태양이 슬슬 어둑 밤의 눈치를 보고, 서산 능선을 발밑에 두고 석양 햇살이 시물의 긴 그림자를 만들었나. 초원 멀리 정착민 마을이 보인다. 정착민 마을에 어슬렁거리는 가축들이 눈에 띈다. 마을을 가면 골목이 없다. 넓은 대지에 골목이 있을 이유는 없다. 집과 집 사이 간격이 넓고 사람과 가축이 넓은 공터와 고샅을 같이 공유한다.
중간지점 볼강아이막 라샹트 정류소에서 버스가 시동을 걸었다. 저녁 식사를 마친 승객들이 다시 버스에 올랐고 이제 멈추는 곳 없이 다음 날 아침 체체를랙에 도착한다. 눈을 감았지만 잠은 오지 않고 그녀와의 지난 일들이 흑백사진 필름이 파노라마로 이어지는 영상처럼 기억의 스크린을 비춘다. 그러니까, 그녀와의 인연은 갑자기 만들어진 것이 아니다. 둘 사이에서 솔롱고가 태어나기까지, 그녀는 애정의 씨앗을 처음부터 준호의 내면에 발아(發芽)시켰다. 필연적인 인연은 그렇게 형성되었고 오늘에 이르렀다.

몽골의 8월은 한국의 늦은 가을이다. 9월 첫 주에 눈이 오기도 한다. 버스 안으로 스미는 아침 냉기에 눈을 떴다. 북쪽 지대여서 아침 기온은 울란바타르보다 싸늘하다. 승객들은 모두 잠들어 있었다.
앞쪽을 바라보자 아르항가이 체체를랙이라는 키릴자모 대문자로 표기된 장엄하게 세워진 철재 아취를 버스가 통과했다. 몽골의 특징 중 하나는 각 아이막의 진입로나 솜 입구에는 하나같이 지역을 알리는 철재 아취가 웅대하게 세워져 있다. 지역 특색이 다르 듯 아취의 모양 또한 서로 다르다. 또 아취에는 지역 특성을 알리는 독특한 문양도 포함된다. 아취를 통과한 버스는 아르갈리 산양 동상이 초원을 내려다보는 깎아지른 절벽 아래 진입로를 질주했다. 도로 옆에 세워진 선 돌 바위에 감긴 푸른 하닥 천 자락이 앞서가는 버스 바람에 펄럭였다.

사회주의 시절 몽골을 무력으로 지배하던 폐허의 구소련 군부대 건물들과 황량한 대지 저편, 체체를랙으로 흐르는 이흐타미르 강줄기를 애워 싼 자작나무 숲이 정적인 장면으로 시야에 들어온다.

버스에서 내린 준호는 정착민 마을 경사진 흙길을 걸었다. 몽골의 읍 단위 솜을 가면 거개가 토목 공사를 하지 않고 구릉 능선에 그대로 정착민 촌이 만들어졌기 때문에 오르는 길이 많다. 멀리 보이는 맞은 바라기 능선 따라 가지런한 지붕들이 구릉 능선과 자연스럽게 어우러진 모습 또한 평화롭기 그지없다. 판자 울타리를 끼고 흙길을 오르면 끝머리에 그녀의 외숙부 집이 바로 있다. 물통이 담긴 손수레를 끌고 공동 우물로 가는 소녀의 곁을 스쳐 외숙부 가족이 기거하는 단층 건물과 측간 사이 마당에 세워진 게르 굴뚝에서 하얀 연기가 올곧은 장대처럼 솟아오르고 있었다.

# 10

## 초원의 외출

엥흐자르갈이 밖으로 나가는 것은 초원으로부터 외출이다. 그러니까, 정작 준호는 엥흐자르갈과 아들을 찾으려고 아르항가이 체체를렉 솜 그녀의 외가로 갔지만, 그녀는 그녀대로 준호의 행방을 알아보려고 울란바타르로 향하는 버스가 멈춰주는 아스콘이 깔린 길가로 이른 새벽 나온 것이다. 도로 가까운 어느 목축지 가축우리에 타고 온 말을 매어 두고 한 시간 동안 기다린 끝에 돈드고비에서 운줄 솜을 거쳐 나오는 버스에 그녀는 몸을 실었다. 울란바타르에서 방송국 기자를 만나 준호의 행 처를 알아볼 참이다.

며칠 동안이나 잠을 이루지 못한 그녀는 어젯밤 뜬 눈으로 날을 샜다. TV에서 준호를 본 그녀는 실컷 울기도 했고, 하얀 밤을 지세며 말을 몰고 초원을 달리며 소리도 질렀다. 그렇게 맺혀 온 가슴 속 응어리는 그래도 풀리지 않았다. 준호의 실체를 보지 않는 한, 풀릴 응어리가 아니다. 그를 찾으면 둘 사이에서 태어나 올곧게 자란 솔롱고는 자랑이 될 것이다. 또 솔롱고는 이제 아빠를 만나면 한국어로도 대화를 할 것이다. 여름방학이 되어 솔롱고와 자야가 목축지로 들어온 어느 날, 솔롱고가 가져온 책을 펴 보이며 말했다.

"엄마, 이거 볼래?"

"뭔데? 아니! 솔롱고, 한국어 공부하는 거야?"

"응, 읽어볼까?"

솔롱고가 한국어를 읽었다. 따복 따복 읽는 모습을 보고 그녀는 울컥 눈물이 솟았다. 솔롱고 눈을 피해 슬며시 눈물을 닦는다. 하지만 솔롱고는 엄마의 눈물을 보았다.

"엄마, 왜 울어?"

"응, 우리 아들이 하도 신통해서 그래."

"그런다고 울어? 웃어야지!"

"그래, 알았어. 그런데 이 책은 어떻게 구했어?"

"응, 학교 선생님이 주셨어."

"어떻게?"

"선생님이 그러셨어. 아빠를 만나면 어떻게 이야기할래? 준비를 헤야지? 내가 책을 구해다 줄까? 그러면서 울란바타르를 다녀오는 길에 구해왔다며 주셨어."

"그래? 고마우신 선생님이구나."

"선생님은 한국어도 잘해, 책을 주시면서 내일부터 한국어 공부를 하자며 가르쳐 주셨어."

"그랬어? 선생님을 엄마가 찾아봐야 하겠구나. 나도 우리 아들하고 한국어 공부를 할까?"

"그래, 엄마도 같이하자. 내가 배운 한국어를 자야에게도 가르치고 있어."

하지만 그녀는 대학에서 한국어를 선택 과목으로 공부를 했고 한국어 경진대회에서 대상을 탄 터다. 좀 더 솔롱고가 자라면 한국어를 가르칠 참이었다. 아빠에 대한 그리움은 솔롱고의 학구열에 밑거름 작용을 했다. 아빠를 만날 욕심으로 한국어 공부에 매달린 솔롱고는, 필시 아버지를 만난다는 예지력을 가진 것인지, 이번 여름방학에도 선생님에게 제대로 지도를 받아야 한다며 며칠 쉬더니 자야를 데리고 체체를랙으로 돌아가 한국어 공부를 하기를 원했다. 엥흐자르갈은 충분한 교습비를 자야의 몫까지 챙겨 둘을 데려다주면서 선생님에게 보답하는 것을 잊지 않았다.

버스는 울란바타르에 도착했다. 오전 열시가 넘은 시간이다. 정류장식당에서 호쇼르[1] 몇 장으로 늦은 아침 식사를 마친 그녀는 방송국으로 바로 향했다.

울란바타르 도심은 전과 같지 않았다. 공사 중이던 건물들은 모두 완성되었고, 이곳저곳 새 아파트가 들어차 있었다. 울란바타르에서 생활할 때 거주했던 러시아식 낡은 조립식 아파트 자리에는 다른 신식건물이 세워져 있었다. 구식 전차는 사라졌고 모두 러시아산 새 전차로 바뀌어 있었다. 수흐바타르 광장은 언제나 많은 인파로 붐빈다. 많은 것들이 변해 있었다. 몽골 경제는 한국의 6-70년 대 수준이지만 울란바타르 수도만큼은 현대문명의 범주 속으로 성큼성큼 다가가고 있었다. 광장 앞 한 불록 건너 몽골 국영방송국으로 들어간 그녀는 관계자를 바로 만날 수 있었다.

빌랙사이항으로 부르는 보도 국장과, 당초 취재기자 아가씨와 응접탁자를 사이에 두고 대화를 했다. 준호를 묻자 명함 한 장을 내밀며 보도

---

1)호쇼르(Хуушуур) : 저민 양고기를 밀가루 반죽에 감싸 튀긴 음식.

국장이 의문의 표정으로 준호를 찾는 사유를 물었다.

엥흐자르갈이 자초지종을 모두 말해주자 준호와 인터뷰를 했던 아가씨가 눈을 크게 뜨며 경이로운 표정으로 말했다.

"어머! 그러세요? 행사가 끝나고 방송국 PD와 카메라 기자가 그분들 여행길 취재를 하고 돌아왔는데, 모두 한국으로 돌아갔어요. 취재기자들이 공항까지 배웅을 했거든요. 하지만 취재 섭외를 하면서 토이갈상 인문대학장 전화번호를 받아 놓은 게 있어요. 그분께 물어보면 아실 거예요. 적어드릴게요."

"아-! 그래요? 감사합니다."

모두 한국으로 돌아갔다는 말이 큰 실망을 던졌다. 하지만 토이갈상 교수에게 최소한의 소식은 알 것 같았다. 아가씨는 전화번호를 적은 푸른색 포스트잇을 내밀며 말했다.

"토이갈상 교수와 통화가 될지 모르겠어요. 여름이면 대부분 여름 집으로 가잖아요."

인사를 마치고 포스트잇을 지갑에 넣고 한국으로 돌아갔다는 말에 상심한 엥흐자르갈, 무거워진 몸을 이끌고 문을 나서려는데 아가씨가 조급히 부른다.

"아-참, 잠깐만요."

엥흐자르갈이 돌아섰다. 그녀가 다시 말했다.

"그분이 토이갈상 교수님과 같이 근무하고 있댔어요."

"네?"

상황의 반전에 일순 놀란 엥흐자르갈이 잘못 들은 것 같아 다시되 묻는다.

"지금…… 뭐라고 하셨어요?"

"그분이 토이갈상 교수님과 UB 대학에 같이 근무하고 있다구요!"

"그래요? 아-! 고마워요! 고마워요!"

더 이상 반가운 소식은 없었다.


방송국 아가씨는 찾아온 보람을 안겨주었다. 방학은 아직도 많이 남아있지만, 꼭 토이갈상 교수가 아니어도 기다렸다가 개학 후 연구실로 찾아가면 될 일이다. 넘쳐흐르는 기쁨에 당장 학교로 가면 되지만 방송국 아가씨는 모두 한국으로 돌아갔다고 했다. 길게 남아있는 방학이 엥흐자르갈은 더 길게 느껴졌다. 준호에 대한 작은 소식 하나만이라도 토이갈상 교수에게 직접 듣고 싶었다.


몽골은 공중전화가 없다. 커피숍으로 들어가려다가 그마저 마음이 급한 그녀는 길거리 노상바닥에 좌판을 편 장삿꾼이 무선 전화기를 상품 옆에 놓고 1000투그릭을 주면 얼마든지 통화를 할 수 있는 전화기 앞에 쪼그리고 앉아 다이얼 번호를 하나씩 눌렀다.

허사다. 외국을 갔거나 아마 통화도 되지 않는 초원 오지 어느 여름집에서 휴가를 보내고 있을 터였다. 하지만, 토이갈상 교수와 같이 근무하고 있다는 말이 상기된 그녀는 방송국 아가씨의 말이 사실이라면 준호의 연구실이 있을 것이므로 불현듯 학교로 가보기로 했다. 최후 확인이다. 교수 연구동은 본관 맞은편 3층 건물로 본래 준호가 쓰던 연구실은 3층 계단을 오르면 첫 방이다. 하지만 출구 경비에게 허가를 받아야 했다.

경비는 말했다.

"장기 출타 중이니까 올라가지 마세요. 여러 교수들과 러시아 학회를 가셨어요."

하는 경비의 말에 엥흐자르갈은 반가웠다. 준호가 처음 연구교수로 왔을 때 쓰던 연구실을 그대로 쓰고 있고 러시아 학회를 갔다고 했다.

학교를 나온 엥흐자르갈은 솔롱고에게 가기로 방향을 틀었다. 한번 목축지로 들어가면 다시 나오기란 언제나 어렵기 때문도 있지만, 이렇게나마 반가운 소식을 솔롱고에게 맨 먼저 알려 주고 싶어서다.

준호가 울란대학에 있다는 것은 당장 볼 수는 없지만 이제 찾은 것이나 다름 아니다. 개학을 하는 대로 솔롱고를 데리고 다시 오면 준호를 볼 것이다. 솔롱고가 알면 얼마나 좋아할까, 솔롱고는 방학이 되어 집으로 오면 언제나 아빠의 침대가 있는 게르를 청소했다.

어머니가 신방 살림으로 마련해 준 그 게르는 솔롱고 때문에 없애버릴 수도 없었다. 아빠의 목조 침대를 소중하게 다루었고, 얼마나 닦고 또 닦았는지 윤이 흐를 정도였다. 주인 없는 그 게르와 아빠의 침대를 치우는 것은 솔롱고에게 커다란 상처를 주는 일이었다.

버스 정류장에 갔지만 체체를랙 방향 버스는 없었다. 몽골은 항상 편도뿐이다. 오전 일찍 간 버스는 기사를 바꿔 다음날 다시 울란바타르로 나오기 때문이다. 그러니까 하루 단 한 번 편도다. 그마저 실망이 되었다.

망설이는데 누군가 승객을 부르는 호객 소리가 들린다.

"아랑가이-, 아랑가이-, 아랑가이-."

(아르항가이를 간다는 말)

버스를 놓친 사람들이 미크로 버스(15인승 작은 버스)를 대절하고 남는 좌석을 채우려고 차장이 버스 문에 매달려 행선지를 알리는 중이었다.

그걸 타기로 했다. 그 버스는 체체를랙을 거쳐 가기 때문이다.

내일 오전이면 그곳에 도착한다. 가뜩이나 먼 길이 멀게 느껴지지 않는다. 버스 창밖으로 스치는 초원은 녹색 양탄자를 펼쳐놓은 것처럼 더욱 아름답게 보였다. 미크로 버스는 그녀의 기쁨을 아는지 빠르게 달린다. 주체못할 정도로 천만 가지 생각이 꼬리에 꼬리를 물고 늘어지는 동안 버스는 다음날 오전 목적지에 도착 했다.

솔롱고의 한국어 교습 시간이 오후여서 아직 집에 있을 시간이다. 정착민 촌 외숙부 집으로 냉큼 달려갔다. 오름 길을 숨 가쁘게 올라 기울어진 양철 대문 안으로 들어가 현관문을 열고 외숙모와 솔롱고를 부른다. 그녀의 목소리를 듣고 화급히 나온 건 외숙모다.

눈을 크게 치뜨고 바라보는 외숙모는 어안이 벙벙한 표정이다.

"아……니, 엥흐자르갈, 어떻게 온 거야?"

"네? 어떻게 오다니요?"

"솔롱고 아빠가 어제 여기 다녀간 거 몰라?"

"네?"

"아이구, 얼른 안으로 들어와."

놀란 그녀가 의자에 엉거주춤 엉덩이를 붙이며 되묻는다.

"무슨…… 말씀을 하시는 거예요? 솔롱고 아빠가 여기를 다녀가시다니?"

"세상에…… 모르고 있었네. 그래, 솔롱고 아빠가 어제 아침 여기를 왔어. 왔다고! 왔단말야! 어제 와서 외숙부가 준호랑 솔롱고를 트럭에 태우고 조카 목축지로 갔어. 밤새껏 갔을 테니까 목축지까지 가자면 내일 새벽에나 도착하겠네."

"뭐 라구요?"

하루 간만의 차이다. 오히려 충격이다. 도가 넘치는 갑작스런 기쁨의 충격도 충격이다. 당장 심장이 멎을 듯 가슴이 벅차오른 엥흐자르갈의 얼굴빛이 파래지며 옆으로 넘어진다. 외숙모가 엥흐자르갈을 얼른 안고 소리쳤다.

"엥흐자르갈, 흥분을 가라앉혀, 흥분을 가라앉혀."

"……."

"눈 좀, 떠봐. 엥흐자르갈."


진정된 엥흐자르갈은 외숙모의 품속에서 어깨를 들썩이며 한참 동안을 흐느낀다. 준호가 변한 것은 아닐까, 그냥 스쳐버리는 인연 정도로 치부해버린 것은 아닐까. 몽골에 씨를 뿌린 한 점 혈육 솔롱고마저도 염두에 없는 것일까. 준호의 마음을 종잡을 수 없어 삶의 의욕마져 잃고 며칠 동안을 괴로움에 망설였던 엥흐자르갈, 멈추지 않고 흐르는 눈물이 뜨겁다. 이렇게 뜨겁게 흐르는 눈물로 기쁨을 말할 수 있는 표현은 더는 없다. 낙타 젖으로 만든 시럽한 병을 가져온 외숙모는 마개를 따고 그녀에게 먹였다. 진정제다. 외숙모의 얼굴빛도 환하다. 솔롱고의 아빠가 와서다.

진정되어가는 엥흐자르갈의 낯빛을 바라보며 외숙모가 다시 말했다.

"글쎄, 학교를 데려갔는데 핏줄이 당기는지 여러 애들 속에서 솔롱고를 단박에 알아보고 어떻게 했는지 알아?"

"어떻게…… 했는데요?"

"세상에…… '내 아들. 솔롱고구나.' 그러면서 덥썩 안고 애 얼굴을 매만지며 어쩔 줄을 모르는데, 갑작스런 일에 솔롱고는 솔롱고대로 머뭇거리더니 아빠를 바로 알아보고 좋아하는 모습이 말로는 못 할 정도였어. 아빠에게 안긴 솔롱고가 얼굴을 자꾸 손으로 매만지며 울다가 웃다가 미칠 듯이 서로 좋아하는 것을 보고 선생님도 우리도 울고 말았다고……."

그러면서 외숙모는 눈물을 훔치며 다시 말했다.

"그때 선생님이 그러셨어. 솔롱고! 솔롱고! 한국말로 아빠를 불러야지."

"그러니까 솔롱고가 몽골어로 아브(아빠)라고 했다가 한국말로 아빠! 아빠! 하고 부르니까 글쎄, 애 아빠가 애를 꼭 껴안고서 어깨를 들썩이며 흐느끼더라고."

외숙모의 이야기를 들으며 엥흐자르갈은 흐르는 눈물을 주체하지 못한다. 한참 동안을 먹울음으로 흐느꼈다. 거듭 이슬을 찍어내며 외숙모의 말을 엥흐자르갈은 들었다.

"애, 아빠가 얼마나 아들이 보고 싶었는지, 눈물 주체를 못 하는데……, 좋은 일에도 나도 이렇게 눈물이 나네. 외숙부가 한국어 가르치는 선생님 말씀을 드렸더니 애 아빠가 선생님에게 거듭거듭 고맙다고 인사를 하더라고. 나중에 선생님께 드리라며 봉투 하나를 주길래 전해줬어."

그러면서 외숙모는 미소 반 눈물 반 흐르는 이슬을 닦는다. 엥흐자르갈은 준호가 방송에 나온 일이며, 학교 연구실까지 다녀온 일을 모두 말해 줬다.


준호가 솔롱고와 외숙부 트럭으로 그녀의 목축지로 가기까지에는 꼬박 삼일이 걸렸다. 이것이 혈육인지, 아빠 품에 안긴 솔롱고는 줄곧 아빠의 얼굴을 손으로 매만지기도 하고, 가슴 속에 손을 넣고 자신의 살갗처럼 느껴지는 아빠의 가슴을 자꾸 매만지며 어떻게 할지를 모른다.

외숙부는 밤을 새워가며 아스콘이 깔린 도로와 초원 흙길을 번갈아 달리며 차를 몰았다. 솔롱고는 잠시도 눈을 붙이지 못했다.

꿈속의 아빠처럼 자다가 눈을 뜨면 보이지 않을 것만 같았다.

"잠 좀, 자야지, 솔롱고."

"아빠, 안 잘 거야, 자고 나면 아빠가 없어질 것 같아 못 자겠어! 자지 않을 거야. 꿈이면 어떻게 해!"

솔롱고의 말에 준호는 가슴이 저린다. 아빠로서 솔롱고에게 한없이 미안하다. 그래서 더더욱 사랑스럽다.

밤을 지새며 울란바타르로 나왔을 때는 정오가 되었다. 외숙부와 솔롱고를 데리고 수흐바타르 광장 근처, 그가 자주 들리는 고급 한국식당에서 둘에게 맛있는 음식으로 아침 겸 점심을 사 먹였다.

창밖 도심을 바라보며 눈이 휘둥그레진 솔롱가 묻는다.

"아빠, 여기는 몽골이 아닌 것 같아."

"여기는 몽골 수도 울란바타르야. 처음 왔구나."

"응,"

체체를랙 초원에서만 자란 솔롱고는 시골의 자그만 읍 단위 솜, 체체를랙과는 비교가 안 되는 울란바타르 도심 모습이 신기하기만 하다.

하룻밤을 더 달려야 하기 때문에 준호는 식당에서 세 사람이 먹을 도시락을 주문하고 마트에서 음료수와 솔롱고의 간식을 샀다.

그리고 울란바타르를 벗어나는 변두리 주유소에서 기름을 넣고, 투브 아이막 운줄 초원 엥흐자르갈의 목영 지에 갔을 때는 그다음 날 이른 새벽이었다. 동살도 비치지 않은 이른 새벽부터 목동들이 부산하게 초원 목초지로 가축을 내모는 때다.

목초지의 아침은 늘 바쁘다. 먼저 양우리 문을 열고 초원으로 내보낸다. 어제와 다른 곳으로 소 떼와 말 떼를 방목하고, 그 사이에는 야크가 풀을 뜯으며, 더 먼 곳에 낙타를 방목하면 목동들은 집으로 돌아와 비로소 아침을 먹는다.

어둑 발 속에서 동살이 비칠무렵, 게르문 밖 화덕 솥단지에서 끓는 우유 표면에 서린 어럼[2])을 함참 동안 걸러내던 할머니가 트럭이 멈추는 소리를 듣고 손을 멈추고 멀리서 바라본다.

맨 먼저 차에서 내린 솔롱고가 달려온다.

"에메-에메-. 에쯔-.에쯔."

(эмээ эмээ/할머니,.(ээж-ээж 어머니 )

반갑게 할머니와 어머니를 거푸 부르며 뛰어온다.

"아니…… 솔롱고, 이 새벽에 어떻게 온 거야?"

기쁨 가득 찬 솔롱고가 말했다.

"저기- 아빠가 오셨어요. 할머니."

"뭐……? 지금 뭐라고 했어? 솔롱고!"

"아빠가 오셨어요. 엄마는 어딨어?"

"뭐라고? 아빠가 오다니? 무슨 말이야."

"네, 할머니, 아빠가 오셨어요."

그러면서 솔롱고는 엄마의 게르 쪽으로 뛰어갔다.


어럼을 걸러 내는 망사 채와 주걱을 들고 의문의 눈으로 차에서 내린 외숙부가 준호를 데리고 오는 모습을 본 어머니는, 준호를 보자 망사 채와 주걱을 내던지고 달려와 와락 안고서 어깨를 토닥이며 몸을 뗄 줄을 모른다.

엥흐자르갈의 어머니는 꿈인지, 생시인지, 어쩔 줄을 모르다가 준호의 손목을 움켜잡고 게르 안으로 반갑게 끌고 들어갔다.

그 게르는 그녀와의 신방 살림으로 어머니가 처음 마련해 준 그 게

---

2) 어럼 (Өрөм) : 우유를 끓일 때 표면에 처음 서리는 얇고 노란 막.

르다. 언젠가는 준호가 올 것으로 내심 믿고 있던 어머니는, 그녀의 만류에도 결코 치우지 않았다. 그곳으로 들어가자 어머니가 손수 바느질로 지어준 평상복과 푸른 델이 그대로 걸려 있고, 씌워주었던 터허르척 전통 모자가 벽에 걸린 채 주인을 기다리고 있었다. 침대며, 무늬가 그려진 나무판자 단이며 설작, 방안 살림들이 처음 모습 그대로 모두 제 위치에 놓여있었다.

"자네 집 그대로일세."

안으로 들어선 준호는 엥흐자르갈부터 찾는다. 조급히 물을 수밖에 없다.

"어머님, 엥흐자르갈은 왜 보이지 않아요? 네?"

엄마가 보이지 않자 되돌아 뛰어온 솔롱고가 말했다.

"할머니, 엄마 양 떼 몰러 갔어요?"

어머니는 눈가에 이슬을 거듭 닦으며 말했다.

"딸아이는 자네가 텔레비전에 나온 걸 보고 방송국으로 갔네. 이렇게 온 것도 모르고 자네 행 처를 알아보려고 갔어."

그러면서 이슬을 또 훔친다.

"네, 이제 그만 우셔요. 이렇게 제가 왔잖아요. 어머니!"

"고맙네, 또 고맙네! 나는 자네가 언제라도 올 줄 알았네. 몽골 땅에 씨를 뿌린 자네 핏줄이 당기는데 내칠 리가 없지."

하고 솔롱고를 당겨 안고 이슬을 닦는다. 그러면서 다시 말하기를,

"솔롱고가 커 갈수록 제 아빠를 빼닮아 가는데 난들 자네가 보고 싶지 않았겠는가. 이렇게 와줘서 고맙네."

준호는 얼른 어머니가 해주신 델을 걸치고 터허륵척 말가이를 머리에 쓰며 말했다.

"어머니, 절 받으세요."

"아까, 안았으면 됐지. 무슨 절인가."

줄 곳 흐르는 눈물을 어머니는 훔치며 말했다.

"아니예요. 어머님께 절을 올리려고 이렇게 해주신 옷을 입었잖아요."

깨끗한 양탄자가 깔린 바닥에 넙죽 엎드려 준호는 큰절을 올렸다. 그리고 어머니의 손목을 잡고 일어서며 말했다.

"어머니, 오래오래 사세요."

엥흐자르갈이 사랑을 주었던 것처럼, 짧은 기간 무한한 애정을 준호에게 쏟아준 어머니가 약식 혼례식을 올려준 후부터 준호는 어머니로 여겨졌다. 이 광경을 바라보던 외숙부가 준호를 안고 어깨를 토닥이며 고마워했다.

"고맙네. 이런 자네를 어찌 엥흐자르갈과 솔롱고가 찾지 않았겠는가."

"외숙부님. 감사합니다."


엥흐자르갈은 어머니가 처음 신방으로 마련해 준 침대며 찬장이며, 모든 살림이 이동을 할 때마다 짐이 되었다. 속마음은 항상 그대로 놓아두고 싶었지만 어머니에게 늘 미안한 그녀는,

"어머니, 어머님이 해주신 새살림 쓰지도 않는데 모두 치워야 하겠어요. 그이도 없는데 옮길 때마다 힘들잖아요."

"무슨 소리냐. 애 아빠가 갑자기 오면 어떻게 할래! 힘들어도 참아라. 영 오지 않으면 나중에 목동들이 쓰도록 하면 되지."

그리고 솔롱고가 자라면서 아빠 침대라는 걸 알고서는 솔롱고 때문에도 치우지 못했다. 단위에 세워둔 그녀와 아빠의 사진이 들어있는 편액을 솔롱고는 손이 닳도록 매만지며 바라보았고, 어릴 때는 그 게르

안에서만 놀았다. 양 떼를 방목하고 돌아와서도 아빠의 침대에서 아빠를 그리며 낮잠을 잤다. 솔롱고에게 아빠의 침대와 게르는 고귀한 보물이었다. 솔롱고의 모습을 물끄러미 바라보며 어머니는 말했다.

"솔롱고가 하는 것을 보면, 제 아빠에게 핏줄이 당기는 모양이다. 이제는 치우고 싶어도 치울 수가 없구나."

# 11

## 춤추는 솔롱고

깊은 수면 속에서 솔롱고는 꿈을 꾼다. 오방색 하닥자락이 펄럭이는 생시처럼, 높고 험준한 가파른 바위능선 어워를 향해 솔롱고는 힘겹게 기어오르고 있다. 아빠를 만나게 해달라며 텡게르 신에게 빌고 또 빌어야만 아빠를 만날 수 있을 것 같다. 꿈속의 솔롱고는 아직도 아빠를 이렇게 찾고 있다. 어워너머 붉은 노을 빛에 일순 눈이 부시다. 어워를 바라볼 수 없다. 빛살 속에 누군가 검게 서 있다.

아빠의 모습이다.

"아아브, 아아브,-"

(аав, аав/아빠 아빠-)

부르는 순간 노을빛도 아빠도 일순간에 사라졌다. 세상이 먹처럼 캄캄해졌다.

"잠꼬대하는구나. 아빠 여기 있잖아!"

"아빠 꿈을 꿨어. 아빠가 없어졌어."

솔롱고는 준호의 가슴을 저리게 만들었다.

"아빠, 오늘은 엄마가 오실 거예요. 시간 맞춰 버스가 쉬는 곳으로 마중 가요."

"그래, 아침 먹고 가자꾸나."

조반을 마친 그들은 말을 몰고 길을 나섰다. 드 푸른 대지 복판으로 두 부자가 달리고 있다. 봉지 가슴으로 아빠를 그리던 솔롱고에게는 꿈같은 현실이다. 이제 더 이상 바람은 없다.

"아빠, 버스가 오는가 봐요. 흙먼지가 보여요."

말등자를 내리치며 솔롱고가 앞서 달린다.

숨 가쁘게 체체를랙에서 엥흐자르갈이 돌아오고, 연록 빛깔 비단 폭 내리 덮인 초원 바람 속에서 상상도 못 할 어느 영화의 극적 장면처럼 준호와 엥흐자르갈의 격정의 만남이 이루어진다.

그리고 며칠 뒤.

"하이르."

(хайр/사랑해요)

"하이르타이 엥흐자르갈."

(хайр энхзаграл / 사랑해요, 엥흐자르갈)

푸른 하늘이 눈이 부실 지경이다. 초원에 누워 준호의 팔베개로 품에 안긴 엥흐자르갈, 자꾸 흐르는 눈가의 이슬을 닦는다. 섭섭했던 한편의 갈등과 솔롱고의 아빠에 대한 그리움 사이에서 괴로웠던 그녀는, 설마 이런 날이 올 줄 상상하지 못했다.

꿈이며 절실한 바람일 뿐이었다. 그들이 타고 온 두 필의 말이 한가롭게 풀을 뜯고 준호의 품속에서 그녀는 가냘픈 목소리로 그가 그리울 때마다 띄웠던 노래를 토올로 부른다.


아주 먼 옛날부터
높은 나무들이
바람결에 흔들리고
버드나무들이 숲을 이루어
깨끗한 샘물에서
검은 단비들이 즐겁게 놀고
비옥하며 넓고 높다고 하네요.


  슬픈 가락 속에 기쁨이 넘치고, 부르던 노래 끝에 멈추지 않고 흐르는 눈물이 뜨겁다. 준호의 품속을 파고든다. 준호의 품속에서 한참 동안을 엥흐자르갈은 어깨를 들썩이며 흐느꼈다. 이대로 영원하다면 더는 바랄 게 없다. 조용히 이슬을 닦아주는 준호에게 '하이르.(хайр/사랑해요)' 하고 마디숨이 터진다. 엥흐자르갈의 토올 소리를 듣고 솔롱고가 머링호오르를 활처럼 어깨에 차고 백마를 타고 달려 왔다.

  "아~브-."

  (a~aв 아빠-)

  말에서 내린 솔롱고가 머링호오르를 바위에 내려놓고 엄마와 아빠 사이로 파고든다.

  "아브, 아브, 미니아브."

  (аавааав минь аав 아빠, 아빠, 나의 아빠.)

  숨이 넘어가도록 수만 번 아빠를 불러도 양이 차지 않는다. 솔롱고를 품고 준호가 풀밭을 딩군다.

"그렇게도 아빠가 보고 싶었어?"

부자 모습에 질투가 났는지 자리에서 밀려난 그녀가 어린애처럼 둘 사이로 파고들며 솔롱고를 떼어 놓는다.

"솔롱고, 저리 좀 가. 아빠 차지 좀 오래 할래."

"엄마는 여태 아빠랑 있었잖아!"

둘의 애정 싸움에 준호는 그녀와 솔롱고를 양팔에 안았다. 그리고 코끝에 닿을 것 같은 뭉게구름을 바라본다. 한참 동안 그렇게 아빠의 애정을 향유하던 솔롱고가 말했다.

"엄마, 아빠가 보고 싶을 때 부르던 토올을 불러줘. 내가 춤을 출게."

옷깃을 여미며 일어난 엥흐자르갈이 바위에 걸터앉아 머링호오르를 연주하며 그리움을 띄웠던 토올을 노래 부른다.


슬픈 음률로 흐르는 머링호오르 가락과 그녀의 토올 가락 속에 무동(舞童)이 된 솔롱고는, 아버지의 앞에서 혼이 나간 것처럼 양팔을 올리고 내리며 때로는 돌기도 하며 춤사위를 폈다. 아빠의 그리움에 새가슴보다 여린 앙가슴 파르르 떨던 한을 몸짓으로 풀고 있다. 델자락 펄럭이며 넋 나간 듯 춤추는 솔롱고의 몸짓과 표정은 몸으로 말하는 그리웠던 절규며 표현이다. 엥흐자르갈의 토올 가락도, 심금을 파고드는 머링호오르의 호소적인 음율도 애절하다. 천만번을 말한들 어찌 이만이나 할까, 이토록 보고 싶었노라며, 이렇게 아빠를 그리워했노라며, 맺혔던 한을 몸짓과 토올로 말하는 둘의 모습에 준호는 전율했다.

그들의 퍼포먼스에 울컥 피부로 파고드는 벅찬 전율이 견딜 수 없던 준호는, 풀어진 보스에[1] 다리가 감겨 넘어진 솔롱고를 와락 안고 풀

1) 보스(бус) : 델을 입고 허리에 두르는 천.

섶을 딩군다.

"솔롱고, 그만, 무슨 말을 하는지 아빠는 알고 있어."

아빠 품속으로 솔롱고가 파고 든다. 토올을 멈춘 엥흐자르갈이 머링 호오르를 내려놓고 다가와 눈가에 일순 어린 준호의 이슬을 닦아 준다.

애절했던 그들의 그리움은 이렇게 열매를 맺는다.

\*

산꼭대기 너머에서 암낙타 울음소리가 들려오고, 황금빛 같은 석양에 긴 그림자를 끌고 양 떼들이 줄지어가고 있었다.

# 12

# 초원 야경

바람 한 점 없는 여름 목초지, 달빛 교교한 아름다운 초원 야경(草原夜景)이다. 그날따라 늘 아빠 곁에 붙어있던 솔롱고를 할머니가 데려간 것은, 아빠 곁을 잠시도 떠나지 않는 솔롱고를 떼어 놔야만 둘만의 시간을 가질 수 있기 때문이다. 게르문 밖으로 얼굴을 내민 엥흐자르갈이 낮처럼 밝은 밤하늘을 바라보며,

"우리 달구경 가요. 쟁반 달이 떴어요."

하고 말했다.

말안장을 들고나온 그들은 우리에 매어둔 두 필의 말안장을 올리고 고삐를 풀었다. 달빛에 윤기가 흐르는 흑마의 고삐를 건네주며 엥흐자르갈이 말했다.

"이 말은 당신 말 이예요. 솔롱고가 점찍어서 길들여놓고 몸도 씻어주며 아빠 말이라며 소중히 다루라고 늘 말해왔어요."

달그림자를 밟으며 그들은 장애물하나 없는 초원을 목영지가 보이지

앉을 때까지 달렸다. 몸을 가릴 바위도 없고 구릉도 없다.

달빛 속 지평선 끝이 희미하다. 지난날 신혼여행처럼 갔던 흑화(黑花)의 땅 항가이 지평선에서 사랑을 나눌 때, 그리고 아이를 낳으면 솔롱고라 이름 짓겠다고 다짐하던 풀밭에 델 자락을 펼 때처럼, 엥흐자르갈은 말 잔등에 걸쳐온 담요를 풀 섶 위에 폈다. 초롱 등불처럼 매달려 반짝이는 별빛 속에 그들은 누웠다. 팔베개 안으로 들어온 그녀에게 조용히 준호가 말한다.

"안아달라고 말해요."

"네?"

"안아달라고 말해봐요."

"아! 빨리 안아줘요."

와락 안아주는 품속으로 엥흐자르갈이 파고든다. 주체할 수 없는 벅찬 감동이 뜨거운 몸서리로 전율하는 달밤이다.

"아! 하이르타이, 하이르타이. "

(aa! хайртай хайртай /아! 사랑해요, 사랑해요.)


엥흐자르갈은 은하의 돛단배가 되고 준호는 사공이 된다. 그녀의 가슴 위에서 사공은 노를 젓는다. 천지가 무너지는 황홀이 시각을 무참히 무너뜨린다. 이 세상 아무것도 보이지 않는 황홀의 경지가 달빛 속에 흐른다. 엥흐자르갈은 감정에 약하다. 꽃 멀미 속에서 이슬이 흐른다. 이 벅찬 황홀이 가시지 않도록 달도 지지 말고, 은하수도 흘러가지 말며, 북두칠성도 북극성도 제자리에서 반짝거려 주기만을 그녀는 원한다. 그렇게 애 닳음이 풀린 그녀가 준호를 힘주어 안고서 속삭였다.

"솔롱고에게 아빠 소식을 전해주려고 제가 체체를랙 외가로 간 날, 당신이 먼저와 솔롱고를 데리고 외숙부와 이곳에 오셨잖아요?"

"으흥!"

"오셔가지고 맨 먼저 어머니가 해주신 델을 입고 터허릑척 말가이를 쓰시고서 한국식으로 큰절을 하셨다면서요?"

"으흥!"

"그때, 이렇게 말씀하시면서 절을 하셨다면서요? 에쯔 멩드치렐트 절 걸트(ээж мэндчилэлт, золголт/어머님 절 받으세요.), 이렇게요."

"으흥!"

"그날 밤 어머니가 펑펑 우셨대요."

"야갸드 베?"

(Яагаад вэ/왜요?)

"하담에쯔(хадамээж/장모님)라고 하시지 않고 일어서면서 어머님 손을 붙잡고 에쯔오당 아쯔터럭흐(ээж.удаан .аж төрөх/어머님, 오래오래 사세요). 하시니까 감동하신 거예요. 친자식처럼 하시니까 일찍 돌아가신 오빠가 살아 돌아온 것 같았대요."

"팀우?"

(Тийм үү/그래요?)

"네, 그러시면서 그것이 문제가 아니라, 자식처럼 어머님이라고 말씀하시면서 엎드려 절하신 것이 그렇게 좋았대요. 친자식 같았다면서 한국 사람들은 부모에게 효도하고 예의가 바르다더니 정말 그렇대요."

"그리고……."

이 부분에서 엥흐자르갈은 잠시 말을 끊고 슬며시 준호의 눈치를 살핀다. 어머니의 말씀대로 행여 자기 자식이라며 솔롱고를 한국으로 데려갈지 모른다는 말이 뇌리에 달라붙어 가슴 한쪽을 짓누르기 때문이다. 무슨 말이 나올지 몰라 가슴이 일순 두근거린다.

"그리고?"

하고 준호가 되묻자, 불안에 몸을 일으킨 엥흐자르갈은 자신의 무릎에 준호를 눕히고서 깜박이는 머루 눈빛으로 내려다보며 말했다.

멀리 열린 게르 문에서 불빛이 새어 나오고, 네 마리의 학(鶴)이 은하를 건너 쟁반 달빛 속으로 헤엄쳐 날아가고 있었다.

"네, 앞으로 어떻게 하실 건지 당신 속마음을 어머님이 알고 싶대요. 저도 물론 그렇구요. 몽골 신분도 궁금해요. 방송국 아가씨가 그러는데 토이갈상 교수하고 같이 몸담고 계신다고 해서 얼마나 좋았는지 몰라요. 전처럼 기한을 정해놓고, 연구교수로 계시다가 다시 돌아가셔야 히는지 모두 말씀해줘요. 연구교수 임기를 마치고 돌아가실 때 붙잡지 못한 것을 얼마나 후회했는지 몰라요. 당신하고 이제는 떨어지지 않을래요. 당신을 이렇게 만나지 못했다면 솔롱고도 나도 종래 병들어 죽고 말았을 거예요."

엥흐자르갈은 호소적인 음색과 사랑스러운 표정으로 말했다. 올려다본 엥흐자르갈의 머루 눈동자가 달빛에 젖어있었다. 짙은 음색과 응석에 그녀 내면의 깊은 애정을 준호는 강하게 느낀다. 풀 섶에 내려앉는 안개처럼 낮은 음색으로 조용히 준호가 말했다.

"이제 내 곁에 당신이 있고 아들도 있는데, 처자식을 두고 이제 어디든 가지 않을 거예요."

그러자 준호의 다짐에 기쁨의 파장이 일어난 엥흐자르갈이 외치듯 말했다.

"네? 뭐라구요? 아- 저깅(Зөгийн 여보)! 엥네르후헤드(ЭхнэрХүүхэд 처자식)라고 하시다니! 당신 마음을 몰라 어머니도 저도 여태 걱정했어요. 이런 말씀을 듣고 싶으신 어머님이 그래서 아까 솔롱고를 데려간 거예요. 생각하지도 못한 말씀을 이렇게 해주시다니, 솔롱고도 어머님도 기뻐하실 거예요."

준호의 한마디 다짐에, 엥흐자르갈의 가슴을 짓눌렀던 염려의 파장이 일순간에 사라진다. 가슴 한쪽에 무겁게 걱정했던 것들은 기우였다.

사랑스러운 엥흐자르갈의 모습에 뭉클 애정이 치솟은 준호는 한바탕 짙은 키스로 그녀의 숨결을 마셨다.


준호는 말해 줬다.

"연구교수 임기가 끝날 무렵 총장님 면담이 있었어요. 종신 객원교수 임용장을 주시면서 제가 하던 과목을 오가며 한 학기씩 지속해 주기를 원했어요. 처음에는 계속 체류하며 맡아주기를 원했지만 한국과 몽골의 환율 차이 때문에 확답을 해주지 못했지요. 이듬해 솔롱고를 낳았다는 당신 메일을 받았고, 학기에 맞춰 들어와 당신을 찾았지만 찾을 길이 없었어요. 처음에는 오가며 강의를 하다가 여러 가지를 정리하고 아주 몽골로 들어와서는 당신을 찾기 시작했어요. 만달고비 청사 민원실에서 당신의 목자 등록을 확인했고, 솔롱고의 아빠로 내 이름이 호적에 등재된 가족부를 보고 가슴 뭉클한 책임감도 느꼈어요. 치솟는 그리움에 에르데느 숙부 집으로 찾아가 테믈랭이 내준 말 한 필을 몰고 구르반사이항으로 달려갔지만, 당신은 이미 다른 목축지로 이동한 뒤였지요."

"아! 그렇게 찾는 줄도 모르고, 나는 당신이 변한 줄만 알았어요. 당신 마음도 모르고 원망도 했어요. 잠시라도 원망한 것을 용서해줘요. 처자식을 두고 어디든 가지 않겠다는 당신의 말씀은 우리 가족에게 더이상 큰 선물이 아닐 수 없어요. 아빠를 찾는 솔롱고가 늘 마음에 걸렸는데, 아–! 여보 고마워요. 사랑해요."

그러면서 준호의 품속을 파고 들지만,

– 그리고…… 내, 아주 말 하마! 한국에 그 사람 가족이 있을 텐데, 너, 그것은 대체 어떻게 감당할래!-

 하시던 어머니의 매서운 질책이 의식된 그녀는, 준호의 모든 것이 궁금할 수밖에 없다. 준호가 하는 말 중에, 여러 가지 무엇을 정리했다는 것인지, 어머니의 노파심이 포함된 말인지, 그것으로 다시 한국으로 되돌아갈 공산의 뿌리가 남아있지나 않을까, 예민하게 침습하는 가장 핵심이 되는 의문을 풀고 싶었다. 엥흐자르갈은 일순, 내면에 불처럼 일어나는 조바심을 억누르며 가장 예민한 그 부분을 조심스럽게 말미리를 멀리 돌려 묻는다.
 "그런데…… 여러 가지 정리하신 건 뭐예요?"
 그녀가 원하는 대답이 무엇인지 준호는 단박에 알아챘다. 이 부분만큼은 예상하고 있었다. 당연한 질문이다. 그래서 준호는,
 "이제 당신에게 말할 수 있어요."
 "무엇을요?"
 하고 묻는 엥흐자르갈의 목소리는 가늘게 떨렸다.

 연구교수 임기를 마치고 한국으로 돌아간 준호가 살던 집은 텅 비어 있었다. 실내가 개조된 집안은 겉 모습만 그대로일 뿐, 엉망이 되어 있었다. 그간 아내는 무소식이 태반이더니, 나중에는 그가 귀국할 때까지 아무런 연락도 주지 않았다. 아내의 핸드폰은 물론 집 전화도 되지 않았다. 평소 아내는 매번 상습 도박으로 경찰서를 들랑거렸고, 결국 수소문 끝에 찾은 아내는 결정적으로 조직들과 어울려 도박판을 일삼고 누비고 다니다가, 준호가 장기체류로 몽골을 가게 되자 본격적으로 살던 집에 도박장을 만든 것이 경찰의 급습 끝에 전과 누적으로 2년의 실형

을 선고받고 교도소에 수감 되어 있었다. 준호의 책과 물건들은 때 지난 가치 없는 상품으로 반송된 물건처럼 박스에 담겨 골방에 처박혀 있고, 이웃들의 이야기로 그간의 사태를 알 수 있었다.

결혼 후 첫아기와 둘째 아이까지 거듭 사산(死産)한 준호의 아내는 심각한 우울증에 시달리기 시작했다. 가진 아이마다 사산되는 트라우마는 아내를 괴롭혔다. 점차 비정상적인 정신 심리 상태로 빠져들기 시작했고, 나중에는 종합병원에 입원과 퇴원을 반복했다. 꽤 긴 날들이었다.

준호의 헌신적 노력과 간 병은 우울증을 수반한 병세가 점차 차도를 보였지만 아내는 병증이 완화되어가는 언제부터인가 도박에 빠지기 시작했다. 처음에는 친구들과 가벼운 화투 놀이 정도로 여기고 심각한 병증으로 시달리는 것에 비유하면 다행으로 여겼다.

그러던 아내가 전문 도박꾼이라는 것을 알게 된 것은 한동안 집을 들어 오지 않더니 경찰서에서 연락이 온 뒤부터였다. 그 뒤부터 매번 아내가 저지르는 사회적 파장은 준호의 앞길을 막았다. 사회적 자존심을 뭉개버렸다. 아내의 못된 버릇 하나 휘어잡지 못하는 무능한 남편을 만들었다. 하지만 비록 사생아지만, 자신의 아이를 뱃속에 가졌던 아내였다는 동정심이 그것이 쓰지 않는 예금 통장의 잔고처럼 남아있는 한 가닥 정이었는지, 준호는 아내가 복역하는 교도소를 찾았다. 투명 아크릴로 차단된 칸막이 안에서 아내가 말했다.

"이혼해드리겠어요. 서류를 꾸며오세요."

그러면서 아내는 정을 떼려는지 서슴없고 내찬 말을 던졌다. 아내의 말투 속에는 또 달리 숨기는 것이 엿보였다. 나중에 알았지만, 매번 영치금을 넣어주는 도박 조직의 한 사람이 아내와 깊은 인연을 맺고 있었다. 그러나 준호는 아내를 탓할 수 없었다. 첫아이와 둘째 아이까지 사산이 불러다 준 정신적 괴멸을 치유해 줄 능력이 준호에게 더는 없었다.

준호로서는 아내를 탓하기에 앞서, 그런 아내를 정신적으로 안정시키고 그것으로 치유가 된다면, 그가 누구이든 더 바랄 나위가 없을 정도의 지경에 와 있었다.

준호가 말했다.

"집은 깨끗이 정리해 놓았어. 몸 관리 잘하고 형기 마치고 나오거든 당신이 살 수 있도록 집은 당신 앞으로 해둘게."

아내는 눈물을 보였다. 아내의 일은 크고 큰 상처가 되었다. 정돈된 삶과 흩어져버린 행복의 조각들을 끌어모아 새 삶을 재추구 하기에는 아내는 너무 멀리 가 있었다. 등을 돌려야만 하는 현실을 준호는 수용했다. 한동안의 자괴감과 침울한 생활 속에 몽골을 오가던 준호는 몽골로 아주 가기로 했다. 자신의 아들이 태어났다는 엥흐자르갈이 보낸 이메일과, 학교의 권유는 그의 결심에 일조했다.

이렇게 부끄럽고, 삶의 치명적 군더더기 같은 구차한 내용을, 굳이 엥흐자르갈에게까지 말 할 필요는 없었다. 혼자 새겨야 할, 지금까지 살아온 삶의 한 부분에 커터칼이 스치고 간 상처일 뿐이었다.


그 상처의 아픔을 치유해주는 것은 솔롱고의 태생이며 엥흐자르갈이라는 존재다. 그러니까, 엥흐자르갈의 원론적인 바람은 지금 이대로의 삶의 지속 가능성이다. 그리고 그 확신의 바탕이다. 그것을 엥흐자르갈은 염려하는 것이다. 그래서 거두절미하고 준호는 이렇게 함축해서 말했다.

"이제…… 당신과 솔롱고는 내 미래의 삶인데, 무슨 말을 더할까요. 다시 돌아갈 명분은 이제 없어요."

"아! 진심인가요? 고마워요. 당신 마음도 읽지 못하고 모든 것이 꿈만 같아 조바심을 가졌어요. 원망도 했어요. 텔레비죤에서 당신을 보고서,

당신이 변한 것만 같아 오히려 제가 괴로워하니까, 어머니는 당신은 꼭 찾아올 사람이라며 저를 위로해 주셨어요. 그리고 뿌리 깊은 모계 사회에서도 남편인 당신이 있어야만 하는 것을 솔롱고는 저에게 일깨워 주었어요."

확신을 주는 준호의 다짐에 몽골 초원이 모두 내 것이 된 것처럼 엥흐자르갈은 기뻤다. 그녀는 더는 묻지 않기로 마음먹었다. 비로소 마음을 놓았다. 반면, 커터칼이 스치고 간 준호에게 남은 상처는 엥흐자르갈과 솔롱고로 하여금 이미 치유되어 있었다.

금세 애정이 치솟은 엥흐자르갈은 차오르는 흥분을 참지 못했다. 교교한 달빛 속 은색 바다에서 육신을 활짝 열었다. 그녀는 다시 돛배가 된다. 준호는 노를 젓는 사공이 되어, 기울어진 불가마에서 흘러내리는 쇳물처럼 뜨겁고 격렬한 몸짓으로 대 은하를 헤엄 쳤다.

*

보다 못해 줄곧 질투가 잔뜩 난 쟁반 달이, 한번 욕구를 채웠으면 얼른 집으로 들어갈 일이지 붙어 있는 꼴을 더는 보기 싫다며 뒤도 돌아보지 않고 진둥걸음으로 지평선 너머로 내려가고 있었다.

# 13

# 가족

 

 

목축지에서 남은 여름방학을 보내며, 준호는 아들 솔롱고와 그녀와 말을 몰고 초원을 질주했다. 아침이면 목동들과 목초지에 양 떼를 풀고, 낙타 털을 깎아주기도 했다. 엥흐자르갈과 준호는 당연히 제기된 구르반사이항 아르갈리 산양 동굴 바위 그림을 찾는 일은 가정이 제대로 안정되면 본격적으로 하기로 했다. 한국에서든 몽골에서든, 사회생활의 원동력은 안정된 가정으로부터 나온다. 이제 새롭게 변화될 수밖에 없는 가정을 먼저 안전하게 구축해둬야 하기 때문이다.

방학이 끝날 무렵, 말에 오른 그들은 한가롭게 초원에 방목한 가축을 돌아보며 자연스럽게 솔롱고의 학교 문제를 먼저 꺼낸 것은 엥흐자르갈의 바람도 될 테지만, 당연히 준호가 먼저 꺼내야 할 터였다.

"다음 학기가 입학 철인데 우리 학교 부설 중학교로 솔롱고를 입학시켜요. 아빠가 있는데 이제 시골에 놓아둘 수 없잖아요."

"그렇지 않아도 아이 중학교 문제를 어떻게 해야 할지 말씀드릴 참이었어요. 이미 먼저 생각하고 계셨군요. 고마워요. 당신 소식을 알아보려고 학교 연구실을 찾아갔는데. 숙소는 전에 쓰시던 하우스 그대로 쓰시는 거지요?"

"그 방 그대로 쓰고 있어요. 넓은 거실에 방도 두 개여서 아파트를 구하지 않아도 우리 가족이 충분히 생활할 수 있지만 당신은 오며 가며 당분간 어머님을 보살펴요. 목동 관리도 해야 하고."

이야기를 듣던 솔롱고가 말머리를 돌리며 묻는다.

"엄마, 나, 이제. 아빠 따라가는 거야?"

"그럼, 이제 아빠 계시는 곳으로 가는 거야, 중학교도 거기에서 다니게 되고."

그녀가 방긋 웃으며 말했다. 솔롱고는 하늘을 찌르듯 기쁘다. 하지만 솔롱고는,

"정말이지? 그런데 엄마, 자야는 어떻게 하지?"


솔롱고는 자야를 걱정했다. 자야가 마음에 걸린다. 솔롱고가 자야와 가깝게 지내는 것을 엥흐자르갈은 알고 있었다. 더구나 목동 반장인 자야의 아버지는 목축지에 있었고, 자야의 학교 문제로 자야는 어머니와 체체를랙에 살고 있었다. 방학이 되면 자야의 어머니는 자야와 솔롱고를 데리고 목축지로 들어왔고 집안일을 거들었다. 이런 집안사에는 당연히 준호의 의견과 판단이 필요하다고 엥흐자르갈은 생각했다.

집안 사정을 소상히 말하자 한참 동안 생각한 준호는 의외의 결정을 내린다.

"그럼, 둘 다 중학교를 같이 보내고 자야 어머니를 목축지로 아주 데려와요. 그럴 수밖에 없잖아요."

아버지의 결정에 날듯이 기뻐하는 건 솔롱고다. 내심 어린 봉지 가슴

으로 의지해 온 자야가 마음에 걸렸다. 자야 역시 솔롱고의 마음과 다르지 않았다. 자야까지 거두는 일에 엥흐자르갈은 내심 준호에게 큰 부담을 주는 것 같았지만, 오히려 준호는 가장답게 현실을 앞서 받아들였다.

그래서 다시 말하기를,

"자야까지 거두려면 당신이 힘드시잖아요."

"자야 아버지가 목동 반장이면 목축 일을 책임 있게 할 텐데, 어차피 우리가 거두어야 하잖아요. 또 차제에 자야 어머니를 아주 데려오면 당신 일손도 줄어들 테고, 집안일은 자야 어머니에게 맡기고 당신도 자주 나와야 하는데 오히려 잘된 일이잖아요."

"고마워요. 이제 가장인 당신 말을 따를게요."

야호! 신이 난 솔롱고가 바람보다 빠르게 말을 몰았다.


방학이 끝나고 중학교에 들어간 솔롱고와 자야는 준호의 숙소에서 학교를 다니게 된다. 자야는 작은방 하나를 쓰게 했다. 큰 방과 거실에 주방이 따로 있고, 욕실과 냉장고와 세탁기까지 갖춰진 교수 동 하우스에서 가장 큰 숙소다. 다른 숙소에는 고향이 먼 몽골 교수 가족들이 생활했다. 며칠 동안이나 엥흐자르갈은 아이들과 생활할 수 있는 여러 살림을 마련해 주고 목축지로 들어갔다.


준호는 그동안 느끼지 못한 자식 키우는 재미에 빠진다. 조리해준 음식을 맛있게 먹는 모습이나. 아빠 옆에서 잠자는 모습을 보아도, 또, 성장하는 모습을 보면서 한국에서 잃은 자식에 대한 상처도 아물어갔다. 같은 울타리 안에 부설 중학교가 있는 것도 퍽 좋았다. 아침이면 솔롱고와 딸처럼 여겨지는 자야를 데리고 같이 집을 나선다.

하굣길 솔롱고와 자야는 세종 학당에서 한국어 과외까지 마치고 준호의 연구실로 오면 집으로 같이 들어 오거나, 아니면 백화점에서 새 옷도 하나씩 사 입히기도 하고, 맛있는 것도 함께 사 먹었다.

헨드폰도 하나씩 장만했다. 초원 오지로 들어가면 먹통이 되지만 울란바타르 도심은 물론, 기지국이 가까운 초원에서는 통화가 가능했다. 지역 솜이 가까운 그녀의 목초지에서도 통화가 되었다.

태양광 전기로 충전도 가능했다. 아직은 외국자본 유입의 결과일 테지만 몽골 경제가 빠르게 상승한다는 것을 말한다. 헨드폰이 신기한 솔롱고와 자야는 밤이면 엄마와 할머니에게 전화를 했다. 토요일부터 휴무여서 금요일 오후에는 버스를 타고 아이들을 데리고 목초지로 들어 갔다.

솔롱고의 장래를 염두에 둔 준호는 그녀가 전공한 몽골 역사학을 공부시키거나 대학원에서는 고고학을 연구할 수 있는 전공 학과를 선택하도록 생각하고 있었다. 솔롱고의 학구열과 아빠를 닮은 남다른 호기심이 충분한 바탕이 되었다. 이제 준호에게 처가 조상의 기록화인 구르반사이항 아르갈리 산양 절벽의 동굴 바위 그림을 찾은 후에는 어쩌면 솔롱고가 꽃을 피우게 될 나이가 될 것이다. 하루 이틀 단시일에 찾아질 동굴이 아니기 때문이다. 솔롱고의 장래에 대한 생각을 엥흐자르갈은 동의 했다.


엥흐자르갈은 자야의 어머니에게 살림을 맡기고 어머니를 보살피도록 이르고서 이따금 씩 목축지를 떠나 생활을 같이 했다.

그녀와 솔롱고에게 변화된 꿈같은 이 현실은 어워에서 텅게르 신에게 발원해 온 솔롱고의 공덕과 꿈의 소산일지도 모른다. 이렇게 크게 변화된 환경은 모두에게 새로워진 삶으로 다가섰다. 그동안 어머니는 준호를 그리워하는 엥흐자르갈과, 또 솔롱고가 커가는 모습을 보면서 내심 가슴앓이를 해왔다.

준호가 씨를 뿌리고 간 솔롱고가 태어나면서 종족이 보존되고 집안의 가계를 이어가게 되었지만, 그것이 결코 능사는 아니었다.

모계 사회 몽골에서 솔롱고의 피는 달랐다. 어워만 보면 그곳으로 달려가 아버지를 만나게 해달라며 빌고 또 빌었고, 자라면 한국을 가서라도 아버지를 찾겠다는 말에 내심 충격을 받은 것은, 언젠가는 어머니도 버리고 아버지를 찾아 한국으로 갈 것만 같아 솔롱고가 커 갈수록 조바심이 쌓였다.

결국, 자신이 죽고 나면 엥흐자르갈 혼사 남을 것 같은 노파심에 내심 괴롭기도 했다. 그렇다고 그것을 엥흐자르갈에게 말할 수도 없었다.

핏줄이 당기는지 저도 모르게 어워를 찾아 염원하는 솔롱고를 말릴 재간이 없었다. 하지만 이제, 누구에게도 말할 수 없이 고뇌하던 걱정들이 준호가 나타나 꿈같은 생활의 변화가 보이자 어머니는 한시름 놓았지만 시난고난 몸이 아프기 시작했다.

# 14

## 장례

엥흐자르갈이 준호에게 전화를 한 것은 한해 유목을 마치고 구르반사이항 고향 목축지로 돌아온 후다.

"구르반사이항으로 내려왔어요. 곧 겨울방학이니까 방학을 하는 대로 아이들 데리고 내려오세요. 그리고 만달 솜에서 구르반사이항까지 오가는 버스노선이 따로 생겼으니까 만달 솜에서 버스를 갈아타세요. 오시면서 전화를 주시면 솜으로 말을 끌고 나갈게요."

"어머니 아프신 건 좀 어때요?"

"당신이 한국에서 들여온 약을 드시고 많이 좋아졌어요."

겨울방학이 되자 모두는 배낭을 메고 돈드고비아이막 만달 솜으로 향했다. 그동안 솔롱고와 자야는 고등학교를 졸업하고 나란히 제8대학에 입학했다. 저녁이면 늦도록 거실이나 학교 도서관에서 형제처럼 함께 공부했다. 같은 학과를 선택했고 둘은 공부를 퍽 잘했다. 솔롱고는 아버지보다 키가 컸다. 그리고 이제 아빠라고 부르지 않았다. 한국어로 아버지로 불렀다.

만달 솜에 도착한 그들은 노선이 새로 생긴 버스를 다시 갈아 타고 구르반사이항 솜에 도착했다. 엥흐자르갈은 준호의 흑마와 솔롱고의 백마, 그리고 자야가 탈 말고삐를 잡고 처남인 에르데느 테믈랭까지 나와서 기다리고 있었다.

다른 때와 달리 처남인 테믈랭과 엥흐자르갈은 침울한 표정을 짓고 있었다. 준호를 보자마자 품에 안긴 엥흐자르갈이 준호의 가슴에 얼굴을 묻고 어깨를 들썩이며 흐느꼈다. 거기에 둘은 하르하닥(검은 천)을 어깨에 매달았고, 흑마와 백마의 머리에도 하르하닥이 매달려있었다. 솔롱고가 자신의 배낭을 백마의 말안장 고정대에 걸고 아버지의 배낭을 받아 흑마의 안장 고정대에 걸고서 물었다.

"어머니, 무슨 일인데 우세요? 어깨에 하르하닥은 뭐예요? 말머리에도 그렇고, 무슨 일이 생긴 거예요?"

이어 그녀가 솔롱고를 품에 안았다. 테믈랭에게 준호가 묻는다.

"테믈랭, 무슨 일이지요?"

"어젯밤, 고모님이 돌아가셨대요."

"어머님이 돌아가셔요?"

"네."

그들이 목축지로 들어오자 목동들이 검은 깃발을 매단 장대를 게르마다에 세워 놓았고, 말머리에 모두 하르하닥을 매달아 놓은 것은 초상을 알리는 표식이었다.

집으로 오자마자 그들은 어머니의 영전으로 들어갔다. 어머니가 쓰던 게르에는 차강하닥(하얀 천)으로 감싸놓은 시신 옆에 향을 피웠고, 중앙 불전에는 촛불을 켜 놓았다.

시신을 덮은 하얀 하닥을 걷고 준호는 차갑게 식어버린 어머니의 얼굴을 매만졌다.

어머니는 처음 볼 때부터 그녀처럼 준호에게 무한한 사랑을 주었다. 더구나 준호가 한국으로 돌아간다는 것을 알면서도, 신방을 마련하고 손수 바느질로 지은 할하 부족을 상징하는 푸른 델을 입혀주었다. 그리고 요약된 혼례 의식으로 준호를 사위로 맞아들였다.


모두는 전통의상으로 갈아 입었다. 준호는 어머니가 손수 바느질로 지어준 할하 부족을 상징하는 푸른 델과 전통 말가이 터허르척을 머리에 썼다. 어깨에 하르하닥을 매달아주며 엥흐자르갈이 훌쩍이며 말했다.

"어머니는 당신과 솔롱고를 얼마나 생각했는지 몰라요. 당신과 솔롱고가 목영지로 들어온다고 하면 얼마나 좋아하셨는지 몰라요. 더구나 당신은 어머니에게 친자식처럼 정을 많이 주셨어요. 들어올 때마다 어머님이 좋아하실 선물을 늘 사 왔고, 핸드폰을 사고서는 어머니와 통화하면서 아들처럼 응석도 부렸다면서 좋아하셨어요."

그러면서 장례 방식을 두고 의견을 물었다.


"자야의 아버지가 풍장(風葬)을 할 것인지, 매장(埋葬)을 할 것인지, 장례 방식을 물었어요. 지금 기온이 영하 42도예요. 땅이 모두 얼어 곡괭이를 튕겨낸다는데 어떻게 해야 할지를 모르겠어요. 그래서 옛사람들은 겨울에는 풍장을 했대요. 당신 생각으로 어머니 장례를 치르세요. 저는 감당이 안 돼요. 모두 그대로 따를게요. 그리고 어머님 형제로 외숙부님 단 한 분인데 외숙부님이 오시면 장례를 치러야 해요. 연락을 했어요. 트럭을 몰고 오시는데 그래도 일주일은 넘게 걸릴 거예요."

몽골인들에게는 고대부터 내려온 여러 가지 장례 풍습이 있었다. 전통적으로는 왕족과 귀족, 화신이나 고승, 무당을 불러 장례를 하는 풍습과 평민들이 장례 풍습이 달랐다. 장례의 종류에는 풍장(風葬), 화장(火葬), 매장(埋葬), 그리고 미이라로 만들어 보관하는 방법 등이 있었다. 몽골의 가장 보편적인 장례는 매장과 풍장이다. 풍장은 고인의 시신을 늑대 먹이로 주는 것으로 이는 늑대를 조상으로 여기는 데에서 비롯된다. 고인의 시신을 자연 속에 방치하는 식이었다. 우리가 알고 있는 몽골의 장례, 즉 풍장은 원래 16세기 이후에 라마교의 도입으로 전래 되어 장례의 주종을 이루었다. 근대화가 이루어진 이후 1956년 전까지 일부 오지에서는 풍장이 몰래 이루어지기도 했다. 하지만 이제 풍장이 불법으로 간주 되기 때문에 매장을 하게 되었다. 고인을 매장하는 절차는 먼저 땅을 택하고, 시신을 집안에 모시고 애도를 표하고 땅에 묻는 순서로 이루어진다.


준호는 단호하게 말했다.

"땅을 녹여서라도 양지에 매장을 해드려야지, 어머니를 풍장 할 수는 없어요."

"그렇게 결정하셨으면 저는 목동들에게 관을 만들게 하고, 관을 장식할 준비를 할게요. 당신은 장지를 미리 정해줘요."

테믈랭을 데리고 밖으로 나간 준호는 목축지 멀리 바위투성이 산맥 끝자락 대지에 다다르자 말고삐를 당겨가며 이곳저곳을 살피다가 말에서 내리며 테믈랭에게 말했다.

"산맥이 바람을 막아주고 따뜻한 남쪽이어서 종일 햇볕이 드니까, 며칠이고 땅이 녹을 때까지 이곳에 마른 아르갈(소똥)과 허머얼(말똥)을 두껍게 바닥에 깔고, 그 위에 장작을 넓게 쌓고 불을 피우도록 목동 반장에게 일러줘야 하겠어. 테믈렝."

"네, 바로 말해 둘게요"

목동 반장 자야의 아버지 더르쯔는 목동들과 땔감으로 쌓아 둔 아르
갈과 허머얼을 소달구지에 잔뜩 실어 며칠 동안을 장지로 날라 두텁
게 바닥에 깔고 그 위에 장작을 쌓고 불을 지폈다. 꽁꽁 얼어붙은 영하
43도의 대지는 며칠 동안이나 불을 피우고서야 땅을 겨우 파헤칠 정도
가 되었다.

엥흐자르갈은 그동안 준비해둔 푸른색 비단 천으로 관 뚜껑을 장식하
고 내부는 부드러운 노란색 비단을 깔았다. 자야와 자야의 어머니가 이
를 도왔다. 그리고 다섯 가지 색깔의 꽃단장을 했다. 푸른색은 영원한
하늘, 내부 노란색 비단 천은 황금빛 대지를 상징한다.

이렇게 장식을 하고나자 체체를랙에서 트럭을 몰고 외숙부 가족들과
또 다른 가족들이 도착했다.

준호가 말했다.

"외숙부님, 며칠 동안 불을 피워 언 땅을 녹여 파놨어요. 이제 모시기
만 하면 되는데, 어머님 가시는 길을 닦아드릴 스님 몇 분을 모시고 싶
어요. 만달 솜이나 구르반사이항 솜에 사원이 있을 거예요. 외숙부님께
서 스님들을 모시고 오세요. 토올치도 구할 수 있으면 같이 모셔오
세요."

"알았네."

세 분의 스님을 모시고 외숙부가 돌아온 것은 이틀 후였다. 장례의 길
일에 속하는 월, 수, 금요일 중에 고인을 매장하는 날을 정하기 때문에
일정을 맞추어 스님들이 온 것이다.

목동들은 목축지 주변 대지 여러 곳에 검은 연기를 피웠다. 연기를 피

우고 난 다음 날부터 멀리 다른 목축지에서 검은 연기를 본 유목민들이 말을 타고 문상을 오기 시작했다. 검은 연기는 매장이 끝날 때까지 피운다. 상주가 된 준호는 솔롱고와 문상객을 맞았다.

이른 아침의 발인이다. 소달구지에 양털 메트를 깔고 고인의 관을 모시고 모두는 장지로 향했다. 유가족과 문상객들이 뒤를 따랐다.

이렇게 장지로 향하는 것은 고인의 마지막 길이지만 유가족들은 절대 소리 내어 울지 않는다. 어떤 소리도 내지 않는 것은 눈물을 흘리면 영혼이 물에 빠져 가는 길에 장애가 된다고 여기기 때문이다. 이러한 풍속은 곡을 하고 소리를 내며 슬퍼하는 우리의 옛 상엿길 장례 풍속과는 사뭇 다르다.

장지에 다다르자 목동들은 무덤 오른쪽 매트에 관을 내려놓았다.

관례에 따라 법주(法主)스님은 장지 주변에 금을 그었다. 그리고 보따(쌀)와 하얀 샤르터스(버터) 가루를 안장(安葬) 터에 뿌리고, 손 법륜을 돌리며 차려놓은 산왕단(山王壇)에 망축(望祝) 염불로 산신에게 빌었다.

이어 무상계(無常戒) 동음창화 염불 가락으로 한참 동안 영가의 가는 길을 닦는다.

의식이 끝나고 의식을 주관하는 법주스님은 영가에 대한 축원의 말로 유가족들을 위로하고, 이어 가족들은 무릎을 꿇고 모두 관에 손을 얹고 마지막 고인의 명복을 빌었다.

그렇게 고인이 안장되고 매장이 끝나자, 토올치들이 머링호오르와 오르팅 연주로 장가(葬歌)를 노래하며 영가를 위로했다. 주검의 냄새를 맡은 독수리 떼들이 까맣게 하늘을 수놓았다. 토올치들이 연주하는 머링호오르와 오르팅 소리와 토올 가락이 바람을 타고 구르반사이항 바위

산맥을 울렸다.

　매장이 끝나고 안장 터를 중심으로 목동들이 머리에 검은 천을 매단 말 떼를 몰기 시작했다. 매장 터 주변에 불을 피웠던 검은 재가 보이지 않을 때까지 목동들은 말 떼를 몰아 땅을 뒤집고 물러나자 매장 터의 흔적이 더는 눈에 띄지 않는다. 하지만 준호는 매장 터를 정하면서 바위 벼랑부터 발걸음을 세어 정했기 때문에 언제라도 그곳을 알 수 있었다. 그리고 이듬해 유목을 마치고 돌아온 목동들에게 반듯한 바위 하나를 매장 터에 비석처럼 세워 놓고 어머니의 이름과 자손들의 이름을 새겨 놓았다. 몽골의 장례는 이제 매장 문화로 완전히 변했다. 도시사람들은 지정된 초원에 매장하고 유목민들은 대부분 고향 초원에 매장한다.

*

　이렇게 준호와 솔롱고와 엥흐자르갈이 사는 모습을 보고 어머니는 눈을 감았다. 어머니의 장례는 또 한 번 가정의 큰 변화를 가져온다.

# 15

# 계획

 비로소, 엥흐자르갈의 조상들이 남겨 놓은 구르반사이항 아르갈리 산양 절벽동굴의 암각화 탐사를 의논한 것은, 어머니의 장례를 치르고 다시 몇 년이 넘은 뒤였다. 어머니의 빈자리는 그렇게 컷다. 어쩌면 둘 사이가 처음부터 이것으로 맺어졌고, 솔롱고를 잉태하게 되는 필연적인 인연으로까지 이어졌다.

 엥흐자르갈은 자야의 부모에게 목축 살림을 맡기고 울란바타르로 나온 것은 어머니의 빈자리가 그동안 메꾸어지고 조금은 여유로워졌기 때문이다. 그동안 솔롱고는 대학을 마치고 제8 대학 대학원에서 고고학을 전공하고 연구교수로 재임하는 때였다.

 탁본을 펼쳐놓고 준호가 말했다.

 "이제 가문의 유산물인 아르갈리 산양 동굴의 암각화를 찾을 계획을 세웁시다."

 "네. 이제 그 일만 남았어요. 어떻게 찾으실 거지요?"

 "조부의 말씀 중에, 척트 조상께서 신성시 여겼던 동굴로 들어가 바위에 그림을 새길 때는 먼저 어워에 기원을 올렸다고 하니까, 14세기 어워가 남아있을 리 없지만 그 어워의 흔적을 염두에 두고, 이흐투를지 팔로 유적지 현장 조사 연구에서 암각화가 있는 곳에는 어워가 있고 돌무덤이 있다고 기록되어 있는데, 그것들은 일직선상에 놓여있다고 했으니까, 어워 - 동굴암각화 - 돌무덤, 이렇게 등식이 성립 되지만 조부의 말씀 중에 인근 율린암 절벽까지 포함하면 사각 구도가 형성되지요."

"네."

"그러면 2000년 전 영혼들의 돌무덤은 처음 내가 죽을 고비를 넘기면서 구르반사이항을 처음 갔을 때 당신과 답사를 마쳤고, 그곳을 기점으로 율린암 바위 절벽 반대 편 쪽에 어워의 흔적이 있다고 여길 수 있고, 그 사이 바위 벼랑에 동굴이 존재한다고 여길 수 있지요. 물론 그 거리가 방대하지만……."

"당신의 논리는 언제나 제가 따라잡을 수가 없어요. 그럼 어떻게 하실 거예요?"

"먼저 어워의 흔적을 찾는다면 그 가까운 지점에 바위 절벽 아르갈리 산양들의 생태를 관찰부터 해야 하겠지요. 전처럼 다녀오는 일시적 방식이 아니라, 아예 일정을 잡아 캠프를 치고 생활하면서 일정 기간 본격적으로 찾아봐야 하겠어요."

이렇게 결론을 내린 준호는 조금씩 탐사 준비에 들어갔다. 추론한다면 당대의 어워-동굴-돌무덤-율린암 바위 절벽까지 사각 구도의 중심부 어디엔가 전설의 동굴이 존재한다는 것은 분명한 사실이다.

하지만 그 거리는 실로 만만치 않은 거리다. 그 중심부 지역은 아르갈리 산양들의 서식처이며 서식처 어딘가의 동굴을 찾기란 불가능 하지만, 조부가 전해준 전설 속에서 실마리를 찾아야 한다는 결론을 준호는 내렸다. 그는 생전 조부가 전해준 전설을 되뇌었다.

조부는 말했었다.

-우리 가계의 전설에 따르면, 동굴이 있는 그곳은 아르갈리 산양들의 서식처로, 동굴 벽에는 조상 대대로 새겨온 그림이 있고 산양들이 해가 지면 들어가는 곳이 그 동굴이라고 했네.-

불현듯 엥흐자르갈 가계의 전설 속 구르반사이항 고비에서 아들 뭉흐토야와 엥흐아랄에게 바위 그림을 새기는 방법을 선수하는 척트 조상의 음성과 조부의 음성이 현실로 들려오는 것 같았다. 생전 조부가 들려준 이야기를 되뇌던 준호는 전광석화처럼 스치는 실마리를 찾는다.

준호는 다시 말했다.

"조부님 말씀 속에 모든 실마리가 있어요."

"어떻게요?"

"척트 원 조상이 유럽원정에서 전사하고 전장 터에서 돌아온 아들 뭉흐토야 조상께서 전설의 그 동굴로 들어가, 암벽에 칭기즈 칸으로부터 영웅 칭호를 받은 아버지의 업적을 새기지요. 그때 아버지 원 조상의 애마였던 죽은 흑마의 울음소리를 듣고 밖으로 나가, 가족과도 같았던 흑마를 찾아 헤매다가 설원 속에서 동사했다고 했지요. 그 장소가 율린 암 절벽이라면 율린 암 절벽과 아르갈리 산양들이 우글거리는 그 가까운 중심부 바위 절벽에 문제의 절벽에 동굴이 있다는 거지요. 다만 산양들이 들어가는 절벽동굴만 찾으면 되는데 조부 말씀 중에 눈에 띄지 않는 그늘진 곳이라고 했지요."

"그럼 앞으로 어떻게 하실 거예요? 학교는 어떻게 하시구요?"

"휴년기 신청을 해 놓고 본격적으로 합시다. 하루 이틀도 아니고 아예 구르반사이항에 연구용 게르를 세워 생활하면서 찾기로 합시다. 프랑스 암각화 연구 팀들이, 아르항가이 이흐타미르 강변 바위 그림 군락지에서 9개월 동안 게르를 세우고 널려있는 바위 그림들을 연구하는 현장을 예전에 함께 보았던 생각 나지요?"

"네."

이렇게 정리되자 그들처럼 장기적인 계획을 세우고 본격적으로 탐사를 하기로 준호는 마음을 먹는다. 오늘에 이르기까지 엥흐자르갈의 겨울 목축지에서 조부에게 듣게 된 태초 할하 부족의 땅은 엥흐자르갈이 그에게 사랑을 처음 고백했던 땅이기도 하다. 그곳에 게르를 세우기로 했다. 그곳은 결코 낯선 땅은 아니다. 이곳에서 조부에게 할하 부족 가문의 역사를 들었다.

알타이산맥의 맨 끝자락, 바람이 만들어낸 고비, 구르반사이항은 척박하고 메마른 땅으로 구르반사이항이라는 이름을 번역하면 세 개의 아름다움이 있다는 땅이다. 인구밀도가 가장 낮은 지역으로 바위가 많고 선사시대부터 할하 부족 근거지로 군영이 존재했다. 반사막 대지인 이곳의 주 가축은 낙타이며 낙타는 힘이 세고 60일을 먹지 않아도 목숨을 잃지 않는다. 또 낙타 젖으로 약을 만들었기 때문에 지금의 내몽골 차하르 부족들의 낙타 약탈이 빈번했다. 또 그곳은 아르갈리 산양들의 주 서식처이기도 하다. 끝없는 바위투성이 산맥이 부채꼴 모양으로 퍼져 있는 그곳은 바람이 거센 봄이면 홍고린 사막에서 날려 오는 모래 폭풍의 영향을 받기도 한다. 비가 적게 내리므로 메마르고 가혹한 환경이지만, 반면 자연훼손이 적다. 그래서 지금은 국립공원으로 자연의 모습이 독특한 조화를 이루고 있는 땅이다.

# 16

# 탐사

어워르항가이 바트얼지에서 목축을 하던 목동 반장 더르쯔는 준호의 요구에 따라 구르반사이항에 본격적인 동굴 탐사에 필요한 캠프로 세 동의 게르를 세웠다. 그리고 태양광 집열판을 설치하고 필요한 가구도 들여 놓았다. 준호는 그곳에 마른 음식물과 여러 식재료, 쌍안경, 기능이 높은 동영상 카메라와 거치대, 노트북, 만약을 위한 산악 장비까지 준비하는 데는 또 몇날 며칠을 소모했다.

장시간 촬영이 가능한 고출력 동영상 카메라는 아르갈리 산양들이 가장 많이 출현하는 절벽 앞에 설치할 참이다. 거기에 다섯 필의 말과 서너 마리의 낙타는 필수다.

아르갈리 산양은 깎아 지른 절벽을 타고 다니는 동물로 위험을 느끼면 일시에 도망치지만 단 한 마리도 절벽에서 굴러떨어지지 않는다.

아르갈리 산양들의 생태를 모르고 처음 그가 탐사했던 방식은 어리석은 현장 답사 수준에 불과했다. 한참 힘이 넘치는 청년기에 접어든 솔롱고는 당연히 합류시키기로 했다.

그러니까, 일단의 가족들로 탐사대가 구성된 셈이다. 탐사 준비가 끝난 준호는 탐사에 앞서 양피지 탁본을 분석한 자료와 조부가 말해 준 전설 이야기를 총정리한 발굴 계획서를 가지고 몽골 고고학연구소 어트경바야르 소장과 몽골 문화유산 연맹 엥흐테르 대표를 만나 자료를 보여주며 지원을 요청했다.

13세기 할하 부족 연구서와 생소하기만 한 그 자료는 그들을 흥분시키고도 남았다. 그러자 그들은 이 문제를 준호와 함께 몽골 문화국에 들고 나섰다. 발굴의 필요성을 브리핑 했고, 그에 따른 예산 지원을 문화국에 여러 차례 요구했지만 매번 여의치 않는 답변이 돌아왔다.

능히 이해하고 중요하게 알면서도 몽골 경제 현실이 그랬다. 범 몽골 행사 한 번 치르는 것마저도 예산 충당이 어려운 몽골은 각국 대사관에 지원 요청을 해야 할 지경에 있었다. 때문에 고고학 연구소나 문화유산 연맹은 현존하는 문화 유산을 있는 그대로 유지만 할 뿐으로 관리에 필요한 시설 자체도 불가능한 현실에 있었다.

이처럼 어렵게 되자 준호는 가족들로 구성된 탐사대를 이끌기로 했다. 탐사대는 다 자란 아들 솔롱고와 자야, 그리고 목동 반장 더르쯔와 몇 명의 목동들이다. 목동 반장 더르쯔는 본시 대 가축을 소유했던 유목민으로 아르갈리 산양의 생태를 잘 아는 인물이었다.

캠프가 정리되자 그녀와 솔롱고를 데리고 맨 먼저 찾은 곳은 어머니가 매장된 땅이다.

준호가 말했다.

"큰일을 하기 전에 할머니 묘소부터 다녀와야 하겠다. 할머니가 좋아하시던 음식을 챙겨 네 엄마랑 모두 가서 진상을 올리자구나."

몽골은 조상의 묘소를 찾지 않는다. 고대 풍습에서는 한 번 묻히면 말 떼를 몰아 대지의 표면을 뒤집어 흔적을 지웠다. 하지만 조상에 대한 제의가 없는 건 아니다. 조상을 섬기는 것 만큼은 몽골의 삶과 민속에서 찾아볼 수 있다. 일례로 유목민의 게르에 들어가면 북쪽 중심 단위에 조상들의 모습이 담긴 편액이 세워져 있다.

몽골 인들은 먼 길을 가거나 다녀 오면 조상의 편액 앞에 무릎을 꿇고 한참 동안 참배를 올리는 것을 볼 수 있다. 또 차강사르 명절에 차리는 상은 조상에 올리는 진상의 의미가 있다.

엥흐자르갈이 말했다.

"한국 사람들은 조상의 묘를 찾는가 봐요. 아름다운 풍습이예요."

그들은 모두 말을 타고 어머니의 묘소를 찾았다. 그곳에 음식물을 올리고 묘지 주변에 수태채도 뿌렸다. 그리고 모두 엎드려 절을 하며 진상을 올렸다.

"고마워요. 당신은 어머님을 잊지 않으셨군요."


캠프로 다시 돌아와 세부적인 탐사 일정을 세운 준호는 일차 율린암 절벽을 타고 아르갈리 산양들의 서식지 바위 절벽 주변과, 고대 어워의 추정 지역을 먼저 탐색 하기로 한다.

엥흐자르갈이 말했다.

"생활할 수 있는 게르 살림은 거반 정리 되었어요. 나는 자야와 남은 일을 해야 하니까 내일부터 솔롱고와 더르쯔를 데리고 탐사에 임하세요. 동굴 위치가 발견되면 저는 그때부터 합류할게요."

"의심되는 아르갈리 산양들의 서식처가 발견되면 카메라 설치를 하고 올 텐데 며칠 걸릴 거예요."

"네, 당신 계획은 늘 철저하니까 뜻대로 하세요."

엥흐자르갈은 언제나 준호의 의견을 존중했다. 자신의 주장을 내세우지 않았다. 그만큼 믿고 사랑했다. 돌이켜보면 가슴 절절하게 꺼질 줄 모르고 살아남아 있는 그녀의 사랑은 바꾸어보면 준호에게는 천만금의 위력과 팔만사천 무게의 원동력이 되고도 남았다.

다음 날 이른 아침, 양우리에 메어 둔 세 필의 말 안장을 올리고 낙타 등에 장비를 싣고 비로소 장도(長道)의 탐사 길을 떠났다. 먹이를 낚아 챈 몸집 큰 독수리가 늑대 한 마리를 억센 발톱으로 움켜잡고 어디론가 날아가고 있었다. 독수리의 억센 발톱에 매달려 허공에서 몸부림치는 모습이 멀어져갔다.

회색 구름으로 뒤덮인 황갈색 바위투성이 산봉 너머로 무쇠를 녹일 듯 붉은 태양이 구름을 증발시키며 떠오르고, 그들의 말 그림자가 가는 길 앞에 먼저 나선다. 솔롱고는 아버지가 탐구하는 조상의 얼을 찾는 이 모든 일이 얼마나 가슴 벅찬지 몰랐다.

솔롱고가 말했다.

"아버님, 아버님이 평생 가지신 뜻이 이번에 모두 이루어졌으면 좋겠어요. 아버님 뜻은 어머님 뜻이기도 하잖아요. 저는 이 모든 것이 자랑스러워요. 아버님."

"오냐. 아들아, 조상의 역사가 새겨진 동굴을 찾는 것은 무엇보다도 내가 너에게 물려주고 싶은 유산이기도 한만큼 그것을 명심해라."

"아버님. 유산이라니요. 오래오래 사셔야 해요."

"오냐, 가는 길이 멀다. 달리자꾸나."

말등자를 내리치며 준호가 앞서 달렸다. 더르쯔와 솔롱고가 뒤따라 달린다.

# 17

## 산양들의 서식처

 

캠프를 떠난 뒤 율린암 바위 절벽에서 고대 어워의 흔적을 찾아 강행 군을 했다. 그 어워는 14세기 척트 타이츠 조상이 바위 동굴을 들어갈 때마다 탱게르 신에게 기원했던 어워이기 때문에 율린암 바위 절벽과 어워의 사이에 아르갈리 산양들의 동굴이 가깝게 있을 것이라는 추산 이 섰기 때문이다. 해가 지면 텐트를 치고 노숙을 했다. 다시 일어나 말 잔 등에 바랑을 걸치고 하룻 동안을 이동한 끝에 바위 절벽 그림자가 길게 뻗어있는 대지에서 일행은 발걸음을 멈췄다. 험준한 산맥이다.

말발굽 소리에도 놀라 도망치는 산양들이 가장 많이 눈에 띄는 곳 이다. 예민한 청각을 가진 산양들은 자그만 소리에도 무리 전체가 물결 처럼 한 방향으로 몸을 피한다. 더르쯔가 산양들을 바라보며 말했다.

"여기가 아르갈리 산양들이 가장 많이 서식하는 곳이지요. 그만큼 먹 이를 찾는 늑대나 눈표범의 출현이 많지요."

바위 절벽 그늘 속에 구릉 면적만큼이나 높게 쌓여있는 돌무더기가 보이자 그가 빠르게 그곳으로 오르는 것은 '율린암 절벽 – 어워 – 동 굴'로 이어지는 삼각구도가 형성되기 때문이다. 그 돌무더기 구릉은 장구한 세월 홍고린 엘스에서 날려온 모래와 돌이 뒤섞여 언뜻 보면 일반적인 구릉처럼 보였다. 준호는 세차게 말을 몰아 구릉 봉우리로 올라섰다. 온통 쌓인 돌무더기 봉우리 돌들이 둥근 모양으로 쌓여있는 중심부는 분명 하닥을 걸치는 기둥 자리로 말발굽 소리에 도망치는 산양 무리들이 가장 많이 눈에 띄는 곳이다.

예민한 청각을 가진 산양들은 자그만 소리에도 무리 전체가 한 방향으로 움직이며 몸을 피했다. 뒤따라 도착한 더르쯔가 준호에게 말했다.

"여기서부터 이어지는 골 깊은 절벽지대는 아르갈리 산양들이 가장 많이 서식하는 곳 입니다."

지는 태양을 등진 바위벼랑에 붙어있는 산양들이 여기저기 움직였다. 90도 벼랑에 도저히 사람이 오를 수 없는 깍아지른 절벽은 산양들이 늑대나 눈표범으로부터 몸을 보호하는데 더 이상의 자구책이 없다.

가상의 동굴을 그곳에 빗대어 보아도 동굴이 있을 리 만무한 절벽이다. 하지만 오감이 발동하는 것은 지금 그가 밟고 있는 돌무더기 구릉은 분명 고대 어워의 흔적으로 여겨지기 때문이다. 그곳에 준호는 붉은 깃발을 세워 표식을 해두었다. 솔롱고가 말을 몰고 능선 위로 올라오자 말에서 내린 준호가 말했다 .

"솔롱고, 이 구릉을 잘 살펴라. 온통 쌓여있는 돌무더기에 사막에서 날려온 모래가 수세기 동안 쌓여 돌 틈 속에 박혀있는 것을 보면 전체가 능선으로 보이지만 틀림없는 방대한 어워가 있던 자리다"

"네, 아버지."

"어머니 쳑트 타이츠 조상은 아르갈리 산양 동굴을 들어갈 때는 가는 길 어워에서 공물을 올리고 텡게르 신에게 기원을 올리고 동굴에 들어갔다고 했다. 여기 중심부를 보면 둥글게 쌓여있는 돌벽은 분명 어위의 지주를 세웠던 흔적이다. 이게 사실이라면 벼랑을 타고 깊이 들어가면 동굴이 있는 절벽이 있을 것이다."

"네, 아버지의 계산이 정확한 것 같아요."

"오늘 여기에서 유숙을 하고 내일 아침 다시 보자꾸나."


이틀째 되는 아침, 솟아오르는 태양에 어둑 발이 증발되고 절벽 이곳저곳에서 산양들이 눈에 띄기 시작했다. 마치 그들만의 언어로 약속을 한 것처럼 산양들은 한곳으로 무리 짓는다. 무리들은 눈표범이나 아니면 늑대를 보았는지 빠르게 움직였다. 일시에 사라지는 산양 무리들의 행동을 관찰하며 그가 쌍안경으로 본 것은 산양들이 도망칠 때와 안전이 확보되어 다시 나타날 때의 개체 수다. 며칠을 노숙하며 관찰해보지만 눈으로 보이는 것만으로 특정 짓기는 아직 어려웠다.

솔롱고는 탐사 초기부터 매일매일 일기처럼 기록하는 것을 잊지 않았다. 아버지의 일거수 일투족 모든 탐사 장면을 카메라에 담았다.

이 과정의 전모를 후일 가문의 기념비적인 자료로 남기는 것은 물론, 발견하게 될 동굴 바위 그림의 빛나는 조상의 유적을 기록물로 남겨두고, 이 모든 것을 근거로 부모의 뜻에 따라 인류에 알리는데 일조할 것이다. 또 그것을 조상의 역사적 기록부터 전설의 동굴, 바위 그림을 찾기까지의 과정을 학술적으로 소명하고자 했다. 그것은 가문의 일이기도 했지만 어머니가 밝히고자 하는 뜻이기도 했고 아버지로부터 이어받는 찬란한 유산이 될 것이다. 라고 솔롱고는 생각했다.

잠에서 깬 솔롱고가 텐트 속에서 나왔을 때 일찍 일어난 준호는 쌍안경으로 절벽으로 나타난 산양들을 관찰하고 있었다.

준호가 말했다.

"방대한 저 절벽은 가장 의심이 되는 곳이다. 사람이 보이니까 산양들이 자리를 피하는구나. 이곳에 동영상 카메라를 설치해 두고 다시 오자꾸나."

커다란 바위 앞에 보호 천막을 치고 거치대를 안전하게 세운 솔롱고가 동영상 카메라를 장착했다. 그리고 캠프로 돌아온 솔롱고는 노트북을 열고 기록해온 자료들을 정리했다. 이렇게 솔롱고는 내용을 간추려 기술하고 세세한 내용들은 따로 기록하여 노트북에 저장했다.

엥흐자르갈이 묻는다.

"어땠어요? 가능성이 있던가요?"

"의심되는 장소에 고성능 동영상 카메라를 설치해 두고 왔으니까 곧 결과가 있을 거예요.."

"참, 그리고 솔롱고와 자야 문제를 당신과 의논해야 하겠어요. 이 문제는 당신 결정이 중요해요. 그동안 자야가 하는 걸 보면 꼭 형제처럼 지내는데 이번에 며칠 데리고 있으면서 살펴본 자야는 솔롱고 아내로서 충분한 것 같아요. 어릴 적부터 당신이 데리고 계셨으니까 당신이 자야를 더 잘 아실 거예요. 그리고 자녀의 결혼에 대한 결정은 부모의 권한 이예요. 그러니까 아이들도 당연하게 생각하고 있을 거예요."

"자야는 기르다시피 해서 딸처럼 여겨져요. 무슨 말이 더 필요해요. 당연히 혼례를 올려 줄 일만 남았지요."

"당신 뜻은 당연하게 정해져 있었군요. 그럼 애들에게도 미리 말을 해 두고 이번 탐사를 끝내고서 내년 봄에 결혼을 시켰으면 좋겠어요."

이렇게 솔롱고와 자야는 성년의 나이가 되었다. 둘은 준호의 그늘에서 남이 아닌 형제처럼 커왔다. 자야의 부모 또한 고용한 목동이 아니라 가족처럼 목축 일을 해왔다. 해마다 가축 수를 늘려왔고 모범 사육으로 매년 훈장을 받는 것도 자야 부모가 아니면 어림없는 일이었다. 때문에 자야를 솔롱고와 묶어 학교를 보내는 일에도 추호의 이견이 없었다. 솔롱고와 자야에게 이제 부모의 뜻을 밝혀주는 것도 새삼스러운 것은 아니다. 오히려 둘의 관계를 확실하게 해 두자는 것이다. 또 그동안 함께 자라면서 둘의 행동을 보면 이러한 전제성이 잠재되어 있었다.

# 18

## 또 하나의 전설

"현장에 언제 가실 거예요?"

엥흐자르갈이 묻는다.

"내일 새벽에……."

"그럼, 내일은 솔롱고만 데리고 다녀오세요. 아이들 결혼 문제로 자야 부모하고 말씀 좀 나누어야 할까 봐요. 당신은 솔롱고 의중을 한 번 더 떠보시고 다녀오시면 말씀해 줘요."

동쪽 하늘 회색구름 가장귀가 떠오르는 태양에 잔불이 남은 재처럼 보였다. 동영상 카메라에 아르갈리 산양 서식처 동굴이 담겨있기를 바라면서 준호와 솔롱고가 새벽 길을 나섰다. 만약 허사라면 새로운 칩을 교환할 참이다. 잔불이 남은 재처럼 보이던 구름이 떠오르는 태양에 모두 타오르고 태양이 중천으로 떠오르면서 더위가 시작되었다.

모래 섞인 반사막 대지 구르반사이항 대기는 건조하다. 태양은 그만큼 더 뜨겁다. 고갈 증이 쉽게 일어났고 인구밀도가 적은 만큼 유목민을 보기란 어렵다. 유목민들은 풀이 많은 곳으로 이동했기 때문에 초원은 한량 하기 그지없다. 눈에 보이는 것은 삭막한 대지와 사막이 시작되는 모래 턱, 밸트처럼 끝없이 이어진 황갈색 바위 산맥, 사시사철 눈이 녹지 않는 설산 봉우리, 그리고 드 푸른 하늘을 가로지르는 독수리 뿐이다.

솔롱고는 자라면서 어머니로부터 조상의 내력을 들었지만 어머니 곁을 일찍 떠났기 때문에 세세히 들을 기회는 없었다. 피상적으로만 들었을 뿐이다. 그것이 언제나 궁금한 솔롱고가 물었다.

"아버님, 어머님 조상 이야기에 궁금한 것이 많아요. 증조할아버지에게 들으신 이야기를 아시는 대로 말씀해 주세요."

"그래? 자세히 들어 볼 기회가 없었겠구나. 아버지가 아는대로 말해 주마."

"네, 아버님."

말고삐를 당기며 준호가 말했다.

"구르반사이항은 태고 몽골 15개 부족 중 할하 부족의 땅이었다. 선사시대부터 할하 부족의 터전이었고 지금 캠프를 친 주변 일대 넓은 대지는 어머니 조상들의 군영이 세워진 병책의 대지였다."

"네."

"당대에, 어머니의 조상들이 대를 이어 할하 부족 족장을 지냈고, 두드러지게 후손들이 알고 있는 족장이던 척트라는 이름을 가진 조상이, 지금 찾으려는 아르갈리 산양 동굴에 부호와 암각화를 새겼다. 그다음 조상인 두 아들을 동굴로 데려가 보여주고 암벽에 기호와 그림을 새기는 방법을 전수시켰다. 그리고 장손과 유목민 병사들을 이끌고 칭기즈 칸 통일 전쟁터로 달려갔다. 척트 조상은 몽골 통일을 이룰 때까지 눈부신 전과를 올렸는데 유럽 원정에서 명예롭게 전사하고 칭기즈 칸은 영웅 칭호를 내렸다. 지금 쓰는 바타르라는 영웅 뜻을 당시 내려 쓰는 구문자 비칙그에서는 타이츠라고 했다. 그때부터 척트 영웅(척트 타이츠)으로 불리게 된 거지, 네 어머니가 '척트 타이츠 벌드호약 엥흐자르갈'이라고 이름을 쓰는 것은 그만큼 자랑스러운 조상을 두었기 때문에 맨 앞에 성으로 붙여 그렇게 쓰는 것이다."

"네, 아버님. 그럼 어머님 본 이름 앞에 벌드호약은 저의 본 조상 외할아버지 이름인가요?"

"그렇지, 본래 몽골은 아버지의 이름을 성으로 붙여 쓴다. 어머니가 원 조상인 척트 타이츠 이름까지 붙여 쓰는 것은 위대한 조상이 있다는 것을 말하고 싶은 거지."

"네, 어머님 조상의 내력이 자랑스러워요."

"자랑스럽고 말고. 그래서 어머니가 척트 타이츠를 네 이름 맨 앞에 붙여서 오르깅부르트겔[1])에 올렸지 않았느냐. 그래서 이름의 뜻을 아는 사람은 절대 너를 무시하지 못한다. 공직 사회에서는 더욱 알아주는 이름이지."

"네, 그렇게 이름을 올려 주신 어머님이 고마워요. 원 조상께서 지금 아버님이 찾는 동굴 암각화 전설 외에 또 다른 전설은 없나요?"

"있고말고. 그걸 이야기해주마. 이건 나 혼자 조부에게 들었으니까 이 이야기는 너의 엄마는 모를 게다. 네 어머니의 조상 할하 부족 전쟁 이야기 중, 올랑쇠고(улаан шугуй/붉은 숲)와 구이츠덱 터어이((гүйцдэг тохой/쫓아간 강가)라고 전해오는 비사가 할하 부족 전쟁사에 기록되어있다."

"네."

---

1) 오르깅 부르트겔(ургийн бүртгэл ) : 호적부

"척트 타이츠 원 조상은 당시 직치드 족장의 아들로 젊은 장군으로 용맹했던 이야기다."

"네."

"무덥구나. 잠깐 쉬면서 말하자꾸나."

　말에서 내린 준호가 나무 그늘 밑에 자리를 잡고 앉자 솔롱고가 내미는 후흐르[2])주둥이에서 물을 따라 벌컥벌컥 마시고 땀을 닦았다. 멀리 모래 턱 위에 한 줄로 이동하는 낙타들의 긴 그림자가 피아노 건반처럼 경사진 모래 능선 아래로 길게 뻗어 내렸디.

　할하 부족 가문의 내력이 늘 궁금한 솔롱고는 오늘 아버지로부터 또 하나의 전설을 듣는다. 아지랑이처럼 피어오르는 뜨거운 지열 속에 준호가 아들에게 이야기를 이어갔다. 틈이 날 때마다 생전 엥흐자르갈의 조부가 들려준 전설의 조각들을 준호는 병렬하기 시작했다.


　붉은 달,


　오늘따라 밤하늘 보름달 빛을 난생 처음 보는 것처럼 척트 장군에게는 새롭게 느껴졌다. 보이르달라이(바다)같은 넓은 초원에 가득 펼쳐진 보름달 빛 속에 흐르는 은빛 실을 그는 바라보며 서 있다. 달빛에 비친 호숫가 수면이 수많은 말 떼의 잔 등처럼 기울다가 휘돌아 솟구치는 파도 같았다. 보름달 빛이 밝게 비친 수면이 출렁이는 모습은 호숫 가에서 잔치를 하는 유목민들의 춤과 노랫소리에 흥분된 까닭일 것이다.

　우유를 끓일 때 굳게 서리는 초벌 어럼처럼 노란 초원이 북남 쪽에서

2) 후흐르(xexp) : 가죽 부대

부터 밤하늘 아래 아득히 펼쳐있고, 할하 부족 유목민들의 잔치가 한참 무르익어 가고 있었다.

달빛 서린 밤하늘 대기로 몽골 전통 노래 오르팅 연주 소리가 흐르고, 술깨나 걸친 유목민들의 거나한 노랫소리가 흥겹게 들린다.

머링호오르(馬頭琴) 멜로디와 오르팅 화음에 초원 풀 섶들도 덩달아 춤을 추며 들썩였다.

"아— 좋구나. 우리 고향 구르반사이항 초원이여!"

유목민들은 고향을 찬양하며 노래를 부르고 춤을 추며 밤이 가는 줄을 모른다.


척트 장군이 마디숨을 길게 토했다. 그는 마음속 깊게 담겨있는 약혼녀 촐로앙을 기다리고 있었다. 이름난 영웅의 외동딸인 그녀는 유목민 여인 중에서 아름답기로 정평이 나 있었다. 아버지만큼이나 똑똑하고 매우 아름다운 여인이었다. 어릴 적 죽마고우 울지부랭이 밤길에 그녀를 호위하여 데려오기로 되어 있었으므로 그녀를 기다리며 밤하늘을 바라보던 그는 문득 중얼거렸다.

"가을 중간 달빛이 아름답구나. 촐로앙이 올 때가 지났는데……."

그러면서 마음을 추스르는데, 다급한 창검 소리가 여지없이 달빛 속에 흐르는 은빛 실을 가른다.


순간, 칼집에서 빼든 반달 검을 틀어쥔 그는 말 끈을 풀고 몸을 잔뜩 숙이고 주변을 살폈다. 호숫가 갈대숲 머리가 세찬 바람에 파도를 일으켰다. 멈췄던 창검 소리가 다시 들려오고, 다급하게 내지르는 촐로앙의 비명, 그리고 말발굽 소리가 지척을 울렸다. 척트 장군은 소리가 들려오는 북쪽 갈대숲으로 세차게 말을 몰았다. 고삐 풀린 말 한 마리가 어둠 속 갈대숲에서도 선명하게 보였다.

"버를럭! 버를럭!" (말의 이름)

자신의 말에서 뛰어내리며 척트 장군이 소리쳤다. 척트 장군을 본 자신의 여인 촐로앙의 말(馬) 버를럭이 제자리에서 빙빙 돌며 '부르르- 부르르-' 거친 호흡으로 투레질을 하며 위험을 알려줬다.

갈대숲에서는 절친한 친구 울지부랭의 신음소리가 들렸다.

"울지부랭! 울지부랭!"

그를 부르며 척트 장군은 갈대숲을 헤치며 소리가 나는 쪽으로 빠르게 다가갔다. 다급하게 척트 장군을 부르는 외마니 소리가 들렸다.

이내 그를 찾았다. 어릴 적부터 같이 자란 벗이었던 울지부랭이 갈대숲에 피를 흘리며 쓰러져 있었다.

놀란 척트 장군이 그를 일으켜 안고 화급히 물었다.

"울지부랭! 어떻게 된 거야!"

"척트! 빨리 뒤쫓아라. 타타르 부족에게 습격을 받았다. 나의 젭트홀 말에 촐로앙을 태우고 도망쳤다. 빨리 뒤쫓아라."

숨이 넘어갈 듯 소리를 지르더니 그는 일어서지 못하고 몸이 늘어지며 숨을 거두고 말았다. 육신을 이탈한 그의 영혼이 연기처럼 하늘로 올라갔다.

"동무여! 동무여!"

죽마고우를 잃은 그는 연기처럼 허공으로 사라지는 친구의 영혼을 바라보며 소리치며 울었다. 그리고 이내,

"당장, 울지부랭의 주검을 복수하고, 약탈 된 나의 여인 촐로앙을 구하리라."

하며 이를 갈며 울분을 토했다.

그는 몸을 납짝 엎드렸다. 그리고 귀를 땅에 붙이고 대지가 우는 소리

를 들었다. 말발굽 소리가 북쪽 방향에서 흐릿하게 울렸다.

그렇게 타타르 부족들의 도주 방향을 잡은 그는 유목민 마을을 향해 바람처럼 달려갔다. 보름달 밤의 큰 잔치는 계속되고 있었다.

갈대숲에서 울지부랭이 습격을 당하고 촐로앙이 약탈 된 줄도 모르는 유목민들은 풀향기 풍기는 마유주를 마시며 마두금과 오르팅을 연주하며 흥에 겨워 있었다. 일 년 중 단 한 번 가을 중간 달이 뜰 때면 며칠 전부터 음식과 술을 준비하고 언제나 벌이는 할하 부족 유목민들의 정해진 큰 잔치였다.


붉은 풀,


척트 장군의 명령에 흥에 취했던 유목민들이 즉시 잔치를 멈추고 유목민 병사들과 군사를 일으켰다. 그리고 활을 차고 창검을 들고 모두 말을 타고 서북쪽으로 달렸다. 달빛 속 들풀이 가득한 풀 섶에서 먹이를 본 야생 호랑이처럼 할하 부족 유목민 병사들의 질주와 눈빛은 증오로 가득했다. 그 눈빛은 울지부랭의 복수와 약탈당한 촐로앙에 대한 분노의 불꽃이었다. 도망치는 타타르 부족들이 밝은 달빛 속에 멀리 보였다.

동쪽 하늘 아래로 괴성을 지르며 적군은 맹렬히 도망치고 있다. 다른 계절과 달리 쌀쌀한 가을 기온에는 말들은 빠르게 달린다. 적들의 도주 방향을 인지한 척트 장군은 병사들에게 명령을 내렸다. 그는 지형 지세를 꿰 뚫고 있었다.

"지름길로 앞질러 침묵의 버드나무 숲으로 달려라. 저놈들이 도망칠

곳은 그쪽 강뿐이다."

침묵의 버드나무 숲으로 앞질러 달려온 할하 부족 군사들이 모두 매복을 했다. 밝은 달이 조금 기울었다. 타타르 부족들이 여기까지 오기에는 아주 먼 길이다. 갑옷 군장에 활을 찬 유목민 병사들의 얼굴이 버드나무 숲 그늘에 어두워 보였지만 의기와 분노에 찬 표정이다. 척트 장군이 말등자로 말 복부를 내리치며 의기를 돋구었다.

그러자 백여 명의 군사들이 일제히 말등자로 말을 치자 말등자 강철 소리가 크게 울리고 말발굽에 흙이 튀었다.


타타르 부족 족장 오강바야르는 마른 체형에 노란 얼굴이다. 자신의 말 등에 약탈한 아름다운 척트의 연인 촐로앙을 앉힌 그는 선두에서 달리고 있다. 두 명의 보좌 군사가 졸면서 뒤따라가고, 2백이 넘는 군졸들이 그 뒤를 따랐다. 할하 부족 군사는 백여 명, 타타르 부족 군사는 이 백이 넘는다. 배가 된다. 매년 가을 중간 달이 뜰 때면 할하 부족들이 호숫가에서 큰 잔치를 벌이는 것을 알아챈 타타르 부족들이 술과 노래에 빠진 틈에 금과 보석과, 척트 장군의 연인까지 약탈했다.

타타르 부족들은 줄기차게 도망치고 있다. 그렇게 맹렬히 도망치던 타타르 부족들이 할하 부족 영토 경계가 가까워지자 마음이 놓였는지, 선두로 달려온 군사들이 굽이진 강가에서 모두 말에서 내렸다. 숨을 돌리고 다시 가려는 것이다.

"저놈들이 강가로 내려간다."

침묵의 버드나무 숲 그늘에 매복한 할하 부족은 보이지 않는다. 그곳은 서쪽으로 강물이 흘러가고 남쪽으로는 드넓은 초원을 바라볼 수 있는 곳으로 짙은 잔디가 아름답게 펼쳐있다. 뒤이어 도착한 2진과 마지막 잔병들이 모두 말에서 내리는 순간이다.

"이때다. 떼 화살을 퍼부어라."

강물을 끼고, 버드나무 양편 숲속에서 휘파람 소리로 떼 화살이 퍼부어졌다. 예상치 못한 난데없는 공격에 한숨 돌리던 타타르 부족 군사들이 휘두른 장 낫에 베인 풀처럼 쓰러진다.

재빠르게 말에 올라 도망치는 병사들은 잠복해 있던 반대편 버드나무 숲에 매복한 할하 부족 화살 공격에 여지없이 쓰러졌다.

타타르 부족 족장 오강바야르는 오래전부터 척트 장군의 연인 촐로앙을 탐하고 있었다. 첨병들을 이끌고 야습하여 그녀를 약탈하려고 한두 번 침투한 것이 아니다. 하지만 번번이 뜻을 이루지 못했다. 그렇게 오래전부터 촐로앙의 아름다움에 넋이 나가 있었다.


침묵의 버드나무 숲속에 창검과 반달 칼날이 부딪치는 소리가 새벽어둠을 깼다. 그 전투는 날이 밝고 정오가 되어서야 타타르 부족의 참패로 끝난다. 살아남은 타타르 부족들은 척트장군 앞에서 모두 무릎을 꿇었다. 전쟁에서 참패하면 응당 댓가가 따른다.

포박된 몸에 입안 가득 통가죽으로 재갈을 물린 적장 오강바야르는 버드나무 밑에서 발버둥을 쳤다. 포박된 적장 오강바야르의 몸통에 걸터앉은 거구의 할하 부족 두 병사가 그가 보는 앞에서 타타르 부족 군사들을 나란히 세워놓고 과녁받이 삼아 활을 쏘아 죽였다. 살아있는 과녁이다.

되찾은 자신의 연인 촐로앙을 말에 올려 태운 척트 장군은 도망쳤던 타타르 부족 잔병들까지 모조리 잡아 죽였다.

분노에 찬 척트 장군이 통가죽 재갈에 몸이 묶인 적군 족장 오강바야르 면 전에서 명령을 내렸다.

"이놈들을 산 채로 사지를 모두 잘라 독수리 밥이 되게 하라. 부족

간 화목을 저버리고 걸핏하면 우리 부족을 공격하고 나의 절친한 울지부랭의 목숨을 빼앗고, 나의 약혼녀 촐로앙까지 약탈한 네 놈들을 그냥 놔둘 줄 알았더냐."

순식간에 적들의 사지가 잘리고 침묵의 버드나무 숲은 피비린내가 진동했다. 팔다리와 목이 떨어진 시체들이 숲을 가득 채웠다. 핏물이 강으로 흘러 붉은 강이 되었다. 강변 풀들도 핏물에 젖어 붉은 풀숲이 되었다.

척트 장군은 오강바야르 멱살을 휘어잡고 질질 끌고 가 적들의 시신 더미에 처박았다. 그리고 마지막 이렇게 이르고 사지를 자른 나음 꿈틀거리는 몸통의 목을 베었다.

"옛 부터 우리 할하 부족은 여인의 미를 자랑해왔다. 아름다운 우리 부족 여인들을 약탈한 부족들은 이렇게 참혹한 벌을 받을 것이다. 어느 부족이건 몽골 족의 피는 거룩해야 한다."

"와-아-."


의기에 찬 할하 부족 유목민 군사들이 승리의 함성을 지르며 일시에 말등자로 군마의 복부를 내리치자 말등자 강철 소리가 침묵의 버드나무 숲을 울렸다. 이렇게 죽마고우 울지부랭의 주검을 복수하고, 약혼녀 촐로앙을 되찾은 전쟁 이야기는 대초원 유목민들과 할하 부족의 전설이 되었다. 그리고 할하 부족들이 타타르 부족을 섬멸한 침묵의 버드나무 숲을 올랑쇠고(улаан шугуй/붉은 숲)라고 부르게 되었다.

타타르 부족을 뒤쫓아간 강을 구이츠덱 터어이(гүйцдэг тохой/쫓아간 강가)라고 부르게 된 지 수백 년이 지났다. 자랑스러운 그 전투가 그곳 초원에서 일어났었다는 것을, 들판 바람은 지금도 속삭이고 있다.

이렇게 선조 이야기를 끝내자 솔롱고가 말했다.

"어쩌면 어머님보다 아버님이 할하 부족 집안의 내력을 더 많이 알고 계세요."

"네, 증조부께서는 어머니가 얼른 남자를 맞이하여 집안의 대를 이어 갈 아들 하나 둘 생각을 하지 않고, 도시로 나가 공부만 하는 것을 무척 못마땅해했다. 아들이 아니라고 이야기를 해주지 않고 터부시한 거지. 네가 태어난 것은 어머니에게는 천만다행이었다. 아들인 네 앞으로 목축 재산을 상속받았으니까. 어머니는 네 증조부가 돌아가시면 자연히 상속되는 거지만, 조부 생전에 아들을 낳아 떳떳하게 상속받기를 원했다. 네 어머니 역시 할하 부족의 강한 근기가 자존심으로 남아있는 거지. 그 아들이 바로 너로구나."

"네, 아버지."

# 19

# 동굴 의 발견

탐사 3개월,

 짧은 여름이 다 가도록 고대 어워의 흔적에서부터 장소를 옮겨가며 동영상 카메라 영상물을 확인하였지만, 어떤 결과물도 더는 얻을 수 없었다. 한국의 늦가을에 속하는 8월 중순이 넘어가면서 밤 기온은 급격히 내려가기 시작했다. 당연히 행동에 제약을 받을 수밖에 없다.

 다시 이동을 거듭하며 가장 험준한 바위 절벽 현장에 도착한 것은 해가 기울기 시작하는 때였다.

 절벽 너머 강한 햇살에 반대급부로 벼랑은 짙은 그늘 속에 있었다.

 그늘 속 절벽에 붙어 있는 산양무리 들이 눈에 띈다. 거치대에서 분리한 동영상 카메라를 작동하고 한참 동안 솔롱고가 화면을 바라본다. 그곳은 조부가 전해준 말처럼 아무 생물도 살 것 같지 않은 하늘과 맞닿은 메마른 바위산 천길 낭떨어지 기암절벽이다. 망원경의 상을 끌어당기며 그는 절벽에 붙어 있는 산양들의 동태를 살폈다.

한참 만에 위험을 느낀 산양들이 일사분란하게 일시에 흩어진다. 그 중 서너 마리가 같은 방향 절벽길로 쏜살같이 도망쳤다. 눈표범 한 마리가 뒤를 쫓는다. 솔롱고는 긴장했다. 그리고 일순 놀랐다. 산양들이 감쪽같이 벼랑에서 사라졌다. 아래로 떨어진 것도 아니다. 어디로 갔는지 절벽에 붙어있던 산양들은 단 한 마리도 눈에 띄지 않았다.

이때 솔롱고가 말했다.

"아버님, 이거 좀 보세요. 벼랑에 붙어 있던 산양들이 감쪽같이 화면에서 사라졌어요. 며칠 동안이나 같은 장소 어디론가 산양들이 들어가는 것 같아요."

조금 전 관찰했던 장면이 동영상 카메라 칩에 떠졌다. 그는 조부가 전해준 말씀 중 지금의 장면을 증명할 만한 내용을 상기해 냈다. 조부는 이렇게 말했었다.


– 산양들이 절벽도 넘어 다니는 길을 잘 알고 있는 척트는 깎아지른 바위산을 기어올라 산양들이 들어갈 수 있는 좁은 동굴 속으로 거구의 몸을 구겨 넣었다. 뒤따라 들어간 뭉흐토야와 엥흐아랄이 놀란 표정을 지었다. 안으로 들어간 굴속은 몸을 곧추세워도 될 만큼 높고 넓은 바위 동굴이었다. 입구는 단 몇 발짝 거리에서도 동굴처럼 보이지 않는 어두운 바위 그늘로만 보이는 곳으로 아르갈리 산양들의 은신처이며 서식처였다. –


이와 같은 내용 중,


– 단 몇 발짝 거리에서도 동굴처럼 보이지 않는 어두운 바위 그늘로만 보이는 곳–

바로 이점이었다. 산양을 쫓던 눈표범은 한참 동안 어슬렁거리더니 자취를 감췄다. 다시 카메라를 설치하고 집으로 돌아오자 솔롱고는 노트북에 칩을 탑재했다. 이 장면을 얻을 때까지 수차례나 위치와 장소를 바꿨다. 믿을만한 장면들이 탑재되자 장비를 거둔 그들은 캠프로 돌아왔다. 솔롱고는 느린 화면으로 영상에 집중했다.

"눈표범에게 쫓기던 산양들이 사라진 곳이 나오면 그 장면을 멈추고 확대해라."

준호는 이렇게 이르고 자신의 캠프로 건너갔다.

"네, 아버지."

엥흐자르갈이 우물 속에 매달아 놓았던 가죽 부대에 담긴 시원한 타라끄보따[1] 한 사발을 가져와 내밀면서 물었다.

"뭐가, 좀 보였어요?"

목이 마른 준호는 타라끄보따를 단숨에 마시고 말했다.

"조부님 말씀 따라 그 장소가 촬영된 영상을 솔롱고가 확인하고 있어요."

"그래요? 어떻게요?"

"그곳이 맞다면, 척트 조상은 어떻게 그 가파른 벼랑 동굴을 들어갔는지, 수수께끼로 남아요."

"정말인가요?"

"그래요."

"참, 그리고 솔롱고에게 자야와 혼례 올리자는 말씀 해 보셨어요.?"

"오는 길에 의중을 떠봤어요."

"뭐라고 하던가요?"

---

1) 타라끄 보따(Тарag Будаа) : 야구르트에 쌀을 넣어 끓인 음식.

"부모 마음도 같을 거라고 생각하고 있었어요. 혼례를 얼른 치러 줍시다."

그러자 엥흐자르갈은 기쁜 표정이 아니라 눈물을 글썽이며 말했다.

"고마워요. 솔롱고가 그토록 아빠를 그리며 컸는데, 이제 당신 앞에서 혼례를 올린다는 것을 생각하니 눈물이 나요."

"이런, 당연한 일에 울다니……."

엥흐자르갈을 준호는 품에 안았다.


"아버님, 이거 좀 보세요."

솔롱고가 컬러 프린팅된 이미지 자료를 가지고 들어오며 말했다. 솔롱고가 내미는 여러 장의 파노라마 컬러 이미지를 본 준호는 경이의 표정으로 크게 눈을 떴다. 어쩌면 반평생 버둥대던 일이 이것 하나로 귀결되어 있었다. 육안으로는 식별이 불가능한 절벽 돌 틈 바위굴 속으로 산양들이 들어가는 장면이 확대된 화면에 선명하게 담겨있었다. 13세기부터 할하 부족 그녀의 조상들이 기록해 놓은 대륙 속에 숨어있던 전설의 바위 그림들이 이제 인류에 알려질 것이다. 흥분된 준호는 엥흐자르갈과 솔롱고를 앉혀놓고 조상의 역사를 이렇게 말했다.


"동굴 속 마지막 기록자는 척트타이츠 조상의 장손 뭉흐토야 조상이다. 뭉흐토야 조상은 칭기즈 칸의 기마 군대를 이끌면서 몽골 통일 전쟁에서 부친 척트 타이츠와 혁혁한 전공을 세웠다. 유럽 원정에서 척트 조상은 전사하고, 칭기즈 칸으로부터 영웅(타이츠) 칭호를 받았다. 평생을 척트 타이츠 조상과 생사를 넘나드는 전장 터에서 함께 했던 검은 군마(軍馬)는 주인을 잃게 되자 슬픔에 젖어 곡기를 끊고 주검을 택했다. 그리고 칭기즈 칸으로부터 300마리의 말과 전리품을 받아 구르반사이항 고향으로 돌아온 뭉흐토야 조상은 동굴 암벽에 척트 조상을 새겼다. 마지막 돌 그림에 척트타이즈 손에 쥐어진 반달 칼을 새긴 날, 눈 쌓인 굴 밖에서 아버지의 죽은 애마, 흑마의 울음소리를 들었다. 평소 아버지 척트 타이즈 조상이 아끼던 흑마의 울음소리에 넋이 나간 뭉흐토야 조상은, 굴 밖으로 나와 흑마를 찾지만 보이지 않고, 설원 속 흑마가 울부짖는 소리를 쫓다가 율린암 바위 절벽 아래에서 동사하게 된다. 이 기록적인 이야기는 조부께서 유산처럼 말씀해 주셨다."

상기된 표정의 엥흐자르갈은 솔롱고도 아랑곳없이 준호의 품에 안겨 머루 눈빛을 깜박이며 감탄했다.

"아-! 조부님께서는 나보다 당신에게 모든 것을 더 많이 말씀해 주신 걸 보면, 조부님은 당신이 우리 가족이 되어 동굴을 찾게 된다는 것을 예측하셨나 봐요."

그러면서 솔롱고를 어린 아기처럼 껴안으며 말했다.

"어떠냐! 솔롱고, 아버지가 자랑스럽지 않느냐!"

"네, 어머님도, 아버님도, 저에겐 두 분 모두 자랑스러워요."

"오냐. 내 아들, 네가 그토록 애 잦게 기다리던 아버지의 모습이 바로 이거란다."

하며 거듭 감탄을 쏟아냈다.

탐사 4개월,

9월로 접어들자마자 고비에 첫눈이 내렸다. 세찬 바람에 쌓인 눈발이 대지를 휩쓸었다. 일찍 찾아든 겨울이다. 이변의 계절이다. 겨울이 닥치자 엥흐자르갈은 목동 반장 더르쯔를 바트얼지 목초지로 보낸다.

동굴 위치가 확인되자 한숨 돌린 준호는 동굴 속으로 서둘러 들어갈 계획을 세웠다. 이점을 가지고 엥흐자르갈은 만류했다.

"동굴은 찾았잖아요. 내년 봄까지 기다렸다가 하세요. 추위가 닥치잖아요."

하지만 준호의 생각과 고집은 달랐다. 당장 동굴 속으로 들어가고 싶은 것이다.

# 20

# 혼례

    목영지로 떠난 목동 반장 더르쯔가 가축들과 목동들을 이끌고 구르반사이항으로 돌아오고, 겨울 목축 준비가 끝나자 준호는 갑자기 솔롱고의 혼례 문제를 꺼내들었다. 이점을 가지고 엥흐자르갈은 부정적으로 말했다.

    "동굴 위치를 발견하고서 갑자기 아이들 혼례를 치르자고 하시는 거예요? 겨울이 닥치는데 내년 봄에 혼례를 올려도 되잖아요."

    "아들 혼례를 얼른 보고 싶구려. 다 자란 아이들을 마냥 놓아둘 수는 없어요. 해를 넘기지 말고 자야 부모에게 예포(禮布)를 보내 서둘러 혼례를 치릅시다."

    "네, 알았어요. 당신 마음이 정 그러시니 어쩌겠어요!"

    더구나 겨울 추위가 닥친데다가 그토록 동굴을 속히 들어가고 싶어하더니 갑자기 아이들 혼례를 서두는 것이 엥흐자르갈은 이상하게 느껴졌다. 하지만 그녀는 준호의 뜻을 언제나 거역하지 않았다. 엥흐자르갈은 솔롱고의 혼례를 염두에 두고 그간 준비해두었던 고급 비단 예포를 솔롱고의 사주(四柱)와 정성스럽게 함에 넣어 목동 하나를 불러 깨끗한 예복으로 갈아입게 하고 자야의 집으로 보냈다.

자야 가족의 집은 크고 화려한 게르였다. 늦게나마 목동 반장 품위에 맞게 마련해준 것으로 목동 사회에서 계급을 말한다. 과거 부족 전쟁이 일어나면 목동 반장은 당연히 유목민 병사를 이끄는 중간 지휘자가 되었다. 그리고 목동 반장은 다른 목동들과 같은 게르에서 생활하지 않는다. 목동 사회의 규율은 태고부터 엄격하다.

예포는 되돌아오지 않았다. 자야의 부모는 당연하게 받아들였다. 이렇게 솔롱고와 자야의 혼례는 양가 부모에게 공식화되고 표면화되었다. 자야가 솔롱고에게 시집을 가게 되자 자야의 어머니는 전통으로 이어오는 좋은 아내의 특징, 착한 딸의 특징, 그리고 아내의 9가지 본령과, 8가지 금기 내용을 며칠 동안 자야에게 가르쳤다.

아내의 9가지 본령은,

*정결한 외모*
*재주 있는 말솜씨*
*자식을 향한 자애로움*
*단정한 몸가짐*
*남편에게 의지 되는 아내*
*시부모에게 다정다감한 며느리*
*웃어른께 복이 되는 며느리*
*다른 사람에게는 덕이 되는 며느리*
*잔치 자리에서 노래를 잘 부르는 며느리.*

그리고 아내가 해야 할 일로,

*몸가짐을 항상 조신하게 하고,*
*지식을 익히고 바느질에 힘쓰며*
*여성의 네 가지 미관인 머리, 얼굴, 손, 발은 항상 정갈하게 한다.*
*음식과 차를 깨끗하게 준비하고, 의복을 잘 빨고 손질한다.*
*입고 장식하는 것이 세련됨은 좋으나 지식이 부족해서는 안 된다.*
*사람들에게 친절하고 선한 태도를 보인다.*
*험담이나 음란한 말을 하지 않는다.*
*부모를 봉양하고 존중한다.*
*분이 나면 참으며, 이웃과는 사이좋게 지낸다.*
*호색적인 남자와 아첨하는 여자를 멀리한다.*
*이생에서 만난 남편을 소중한 인연으로 여기고*
*다정하게 남편을 대하며 존중한다.*
*남편이 그릇되게 행동하면 합리적으로 설득한다.*

이와 같은 내용으로, 혼례식은 전통 의식에 따라 자야의 아버지는 구르반사이항을 겨울 목축지로 돌아오는 이웃 유목민들이 자리를 잡은 후에 혼례 길일을 택했다. 그리고 혼레일이 되자 주변 유목민들이 하객으로 신랑신부에게 주는 선물을 가지고 왔고, 기별을 받은 친가인 에르데느 테믈랭 가족과 외가인 체체를랙 외삼촌 내외가족들이 따로 마련한 게르에 머물렀다.

솔롱고를 안으며 외숙부는 말했다.

"이렇게 너를 훌륭하게 키워서 장가를 보내는 걸 보니 기쁘구나. 솔롱고, 좋은 아빠를 두었다."

그러면서 옛 생각에 젖었다.


토올치들이 에르버르하르차가¹)를 종일토록 연주했다. 솔롱고와 자야의 혼례식은 구르반사이항의 큰 경사며 잔치다. 자야의 어머니는 그가 엥흐자르갈과 혼례를 올릴 때처럼, 언제 준비를 했는지 손수 바느질로 지은 신랑 솔롱고의 속옷과 화려한 비단 델과 특별한 경사에 머리에 쓰는 터어륵척말가이를 보냈다.

"자, 솔롱고. 자야 어머니가 보내준 예복을 입고 활을 차고 신부집으로 가자꾸나."

할하 부족 예복으로 엥흐자르갈 부부가 말을 타고 활을 찬 솔롱고를 데리고 자야 부모의 게르로 향했다. 유목민 하객들이 뒤따르고 토올치들이 토올을 부르며 앞서 갔다. 이곳저곳 줄에 매달린 오방색 하닥자락이 만국기처럼 바람에 펄럭인다. 집안 경사에 꽃 단장된 목동 반장 더르쯔의 게르에 도착하자 새 옷으로 단장한 신부의 아버지 더르쯔와 어머니가 목례로 반기며 다가와 안전하게 내리도록 말머리 고삐를 잡아준다.


"자, 솔롱고. 동쪽 멀리 활을 쏘아라."

목동들이 마련한 활터에서 솔롱고가 몇 개의 화살을 동쪽으로 날렸다. 나르는 화살을 보고 하객들이 환호했다. 그리고 곧 자야의 아버지 더르쯔는 신랑 측 부모와 하객들을 혼례를 위해 따로 세운 커다란 게르 안으로 맞아들이고 엥흐자르갈 부부에게 상석 자리를 권했다.

또한 최고의 손님을 맞이하는 의식으로 양손에 푸른 하닥을 펴들고 가볍게 목례를 한다음 바른 손에 술이 가득 담긴 은잔을 권했다.

1)에르버르하르차가 (Эр бор харцага) : 경사 때 부르는 몽골전통노래 이름

이어 신랑 솔롱고에게도 은잔의 술을 따라 사위로 맞이하는 의식을 치렀다. 일련의 이 과정은 당초 엥흐자르갈과 준호가 혼례를 치루던 형식과 같았다. 솔롱고가 은잔의 술을 단숨에 마셨다. 이 술은 한 번에 마셔야 한다. 마귀를 쫓는 빨간 연지 곤지를 양 볼에 바른 꽃단장 신부 자야가 솔롱고가 내민 은잔의 술을 비웠다. 그리고 신랑 아버지로서 준호는 둘을 세워놓고 한참 동안 혼례 축시로 축하했다.

*이 세상에 태어나*
*평화로운 만남을 갖고*
*귀한 인간의 육신을 얻어*
*세상에서 지켜주신*
*은혜로운 부모님께서*
*갓 태어난 사랑스러운 몸을*
*부드러운 포대기로*
*정성스레 감싸 주셨네*

토올치들이 연주하는 음악 속에 축사가 이어지는 동안 아빠를 그리며 자란 솔롱고의 어린 시절이 자꾸 떠오른 엥흐자르갈이 눈시울을 붉혔다. 눈에 보이지 않는 아버지를 그리워하며 어워만 보면 그곳으로 달려가 아빠를 만나게 해달라고 텡게르 신에게 빌고 또 빌며 자란 솔롱고가 아버지의 혼례 축원을 받게 되자 가슴이 북받치어 오른다.

눈시울을 닦으며 엥흐자르갈은 화려한 의자에 자야를 앉히고 후레모자를 벗긴 다음 양 갈래로 머리를 타고 뒤로 묶어 부인이 되었다는 의례를 치렀다. 그리고 시어머니의 선물로 손수 만든 옥빛이 반짝이는 화려한 털거잉-거열[2])을 머리에 씌워주었다.

엥흐자르갈의 신방 살림을 어머니가 꾸려 주었듯 솔롱고와 자야의 신방 살림도 그녀는 크고 화려한 게르에 꾸며주었다. 엥흐자르갈은 자신이 대 목축가로 정평이 나 있는 터에 그토록 솔롱고가 애타게 찾던 아버지가 치러 주는 뜻깊은 혼례였던 만큼, 구르반사이항 유목민들에게 며칠 동안이나 최고의 잔치를 베풀었다.

---

2)털거잉 거열(Толгойн-гоёл)로 부르는 여인들의 머리 장식은, 모자, 귀걸이, 눈썹, 옥구슬, 걸쇠가 포함된다. 몽골 민족 의상 중에서 가장 아름다운 조각으로 만들어졌고, 형식은 지역마다 조금씩 다르다.

# 21

# 발견된 전설의 동굴 암각화

9월 초순에 첫눈이 내린 후, 11월이 되면서 강추위가 몰아쳤다. 구르반사이항 기온이 영하 40도에 붉은 수은이 방점을 찍더니 다시 급하강했다. 영하 50도 아래로 하강하면 가축들도 선 채로 얼어 죽는 무서운 한파 쪼드가 닥친다. 목동 반장 더르쯔와 목동들은 소르(CYP/소나 낙타 가죽 끈)를 며칠 동안이나 길게 연결하고 여러 겹으로 묶어 밧줄을 만들었다. 줄사다리를 만드는 것이다. 줄사다리를 만들기에는 많은 소르가 필요했다. 몇 겹을 감고 이어야하기 때문에 울란바타르 나랑토 시장[1])에서 소르를 더 구해와야만 했다. 샤트의 길이는 30m 이상이 필요 했다.

1950년대 초, 양을 치던 한 목동이 우연히 발견한 홉드아이막 만한 솜, 호이트 쳉헤린 강가의 아고이 동굴 벽화의 높이 60m 와 비교계산하면 10m 차이가 되는 지상 70m로 절벽 봉우리에서 아래로 내려갈 수 있는 길이는 그보다 가까운 20m이므로 여유분 10m터를 계산한 길

---

1) 나랑토 시장Наалантуу зах ээл : 과거 고대 유목민들이 울란바타르 변방 초원에서 물물교환을 하던 방대한 면적의 장터로 모든 가제 도구 등 없는 게 없는 시장이다. 지금은 그 자리에 현대식 건물로 단장했지만 독특한 희귀성이 없어졌다.

이다. 소르는 본래 야생마를 잡거나 말을 길들일 때 말목에 걸고 잡아 다니거나 또는 장대 끝에 매달아 쓰는 올가 용으로, 주로 낙타가죽을 삶아 말려 가공한 것으로 부드럽고 아주 질긴 일종의 끈이다. 한 가닥 일지라도 소르가 목에 걸린 야생마가 아무리 발버둥을 쳐도 끊어지지 않는다.

30m 길이로 굵게 연결되자 마른 자작나무를 일정한 간격에 끼워 사다리의 기능이 가능하게 만든 것은, 아르갈리 산양 서식처 절벽 동굴지점까지 줄사다리로 내려가야 하기 때문이다. 이 방식은 홉드아이막 만한 솜, 호이트 쳉헤린 강가의 아고이 동굴 벽화를 우연히 발견한 목동이 절벽 봉우리에서 줄사다리로 동굴까지 내려갔던 그 방식을 차용한 것이다. 양을 치던 목동은 언제나 눈에 띄는 동굴이 궁금했고, 그 동굴로 들어가 동굴 속 바위 그림들을 보고 놀란 목동은 이를 세상에 알렸다.

기온은 조금도 상승하지 않았다. 영하 40도를 그대로 유지하고 있었다. 몽골의 기온은 대기가 건조하기 때문에 온도 수치의 감각을 피부로 느끼지 못한다. 하지만 냉기가 피부로 파고들기 때문에 자신도 모르게 웅크려 들고, 낮은 기온 만큼이나 몸이 둔하고 금방 눈 섶에 서릿발이 하얗게 서린다. 때문에 멋 모르고 장시간 피부를 노출 시키면 사달이 난다. 그래서 몽골인의 의복은 소매가 길고 털모자와 가죽 고탈은 귀하게 여기는 필수품으로 아예 양털을 두드려 만든 게르 외벽을 두르는 에스기처럼, 아주 얇게 가공한 양털 내피를 의복이나 고탈. 그리고 머리에 쓰는 모자에 필요로 한다.

줄사다리가 만들어지자, 다섯 마리의 낙타 등에 줄사다리 뭉치를 싣고, 목동들을 대동한 목동 반장 더르쯔가 바위 산봉을 쉽게 오를 수 있는 벨트처럼 이어진 산맥 길을 찾아 목동들과 낙타를 끌고 길을 떠났다. 이 모든 장면은 합류한 솔롱고의 동영상 카메라에 실렸다.

생활하는 목축지와는 거리가 멀었다. 길을 찾으면 사다리를 매어 놓고 일단 돌아올 참이다. 피부로 느껴지지 않는 기온은 휴대용 온도계의 수은이 영하 42도에서 조금도 오르지 않았다. 말에서 내린 더르쯔가 목동들에게 명령했다.

"모두 말에서 내려 모닥불을 피워라."

목동들이 주변 마른나무를 모아 모닥불을 피웠다.


다섯 마리의 낙타 등에 뭉친 줄사다리가 연결되어 잔뜩 실려있다. 만약 낙타 한 마리가 미끌어져 떨어지면 연결되어있는 소르에 연거푸 떨어져 죽고말 것이다. 바위 틈에 박혀있는 어름 결정체 가장자리가 햇볕에 반짝였다. 목동들은 가져온 덤버의 뜨거운 수태채를 마시며 모닥불 앞에서 휴식을 취했다. 그래도 복부로 파고드는 냉기가 무섭다.

보드카로 체온을 유지했다.

다시 말에 오른 그들은 낙타를 끌고 바위투성이 길을 다시 나섰다. 목동 반장 더르쯔는 본래 어릴 적부터 초원 목동으로 자랐다. 때문에 문맹이지만 초원 생태에 밝았다. 게르 천창으로 들어오는 빛살을 보고 풀이 자라나는 곳을 알았고, 북두칠성을 보고 초원의 풍성한 목초지를 찾아가는 귀재였다. 그의 눈가늠은 거친 대지의 흐름이 그에게는 익혀 있었다. 그가 말머리를 돌려 바위투성이 길을 오르며 말했다.

"이 방향이 절벽 봉우리를 갈 수 있는 길일 것이다."


목동들이 더르쯔의 명령에 따라 줄사다리 뭉치가 실린 낙타를 끌고 말머리를 돌려 뒤따랐다. 매서운 바람이 분다.

이윽고 하늘과 맞닿은 구름이 허리를 걸치고 누워있는 천길 바위 절벽 봉우리에 오른 더르쯔가 반대편 끝없는 대지를 한참 동안 바라본다. 하얀 안개는 밑에서 보면 구름이다. 그는 다시 절벽 아래 동굴 위치 방향 앞에 나무 기둥을 세우고 어워처럼 오방색 하닥을 감아 놓은 그가 동굴 아래 어워로 표시해 놓은 위치를 찾았다.

그 작은 어워는 일종의 어워의 시초가 된다. 후일 그곳은 지나는 유목민들이 우리의 성황당처럼 돌을 던지고 오방색 하닥을 감고 어워로서의 기능을 갖게 된다. 목동들이 절벽 아래 어워의 방향 아래로 줄사다리를 늘어뜨리는 데에는 많은 시간이 필요했다. 굵고 길었기 때문도 있지만 그 무게가 만만치 않았다.

봉우리 바위에 밧줄을 안전하게 묶어 놓은 그들은 목축지로 돌아왔다. 줄사다리 설치 소식을 들은 준호는, 척트가 바위산 절벽 동굴을 갈 때면 바위산 알퉁어워에 차찰을 올리고 텡게르 신에게 기원했다는 조부의 말을 상기했다.

엥흐자르갈에게 준호는 말했다.

"엥흐자르갈, 어워에 올릴 공물을 미리 마련해 둬요. 척트 조상이 바위굴을 들어갈 때는 언제나 알퉁어워에서 텡게르 신에게 기원하고 동굴을 들어갔다고 하니까."

"네, 당연하지요. 그런데 이번에는 저도 가고 싶어요. 제 눈으로 보고 싶어요."

"이제 볼 기회는 얼마든지 있어요. 당신은 양피지 탁본을 모두 꺼내 놔요. 솔롱고를 데리고 목동들과 먼저 다녀올 거니까."

햇볕이 드는 날을 기다렸지만 구르반사이항 하늘은 언제나 회색 구름이 베일을 쳤다. 곧 비가 올 듯 구름이 하늘을 덮어도 여름에도 정작 비는 오지 않는다.

솔롱고는 그간의 일들을 하루도 빠짐없이 기록했다. 이제 자신에게는 장인이 되는 더르쯔가 목동들을 이끌고 암벽에 줄사다리를 설치하는 과정까지 하나의 파노라마로 그 프로세스와 발견되는 전설의 동굴 바위 그림 자료를 체계 있게 정리하여 세상에 알릴 계획을 세우고 있었다. 그것을 곁에서 도와주는 것은 솔롱고의 아내 자야다. 자야는 퍽 조신하고 얌전했다. 또 자야는 자라면서 지금의 남편 솔롱고를 대하는 시어머니 엥흐자르갈의 품성을 은연중 배웠다. 모든 것을 솔롱고 가정으로부터 배우고 그것이 몸에 배어있었다.


척박한 겨울 대지에 모처럼 햇볕이 들었다. 바람도 불지 않았다. 하늘과 맞다은 거대한 바위산 허리를 구름 한 자락이 가로지른다. 사시사철 눈이 녹지 않는 악어 등 같은 먼 산봉이 아득하다. 일곱 필의 말 대열이 태양 빛을 등지고 거대하고 신비한 바위산 절벽으로 가고 있다.

그와 솔롱고와 목동들이다. 협소한 바위틈 사이로 가기 때문에 일렬로 갈 수밖에 없는 거칠고 척박한 길이다.


엥흐자르갈은 자야를 데리고 목축지 가까운 어워를 찾았다. 그 어워는 어릴 적 솔롱고가 아빠가 그리울 때마다 아빠를 만나게 해달라고 텡게르 신에게 빌고 또 빌었던 어워다. 그곳에는 그들 일행이 떠나면서 기원한 공물로 샤르터스가 놓여있었다. 솔롱고의 소원을 텡게르 신은 결코 외면하지 않았다. 오늘 이 시간 솔롱고는 가문의 전설 바위 그림을 찾아가는 아버지를 따라나섰다. 어워에 다다르자 엥흐자르갈이 자야에게 말했다.

"자야, 어워에 공물을 올리거라."

"네, 어머니."

자야는 돌무더기에 공물을 올리고 둘은 세 바퀴를 돈 다음 엎드려 절을 올리며 동굴을 찾아 떠난 일행들이 무사히 돌아오기를 빌었다. 그녀의 조상 척트 타이츠가 전쟁터로 출정하면 부인 촐롱앙이 언제나 그랬던 것처럼 …….


기암절벽에 허리를 두른 구름 띠는 절벽 너머로 바위산 턱까지 이어져 있었다. 구름 띠를 통과한 일행들이 바위투성이 펠트를 타고 봉우리에 올랐을 때는 구름 띠가 회색으로 변하면서 온통 하늘을 뒤덮었다.

세찬 바람이 불어오고 기후 변화가 시작되었다. 안개로 뒤덮여 있는 절벽은 전망이 응시 되지 않는다. 몇 발짝 앞이 보이지 않을 정도로 겹치고 겹친 불투명한 안개가 시야를 뭉개버렸다. 솔롱고는 불안하다.

"어버지, 아래가 보이지 않아요. 오늘은 안 되겠어요."

"아니다. 이렇게 오기가 어디 쉬운 일이냐. 내가 줄사다리를 타고 내려가서 줄을 당기면 먼저 장비를 묶어 내려보내고 조심해서 내려오너라."

준호는 아들 솔롱고의 말을 듣지 않았다. 젊은 시절, 몽골 바위 그림 연구 하나로 글을 쓰려고 몽골 땅을 처음 왔던 그다. 그렇게 질긴 뜻이 엥흐자르갈을 만나 평생을 살았다. 그 인연은 솔롱고를 자식으로 두었고 오늘에 왔다. 준호는 조심스럽게 줄사다리를 휘어잡고 한 칸씩 한 칸씩 발을 떼며 아래로 내려갔다. 허리에 묶은 줄 하나는 생명선이다. 목동 하나가 생명선을 조금씩 풀어 내렸다. 미끄러져 떨어지게 되면 매달리게 할 수 있는 방편이다. 한 계단씩 안개 속으로 내려갈수록 희미하게 보이는 준호는 구름띠에 가려 곧 보이지 않았다.

불안한 더르쯔가 줄을 잡고 소리쳤다.

"네-그!"

(Нэг/하나)

그러자,

"허여르."

(Хоёр/둘)

하고 약속된 것처럼 준호가 구령을 받는다.


이렇게 네그와 허여르 구령 소리는 동굴에 다다를 때까지 반복되었다. 내려갈수록 소리는 멀어지기 때문에 더르쯔는 큰소리로 외쳤다. 만약 허여르라는 구령이 끊어진다면 상상도 못할 치명적 사달이 난 것이다. 한참 만에 생명선 줄 신호가 오자, 솔롱고는 먼저 장비를 매달아 내려보냈다. 장비는 촬영 장비와. 후레쉬, 줄자, 그리고 양피지 탁본 뭉치다. 그리고 솔롱고가 허리에 생명 줄을 매고 아래로 내려갔다.

더르쯔는 솔롱고에게도 구령을 붙였다. 허리에 생명선을 묶었다면 구령 소리는 생명 확인이다. 솔롱고가 아래로 내려가자 아버지가 바위 턱에 몸을 의지하고 기다리고 있었다. 동굴이라는 개념적 출구는 보이지 않았다. 아버지의 표정은 담담하다. 동굴이 아니라 좀 넓게 벌어진 틈새가 밖에서는 보이지 않을 정도의 검은 모습일 뿐이었다.

"아버님, 동굴이랄게 없는데, 잘못 온 것 같아요."

"아니다. 이 안쪽이 동굴이다. 조부께서 말씀하셨다. 산양 한 마리가 들어갈 수 있는 좁은 틈새로 몇 발짝 거리에서도 동굴처럼 보이지 않는 어두운 바위 그늘로 보이는 곳이라고 하셨다. 척트 조상은 몸을 구겨 넣고 들어가셨다고 했고, 들어간 굴속은 몸을 곧추세워도 될 만큼 넓고 큰 굴이라고 했다. 자, 그럼 들어가 보자. 내가 먼저 들어갈 테니 내가 들어가면 먼저 장비를 풀어서 하나씩 들여보내라."

"네, 아버지."

척트 타이츠가 몸을 구겨 넣고 들어간 것처럼 산양 한 마리가 겨우 들어가야 할 정도의 틈새로 들어간 준호는 어둠 속에 반짝이는 몰려 있는 산양들의 눈빛에 일순 놀랐다. 한 곳에 몰려있는 산양들은 조금도 소요하지 않았다. 이리 비키고 저리 비켰다. 손을 더듬어 조심스럽게 몸을 일으키자 굴 천정이 손에 닿지 않을 정도로 높았다. 동굴 바닥은 털갈이 된 산양들의 털이 발목이 묻힐 정도로 무더기로 쌓여 있었다.

"아들아, 장비를 들여보내고 안으로 들어오너라."

장비를 들여보낸 솔롱고가 비집고 들어오고 후레쉬를 비추자 7m가 넘는 깊은 굴속에 석기시대부터 새겨온 부호와 그림들이 동굴 양 벽과 천정까지 가득 새겨 있었다. 몸을 움직일 때마다 산양들이 이리저리 몰리며 몸을 피했다. 그 이상의 사람을 두려워하는 동작은 없었다.

놀란 시선으로 흥분된 두 부자는 암벽을 손으로 매만지며 탄성을 쏟아냈다. 넋나간 표정으로 후레쉬를 비추며 동굴 안쪽 벽화를 바라보며 어쩔 줄 모르는 준호가 솔롱고를 부둥켜안고 감격의 탄성을 내질렀다.

"자! 보아라. 할하 부족 네 어머니의 조상들이 선사시대부터 14세기에 이르기까지 새겨온 장엄하고 찬란한 이 모습을 보아라. 수천 년 동안 대륙 속에 숨어 길고 긴 호흡으로 이렇게 살아 남아있었구나."

"감격스러워요. 아버지."

"오냐, 감격스럽고 말고, 조상의 역사며 기록인 거대한 이 바위 그림들은 온도나 풍화 작용도 전혀 받지 않고 조금도 손상된 흔적 하나 없이 이렇게 보존되어 있었구나."

몽골의 대기는 건조하다. 더구나 굴속 환경은 바람이나 온도 변화를 전혀 받지 않기 때문에 본래 모습 그대로 보존되어 있었다. 7m 깊이 양편 암벽을 곱하면 장장 14m, 간격은 8m 면적에 수많은 부호와 그림들이 음, 양각으로 되어 있었다. 넓은 굴속은 어떤 한파도 피할 수 있는 산양들에게는 유일한 서식처였다.

서릿발이 눈 섶에 금방 서릴 정도로 밖은 춥지만 굴속은 따뜻한 환경이다. 수많은 부호와 그림이 새겨진 암벽은 더욱 단단해 보였다. 다른 바위 표면과 그 색깔이 달랐다. 전체적으로 다른 암벽 빛깔과 차이를 본 솔롱고가 묻는다.

"동굴 전체가 같은 석(石)질인데, 부호가 새겨진 바위 표면이 다른 부분과 질감이 다르고 벽 빛깔이 왜 차이가 나는지 모르겠어요."

"고고학 전공자다운 질문이다. 이것은 갈(Гал/불)의 영향이다."

"무슨, 말씀이세요?"

"뜨거운 불에 쇠를 달구면 빛깔이 변하듯이 부호나 그림을 새길 때 불을 피워 암벽을 뜨겁게 달구었기 때문이다. 그것은 조상의 지혜다. 조상의 기록을 보면,

– 아르갈리 산양의 마른 똥은 어느 가축의 똥보다도 뜨겁다. 이렇게 돌벽에 산양 똥을 태워 뜨겁게 달구면 돌 벽은 뜨거워 정신을 잃고 만다. 돌 벽이 뜨겁게 가열되었을 때 날카롭게 만든 이 쇠 끌과 망치를 가지고 돌 벽을 파내어라. 쇠 끌이 없던 옛 조상들은 돌 끌과 날카로운 뼈

로도 이렇게 파내고 긁어서 부호를 새겼다. 쇠 끝은 어렵지 않게 새길 수 있다. 이 모든 것은 조상대대 숙명처럼 해온 것이며 너희 조부로부터 전해온 이 모든 것을 이제 너희들에게 알려 주는 것이다.-

이 내용은 척트 조상께서 두 아들을 동굴로 데려가 이 바위벽에 그림과 부호를 새기는 방법을 일러준 내용이다. 그렇게 전수를 시켜놓고 칭기즈 칸 군영으로 달려갔지 않았느냐."
"네, 아버지."

양피지 탁본을 실물과 비교하는 작업부터 동영상과 이미지로 담는 데는 꽤 많은 시간이 소요되었다. 결코 단시간의 손쉬운 작업이 아니다. 하므로 더르쯔는 소르에 음식물을 매달아 내려보내고 일단 집으로 돌아가 다시 오도록 했다. 몰려오는 추위에 목동들이 마냥 기다릴 수는 없었다. 부분적으로 탁본 된 양피지는 다시 탁본을 떠서 연결하고 면적을 재고 넓이를 환산했다. 부호나 벽화는 능히 한 권의 기록적인 책자로 만들어도 몇권 분량이 될 만큼 방대하다.

부호는 부호대로 암각화는 암각화대로 분류하고, 선사시대부터 14세기까지 안쪽부터 추정 년 대를 환산하고 분석하여 하나의 자료를 구성하는 기초 작업에 들어갔다. 아마 선사시대부터 14세기까지 이어지는, 한 장소에서 볼 수 있는 이와 같은 기록적인 유물은 몽골 땅 어디에서도 찾아볼 수 없을 것이다.

거듭되는 흥분을 감추지 못하는 준호가 아들에게 당부하듯 말했다.

"아들아, 아버지가 평생 몸 바쳐온 가문의 전설로 전해온 이 모든 자료를 바탕으로 논문을 써서 학계에 알리고 인류에게도 알리도록 해라. 유일한 근거 물인 탁본은 역사박물관에 등재 보존하게 하고. 우리 집안 조상들이 남겨 놓았다고 해서 우리 것이 결코 아니다. 모든 인류의 것이며 몽골의 문화유산이다. 알겠느냐.”

“네, 아버님의 숭고한 정신까지 세상에 알릴 것입니다.”

하고 무심코 대답을 하였지만, 아버지의 당부에 솔롱고는 일순 이상한 생각이 든다. 어딘가로 멀리 떠나면서 마지막 이르는 불길한 말씀 같았다. 그러나 솔롱고는 애써 그 생각의 꼬리를 마음속에 담아놓지 않으려고 노력했다.

하지만 그 말씀이 불현듯 불안하게 떠오르곤 했다.

“자! 이제부터 기호학적 접근을 통해 안쪽부터 분석해 보자. 돌에 새겨진 선행적 연구에서 안쪽으로 들어갈수록 알 수 없는 부호와 그림들로 가득 차 있다. 안쪽은 시대적으로는 신석기시대에 가깝다. 그 이전 구석기시대 사람들은 불을 사용했고, 옷을 만들고 집을 짓는 기술을 습득하고, 활을 비롯한 여러 가지 사냥 도구를 만들었다. 중석기시대로 넘어오면서 극지방의 빙하가 녹아 자연환경과 기후 변화가 크게 나타나고 동물과 인간의 대규모 이동이 시작된다.”

준호는 후래쉬 불빛을 바위 그림에 비춰가며 아들에게 강론을 이어갔다.

“네, 아버지.”

“그러면, 네 어머니의 조상 할하 부족들이 구르반사이항에 자리를 잡은 것은 선사시대부터니까 석기시대 말기부터 논할 수 있다. 석기시대 말기 인류는 생산양식에서 혁명적인 발전을 이룩했다. 즉, 목축과 농경에 종사하게 된다. 오랜 기간에 걸쳐 선사시대 사람들이 영위해온 수렵 경제가 발전하면서 목축을 할 수 있는 조건이 갖추어지기 시작했다. 자, 이 시기에 그려진 그림을 보자. 이 부분의 바위 그림을 보면 야생염소, 사슴, 늑대, 여우 등이 있고, 사냥하는 사람들, 말이나 낙타를 탄 사람이 묘사되어 있다. 시대를 거슬러 동굴 양 벽을 보자. 가장 많은 부분을 차지하고 있는 이 넓은 면적에 주로 무장한 전사, 전투 중인 사람들, 활과 화살이 묘사되어 있다. 이것은 300년 동안 차하르 부족과의 전쟁 기록으로 여길 수 있는 부분이다. 청동기시대 바위 그림 가운데 새겨 그린 그림 말고도 붉은 안료로 그린 그림도 확인되는데, 연구자들은 몽골 바위 그림을 표현 방식에 따라 사실적으로 표현된 그림, 추상화된 그림, 동물을 양식화하여 묘사하는 기법을 쓴 양식화된 그림으로 분류하고 있다. 이러한 점을 숙고해서 지금 네 어머니의 조상들이 새겨놓은 이 바위 그림에서 크게는 할하 부족, 네 어머니 조상들의 삶과, 차하르 부족과 할하 부족의 전쟁사도 밝혀질 것이다."

"네, 아버지."

"선사시대, 네 어머니의 조상 할하 부족들은 가능한 모든 방법을 동원하여 야생동물을 길들이기 시작했다. 동물과 가까이 거주하면서 새끼를 주거지로 데려와 길들여 기르기 시작한 장면 묘사는 바로 이 부분이다."

그러면서 그는 후레쉬로 그곳을 비추었다.

그가 다시 말했다.

"초기 조상들은 동물을 낭떠러지나 골짜기로 몰아 사냥을 했다. 이에 관한 기록들은 동굴 맨 안쪽 벽을 채우고 있다. 이 시기에는 포획하여 오랫동안 울타리에 가두고 길들이며 살았던 것들을 묘사한 것이다."

"네."

"몽골 바위 그림을 몽골을 인류 최초 미술 발상지로 여긴다면, 몽골은 독자적으로 목축이 발생한 세계 몇 안 되는 지역 중 하나로 학자들은 여길 뿐 아니라, 세계 3대 목축 발생지의 하나로 몽골을 인식하고 있다."

"네."

"인류 역사상 처음으로 곡괭이를 이용한 농경이 시작된 것은 신석기 시대지만 혹독한 대륙성 기후로 몽골 지역에서 농경은 크게 발전하지 못했다."

"네."

"그러니까, 이와 같이 신석기시대 인류의 삶과 변화를 모르고서는 여기 눈에 보이는 조상들이 새겨놓은 이 엄청난 부호와 바위 그림들을 분석할 수가 없다. 같은 부호는 그 숫자를 헤아려 따로 탁본해서 지금 몽골이 사용히는 기릴자모 이진, 몽골의 구 문사 몽골 비칙이 생성되기 이전의 언어까지 연구하면 부호의 답이 나올 것이다. 그곳에 채워진 그림에서 공통점을 찾아 보아라."

"네, 아버지."

"몽골 바위 그림은 몽골 민족의 고대사를 연구하는 데 매우 중요한 자료 가운데 하나다. 네 눈앞에서 아버지는 조상의 바위 그림을 지금 이렇게 찾아주었다. 하면, 네, 어머니의 조상 할하 부족들이 대를 이어 새겨놓은 이 바위 그림에서 투영되는 것이 무엇인지를 이제부터 연구하여 논문화하여 세상에 알려라. 아마, 이 방대한 면적의 연구 작업은 네 평생 과업이 되고 노력 여하에 따라 이 분야에서 세계 고고학 일인자로 인정받게 될 것이다."

"네, 아버지 말씀 명심하겠습니다."

"오냐! 중앙아시아 고원에 위치한 몽골은 여기 말고도 바위 그림이 풍부한 땅이다. 지금까지 몽골에서는 200여 곳에서 바위 그림이 발견되었다. 그 숫자는 계속 늘어가고 있다. 이제 할하 부족 네 어머니 조상들이 새겨놓은 이 바위 그림들도 포함시켜야 한다. 여기 보이는 바위 그림을 보면 선조들의 희망이나 기원을 표현하여 후대에 전하려는 암시가 강하게 배어있다. 무엇을 후대에 전하려고 하였는지도 구체적으로 분석해야 할 것이다.”

“네, 아버지.”

“학자들은 100년 전부터 몽골 바위 그림을 공동으로 하거나, 독자적으로 탐사하며 연구하기 시작했다. 연구의 흐름은 크게 세 시기로 구분할 수 있다. 19세기 말부터 1940년대까지 외국학자들이 탐사하면서 바위 그림의 소재를 출판한 거지.”

“네.”

“여기 이 바위 그림을 출판 한다면 시대별로 구분이 가능한 만큼 여러권 나올것이다. 그리고 몽골 바위 그림을 연구하고 평생을 몸 바쳐 조사한 학자가 있다.”

“그래요? 어떤 분이세요?”

“러시아 포타닌이라는 학자다. 그런데 포타닌의 고고학적 탐사는 근래에 들어서야 학계에 널리 알려지게 되었다. 이제서야 몽골 고고학 연구의 시초자로 인정받고 있다. 1956~1970년 사이에는 세르오브자드, 페를레, 오클라드니코프, 도르찌, 노브로고드바, 도르찌수렝, 고초, 볼고프, 이실, 에렉덴닥화, 그리고 몽골 과학 아카데미 회원으로 활동하는 샹다르수렝 등, 러시아와 몽골학자들이 여러 지역의 바위 그림을 조사했다.”

“네, 아버지! 그런데 언제 이렇게 몽골 바위 그림에 대한 학술 자료를 연구하셨으면 여러 학자들의 이름까지 알고 계세요?”

“그만큼 아버지의 관심이 컸다. 어머니의 조상이 자식들에게 바위 그림 새기는 방법을 전수 하였듯이, 아버지가 해 온 모든 것을 지금 너에게 전수시키는 중이다. 1971년부터 몽골과 소련이 문화 공동조사단을 만들고, 그 산하에 여러 연구반을 두었다. 열거하면 초기 철기시대 유목민 유적 연구반, 비문 연구반, 구석기시대 유적 연구반이 볼강, 헙스굴, 오브스, 투브, 바양헝거르, 헙드아이막 등에서 붉은 안료로 그린 바위 그림과 바위에 새겨서 그린 바위 그림을 다수 발견한 것으로 기록되어있다.

"네."

준호는 신들린 듯 계속 말했다.

"1975년에 이르러서는, 도르찌와 노브고로도바가 『몽골의 바위 그림』이라는 책을 출간 했는데, 여기에서 그들은 몽골 바위 그림을 여섯 가지로 분류했다. 열기히면, 석기시대 바위 그림, 청동기시내(기원전15~12세기) 바위 그림, 흉노시대(기원전 3세기 기원 후 1세기) 바위 그림과, 돌궐시대(7~8세기) 바위 그림, 키르기즈 시대(9세기 말) 바위 그림, 그리고 몽골 시대(13~14세기) 바위 그림까지 망라한 것이다. 제 3기라 할 수 있는 1990년부터 현재에 이르기까지 몽골 민주화가 시작되면서 교류가 없던 국가들과도 공동 연구가 활발하게 시작되었다. 이후 2004년까지 여러 바위 그림을 발표한 것으로 나는 알고 있다."

"네."

"이쯤 해서 정리하자면, 바위 그림은 붉은 안료로 그린 그림, 먹으로 그린 그림, 바위 면을 갈아서 새긴 그림, 날카로운 도구로 점이나 선으로 새긴 바위 그림으로 분류할 수 있다. 종교적 바위 그림으로는 투브아이막 밍죠르 사원을 가면 석가, 신장, 관음, 산신을 표현한 음각으로 새겨진 채색된 바위 그림이 보존되어 있다. 밍죠르사원 암채화는 몽골 여러 암채화 중에서 음각이 가장 선명하고 아름다운 색채를 띠고 있다."

"네, 아버지."

"또 한편, 몽골 바위 그림의 모티브와 묘사 대상에 따라 분류할 수 있다. 일상생활을 대상으로 한 것, 동물을 대상으로 한 것, 물건이나 주거를 대상으로 한 것, 그리고 탐가가 있고, 묘사 대상이 불분명한 것도 있다. 지금 이 동굴 속 바위 그림을 시대별로 분석해 보면, 총체적으로 돌에 새긴 몽골 유목민의 삶과 꿈이 모두 한 장소에 새겨져 있다."

"네."

몽골에 첫발을 디뎠던 준호의 목표가 이렇게 이루어지고, 또 이렇게 깊이 있는 내용을 총체적으로 아들에게 일러주고 나자 준호는 자신도 모르게 두 눈에 이슬이 맺힌다. 실로 많은 세월이 흘렀다. 아버지의 이슬을 본 솔롱고 가슴이 찡하게 울렸다.

"아버지!"

어린애처럼 아버지의 가슴에 솔롱고가 안긴다.

*

회한의 눈물을 보이는 아버지의 표정에, 솔롱고는 가슴이 먹먹하다. 어쩌면 아버지는 가족을 위해 살아오셨다. 이렇게 가문의 족적, 조상들의 바위 그림이 새겨진 동굴 하나를 찾으려고 국적도 포기하고 어머니와 자신을 선택한 아버지였다.

# 22

# 다시 돌아올 수 없는 길

– 아들아, 아버지가 평생 몸 바쳐온 가문의 전설로 전해온 이 모든 자료를 바탕으로 논문을 써서 학계에 알리고 모든 인류에게 알리도록 해라. 유일한 근거 물인 탁본은 역사박물관에 등재 보존하게 하고. 우리 집안 조상들이 남겨놓았다고 해서 우리 것이 결코 아니다. 모든 인류의 것이며 몽골의 문화유산이다. 알겠느냐.–

이렇게 당부한 아버지의 말씀이 마지막 유언이 될 줄 솔롱고는 상상하지 못했다. 동굴 속에서 더르쯔가 내려보낸 음식으로 먹고 자며 며칠 동안이나 작업을 마친 준호는 솔롱고와 장비를 먼저 올려보냈다. 큰 짐승도 곧추선 채 얼어 죽어버리는 무서운 한파, 쪼드가 닥칠 것처럼 한없이 내려가는 기온 속에, 줄사다리에 묻은 눈발이 온통 얼어붙어 있었다.

모든 장비를 소르에 매달아 올려보내고, 앞서 오르던 솔롱고는 심하게 흔들리는 줄사다리를 의식했다. 날리던 눈발이 매서운 눈 폭풍으로 변했다. 당장 떨어질 것 같았다. 위험이 닥치자 긴장한 목동들이 솔롱고의 허리에 맨 생명선 줄을 가까스로 끌어 올리는 순간, 아버지의 생명선 줄을 잡고 있던 목동이 미끄러지며 기암절벽 아래로 한순간에 추락했다. 목동이 떨어지면서 연결되어있던 생명선 소르가 아버지를 끌어당긴 것이다. 그 바람에 절벽 아래로 아버지는 여지없이 추락하고 말았다.

'쿵-.' 절벽을 울리는 소리가 연이어 두 번 들렸다. 아버지와 목동이 벼랑 아래로 여지없이 떨어져 처참한 주검을 맞이한 것이다. 손을 쓸 일말의 여유도 없었다. 말 그대로 찰나의 대참사다. 아래로 내려간 솔롱고는 아버지의 육신을 끌어안고 미친 듯이 뛰었다.

급조한 들것에 실려 낙타가 끌고 온 준호의 처참한 주검을 본 엥흐자르갈은 그대로 혼절해 버린다. 깨어나서도 정신을 차리지 못했다. 식음을 전폐했다. 며칠 동안이나 물 한 모금 마시지 못했다. 앵흐자르갈은 준호의 시신을 끌어안고 밤을 지샌다.

"눈 좀, 떠봐요. 눈 좀, 떠봐요."

피 칠갑으로 두개골이 파열된 얼굴을 닦으며 애달피 부르는 엥흐자르갈의 애원에도 주검은 말이 없다. 영전 밖으로 나오지 않고 갑자기 닥친 창상지변(滄桑之變)에 엥흐자르갈은 며칠 동안이나 시신을 부둥켜안고 슬퍼했다. 반은 미치고 반은 실성했다.

나중에는 헛소리마저 했다. 전갈을 받은 노구의 외숙부 내외가 체체를랙에서 달려왔고, 에르데느 가족들이 구르반사이항 목축지로 모두 모였다. 넋 나간 가족들은 장례를 치를 생각도 할 수 없었다. 무엇보다도 식음을 전폐한 엥흐자르갈과 솔롱고의 걱정이 앞섰다. 엥흐자르갈은 준호가 없는 세상 더는 살고 싶지 않았다.

엥흐자르갈, 그녀의 눈에는 세상이 온통 검은 먹지다. 삶의 희망도 살아야 할 이유도 이제 더는 없다. 솔롱고 역시 어머니의 마음과 조금도 다르지 않았다. 아버지를 그리며 유년 시절을 보낸 솔롱고는 어떤 희망도 없었다. 솔롱고의 아내, 자야도 물론이다. 솔롱고와 자신을 울란바타르로 데려와 학교를 보냈고 자식처럼 키웠다. 그래서 자야는 늘 아버지 같았다.

목동 반장 더르쯔는 자신의 잘못으로 파생된 것처럼 죄의식에 빠져 괴로워했다. 그는 가슴을 쥐어뜯으며 통탄했다. 쪼드 한파에 가축이 모두 동사하고 체체를랙에서 어렵게 막노동으로 살아갈 때, 엥흐자르갈은 자신을 목동 반장으로 고용했고 자신의 가족을 거두었다.

온 가족은 그렇게 슬펐다. 외숙부와 외숙모는 며칠을 기다리면서 그녀와 솔롱고에게 수태채와 음식을 억지로 입안에 밀어 넣으며 탈진을 막았다. 잃었던 이성이 조금씩 돌아오고서야 뒤늦게 준호와 운명을 같이한 목동의 장례를 치른다.

시신을 마냥 놓아둘 수는 없었다. 준호의 장례식이 있던 날, 그가 몸담았던 대학 총장을 비롯한 동료 교수들이 달려왔고, 스님들이 영가를 위한 의식을 취했다. 토올치들이 토올을 부르며 영가를 위로하고, 백 마리의 말 떼가 황 먼지를 일으키며 매장지의 대지를 뒤집는다. 황량한 바람이 구르반사이항 반사막 대지를 휩쓸었다.


이듬해 봄 솔롱고는, 할머니의 매장터에 아버지가 바위를 올려놓고 이름을 새겨 놓은 것처럼, 아버지의 이름을 새긴 바위를 해를 넘기지 않고 세워놓는다. 그리고 매년 차강사르(설날)가 되면 그곳을 찾을 것이다. 뒤늦게 제정신이 돌아온 엥흐자르갈은 모든 것을 체념하고 가축을 정리했다. 십여 목동들의 가족까지 거느리며 낙타며, 말이며, 수많은 가축으로 부(富)를 누리며, 대 목축가라는 칭송을 받으며 엥흐자르갈은 살아왔다. 하지만 아무리 많은 가축을 재산으로 가졌어도, 준호가 없는 세상, 소유의 기쁨도, 어떤 의미도 이제 더는 없다.

강 준호, 그가 자신의 곁에 있었기에 거친 대지 오지 초원에서 낙타 떼를 끌고 한없는 유랑 길 유목 생활도 힘든 줄 몰랐고, 구르반사이항 적박한 대지도 준호가 있어 구르반사이항 다웠다. 준호와의 삶은 그렇게 아름답고 행복했다.

준호의 장례를 치르고 난 엥흐자르갈은 가축 일부로 준호와 함께 운명을 달리한 목동 가족에게 가축을 나누어 분가시켰다. 충분한 보상으로 먹고 살도록 해준 것이다. 그리고 나머지 절반을 뚝 떼어 자야의 아버지 더르쯔에게 나누어 주고, 그 절반은 상속의 상징으로 솔롱고의 몫으로 남겨둔다.

또 더르쯔에게 이르기를 솔롱고 몫의 가축도 함께 관리하도록 이르고 겨울 목축지를 항상 구르반사이항 목축지로 정하도록 했다. 매년 정월 초하루 차강사르(설날)에 이곳에 머물며 어머니와 준호의 매장 터(묘지)를 찾고 싶어서다. 이점을 솔롱고는 반겼다.

그리고 솔롱고와 자야를 데리고 울란바타르 아파트에서 완전한 도시 생활로 환경을 바꾸었지만 마음이 정착되지 않는다. 준호가 없는 도시 생활도 적응되지 않았다. 마음 갈피를 엥흐자르갈은 잡지 못했다.

솔롱고는 전설의 동굴 바위 그림과 아버지의 모든 암각화 연구자료를 바탕으로 쓴 논문으로 박사 학위를 받는다. 그리고 정교수가 된다.

그가 발표한 논문과 세상에 알린 자료들은 몽골 국립 고고학 연구소는 물론 몽골 문화국에 큰 반향을 불러일으켰다. 손수 현장을 확인한 몽골 문화유산 연맹 임원들과 고고학 연구소장 어트겅바야르는 그의 주검을 두고 지원을 회피한 문화국에 정식으로 항의하기에 이른다.

그 결과, 솔롱고는 많은 분량의 양 피지 탁본을 역사박물관에 별도의 방을 만들게 하고 그곳에 영구 기증하여 유리 박스 속에 진열되었다.

또한 FRP로 벽면을 뜬 모조 벽화까지 실물처럼 진열된다. 뒤 늦은 정부의 지원이다. 해외에서 고고학 학자들이 몽골로 들어오기 시작했다. 어트겅바야르 고고학 연구소장은 전설의 절벽동굴 바위 그림 최초 발굴자로 모든 학술지에 준호의 이름과 국적과, 솔롱고를 등재하고 솔롱고와 힘을 합해 국내외 고고학 학자들을 불러 할하 부족이 남겨놓은 전설의 동굴 암각화를 가지고 발굴 과정을 영상으로 보여주며 세미나를 개최했다.

솔롱고는 아버지의 발굴 과정을 책으로 편집하고 고고학 연구소는 그것을 출간했다. 현장을 방문하는 학자들이 준호의 묘소를 찾게 되자, 뒤늦게 몽골 정부 문화국은 묘소를 단장하고 업적을 기록한 커다란 비문을 무덤터와 동굴 암벽 아래에 세웠다.

몽골 국립 고고학연구소 어트겅바야르의 집요한 정식 요구가 아니었다면 불가능한 일이었다. 그리고 많은 학자들이 모인 동굴아래 비문 앞에서 준호와 솔롱고에게 훈장을 수여했다. 준호의 훈장 수훈은 미망인 엥흐자르갈이 하염없는 눈물로 받는다.

준호가 이룬 할하 부족 전설의 돌굴 암각화는 이렇게 세상에 알려졌다. 더하여, 아버지의 노트북에서 솔롱고는 생전 아버지가 말씀하신 『할하의 역사』라는 제하의 탈고까지 마친 원고 파일을 찾아냈다. 할하 부족 역대 족장들의 이름까지 추적 발췌하여 족보처럼 정리되어 있었다. 이것은 엥흐자르갈이 하려던 일이었다. 생전 아버지가 아르갈리 산양 동굴 바위 그림 탁본 작업을 하면서 해주셨던 말씀을 솔롱고는 회상했다.

그때 아버지는 말씀하셨다.

"고대 몽골은 15개 부족으로 이루어져 있었다. 그중 네 어머니 할하 부족은 현존하는 몽골 부족 중 90%나 된다. 지금은 부족을 따지지 않지만, 21세기 몽골 땅을 할하 부족들이 거의 채우고 있는 셈이다. 그것은 과거 부족 전쟁이 많았던 세기에 할하 부족들의 힘이 얼마나 강성했는지를 말한다. 당시에는 여자가 부족했기 때문에 약탈혼이 많았던 때다. 할하 부족 군사력이 그만큼 강성했기 때문에 많은 여자들을 약탈하여 구르반사이항 척박한 대지에서도 선사시대부터 대가족을 이룬 부족은 할하 부족 뿐이었다."

"네, 아버지."

"중국령 내몽골 차하르 부족과 300년 동안이나 전쟁을 하면서 살아온 할하 부족은 지금 몽골 민족의 근본적인 특징을 모두 가지고 있다."

"네, 아버지."

"그리고 지금 아버지는 조부 생전에 받아 놓은 선조들의 내력을 바탕으로 할하 부족 역사 집필을 마치고 탈고까지 끝냈다. 이것은 네 어머니의 소원이기도 했다. 이제 동굴 벽화를 찾기만 한다면 세기별 대조도 가능하고, 출판하면 몽골 인구 90%가 할하 부족 후손들이기 때문에 큰 반향을 일으킬 것이다."

"네."

"몽골은 고대부터 아버지의 이름을 성(性)으로 쓰기 때문에 선조 이름을 계속 거슬러 올라가면 추적이 가능하고 큰 맥이 잡힌다. 네, 어머니가 몽골 역사학을 전공한 이유는 여기에 있었다."

아버지는 어머니가 가진 뜻까지도 생전 그렇게 이루어 놓았다. 솔롱고는 아버지의 원고를 환양장 책으로 펴내고 발간된 『할하의 역사』 책은 처음 출간 후 일 년 동안 2쇄, 3쇄, 몽골이 들썩일 정도로 큰 반향을 불러일으켰다. 가장 기뻐하는 것은 어머니였다. 출간을 하게 되자 『할하의 역사』 책을 품에 안고 엥흐자갈은 펑펑 울었다.

# 23

## 진상(進上)

    척박한 대지에 바람이 분다. 준호가 세상을 떠난 지 첫 정월 초하루 차강사르 연휴를 앞두고 정부는 쪼드 경계령을 내렸다. 쪼드가 닥치면 큰 짐승도 선 채로 일순간에 얼어 죽는 무서운 한파다. 엥흐자르갈과 솔롱고와 자야는 구르반사이항 목축지로 들어왔다.

    준호의 묘소를 찾을 것이다. 하지만 쪼드가 시작된 것인지, 영하 45도 아래로 내려간 기온이 오를 기미를 보이지 않았다. 엥흐자르갈이 솔롱고에게 말했다.

"아들아, 앉아라."

"네, 어머니."

"할머니는 네, 아빠를 늘 보통 사람이 아니라고 하셨다. 생각해 보면 너의 아버지는 정말 보통 사람은 아니구나."

"왜요? 어머니?"

"그렇게 돌아가실 줄 아셨는지, 동굴 탐사를 하시다 말고 갑자기 너의 혼례부터 서둘더니 너를 혼례 시키고 돌아가셨지 않느냐!"

"네, 어머님 말씀을 듣고 보니 그러네요. 아버님 말씀에 저도 이상한 생각이 든 적이 있어요."

"어떻게?"

"아버님이 동굴 속에서 바위 그림을 보시고서 꼭 어디를 떠나면서 당부하는 것처럼 말씀하시는데, 이상한 생각이 들었지만 그 생각을 잊으려고 노력했어요."

"뭐라고…… 하셨는데?"

"네, 이렇게 말씀 하셨어요. 아버님은 동굴에서 조상들의 유물을 보시고서 감격하셨는지 눈물을 보이셨어요. 그리고 저를 안고 이렇게 말씀을 하셨어요.

– 아들아, 아버지가 평생 몸 바쳐온 가문의 전설로 전해온 이 모든 자료를 바탕으로 논문을 써서 학계에 알리고 모든 인류에게 알리도록 해라. 유일한 근거 물인 탁본은 역사박물관에 등재 보존하게 하고. 우리 집안 조상들이 남겨놓았다고 해서 우리 것이 결코 아니다. 모든 인류의 것이며 몽골의 문화유산이다. 알겠느냐–

"그러셨어?"

"네, 이렇게 말씀을 하시니까 문득 이상한 생각이 들었어요. 꼭 어디를 멀리 가시면서 하시는 말씀 같잖아요. 살아 계셨다면 모두 아버님이 하셨을 일이잖아요."

"세상에……, 그렇구나, 그뿐이 아니다. 우리 조상들이 새겨 놓은 동굴 바위 그림을 끝내 찾아내고, 『할하의 역사』까지 집필해서 내 소원은 물론, 결과는 그것으로 네 평생 앞길까지 터줬지 않느냐! 당신이 하실 일과 가장으로서 책임을 다하시고 가셨구나. 정말 보통 사람은 아니다."

이틀 후, 정월 초하루 차강사르 설날에, 그들과 자야의 부모까지 모두 말을 몰고 준호의 묘소를 찾는다. 쪼드 경계령을 의식한 더르쯔가 만류했지만 엥흐자르갈은 조금도 개의치 않는다. 척박한 대지에 묻힌 준호를 처음 찾아가는데 한낮 쪼드 따위는 무섭지 않은 것이다.

활처럼 머링호오르를 어깨에 멘 엥흐자르갈과 가족들은, 생전 준호가 즐겨 먹던 보쯔[1]와 마유주는 물론, 여러 음식으로 소담하게 진상(進上)을 올리고 한국식 제의를 올린다.

환양장 표지로 엮은 준호가 생전에 집필한 『할하의 역사』책과 미망인으로 그녀가 받은 준호에게 수여된 금빛 훈장을 묘소 앞 상석에 올린 엥흐자르갈은 먹울음을 울었다.

"아 –! 이 훈장은 당신 거예요. 당신이 받아야 할 몽골국 최고의 훈장이예요. 『할하의 역사』까지 당신은 제 소원을 모두 들어주셨어요."

엥흐자르갈은 푸른 비단 하닥[2]을 양손에 펴들고 술이 가득 담긴 은잔으로 자신에게는 평생 최고의 손님이며, 은혜로운 준호의 면 전에 진상을 올린다. 그와의 삶은 그녀에게는 행복이 넘치는 삶이었다.

---

1) 보쯔(Бууз) : 양고기를 다져 넣고 만든 우리의 만두와 같은 음식.

2) 하닥(Хаадаг): 몽골인들은 푸른 비단 '하닥' 을 소중한 것으로 여기며 중요한 일이 있거나 존중하거나 귀한 분을 만나게 되면 하닥을 준비하고 진상하는 예절이 있다. 예를 들면 차강사르 정월 초하루 설에는 어르신이나 스승, 부모님에게 세배를 할 때 양손에 하닥을 펴들고 세배를 하거나 직접 드리고 세배를 올리기도 한다. 지역마다 지키는 풍습이나 예절은 조금씩 차이가 있지만, 보통은 하닥을 드리고 세배를 올린다. 그리고 스승을 소중하게 생각하고 스승에게 인사를 갈 때 하닥을 올린다. 장례 할 때, 결혼할 때, 말에 낙인을 찍을 때, 산천이나 나무 등 자연을 숭배할 때, '하닥' 을 진상한다. 하닥을 펴들고 은잔에 술이나 우유를 놓고 올리는 것은 존중하는 마음과 하얀 마음, 맑은 생각을 의미한다.

암각화의 부호처럼 준호의 업적기록이 새겨진 비문을 바라보는 엥흐자르갈의 두 눈에 그렁그렁 눈물이 고인다. 눈물로 흐려 보이는 비문에 눈을 떼지 못하는 엥흐자르갈이 몸을 가누지 못하고 숨이 멎을 정도로 치솟는 억장에 비틀거린다. 자야가 얼른 어머니를 안았다. 묘소를 처음 찾는 차강사르에 가슴으로 치솟는 억장을 엥흐자르갈은 견딜 수 없다. 애달피 준호를 그리워하며 살아왔던 일들이 파노라마 영상으로 되돌아 보였다.

　"어머니!"

　눈물을 머금은 솔롱고가 어머니를 안았다. 어릴 적 체체를랙 초등학교로 찾아와 솔롱고를 한눈에 알아보고, 와락 안고 반겼던 아버지를 순간 솔롱고는 회상했다.

　- 내, 아들. 솔롱고구나.-

*

　눈물을 거둔 엥흐자르갈이 말했다.

　"아들아."

　"네, 어머니."

　"자야 부모 모시고 먼저 가거라."

　아버지를 혼자 느끼고 싶어 하는 어머니의 의중을 솔롱고는 알아챘다.

# 24

## 여정의 종점

길고 길었던 여정의 종점, 구르반사이항 반사막 대지에 망인(亡人)이 된 준호를 잊지 못하는 아름다웠던 머루 눈빛, 눈가에 주름진 초노(初老)의 엥흐자르갈, 준호의 묘소 앞에서 그가 그리울 때마다 띄우던 서사시를 넋 나간 듯 토올로 부른다.

어릴 적 조부가 말했다. 머링호오르를 연주하는 것은 조상들을 만나는 것이라고, 조상의 영웅을 만나는 것이라고……,

치솟는 슬픔에 눈물 글썽이는 엥흐자르갈, 괴롭다 못해 포효를 내지른다.

"아 – 저깅! 저깅! 타벌 미닝 바타르 욤–!"

(aa-Зэгийн! Та бол миний баатар юм! / 아 –여보! 여보! 당신은 저의 영웅이십니다.)

그랬다. 준호는 정녕 엥흐자르갈 자신에게는 영웅이었다. 지금 그녀는 자신이 연주하는 머링호오르 음율 속에서 자신의 영웅을 만나고 있다. 파노라마로 들려 오는 생전 준호의 목소리를 듣는다.

- 내 곁에 당신이 있고 아들도 있는데, 처자식을 두고 이제 어디든 가지 않을래요.-

- 아-, 저긩(Зөгийн/여보)! 엥네르후헤드(ЭхнэрХүүхэд처자식)라고 하시다니-

처자식을 두고 어디든 가지 않겠다던 준호는, 이렇게 홀로 엥흐자르갈과 솔롱고의 곁을 떠났다. 그리고 척박한 구르반사이항 반사막 대지 차가운 지하에서 엥흐자르갈을 기다리고 있다.

구르반사이항 아르갈리 산양 절벽동굴을 처음 찾아가다가 준호가 위험에 처했을 때, 밤낮 없는 걱정 끝에 말을 몰고 달려가 정신을 잃은 준호를 구한 후, 다시는 어디든 혼자 보내지 않겠다고 다짐했던 준호에게 격앙된 그녀는 비통을 견디지 못해 포효를 내지른다.

"아! 저-긩! 저-긩! 당신을 이렇게 혼자 보낼 수는 없어요. 어디든 다시는 당신을 혼자 보내지 않겠다고 제가 말씀드렸잖아요."


송아지 꼬리가 얼어떨어지는 몽골 한파 쪼드의 위세가 무섭게 닥친다. 건조한 대기로 체온으로 느낄 수 없는 쪼드는 형상도 없다. 일순간에 가축을 곧추선 채 얼려버리는 쪼드는 감각 없이 온다.

이제, 세상에 없는 준호를 하염없이 그리며 바위에 앉아 머링호오르를 연주하던 엥흐자르갈은 찰나에 닥친 무서운 쪼드 한파에 연주 모습 그대로 일순 얼음조각상(彫刻像)이 되었다. 극사실로 표현된 조각상이 되어 그녀의 영혼은 멈추지 않고 머링호오르 현을 당기고 밀며, 준호가 그리울 때마다 부르던 서사시를 노래한다. 준호가 떠난 후 찾아온 첫 차강사르에 엥흐자르갈은 준호의 묘소를 떠나지 못하고 그렇게 육신을 이탈했다. 그리고 그녀의 영혼은 영웅에게 안겼다. 그녀의 영혼이 연주하는 머링호오르 소리가 바람결을 타고 척박한 대지로 흐른다.

무서운 꿈속에서 깬 것처럼, 갑작스런 전율과 몸서리에 놀란 솔롱고와 자야가 쪼드를 무릅쓰고 화급하게 말을 몰고 달려왔다. 준호의 묘소 앞 바위에 걸터 앉아 머링호오르를 연주하는 모습 그대로, 얼음조각상(彫刻像)이 된 어머니의 모습을 바라보며 솔롱고와 자야가 포효를 내지르며 어머니를 부른다. 하지만 이내, 아버지의 품에 안긴 어머니의 모습이 영상처럼 사물 속에 겹쳐 보인다.

넋이 나간 표정의 솔롱고, 조용히 양팔을 들어 전통 춤사위를 펴고 자야가 조용히 보조 사위를 맞춘다. 그들은 어머니의 영혼 앞에서 아버지를 처음 만나 춤사위를 펼 때처럼 어머니의 영혼이 노래하는 머링호오르 가락 속에 아버지의 품에 안긴 모습 앞에서 춤을 춘다.

오늘 이 순간, 솔롱고와 자야가 펼치는 춤사위는 부모에게 바치는 은혜의 퍼포먼스며 대미(大尾)의 장식이다. 어머니의 토올 가락이 가늘게 들려 온다.

아주 먼 옛날부터
높은 나무들이
바람결에 흔들리고
버드나무들이 숲을 이루어
깨끗한 샘물에서
검은 단비들이 즐겁게 놀고
비옥하며 넓고 높다고 하네요.

상석에 올려놓은 준호가 집필한 『할하의 역사』책 위에 놓인 훈장이 구름을 벗어난 태양에 반짝 금빛을 발했다. 〈끝〉

몽골 암각화의 회화적(會畵的) 연구와 거기에 관련된 글을 쓰고자 몽골 대지를 탐사하면서, 그곳 유목민 게르에서 유숙할 때 영하로 계속 내려가는 밤 추위에 여벌로 가져간 옷을 몽땅 껴입고도 추위를 견디지 못했다. 그것이 유목민들에게 웃음거리가 되고 그들은 팬티 바람으로 우리의 한복 마고자 같은 델 한장을 덮고 바닥에서 팬티 바람으로 잠을 잘 만큼 강인했다. 유목민들은 무지개의 나라(솔롱고스/СОЛОНГОС)로 한국을 지칭하며 몽골 반점으로 같은 민족으로 여긴다.

집필을 마칠 때까지 신세 졌던 오지 초원 유목민들과 힘을 준 몽골 문학 연맹 친구들에게 감사의 글을 띄운다.

시야의 종점없는 광활한 설원 복판으로, 한 획 그어진 동맥혈관 같은 석양에 흐르는 혈액처럼 붉게 물든 톨 강, 울란바타르 몽골 수도 상공에서 내려다본 영하 38도 몽골의 첫 기억이다. 소련 사회주의가 평화의 땅을 휩쓸고 간 땅에 10여 년 전 그렇게 첫발을 내딛었다.

사회주의라는 미명은 몽골의 자연 신앙을 짓밟았고, 문화 말살 정책은 수많은 라마들과 무당들을 총살했다. 유목민들의 가축은 네그델(집단주의) 정책으로 몰수했고. 반대자는 시베리아로 끌려가 처형되었다. 굳이 몽골 사회주의를 어필하지 않더라도 유목 문화의 독특한 몽골인의 삶속에 숨어있는 수많은 서사는, 아무리 파헤쳐도 끝이 없다. 크게는 칭기즈 칸 몽골과. 사회주의 몽골로 대별 할 수 있는 역사 속에, 서사 덩어리가 보석처럼 묻혀 있는 땅이다.

　몽골 반점으로 시작되는 우리 문화의 원류 요소 또한 묻혀 있는 대지에서, 몽골 고대 암각화를 찾아 대초원을 헤매었다. 인류 미술의 발상지로 여기는 고대 몽골 암각화를 파리 그랑팔레 미술관에 몽땅 가져다 놓고 본다면, 결코 현대 마술사에 뒤지지 않을 회화성(繪畵性)이 구축된 유목민들의 혼이 담긴 바위에 새겨진 선 돌들의 사슴 문양은, 가히 인류 미술의 발상지로 여기지 않을 수 없다. 불규칙한 바위덩어리 전체면적에 새겨진 사슴 문양을 탁본을 떠 보고서야 놀란 것은, 탁본지 화면에 떠진 문양의 황금 분할이 정확하게 구성되어 있었다는 점이다. 기록이 없었을 뿐, 그들은 이미 미적 이론까지도 체계적으로 세워져 있었다는 것을 의미한다.

*

‘그들은 왜, 바위에 사슴을 새겨 놓았을까.’
라고 품었던 의구심을 무지개를 통하여 끝을 맺는다.

## 참고문헌

○ 『돌에 새긴 유목민의 삶과 꿈』 (몽골 과학 아카데미 고고학 연구소)
○ 『몽골 민족의 기원 신화』 편저자 데. 체렝서드넘 (울란바타르대학 출판부)
○ 『몽골인의 생활과 풍속』 이안나. (울란바타르대학 한국학연구소)
○ EBS 다큐프라임 〈태고의 땅, 몽골〉 1부~5부 칭기즈 칸

СОЛОНГО
# 무지개
(前,上·下 合本號)

| 인 쇄 | 2024년 10월 30일 |
|---|---|
| 발 행 | 2024년 11월 10일 |

| 글 쓴 이 | 김한창 |
|---|---|
| 펴 낸 곳 | 도서출판 바밀리온 |
| 주 소 | 전주시 덕진구 기린대로 359. 2층 |
| 전 화 | (063) 253-2405 |
| 메 일 | kumdam2001@hanmail.net |
| 출 판 등 록 | 제2017-000023 |

| 인 쇄 제 본 | 유진보라 |
|---|---|
| 인 쇄 인 | 심형섭 |

I S B N    979-11-90750-17-2
정 가  15,000원

■ 이 책은 한국예술인복지재단 2024 예술활동준비금지원으로 발간하였습니다.

Printed  in korea